CB067566

ANCESTRAIS DE AVALON

MARION ZIMMER BRADLEY
e DIANA L. PAXSON

ANCESTRAIS DE
AVALON

Tradução
Marina Della Valle

Planeta minotauro

Copyright © The Marion Zimmer Bradley Literary Trust Works e Diana L. Paxson, 2004
Copyright © Editora Planeta do Brasil, 2023
Copyright da tradução © Marina Della Valle, 2023
Todos os direitos reservados.
Título original: *Ancestors of Avalon*

Preparação: Laura Folgueira
Revisão: Ligia Alves e Renato Ritto
Projeto gráfico e diagramação: Márcia Matos
Capa: Fabio Oliveira
Imagem de capa: Amanda Brotto

Dados Internacionais de Catalogação na Publicação (CIP)
Angélica Ilacqua CRB-8/7057

Bradley, Marion Zimmer
　Ancestrais de Avalon / Marion Zimmer Bradley, Diana L. Paxson; tradução de Marina Della Valle. - São Paulo: Planeta do Brasil, 2023.
　336 p.

ISBN 978-85-422-2463-4
Título original: Ancestors of Avalon

1. Ficção norte-americana 2. Atlântida (lugar lendário) – Ficção I. Título II. Paxson, Diana L. III. Valle, Marina Della

23-5827   CDD 813

Índice para catálogo sistemático:
1. Ficção norte-americana

Ao escolher este livro, você está apoiando o manejo responsável das florestas do mundo

2023
Todos os direitos desta edição reservados à
EDITORA PLANETA DO BRASIL LTDA.
Rua Bela Cintra, 986 – 4º andar
Consolação – 01415-002 – São Paulo-SP
www.planetadelivros.com.br
faleconosco@editoraplaneta.com.br

Para David Bradley,
sem o qual este livro não poderia ter sido escrito.

pessoas na história

MAIÚSCULAS = personagens principais
( ) = mortos antes do início da história

PESSOAS QUE NÃO ESCAPAM DE ATLÂNTIDA
Aldel – de Ahtarrath; acólito, comprometido com Elis, morto no resgate da Pedra Ônfalo
Deoris [nome do Templo: "Adsartha"] – ex-sacerdotisa de Caratra, mãe de Tiriki, mulher de Reio-ta
(*Domaris* – Guardiã Investida, sacerdotisa da Luz, mãe de Micail)
Gremos – sacerdotisa, governanta dos acólitos
Kalhan – de Atalan; acólito, comprometido com Damisa
Kanar – líder dos astrólogos do Templo em Ahtarrath, primeiro professor de Lanath
Lunrick – mercador de Ahtarra
Mesira – líder das curandeiras, sacerdote do culto de Caratra
(*Micon* – príncipe de Ahtarrath, pai de Micail)
(*Mikantor* – príncipe de Ahtarrath, pai de Micon e Reio-ta)
Pegar – dono de terras em Ahtarrath
(*Rajasta* – mago, sacerdote da Luz e Guardião Investido da Terra Antiga)
Reio-ta – regente de Ahtarrath e governador do Templo da Luz de Ahtarrath, sacerdote, tio de Micail, padrasto de Tiriki
(*Riveda* – pai biológico de Tiriki, curandeiro, mago e líder da Ordem da Veste Cinza na Terra Antiga; executado por feitiçaria)

PESSOAS NO TOR
Adeyna – mulher do mercador Forolin
Alyssa [nome do Templo: "Neniath"] – de Caris; sacerdotisa da Veste Cinza (a Maga Cinza), vidente e adepta
Arcor – de Ahtarrath, marinheiro no *Serpente Escarlate*
Aven – marinheiro alkonense no *Serpente Escarlate*
Cadis – marinheiro de Ahtarra no *Serpente Escarlate*
CHEDAN ARADOS – originalmente de Alkonath; filho de Naduil,

um acólito na Terra Antiga antes de sua queda, ex-Guardião Investido e agora mago

DAMISA – de Alkonath; mais velha entre os acólitos, prima do príncipe Tjalan, comprometida com Kalhan

Dannetrasa de Caris – sacerdote da Luz que ajudava Ardral na biblioteca; chega ao Tor no segundo navio

Domara – filha de Tiriki e Micail, nascida no Tor

Eilantha – nome do Templo de Tiriki

Elis – de Ahtarrath; uma das acólitas, especialmente boa com plantas

Forolin – mercador de Ahtarrath que chegou depois ao Tor

Garça – líder do povo do pântano

Iriel – de Arhaburath; mais nova dos acólitos (doze anos na época do Afundamento), comprometida com Aldel

Jarata – mercador de Ahtarrath

Kalaran – um acólito, comprometido com Selast

Kestil – filha de Forolin e Adeyna, tem cinco anos quando chega ao Tor

Larin – marinheiro no *Serpente Escarlate*, mais tarde introduzido no sacerdócio

Liala [nome do Templo: "Atlialmaris"] – de Ahtarrath; sacerdotisa da Veste Azul e curandeira

Lontra – filho de Garça, líder do povo do pântano

Malaera – sacerdotisa menor de Veste Azul

Metia – saji superiora, babá de Domara

Pega Cotovia – filho de Urtiga, do povo do pântano

Pintarroxo – filha de Urtiga, do povo do pântano

Reidel – de Ahtarrath; filho de Sarhedran, capitão do *Serpente Escarlate*; mais tarde, sacerdote da Sexta Ordem

Rendano – de Akil, sacerdote inferior no Templo da Luz e sensitivo

Samambaia Vermelha – mulher do povo do pântano

Selast – de Cosarrath, uma das acólitas

Taret – sábia do povo do pântano no Tor

Teiron – marinheiro alkonense destacado para o *Serpente Escarlate*

Teviri – uma das mulheres saji, atendente de Alyssa

TIRIKI [nome do Templo: "Eilantha"] – de Ahtarrath, uma Guardiã no Templo da Luz, mulher de Micail; ela se tornará a Morgana de Avalon

Urtiga – mulher de Garça, líder do povo do pântano

Virja – uma das mulheres saji, atendente de Alyssa

PESSOAS EM BELSAIRATH E AZAN

Aderanthis – de Tapallan; sacerdote de nível médio do Templo de Ahtarrath

Anet – filha da grã-sacerdotisa Ayo e do rei Khattar dos ai-zir

Antar – guarda-costas do príncipe Tjalan

ARDRAL [nome do Templo: "Ardravanant'", significando *Conhecedor do Mais Iluminado*] – de Atalan; adepto, Sétimo Guardião Investido do Templo da Luz de Ahtarrath, zelador da biblioteca

Ayo – Irmã Sagrada para os ai-zan, grã-sacerdotisa em Carn Ava

Baradel – filho mais velho de Tjalan, sete anos na época do Afundamento

Bennurajos – de Cosarrath; cantor do Templo da Luz de Ahtarrath, especialista em plantas e animais

Chaithala – princesa de Alkonath, mulher de Tjalan

Cleta – de Tarisseda Ruta; acólita, ervanária, comprometida com Vialmar, tinha quinze anos na época do Afundamento

Cyrena – sacerdotisa de Tarisseda, comprometida com Baradel, tinha nove anos na época do Afundamento

Dan – um dos três espadachins conhecidos como Companheiros do Príncipe Tjalan

Dantu – capitão do *Esmeralda Real*, nau almirante de Tjalan

Delengirol – de Tarisseda; uma cantora do Templo em Ahtarra

Domazo – gerente da estalagem em Belsairath, herdeiro do chefe local

Droshrad – xamã dos Touros Vermelhos

ELARA [nome do Templo: "Larrnebiru"] – de Ahtarrath, segunda mais velha das acólitas, também iniciada de Caratra, comprometida com Lanath

Galara – meia-irmã de Tiriki, filha de Deoris e Reio-ta, escriba iniciante

Greha – guerreiro ai-zir, guarda-costas de Heshoth

Haladris – de Atalan; Primeiro Guardião Investido no Templo da Luz de Alkonath, anteriormente arquissacerdote da Terra Antiga

Heshot – mercador nativo

Jiritaren – de Tapallan; sacerdote da Luz, astrônomo

Karagon – de Mormallor; chela de Valadur

Khattar – chefe dos Touros Vermelhos, grande-rei dos ai-zir

Khayan-e-Durr – irmã de Khattar, rainha da tribo Touro Vermelho

Khensu – sobrinho e herdeiro de Khattar

Kyrrdis – de Ahtarrath; cantora e sacerdotisa da Luz

Lanath – de Tarisseda Ruta; acólito, antigo aprendiz de Kanar, comprometido com Elara

Li'ija – de Alkonath; uma chela, filha mais velha de Ocathrel, tinha dezenove anos na época do Afundamento

Lirini – de Alkonath; chela na Escola de Escribas, filha do meio de Ocathrel, tinha dezessete anos na época do Afundamento

Lodreimi – de Alkonath; sacerdotisa de Veste Azul no Templo de Timul

Mahadalku – de Tarisseda Ruta; Primeira Guardiã do Templo da Luz de Tarisseda

Marona – de Ahtarrath; sacerdotisa de Veste Azul e curandeira

Metanor – de Ahtarrath; Quinto Guardião Investido no Templo da Luz

MICAIL – príncipe de Ahtarrath; Primeiro Guardião Investido no Templo da Luz

Naranshada [nome do Templo: "Ansha"] – de Ahtarrath; Quarto Guardião Investido no Templo da Luz, engenheiro

Ocathrel – de Alkonath; Quinto Guardião Investido no Templo da Luz

Osinarmen – nome do Templo de Micail

Ot – um dos três espadachins conhecidos como os Companheiros do príncipe Tjalan

Reualen – de Alkonath; sacerdote da Luz, marido de Sahurusartha

Sadhishebo e *Saiyano* – sacerdotisas saji no Templo de Timul, especializadas na sabedoria das ervas

Sahurusartha – de Alkonath; sacerdotisa da Luz, cantora, mulher de Reualen

Stathalkha – de Tarisseda Ruta; Terceira Guardiã do Templo de Tarisseda, sensitiva poderosa

Timul – de Alkonath; segunda em poder da grã-sacerdotisa do Templo de Ni-Terat em Alkonath; líder dos Vestes Azuis em Belsairath

TJALAN – príncipe de Alkonath; líder da colônia em Belsairath, primo de Micail

Valadur – de Mormallor; Adepto Cinza do Templo de Alkonath, naturalista

Vialmar – de Arhurabath; acólito, comprometido com Cleta

PODERES CELESTES

Banur – o deus de quatro faces, destruidor-preservador; governante do inverno

Caratra – filha ou aspecto provedor de Ni-Terat, a Grande Mãe; seu planeta é Vênus

Dyaus – o Dormente, também conhecido como o "Homem de Mãos Cruzadas"; a força do caos que traz mudança; às vezes referido como "Aquele Um"

A Estrela de Sangue – Marte

O Feiticeiro – Saturno

Manoah – o Grande Criador, Senhor do Dia, identificado com o sol; governante do Verão, e com Órion ("O Caçador do Destino")

Nar-Inabi – "Modelador de Estrelas", deus da noite, das estrelas e do mar; governante da época da colheita

Ni-Terat – Mãe Escura de Todos, aspecto Velado da Grande Mãe, deusa da Terra; governa a época do plantio
O Pacificador – Virgem
A Roda – Ursa Maior, também chamada de Sete Guardiões da Carruagem
O Soberano – Júpiter
A Tocha – Leão, também chamada de Cetro ou Grande Fogueira
Touro Alado – Touro

[Uma nota sobre astrologia atlante: há quatro milênios, o céu era diferente de várias maneiras. Por causa da precessão dos equinócios, por exemplo, os solstícios caíam no começo de janeiro e de julho, e os equinócios, no começo de abril e de outubro. Os signos do zodíaco também eram diferentes, de modo que o solstício de inverno ocorria quando o sol entrava em Aquário, e o equinócio de primavera, quando ele entrava em Touro. Os nomes das constelações, entre os Reinos do Mar e as civilizações antigas em torno deles, também eram diferentes.]

Locais na história

Ahtarra – capital de Ahtarrath
Ahtarrath – última ilha dos Reinos do Mar a cair; lar da Casa dos Doze (acólitos)
Ahurabath – ilha dos Reinos do Mar
Alkona – capital de Alkonath
Alkonath – um dos mais poderosos dos Reinos das Dez Ilhas, famoso por seus navegadores
Atlântida – nome geral para os Reinos do Mar
Azan – o "Curral dos Touros", território das cinco tribos ai-zir, de Weymouth até a planície de Salisbury, em Wessex, Grã-Bretanha
Azan-Ylir – capital de Azan, moderna Amesbury
Beleri'in [Bellerion] – moderna Penzance, na Cornualha
Belsairath – posto comercial alkonense, onde Dorchester fica agora
Carn Ava – Avebury
Casseritides – "Ilhas de Estanho", um nome para a Grã-Bretanha
Cidade da Serpente em Círculo – capital da Terra Antiga
Cosarrath – uma ilha dos Dez Reinos

Costa Âmbar – costa do mar do Norte

Dez Reinos – a aliança de Reinos do Mar que substituiu o Império Brilhante

Forte de Belsairath – Maiden Castle, Dorset

Hellas – Grécia

Ilha dos Poderosos, Ilha de Estanho, Hespérides – Ilhas Britânicas

Khem – Egito

Monte dos Fantasmas – Hambledon Hill, Dorset

Mormallor – um dos Dez Reinos, chamado de "ilha sagrada"

Olbairos – estação comercial de Ahtarra no continente

Oranderis – uma ilha dos Reinos do Mar

Reinos do Mar – as ilhas de Atlântida

Rio Aman – o Avon, na Grã-Bretanha

Tapallan – uma ilha dos Dez Reinos

Tarisseda – uma ilha dos Dez Reinos

Terra Antiga – reino ancestral dos atlantes, localizado em algum lugar onde fica o mar Negro

O Tor – Glastonbury Tor, Somerset

Zaiadan – uma terra na costa do mar do Norte

PRÓLOGO

Morgana fala...

O povo de Avalon leva a sua Senhora seus problemas, grandes e pequenos. Nesta manhã, os druidas vieram me dizer que houve uma queda de pedras na passagem que vai do Templo deles até a câmara que guarda a Pedra Ônfalo e que não sabem como será reparada. Aqui os números são baixos, e a maioria dos que permanecem é de velhos. Muitos dos que poderiam ter renovado a Ordem deles foram mortos nas guerras contra os saxões ou foram para os monges que cuidam da capela cristã que fica naquela outra Avalon.

E então eles vêm a mim, como todos vêm a mim, os que permanecem, para que eu diga o que devem fazer. Sempre me pareceu estranho que o caminho para um mistério enterrado tão profundamente na terra comece no Templo do Sol, mas dizem que os que trouxeram o conhecimento ancestral pela primeira vez a estas ilhas, muito antes dos druidas, honravam a Luz acima de todas as coisas.

A Visão já não me vem mais como vinha quando eu era jovem e lutávamos para trazer a Deusa de volta ao mundo. Agora sei que Ela já estava lá e sempre estará, mas o Ônfalo é a pedra do ovo, o umbigo do mundo, a última magia de uma terra afundada sob os mares há tanto tempo que até para nós é uma lenda.

Quando eu era criança, havia, no Templo dos Druidas, tapeçarias que contavam a história de como ela chegou até aqui. Elas viraram fios e pó, mas eu mesma segui uma vez essa passagem até o coração da colina e toquei a pedra sagrada. As visões que me vieram então são mais vívidas hoje do que muitas de minhas próprias memórias. Posso ver mais uma vez a Montanha Estrela coroada de fogo e o navio de Tiriki tremendo nas ondas enquanto a Terra Condenada é engolida pelo mar.

Mas não creio que estava naquele navio. Tive sonhos nos quais estava de pé, de mãos dadas com um homem que amei, e assisti enquanto meu mundo se desfazia em pedaços, assim como aconteceu com a Britânia quando Artur morreu. Talvez tenha sido por isso que fui mandada de volta neste tempo, pois Avalon certamente está tão perdida quanto Atlântida, embora sejam brumas, não fumaça, que a vedam do mundo mortal.

Outrora houve uma passagem que seguia para a Pedra Ônfalo saindo da caverna onde a Fonte Branca flui do Tor, mas os tremores na terra bloquearam *esse caminho há muito tempo. Talvez não devêssemos continuar caminhando por ali. A Pedra está sendo retirada de nós, como tantos outros Mistérios.*

Eu sei tudo sobre finais. São os começos que me escapam.

Como chegaram aqui as sacerdotisas e os sacerdotes valentes que sobreviveram ao Afundamento? Dois milênios se passaram desde que a Pedra foi trazida para esta costa, e quinhentos mais, e, embora saibamos pouco mais que seus nomes, preservamos seu legado. Quem foram aqueles ancestrais que trouxeram pela primeira vez a sabedoria antiga e a enterraram como uma semente no coração desta colina sagrada?

Se puder entender como eles sobreviveram a suas provações, talvez eu encontre a esperança de que a antiga sabedoria que preservamos será levada para o futuro e de que algo da magia de Avalon irá perdurar...

∼ UM ∼

Tiriki acordou com um arquejo enquanto a cama balançava. Estendeu a mão buscando Micail, piscando para afastar as imagens atormentadoras de fogo, sangue, muros caindo e uma figura sem rosto, ameaçadora, que se contorcia acorrentada. Mas estava deitada em segurança em sua própria cama, com o marido ao lado.

— Graças aos deuses — ela sussurrou. — Foi só um sonho!

— Não totalmente; olhe aqui. — Levantando-se sobre um cotovelo, Micail apontou a lamparina que balançava diante do santuário da Mãe no canto, projetando sombras que tremeluziam loucamente pelo quarto. — Mas sei o que sonhou. A visão veio para mim também.

No mesmo momento, a terra voltou a se mover. Micail a pegou nos braços e a rolou na direção da proteção da parede, enquanto gesso caía de cima. De algum lugar a distância, veio um estrondo longo de alvenaria caindo. Eles se apertaram, mal respirando, conforme a vibração chegou a um pico e desceu.

— A montanha está acordando — ele disse sombriamente quando tudo estava imóvel. — Este é o terceiro tremor em três dias.

Ele a soltou e saiu da cama.

— Estão ficando mais fortes — ela concordou.

O palácio era solidamente construído de pedra e aguentara muitos tremores ao longo dos anos, mas, mesmo na luz incerta, Tiriki via uma nova rachadura atravessando o teto do quarto.

— Preciso ir. Vão chegar relatórios. Você vai ficar bem aqui?

Michael calçou as sandálias e se embrulhou em um manto. Alto e forte, com a luz da lamparina ardendo em seu cabelo ruivo, ele parecia a coisa mais estável no quarto.

— É claro — ela respondeu, levantando-se e colocando um robe leve em torno do corpo esguio. — Você é um príncipe, além de sacerdote desta cidade. Virão até você em busca de ordens. Mas não se desgaste no trabalho que pode ser feito por outros homens. Precisamos estar prontos para o ritual desta tarde.

Ela tentou esconder seu tremor de medo ao pensar em ficar de frente para a Pedra Ônfalo, mas certamente um ritual para reforçar o equilíbrio no mundo jamais fora tão necessário como agora.

Ele assentiu, olhando para ela.

— Você parece tão frágil, mas às vezes acho que é a mais forte de todos nós...

— Sou forte porque estamos juntos — murmurou Tiriki, enquanto ele a deixava.

Além das cortinas que fechavam a sacada, uma luz vermelha brilhava. O dia marcava a metade da primavera, pensou ela, sombriamente, mas aquela luz não era do amanhecer. A cidade de Ahtarra estava em chamas.

***

Na cidade acima, homens lutavam para deslocar os escombros e apagar os últimos focos de incêndio. No santuário onde a Pedra Ônfalo ficava escondida, tudo estava parado. Tiriki ergueu a tocha mais alto enquanto entrava na câmara mais profunda atrás dos outros sacerdotes e sacerdotisas, sufocando um arrepio enquanto a chama quente se tornava sua própria sombra, a fumaça esverdeada rodopiando ao redor do tição encharcado de piche.

A Pedra Ônfalo brilhava como cristal ocluído no centro do cômodo. Era uma coisa em forma de ovo com a metade da altura de um homem que parecia pulsar ao absorver a luz. Figuras cobertas por mantos estavam de pé ao longo da parede curvada. As tochas que tinham colocado nos suportes tremeluziam corajosamente, mas o santuário parecia envolto em escuridão. Havia um frio ali, bem abaixo da superfície da ilha de Ahtarrath, que nenhum fogo comum poderia atenuar. Até mesmo a fumaça do incenso que queimava no altar afundava no ar pesado.

Todas as outras luzes se apagavam diante da Pedra incandescente. Mesmo sem capuzes e véus, teria sido difícil ver o rosto dos sacerdotes e sacerdotisas, mas, enquanto tateava até seu lugar contra a parede, Tiriki não precisava de visão para identificar a figura encapuzada ao lado dela como Micail. Ela sorriu uma saudação silenciosa, sabendo que ele iria senti-la.

Mesmo se fôssemos espíritos desencarnados, ela pensou calorosamente, *eu ainda o reconheceria...* O medalhão sagrado sobre seu peito, uma roda de ouro com sete raios, brilhava fraco, lembrando Tiriki que aqui ele não era apenas seu marido, mas o Grão-Sacerdote Osinarmen, Filho do Sol; assim como ela não era apenas Tiriki, mas Eilantha, Guardiã da Luz.

Endireitando-se, Micail começou a cantar a Invocação para o Equinócio da Primavera, sua voz vibrando estranhamente.

— *Que o dia seja pela noite limitado...*

Outras vozes, mais suaves, juntaram-se ao canto.

*"Escuro, seja pela Luz equilibrado.
Terra e Céu e Sol e Mar, uma
Cruz em círculo sempre será."*

Uma vida inteira de treinamento sacerdotal ensinara a Tiriki todas as maneiras de deixar de lado as exigências do corpo, mas era difícil ignorar o ar subterrâneo úmido e a sensação sinistra de pressão que lhe causava arrepios na pele. Somente com um esforço supremo, ela conseguiu se concentrar novamente na canção, que começava a agitar o silêncio em harmonia...

*"Que a tristeza dê lugar à alegria,
Que o luto ao júbilo se combine,
Passo a passo para trilhar nossa via,
Até que o Escuro se junte ao Dia..."*

Na luta desesperada que havia causado a destruição da Terra Antiga uma geração antes, a Pedra de Ônfalo se tornara, ainda que por pouco tempo, o brinquedo da feitiçaria maligna. Por um tempo, temeu-se que a corrupção fosse absoluta; e assim os sacerdotes haviam divulgado a história de que a Pedra havia sido perdida, com tantas outras coisas, sob o mar vingativo.

De certa forma, a mentira era verdade; mas o lugar profundo em que a Pedra se encontrava era aquela caverna sob os templos e a cidade de Ahtarra. Com a chegada da Pedra, essa ilha de tamanho médio dos Reinos do Mar de Atlântida havia se tornado o centro sagrado do mundo. Mas, embora longe de estar perdida, a Pedra estava escondida, como sempre estivera. Até mesmo os sacerdotes mais elevados raramente encontravam motivos para entrar naquele santuário. Os poucos que ousavam consultar o Ônfalo sabiam que suas ações poderiam perturbar o equilíbrio do mundo.

O andamento da música mudou, tornando-a mais urgente.

*"Cada estação é ligada à próxima,
Encontros, despedidas formam a roda,
Nossa moldura é o sagrado centro,
Onde tudo muda, tudo é o mesmo..."*

Tiriki estava novamente perdendo o foco. *Se tudo fosse o mesmo*, ela pensou em rebelião súbita, *não estaríamos aqui agora!*

Durante meses, notícias de terremotos e rumores de pior destruição por vir correram como fogo na floresta por todos os Reinos do Mar. Em Ahtarrath, tais terrores pareciam a princípio distantes, mas, nas últimas noites, tanto os habitantes do Templo como o povo da cidade tinham sido atormentados por tremores tênues na terra e sonhos persistentes e terríveis. E mesmo agora, enquanto a canção continuava, ela sentia o desconforto dos outros cantores.

Isso pode ser de verdade o Tempo do Fim profetizado?, perguntou-se Tiriki em silêncio. *Depois de tantos avisos?*

Resolutamente, ela voltou a unir a voz à arquitetura ascendente do som, cuja manipulação talvez fosse a ferramenta mais poderosa da magia atlante.

"Movendo, ficamos mais parados,
Exaltados, somos presos pela vontade,
Girando em perpetuidade
Quando Tempo vira Eternidade."

As sombras engrossaram, contorcendo os redemoinhos de incenso que por fim espiralavam no ar frio.

A música parou.

Brotava luz da Pedra, enchendo o santuário tão completamente quanto a escuridão enchera antes. A luz estava por toda parte, tão radiante que Tiriki se surpreendeu ao descobrir que não trazia calor. Até mesmo as tochas brilhavam mais intensamente. Os cantores soltaram um suspiro coletivo. Agora podiam começar.

O primeiro a tirar o capuz e se dirigir à Pedra foi Reio-ta, governador do Templo. Ao seu lado, Mesira, líder dos curandeiros, levantou o véu. Tiriki e Micail se adiantaram para ficar de frente para eles do outro lado da Pedra. Nessa luz, os cabelos vermelhos de Micail brilhavam como chamas, enquanto as mechas que escapavam das tranças enroladas de Tiriki brilhavam em ouro e prata.

A voz rica de tenor de Reio-ta começou a invocação…

"Neste lugar de Ni-Terat, Rainha Escura da Terra
Agora brilhante com o Espírito da Luz de Manoah,
Nós confirmamos o Centro sagrado,
O Ônfalo, umbigo do mundo."

A riqueza do contralto rouco desmentia a idade de Mesira.

— O centro não é um lugar, mas um estado de ser. O Ônfalo é de outro reino. Por muitas eras, a Pedra não foi perturbada nos santuários da Terra Antiga, mas o centro não estava lá nem está em Ahtarrath.

Micail expressou a resposta formal:

— Ciente de que todos aqui juraram que vale a pena preservar o que existe e, para isso, dobrar o poder e a vontade…

Ele sorriu para Tiriki e alcançou novamente a mão dela. Juntos, tomaram fôlego para as palavras finais.

— Chegamos para sempre ao Reino da Verdade, que nunca poderá ser destruído.

E o restante respondeu em coro:

— Enquanto mantivermos fé, a Luz vive em nós!

A iluminação sobrenatural pulsou quando Mesira voltou a falar.

— Assim invocamos o Equilíbrio da Pedra, para que o povo possa conhecer novamente a paz. Pois não podemos ignorar os maus presságios que vimos. Encontramo-nos em um lugar de sabedoria para buscar respostas. Vidente, eu a convoco a...

Mesira estendeu ambos os braços para a figura cinza que se adiantava agora.

— Chegou a hora. Sede vós nossos olhos e nossa voz diante do Eterno.

A vidente retirou seus véus. No brilho intenso da luz da Pedra não era difícil reconhecer Alyssa, os cabelos pretos caindo soltos ao redor dos ombros, os olhos já dilatados pelo transe. Com passos estranhos, meio abaixados, ela se moveu para o brilho do altar.

Os cantores observaram nervosos enquanto a vidente pousava as pontas dos dedos sobre a Pedra. Padrões translúcidos de poder empoçavam e rodopiavam por dentro. Alyssa enrijeceu, mas, em vez de recuar, aproximou-se ainda mais.

— É... é verdade — ela sussurrou. — Uma só com a pedra sou. O que ela sabe, vocês saberão. Que a canção sagrada nos leve às portas do Destino.

Enquanto ela falava, os cantores começaram a cantarolar suavemente. A voz de Micail elevou-se na cadência do Comando, chamando a vidente pelo nome dela no Templo.

— *Neniath, vidente, tu me conheces? Eu, Osinarmen, a ti me elevo. Separe-nos dos sonhos ao acordares, pela resposta que me darás.*

— Eu ouço.

A voz era aguda e ressoante, bem diferente da de Alyssa.

— Estou aqui. O que queres saber?

— Fale se for de teu agrado, e será feito.

Micail cantou a frase formal em uma exalação sustentada, mas Tiriki conseguia ouvir o esforço na voz dele.

— Viemos porque a Pedra nos chamou, sussurrando em segredo pela noite.

Um momento se passou.

— A resposta, tu a sabes já — murmurou a vidente. — A questão está diante da verdade. No entanto, a porta que foi aberta não será fechada. Pedra sobre pedra sobe mais alto, condenada a cair. As florestas se enchem de pavios. O poder que esperou no coração do mundo se desloca... e *está faminto.*

Tiriki sentiu um desequilíbrio momentâneo, mas não conseguia saber se vinha de debaixo das pedras do piso ou de seu próprio coração. Olhou para Micail, mas ele ficou congelado, o rosto uma máscara fazendo careta.

Reio-ta forçou as palavras.

— A escuridão já se soltou antes — disse, com concentração sombria — e sempre foi contida. O que devemos fazer desta vez para prendê-la?

— Podes fazer algo além de cantar quando o silêncio aumenta?

Alyssa estremeceu com um riso inesperado, amargo; desta vez a terra tremeu com ela.

Uma ondulação de susto abalou os cantores. Eles gritaram como um só:

— Somos servos da Luz Infalível! A Escuridão nunca poderá prevalecer!

Mas os tremores não cessaram. As tochas tremularam. Relâmpagos vermelhos disparavam da Pedra. Por um momento, Tiriki pensou que a caverna ao redor deles gemia, mas era da garganta de Alyssa que vinham aqueles sons horríveis.

A vidente falava, ou tentava falar, mas as palavras saíam truncadas e ininteligíveis. Lutando contra o pavor, os cantores se aproximaram de Alyssa, esforçando-se para ouvir; mas a vidente recuou deles, com os braços contra a Pedra.

— *Sobe!* — Os gritos dela ecoavam muito além da câmara circular. — *A flor imunda! Sangue e fogo! É TARDE DEMAIS!*

À medida que os ecos diminuíam, a força se desvanecia do corpo retesado da vidente. Apenas um movimento rápido de Micail a impediu de cair.

— Leve-a. — Reio-ta arquejou. — Mesira, vá com eles. Vamos t-terminar aqui...

Assentindo, Micail levou a vidente para fora da câmara.

***

O nicho junto à entrada do santuário para onde levaram a vidente parecia estranhamente tranquilo. Enquanto a terra abaixo deles finalmente se aquietava, o espírito de Tiriki ainda estava abalado. Quando ela entrou, sua acólita Damisa, que havia esperado ali com os outros acompanhantes durante a cerimônia, ergueu o rosto com olhos verdes ansiosos.

Micail passou por ela, tocando a mão de Tiriki com uma carícia rápida que era mais íntima do que um abraço. Os olhos se encontraram em uma segurança não dita – *estou aqui... estou aqui. Vamos sobreviver, embora os céus caiam.*

Da câmara adiante, veio um balbuciar de vozes.

— Como eles estão? — murmurou Micail, fazendo um gesto com a cabeça na direção do som.

Tiriki deu de ombros, mas segurou a mão dele.

— Metade deles assegura que não entendemos as palavras de Alyssa, e os outros estão convencidos de que Ahtarra está prestes a cair no mar.

Reio-ta vai lidar com eles. — Ela olhou para Alyssa, que se deitou sobre um banco com Mesira ao lado. — Como ela está?

O rosto da vidente estava pálido, e os longos cabelos, que naquela manhã tinham brilhado como a asa de um corvo, agora tinham listras acinzentadas.

— Ela dorme — disse Mesira simplesmente.

Na luz suave que entrava pela porta, o rosto da curandeira mostrava todos os seus anos.

— Quanto ao seu despertar... levará algum tempo, creio, antes de sabermos se o trabalho de hoje a prejudicou. É melhor você ir. Acho que já recebemos todas as respostas que vamos receber. Minha chela foi pegar uma liteira para que possamos levá-la de volta para o Salão dos Curandeiros. Se houver alguma mudança, mandarei notícias.

Micail já havia retirado as vestes e colocado o emblema de seu posto sob a gola da túnica sem mangas. Tiriki dobrou o véu e o manto exterior e os entregou a Damisa.

— Devemos chamar portadores também? — perguntou ela.

Micail balançou a cabeça.

— Gostaria de caminhar? Preciso sentir o toque de uma luz do dia honesta na pele.

***

O ar quente e brilhante do exterior era uma bênção, esquentando o frio das câmaras subterrâneas em seus ossos. Tiriki sentiu o aperto no pescoço e nos ombros aliviar e alongou os passos para acompanhar os do marido, mais longos. Através das colunas de pedra vermelha e branca do Templo, que marcavam a entrada do santuário subterrâneo, vislumbrou um cordão de telhados com telhas azuis. Mais abaixo na encosta, uma dispersão de cúpulas recém-construídas cor de creme e vermelhas havia sido colocada em meio aos jardins da cidade. Além delas, o mar cintilante se estendia até o infinito.

Ao saírem do pórtico, os sons e cheiros da cidade subiram ao redor deles – cães latindo e bebês chorando, comerciantes vendendo suas mercadorias, o cheiro picante do guisado de frutos do mar que era o favorito local e os odores menos salubres de um esgoto próximo. Os incêndios haviam começado com o terremoto da noite passada, e eles estavam lidando com os estragos. A destruição tinha sido menor do que temiam. Na verdade, o medo era agora o maior inimigo deles. Até mesmo os fedores eram uma afirmação da vida comum, reconfortantes depois do confronto com o poder assustador da Pedra.

Talvez Micail sentisse a mesma coisa. De qualquer forma, ele a conduzia pelo caminho longo, longe dos edifícios altos do complexo do Templo e descendo pelo mercado, em vez de seguir o Caminho Processional pavimentado de branco que levava ao palácio. Os flancos cintilantes das Três Torres se esconderam quando viraram uma rua lateral que levava ao porto, onde os lojistas regateavam com os clientes como fariam em qualquer dia normal. Eles atraíam alguns olhares de admiração, mas ninguém apontava nem olhava fixamente. Sem suas vestes rituais, ela e Micail pareciam qualquer casal comum fazendo tarefas no mercado, embora fossem mais altos e mais claros do que a maioria das pessoas da cidade. E, se alguém tivesse considerado incomodá-los, a decisão nos traços fortes de Micail e a energia em seus passos teriam sido suficientemente dissuasivas.

— Está com fome? — ela perguntou.

Tinham jejuado para o ritual, e agora era quase meio-dia.

— O que realmente quero é uma bebida — respondeu ele, com um sorriso. — Havia uma taverna perto do porto que servia um bom vinho; não nosso tinto grosseiro local, mas uma respeitável safra da terra dos helenos. Não se preocupe: a comida também não vai decepcioná-la.

A taverna tinha uma loggia aberta sombreada por videiras em latada. Ao redor das bordas, cresciam os lírios carmesim de Ahtarrath. A fragrância delicada deles perfumava o ar. Tiriki inclinou a cabeça para trás para permitir que a brisa do porto agitasse seus cabelos. Se ela se virasse, poderia ver as encostas da Montanha Estrela – o vulcão adormecido que era o núcleo da ilha – cintilando no calor. Na encosta, havia uma faixa de floresta e depois uma colcha de retalhos de campos e vinhedos. Com eles sentados ali, os acontecimentos da manhã não pareciam mais que sonhos sombrios. Os pais de Micail tinham governado o local por cem gerações. Que poder conseguiria dominar uma tradição de tanta sabedoria e glória?

Micail deu um longo gole em sua taça de argila e soltou um suspiro de apreciação. Tiriki ficou surpresa ao sentir gargalhadas surgindo por dentro. Ao ouvir o som, o marido levantou uma sobrancelha.

— Por um momento, você me lembrou Rajasta — explicou ela.

Micail sorriu.

— Nosso velho professor era um espírito nobre, mas apreciava um bom vinho! Ele também esteve em minha mente hoje, mas não por causa do vinho — acrescentou ele, ficando sério.

Ela acenou com a cabeça, concordando.

— Tenho tentado me lembrar de tudo o que ele nos disse sobre a desgraça que tomou a Terra Antiga. Quando a terra começou a afundar, houve aviso suficiente para enviar os pergaminhos sagrados para cá, junto com os adeptos para lê-los. Mas se o desastre destruísse todos os Reinos do Mar... onde se encontraria um refúgio para a antiga sabedoria da Atlântida?

Micail fez um gesto com o cálice.

— Não foi com esse mesmo propósito que enviamos emissários para as terras orientais do Hellas e Khem, e para o norte até a Costa Âmbar e as Ilhas de Estanho?

E quanto à sabedoria que não pode ser preservada em pergaminhos e fichas?, ela pensou. *O que dizer daquelas coisas que devem ser vistas e sentidas antes que se possa entender? E quanto aos poderes que só podem ser dados com segurança quando um mestre julga o estudante pronto para eles? E quanto à sabedoria que deve ser transmitida de alma a alma?*

Micail franziu o sobrolho, pensativo, mas seu tom era relaxado.

— Nosso professor Rajasta dizia que, por maior que fosse o cataclismo, se somente a Casa dos Doze fosse preservada, não o sacerdócio, mas os seis casais, os jovens e as donzelas que são os acólitos escolhidos, eles poderiam, por si mesmos, recriar toda a grandeza de nossa terra. E então ele ria...

— Ele devia estar brincando — disse Tiriki, pensando em Damisa e Kalhan, Elis e Aldel, Kalaran e Selast, e Elara e Cleta, e o resto. Os acólitos tinham sido criados para o chamado, a progênie de acasalamentos ordenados pelas estrelas. Seu potencial era grande – mas todos eram tão terrivelmente *jovens.*

Tiriki balançou a cabeça.

— Sem dúvida, eles vão superar todos nós quando completarem seu treinamento, mas, sem supervisão, temo que teriam dificuldade em resistir à tentação de usar mal seus poderes. Até mesmo meu pai. — Ela parou abruptamente, a bela pele corando.

Na maior parte do tempo, conseguia esquecer que seu verdadeiro pai não era Reio-ta, o marido de sua mãe, mas Riveda, que havia governado os magos da Ordem da Veste Cinza na Terra Antiga; Riveda, que havia se mostrado incapaz de resistir às tentações da magia proibida e fora executado por feitiçaria.

— Até mesmo Riveda fez tanto bem quanto mal — disse Micail suavemente, pegando a mão dela. — A alma dele está sob a guarda dos Senhores do Destino, e ele vai trabalhar sua penitência através de muitas vidas. Mas seus escritos sobre o tratamento de doenças salvaram muitos. Você não deve deixar que a memória dele a assombre, amada. Aqui ele é lembrado como um curandeiro.

Um jovem de olhos escuros chegou com uma travessa de bolos chatos, pequenos peixes fritos crocantes servidos com queijo de cabra e ervas cortadas. Seus olhos se arregalaram um pouco ao absorver os olhos azuis e o cabelo louro de Tiriki, seu único legado de Riveda, que originalmente não viera da Terra Antiga, mas do pouco conhecido reino de Zaiadan, no norte.

— Devemos tentar não ter medo — disse Micail, quando o criado se foi. — Há muitas profecias além das de Rajasta que falam do Tempo do Fim. Se ele chegou, estaremos correndo um grande risco, mas as previsões nunca sugeriram que estamos totalmente condenados. Na verdade, a visão de Rajasta nos garantiu que você e eu encontraremos um novo Templo em uma nova terra! Estou convencido de que existe um Destino que nos preservará. Devemos apenas encontrar seu fio condutor.

Tiriki acenou com a cabeça e pegou a mão que ele lhe estendeu. *Mas toda essa vida brilhante e bela que nos cerca precisa desaparecer antes que a profecia possa ser cumprida.*

Por enquanto, porém, o dia era belo, e os aromas que subiam do prato ofereciam uma agradável distração de qualquer coisa que o destino pudesse reservar. Disposta a pensar apenas no momento e em Micail, Tiriki buscou um assunto mais neutro.

— Sabia que Elara é uma bela arqueira?

Micail levantou uma sobrancelha.

— Parece um divertimento estranho para uma curandeira. Ela é aprendiz de Liala, não é?

— É, sim, mas você sabe que o trabalho de um curandeiro requer tanto precisão quanto coragem. Elara se tornou uma espécie de líder entre os acólitos.

— Eu teria esperado que a garota alkonense, sua acólita Damisa, assumisse esse papel — respondeu ele. — Ela não é a mais velha? E tem algum parentesco com Tjalan, creio eu. Essa família gosta mesmo de tomar a frente.

Ele sorriu, e Tiriki se lembrou de que havia passado diversos verões com o príncipe de Alkonath.

— Talvez ela seja um pouco consciente *demais* de sua origem real. Em qualquer caso, foi a última delas a chegar aqui, e acredito que esteja achando difícil se encaixar.

— Se essa é a coisa mais difícil com que ela tem que lidar, pode se considerar afortunada! — Micail engoliu o resto do vinho e ficou de pé.

Tiriki suspirou, mas de fato estava na hora de partirem.

Quando o estalajadeiro percebeu que o casal que ocupava a melhor mesa em seu terraço havia tanto tempo eram o príncipe e a senhora dele, tentou recusar o pagamento, mas Micail insistiu em pressionar seu sinete em um pouco de barro.

— Apresente isso no palácio e meus servos lhe darão o que lhe devo.

— Você é muito gentil — Tiriki brincou suavemente, quando por fim tiveram permissão de deixar a taverna. — O homem se sentiu claramente honrado pela visita do príncipe e desejou lhe dar um presente em troca. Por que não permitiu?

— Pense como se fosse uma afirmação — Micail sorriu, de maneira um pouco sinistra. — Aquele pedaço de barro representa minha crença de que alguém estará aqui amanhã. E se, como você diz, ele preferia a honra, bem, não há nada que o obrigue a resgatar a dívida. A memória se desvanece. Mas ele tem meu selo para guardar.

Lentamente, eles voltaram ao palácio, falando de coisas comuns, mas Tiriki não pôde deixar de lembrar como os gritos da vidente haviam ecoado da cripta.

***

Quando Damisa retornou à Casa das Folhas em Queda, os outros acólitos estavam terminando uma lição. Elara de Ahtarrath foi a primeira a vê-la entrar. Elara, de cabelos escuros e roliça, era nativa daquela ilha e lhe cabia dar as boas-vindas aos recém-chegados dos outros Reinos do Mar quando chegassem.

Em cada ilha, os templos treinavam sacerdotes e sacerdotisas. Mas, entre os jovens mais talentosos de cada geração, doze eram escolhidos para aprender os Mistérios maiores. Alguns voltariam um dia para suas próprias ilhas como clérigos superiores, enquanto outros exploravam especialidades como a cura ou a astrologia. Dos Doze, vinham os adeptos que serviam em toda Atlântida como Guardiões Investidos do Templo da Luz.

A casa era uma estrutura baixa e espaçosa de corredores estranhamente alinhados e suítes superdimensionadas, que diziam ter sido construída há um século ou mais para um dignitário estrangeiro. Os acólitos muitas vezes se divertiam sugerindo outras explicações para as sereias de pedra na fonte desgastada do pátio central. Seja qual for a origem, até bem recentemente a estranha vila antiga tinha servido como dormitório para sacerdotes solteiros, peregrinos e refugiados. Agora era a Casa dos Doze.

Alguns dos acólitos acolhiam a ajuda de Elara, enquanto outros resistiam, mas Damisa, que era prima do príncipe de Alkonath, era geralmente a mais autossuficiente de todos. Naquele momento, pensou Elara, ela parecia péssima.

— Damisa? O que aconteceu com você? Está doente? — Ela se encolheu quando a garota se virou para ela com um olhar cego. — Aconteceu alguma coisa durante a cerimônia?

Elara agarrou firmemente o cotovelo de Damisa e a fez sentar-se junto à fonte. Ela se virou para chamar a atenção de um dos outros.

— Lanath, vá buscar água para ela — Elara pediu em voz baixa, enquanto todos os acólitos os rodeavam.

Elara sentou-se, empurrando para trás os caracóis pretos que continuavam caindo em seus olhos.

— Fiquem quietos, todos vocês! — Ela olhou fixamente até que se moveram para trás. — Deixem-na respirar!

Ela sabia que Damisa havia sido chamada para atender a senhora Tiriki naquela manhã, e a invejara. O papel de Elara como chela da sacerdotisa de Veste Azul Liala no Templo de Ni-Terat era uma tarefa bastante agradável, mas pouco glamorosa. Aos acólitos, fora dito que seus aprendizados eram determinados pelo posicionamento de suas estrelas e pela vontade dos deuses. Fazia sentido que o noivo de Elara, Lanath, fosse designado ao astrólogo do Templo, porque ele tinha uma boa cabeça para números, mas Elara sempre suspeitara de que as ligações com a realeza de Damisa a haviam colocado no cargo com Tiriki, que, afinal de contas, não era apenas uma sacerdotisa, mas princesa de Ahtarrath. Agora, contudo, não invejava Damisa.

— Diga-nos, Damisa — ela murmurou, enquanto a outra moça bebia. — Alguém se feriu? Alguma coisa deu errado?

— Errado! — Damisa fechou os olhos por um momento, então se endireitou e olhou em torno do círculo. — Não ouviram os rumores que estão correndo pela cidade?

— Claro que ouvimos. Mas onde você estava? — perguntou a pequena Iriel.

— Em um ritual do equinócio, servindo minha senhora — respondeu Damisa.

— Esses rituais normalmente acontecem no Grande Templo de Manoah — observou Elis, que era também nativa da cidade. — Não levaria todo esse tempo para voltar de lá!

— Nós não estávamos no Templo da Luz — disse Damisa, de modo tenso. — Fomos para outro lugar, um santuário construído dentro dos penhascos no limite leste da cidade. O pórtico parece um tanto comum, mas o Templo verdadeiro fica no fundo da terra. Ou ao menos acho que fica. Recebi ordens de ficar no nicho no começo da passagem.

— Os ossos de Banur! — exclamou Elara. — É o Templo de... eu não sei o que é; ninguém nunca vai até lá!

— Eu também não sei o que é — respondeu Damisa, com uma volta da arrogância costumeira —, mas há algum Poder lá embaixo. Consegui ver alguns clarões de luz que iam até a passagem.

— É o Afundamento... — disse Kalaran, com uma voz fraca. — Minha própria ilha desapareceu e agora esta vai também. Meus pais migraram para Alkonath, mas fui escolhido para o Templo. Acharam que era uma honra para mim vir para cá.

Os acólitos olharam uns para as outros, abalados.

— Não *sabemos* se o ritual fracassou — disse Elara, de modo revigorante. — Precisamos esperar... vão nos avisar...

— Eles precisaram carregar a vidente para fora da câmara — interrompeu Damisa. — Ela parecia meio morta. Eles a levaram para Liala e as curandeiras da Casa de Ni-Terat.

— Eu deveria ir para lá — disse Elara. — Liala pode precisar de minha ajuda.

— Por que se preocupar? — Lanath olhou feio. — Vamos todos morrer.

— Fique quieto! — Elara o cercou, perguntando-se o que tinha dado nos astrólogos para prometê-la a um garoto que fugiria de sua própria sombra se ela ladrasse para ele. — Todos vocês, acalmem-se. Nós somos os Doze Escolhidos, não um bando de camponeses do interior. Acham que nossos anciãos não previram esse desastre e fizeram algum tipo de plano? Nosso dever é ajudá-los como pudermos.

Ela empurrou o cabelo escuro para trás novamente, esperando que o que dissera fosse verdade.

— E se eles não fizeram isso? — perguntou o prometido de Damisa, um menino um tanto pesado, de cabelos castanhos, chamado Kalhan.

— Então vamos morrer. — Damisa se recuperou o suficiente para fazer cara feia para ele.

— Bem, se morrermos — disse a pequena Iriel, com seu sorriso irrepreensível —, terei algumas palavras fortes para dizer aos deuses!

***

Quando Micail e Tiriki retornaram ao palácio, encontraram uma sacerdotisa de vestes azuis esperando no portão, trazendo notícias de Mesira. Alyssa havia despertado e se esperava que tivesse uma boa recuperação.

Se ao menos, pensou Tiriki sombriamente, *pudéssemos ir tão bem em curar a profecia dela...*

No entanto, ela manteve um sorriso nos lábios enquanto acompanhava Micail no andar de cima, na suíte de vários quartos que dividiam no andar superior. O véu diante da alcova que tinha o santuário para a deusa e os penduricalhos que cortinavam as portas para a varanda se agitavam no vento noturno do mar. As paredes caiadas de branco tinham um afresco com um friso de falcões dourados acima de uma cama de lírios carmesim. Na luz cintilante das lamparinas suspensas, os pássaros subiam, e as flores pareciam se curvar em uma brisa invisível.

Depois de vestir uma túnica limpa, Micail saiu para conferenciar com Reio-ta. Deixada sozinha, Tiriki ordenou aos criados que preparassem seu banho com água fresca e perfumada. Enquanto se banhava, eles esperavam para secá-la. Quando se foram, ela saiu para a varanda e olhou para a cidade abaixo. Para o leste, a Montanha Estrela se aproximava do céu fresco e noturno. Bosques de ciprestes cobriam as encostas mais baixas, mas o cone subia acentuadamente acima. A chama perpétua no Templo em seu cume parecia um brilho tênue e piramidal. Pontos dispersos de luz marcavam as fazendas remotas nas encostas mais baixas, diminuindo um a um enquanto os habitantes procuravam sua cama. Na cidade, as pessoas ficavam acordadas até mais tarde. Tochas oscilantes se movimentavam pelas ruas no bairro do entretenimento.

À medida que o ar esfriava, a terra soltava aromas de grama secando e terra recentemente revirada como um perfume rico. Ela contemplou a paz da noite e, em seu coração, as palavras do hino da noite se tornaram uma oração:

Ó Fonte de Estrelas em esplendor
Que se mostra contra a escuridão,
Conceda-nos sono de repouso
Esta noite, conhecendo Tuas bênçãos
Como tanta paz, tanta beleza, poderiam ser destruídas?

Sua cama era cercada com gaze drapeada e coberta com linho tão fino que parecia seda contra a pele. Nenhum conforto que Ahtarrath pudesse lhe proporcionar fora negado, mas, apesar de sua oração, Tiriki não conseguia dormir. Quando Micail veio para a cama, já era meia-noite. Podia senti-lo olhando para ela e tentou fazer com que sua respiração fosse lenta e uniforme. Só porque estava acordada, não era motivo para que ele também fosse privado do sono. Mas a ligação entre eles ia além dos sentidos da carne.

— Qual o problema, amada? — a voz dele era suave na escuridão.

Ela soltou o fôlego em um longo suspiro.

— Estou com medo.

— Mas sabemos desde o nascimento que Ahtarrath poderia estar condenada.

— Sim, em algum momento do futuro distante. Mas o aviso de Alyssa faz com que isso seja *imediato*!

— Talvez... talvez... — A cama rangeu quando ele se sentou e se esticou para acariciar o cabelo dela. — Ainda assim, você sabe como é difícil saber o tempo de uma profecia.

Tiriki sentou-se, de frente para ele.

— Você realmente acredita nisso?

— Amada... nenhum de nós sabe o que nosso conhecimento pode mudar. Só o que podemos fazer é usar os poderes que temos para enfrentar o futuro quando ele chegar.

Ele suspirou, e Tiriki achou que tinha ouvido um eco de trovão, embora a noite não tivesse nuvens.

— Ah, sim, seus poderes — ela sussurrou com amargura, pois que utilidade eles tinham agora? — Você pode invocar o vento e o relâmpago, mas e a terra abaixo? E como *aquilo* será passado se tudo o mais fracassar? Reio-ta tem apenas uma filha, e eu... eu não posso lhe dar um filho!

Sentindo as lágrimas dela, ele a apertou mais perto de si.

— Você ainda não me deu, mas somos jovens!

Tiriki deixou a cabeça descansar contra os ombros dele e relaxou na força daqueles braços, absorvendo o cheiro picante suave do corpo dele misturado com os óleos do próprio banho.

— Coloquei dois bebês sobre a pira funerária — ela sussurrou — e perdi mais três antes que pudessem nascer. As sacerdotisas de Caratra não podem mais me ajudar, Micail. — Ela sentiu lágrimas quentes nos olhos enquanto os braços dele se apertavam ao redor dela. — Nossas mães eram irmãs; talvez sejamos parentes muito próximos. Você precisa tomar outra esposa, meu amado, uma que possa lhe dar um filho.

Ela o sentiu balançar a cabeça na escuridão.

— A lei de Ahtarrath permite — ela sussurrou.

— E a lei do amor? — ele perguntou.

Ele apertou os ombros dela, olhando-a de cima. Ela sentiu, mais do que viu, a intensidade do olhar dele.

— Para gerar um filho digno de carregar meus poderes, preciso dar não somente minha semente, mas também minha alma. Verdadeiramente, amada, não creio que seria nem... capaz... com uma mulher que não fosse meu par tanto em espírito quanto em corpo. Somos destinados um ao outro, Tiriki, e nunca poderá haver ninguém para mim a não ser você.

Ela se esticou para traçar as linhas fortes das bochechas e da fronte dele.

— Mas sua linhagem vai terminar!

Ele inclinou a cabeça para beijá-la e limpar suas lágrimas.

— Se Ahtarrath em si precisa deixar de existir, importa tanto que a magia de seus príncipes também se perca? É a sabedoria da Atlântida que devemos preservar, não seus poderes.

— Osinarmen... sabe o quanto eu te amo?

Ela se recostou com um suspiro enquanto as mãos dele começavam a se mover ao longo de seu corpo, cada toque despertando uma sensação à qual seu corpo havia aprendido a reagir à medida que os exercícios espirituais do Templo haviam treinado sua alma.

— Eilantha... Eilantha! — ele respondeu e fechou os braços em torno dela.

Naquela convocação, espírito e corpo se abriram juntos, tomados e transfigurados na união final.

dois

Damisa espreitou pela folhagem do jardim da casa dos Doze, perguntando-se se, dali, seria capaz de ver algum dos danos causados pelo terremoto. Desde o ritual no Templo subterrâneo, a terra estava quieta, e o príncipe Micail havia ordenado a seus guardas que ajudassem na reconstrução. A capital de Ahtarrath havia crescido a partir dos restos de um assentamento mais antigo. As Três Torres, embainhadas em ouro, se estendiam em direção ao céu fazia mil anos. Quase tão veneráveis quanto elas eram os Sete Arcos, em cujas laterais desgastadas os estudantes se esforçavam para traçar hieróglifos havia muito tempo gastos.

O clero de Ahtarra tinha feito o possível para preparar as antigas salas da Casa das Folhas Caídas para os doze acólitos, mas eram os jardins que tornavam o local ideal, pois separavam bem a casa da cidade e do templo. Damisa deu um passo para trás, deixando os galhos da sebe de louros balançarem. Dali, não dava para ver nenhum outro edifício.

Ela se virou para observar o grupo no gramado a uma pequena distância. A consanguinidade sacerdotal podia produzir tanto fraqueza quanto talento. Frequentemente, perguntava-se se ela própria havia sido escolhida como acólita por influência de sua avó da realeza, e não por seu próprio mérito, mas metade das outras teria saído correndo gritando se tivesse visto aquelas luzes cintilando pela passagem do Templo subterrâneo. Ocorreu-lhe agora que os guardiães talvez tivessem visto algum benefício em adicionar o sangue robusto de Alkonath à linhagem sacerdotal.

Mas por que tinham decidido que o detestável Kalhan, com suas feições grosseiras e seu senso de humor igualmente grosseiro, era um companheiro adequado para ela? Certamente ele teria sido um par melhor para Cleta, que não tinha nenhum senso de humor. Como princesa menor, Damisa esperava um casamento arranjado, mas ao menos o marido deveria ser um homem de poder. Tiriki dissera que Kalhan provavelmente melhoraria com a idade, mas Damisa não via sinais disso agora.

Lá estava ele, saltando sobre o gramado, liderando um grupo de outros acólitos em uma torcida barulhenta, enquanto Aldel, que ela achava ser o mais simpático dos meninos, e Lanath, que era melhor com a cabeça do que com as mãos, lutavam ferozmente. Até mesmo Elara, geralmente a mais sensata das acólitas, os observava com um sorriso divertido. Selast, por outro lado, parecia querer se juntar à batalha. Ela provavelmente poderia vencer, pensou Damisa ao observar a figura rija da garota mais jovem. Damisa deu as costas. Não sabia se a luta era por diversão ou por fúria e, no momento, não se importava.

Todos parecem ter se esquecido de se preocupar com o fim do mundo, pensou ela, de mau humor. *Como eu gostaria de estar em casa! É uma honra ser escolhida e tudo o mais – só que sempre faz tanto calor aqui e a comida é estranha. Mas seria mais seguro lá? Será que podemos ao menos fugir? Ou espera-se que fiquemos aqui nobremente e deixemos o mundo cair aos pedaços ao nosso redor?*

Lutando contra os soluços, Damisa deixou que seus pés errantes a levassem pela encosta do gramado. Em momentos, emergiu na extremidade dos muitos terraços do jardim – um longo e largo muro de contenção com uma vista arrebatadora para a cidade e para o mar.

Havia apenas dois dias, Damisa descobrira o local, que tinha certeza de que não podia ser visto nem mesmo do telhado da Casa dos Doze. Com alguma sorte, os outros ainda não sabiam disso.

Como sempre, o vento do mar dissipou seu mau humor. Cada rajada salgada parecia uma carta de amor secreta de sua casa distante. Minutos se passaram antes que ela notasse quantos barcos estavam na água hoje – não, não barcos, ela percebeu, mas navios, e não navios quaisquer, mas uma frota de aves aladas de três mastros, o orgulho e o poder de Atlântida. No alto da água, suas proas excelentes cobertas de bronze endurecido podiam ser remadas em alta velocidade ou navegar ao vento com as velas. Em formação precisa, deram a volta no promontório.

Aninhado quase diretamente abaixo de onde ela olhava, havia um pequeno porto. Raramente era usado e normalmente era silencioso o suficiente para que alguém entrasse em transe ao olhar para suas águas azuis-claras. Mas agora, uma a uma, as aves aladas altas lançavam suas âncoras enquanto as bandeiras coloridas brilhantes flutuavam e se instalavam para descansar na calma da baía. O maior dos navios já estava atracado no cais, com as velas roxas enroladas.

Damisa esfregou os olhos novamente. *Como pode ser?*, ela se perguntou, mas não havia nenhuma falha em sua visão. De cada mastro principal orgulhoso, voava o Círculo de Falcões, a bandeira soberana de sua pátria. Uma onda de saudade trouxe lágrimas aos seus olhos.

— Alkonath — ela falou, arfando; e, sem pensar duas vezes, levantou as vestes e começou a correr, o longo cabelo castanho-avermelhado esvoaçando atrás dela ao passar pelo combate de luta livre em andamento, e correu para fora do jardim até a escadaria que levava ao porto.

**

A maior das aves aladas havia ancorado nas docas principais, mas ainda não havia baixado a prancha. Comerciantes e pessoas da cidade já tinham se reunido no cais, conversando animadamente enquanto esperavam para ver o que aconteceria em seguida. Mesmo com seus criados, porém, estavam quase em menor número do que os homens e mulheres vestidos de branco da casta dos sacerdotes.

Tiriki estava bem na frente, envolta em finas camadas de tecido incolor, os enfeites de cabeça com flores de ouro pendendo sobre os cabelos. Seus dois companheiros estavam cobertos por mantos de púrpura real de Ahtarrath. Ao sol, os rubis em seus diademas queimavam como fogo. Damisa levou um momento para reconhecer que eram Reio-ta e Micail.

Os navios eram esperados, então, a acólita deduziu, sabendo bem quanto tempo levava para colocar as vestes cerimoniais. *A frota deve ter sido avistada da montanha, e um corredor foi enviado para avisá-los de que os visitantes estavam chegando.* Ela empurrou a multidão até chegar ao lado de sua mentora.

Tiriki inclinou a cabeça levemente em saudação.

— Damisa, que senso de oportunidade!

No entanto, antes que Damisa pudesse se perguntar se Tiriki estava se divertindo com ela, um alarido coletivo anunciou que os visitantes começavam a desembarcar.

Os primeiros a emergir foram os soldados de mantos verde, armados com lanças e espadas. Eles escoltavam dois homens com capas de lã simples de viajante, acompanhados por um sacerdote cujo manto era cortado num estilo desconhecido. Reio-ta deu um passo à frente, levantando o bastão cerimonial para traçar o círculo de bênção. Tiriki e Micail tinham se aproximado mais. Damisa teve que entortar o pescoço para ver.

— Em nome de Manoah, Criador de Tudo, cujo brilho enche nosso coração quando Ele ilumina o céu — disse Reio-ta —, eu lhes dou boas-vindas.

— Agradecemos a Nar-Inabi, o Modelador de Estrelas, que os trouxe em segurança através do mar — acrescentou Micail.

Enquanto ele levantava os braços para fazer uma homenagem formal, Damisa viu as pulseiras de serpentes brilhantes que só poderiam ser usadas por um príncipe da linhagem imperial.

Tiriki deu um passo à frente, oferecendo uma cesta de frutas e flores. Sua voz era como uma canção.

— Ni-Terat, a Grande Mãe, que também se chama Caratra, dá as boas-vindas a todos os seus filhos, jovens e velhos.

O mais alto dos viajantes jogou para trás o capuz do manto, e a alegria de Damisa se tornou um guincho de deleite. *Tjalan!* Ela não sabia se se importava mais por ele ser príncipe de Alkonath ou por ser seu próprio primo, que sempre fora gentil com ela. Mal teve disciplina suficiente para não correr e apertar os braços em torno dos joelhos dele, como fazia quando era criança. Mas ela se controlou, e era bom que o fizesse, pois, no momento, Tjalan era totalmente um senhor do império, com a grande esmeralda que flamejava de seu diadema e as pulseiras reais entrelaçadas em torno de seus antebraços.

Esguio e bronzeado, ele tinha a confiança de quem nunca duvidara de seu direito de comandar. Havia fios de prata em suas têmporas — isso era novo —, mas Damisa achou que acrescentava distinção aos cabelos escuros do primo. Ainda assim, os olhos distantes de Tjalan eram os mesmos — verdes como a Esmeralda de Alkona, embora houvesse momentos, ela sabia, em que eles podiam mostrar todas as cores do mar.

Quando o sacerdote de túnica estranha se apresentou, Tiriki colocou a mão sobre o coração e depois a testa, na saudação oferecida apenas ao mais alto dos iniciados.

— Mestre Chedan Arados — ela murmurou —, que o senhor ande na Luz.

Damisa observou o sacerdote com interesse. Em toda Atlântida, pelo menos na casta dos sacerdotes, o nome de Chedan Arados era bem conhecido. Ele fora acólito na Terra Antiga, educado ao mesmo tempo que a mãe de Tiriki, Deoris; mas Chedan levara seus estudos adiante para se tornar um Mago Livre. Após a destruição da Cidade da Serpente em Círculo, tinha viajado muito. No entanto, apesar de suas várias visitas a Alkonath, Damisa nunca o vira antes.

O mago era alto, com olhos acolhedores, mas penetrantes, e a barba cheia de um homem maduro. Já havia uma forte sugestão de arredondamento na barriga, mas ele não poderia ser chamado de robusto. Seu manto, feito do mesmo linho branco fino que o usado pelos sacerdotes comuns da Luz, era de um modelo distintamente diferente, preso com laços e botões em um ombro e caído solto sobre o tornozelo. Sobre o peito, havia um disco de cristal, uma lente na qual brilhos finos azuis-esbranquiçados dardejavam e brilhavam como peixes em uma lagoa.

— Eu caminho, sim, na Luz — disse o mago a Tiriki —, mas muitas vezes o que vejo é escuridão. E hoje é assim.

O sorriso de Tiriki congelou.

— Vemos o que o senhor vê — ela disse, muito baixo —, mas não devemos falar disso aqui.

Micail e Tjalan, tendo completado as saudações mais formais entre os príncipes, apertaram os pulsos um do outro com força. Quando suas pulseiras bateram, as linhas severas de seus rostos de nariz igualmente grande deram lugar aos risos mais calorosos.

— Fez boa viagem? — Micail perguntou conforme os dois se viraram, de braços dados, caminhando pelo cais.

— O *mar* até que estava calmo — gracejou Tjalan, com ironia.

— Sua senhora não quis sair de Alkonath?

Tjalan reprimiu um riso.

— Chaithala está convencida de que as Ilhas de Estanho são uma floresta uivante habitada por monstros. Mas nossos mercadores vêm preparando um refúgio em Belsairath por muitos anos. Ela não vai passar tão mal. Saber que ela e as crianças estão seguras livra minha mente para a tarefa aqui.

— E se estivermos todos enganados e nenhum desastre ocorrer? — perguntou Micail.

— Então ela terá tido umas férias incomuns e provavelmente nunca me perdoará. Mas tenho falado muito com o mestre Chedan durante a viagem, e temo que seus pressentimentos estejam bastante corretos...

Damisa reprimiu um arrepio. Havia imaginado que o ritual no Templo profundo tinha sido bem-sucedido, apesar do colapso de Alyssa, pois os terremotos e os pesadelos haviam cessado. Agora estava inquieta. Será que tais tremores também haviam sido sentidos em Alkonath? Estava ficando difícil assegurar-se de que a vinda de Tjalan não era mais do que uma visita social.

— E quem é essa? Poderia ser a pequena Damisa, crescida até a altura de uma mulher?

A voz trouxe a cabeça de Damisa de volta. O terceiro viajante estava diante dela com seu manto agora jogado para trás revelando uma túnica sem mangas e um kilt tão bordado que ela piscou quando as roupas brilhantes refletiram o sol. Mas ela sabia que a roupa espalhafatosa cobria um corpo musculoso, e a longa adaga embainhada ao lado do homem, por mais ornamentada que fosse, não era um enfeite aristocrático. Era Antar, o guarda-costas de Tjalan desde o tempo em que eles eram meninos.

— *É* Damisa — Antar respondeu a si mesmo, os olhos escuros, como sempre, em constante movimento, atentos a qualquer ameaça a seu senhor.

Damisa corou, percebendo que os outros agora também estavam olhando para ela.

— Só você, Antar, para vê-la primeiro — disse Micail, sorrindo.

— Só Antar para ver tudo primeiro— comentou Tjalan, com um sorriso não menos amplo. — Damisa. Que prazer, doce prima, encontrar uma flor de Alkona em meio a tantos lírios.

A atitude dele era calorosa e acolhedora, mas, enquanto caminhava à frente, Damisa soube que os dias de abraços infantis tinham acabado para sempre. Ela estendeu a mão, e seu príncipe se curvou diante dela respeitosamente – ainda que com um cintilar nos olhos cor de mar.

— Damisa, você de fato se tornou uma mulher — disse Tjalan, com apreço. Mas ele soltou a mão dela e se voltou mais uma vez para Tiriki. — Estou vendo que cuidou bem de nossa flor.

— Fazemos o que podemos, meu nobre senhor. E, agora — Tiriki entregou a cesta de frutas e flores a Damisa ao falar, com uma voz ressoante —, deixemos os oficiais da cidade darem as boas-vindas ao príncipe de Alkonath.

Ela fez um gesto em direção à praça aberta na entrada do cais onde, como por magia, pavilhões carmesim haviam surgido para sombrear mesas cheias de comida e bebida.

Tjalan franziu o cenho.

— Não acho que temos tempo...

Tiriki pegou o braço dele delicadamente.

— Precisamos adiar todas as discussões sérias até que os senhores cheguem das propriedades no campo. E, se as pessoas nos virem comendo e bebendo juntos, isso vai encorajar a cidade. Rogo que faça nossa vontade, meu nobre senhor.

Como sempre, por baixo das palavras de Tiriki, ressoava a cadência de uma canção. Um homem teria que ser feito de pedra, pensou Damisa, para resistir à doçura daquele apelo.

***

Micail olhou ao redor do grande salão para verificar se os criados tinham terminado de colocar os jarros de barro com água de limão e as taças de prata, e depois acenou com a cabeça para que se retirassem. O resto da luz do dia passava por janelas estreitas sob a cúpula altaneira do Salão do Conselho, iluminando a mesa circular e os rostos preocupados dos comerciantes, proprietários de terras e líderes que se sentavam ao seu redor. Será que a força de Atlântida voltaria a estar reunida em tal ordem e dignidade?

Micail levantou-se de seu divã e esperou que as conversas cessassem. Para aquele encontro, ele reteve as insígnias reais que o marcavam como príncipe, embora Tiriki tivesse retomado o manto branco e o véu de uma simples sacerdotisa e se sentado um pouco de lado. Reio-ta, vestido como governador do Templo, havia tomado um lugar à esquerda com os outros governantes.

Mais uma vez, Micail sentiu intensamente que estava entre dois reinos, o mundano e o espiritual. Ao longo dos anos, frequentemente vira suas identidades como Guardião Investido e como príncipe de Ahtarrath em conflito, mas, naquela noite, talvez sua realeza pudesse lhe dar autoridade para impor a sabedoria do sacerdócio.

Se é que ao menos isso será suficiente. No momento, o que Micail sentia com mais força era medo. Mas o dado fora lançado. Seu amigo Jiritaren fez um aceno encorajador. A sala havia ficado em silêncio. Todos os olhos estavam voltados para ele em uma expectativa tensa.

— Meus amigos, herdeiros de Manoah, cidadãos de Atlântida, todos nós sentimos os tremores que sacodem nossas ilhas. Sim, *ilhas* — repetiu ele rispidamente, vendo os olhos de alguns proprietários de terras se alargarem —, pois os mesmos precursores do desastre abalaram Alkonath, Tarisseda e outros reinos também. Por isso nos reunimos para nos aconselharmos contra a ameaça que agora todos enfrentamos.

Micail fez uma pausa e olhou lentamente pela mesa.

— Ainda há muita coisa que podemos fazer — disse ele, encorajadoramente —, pois, como certamente sabem, o Império enfrentou circunstâncias não menos terríveis e sobreviveu até hoje. Mestre Chedan Arados. — Micail fez uma pausa, permitindo que uma enxurrada de sussurros corresse pelo salão. — Mestre Chedan, o senhor estava entre aqueles que escaparam da destruição da Terra Antiga. Poderia nos falar agora das profecias?

— Falarei.

Pesadamente, o mago se pôs de pé e olhou para a reunião com firmeza.

— Está na hora de colocar o véu de lado — ele disse. — Serão compartilhados alguns segredos que até agora foram ditos apenas sob o selo da iniciação; mas isso foi feito para preservar a verdade, para que fosse revelada na hora designada. Manter essas coisas escondidas agora seria o verdadeiro sacrilégio. De fato, pois a ameaça que enfrentamos tem suas raízes mais profundas em um sacrilégio cometido há quase trinta anos na Terra Antiga.

Quando Chedan tomou fôlego, a faixa de luz do sol que envolvia sua cabeça se moveu, deixando-o subitamente na sombra. Micail sabia que era apenas porque o sol estava se pondo, mas o efeito foi desconcertante.

— E não foram homens comuns, mas sacerdotes — disse Chedan, de maneira direta —, que, na busca equivocada pelo conhecimento proibido, desestabilizaram o campo magnético que harmoniza as forças conflitantes dentro da terra. Toda a nossa sabedoria e todo o nosso poder foram suficientes apenas para retardar o momento em que a falha cedeu; e, quando finalmente a Cidade da Serpente em Círculo afundou no mar interior, não foram poucos os que disseram que aquilo não era nada além de justo. A cidade que permitiu a profanação *deveria* pagar o preço, disseram. E quando, logo depois, a própria Terra Antiga foi engolida pelo mar, embora os videntes nos avisassem de que as repercussões continuariam, de que o desenrolar se expandiria ao longo da linha de falha, talvez para rachar o mundo como um ovo, ainda ousamos esperar que tivéssemos visto o pior da destruição.

Os sacerdotes pareciam sombrios – sabiam o que estava por vir. No rosto dos outros, Micail viu uma apreensão crescente enquanto Chedan continuava.

— Os tremores recentes em Alkonath, como aqui, são um aviso final de que a Ascensão de Dyaus, o Tempo do Fim, como alguns chamam, está muito próximo.

Àquela altura, grande parte do salão estava na escuridão. Micail fez sinal a um criado para acender as lamparinas penduradas, mas a iluminação parecia escassa demais para o ambiente.

— Por que não fomos informados? — questionou um comerciante. — Pretendiam manter esse segredo para que apenas o sacerdócio pudesse ser salvo?

— Não estava ouvindo? — Micail o interrompeu. — Os únicos *fatos* que tínhamos foram divulgados quando os recebemos. Deveríamos ter criado um pânico inútil proclamando previsões de um desastre que poderia não acontecer por um século?

— Claro que não — concordou Chedan. — Esse foi de fato o erro cometido na Terra Antiga. Até que o previsto seja visto novamente, seus sinais não podem ser reconhecidos. É por isso que os maiores videntes são impotentes contra o verdadeiro destino. Quando os homens são preparados por muito tempo contra um perigo que não vem, eles ficam descuidados e não conseguem responder quando chega o momento.

— Se é que *chegou* — zombou um proeminente proprietário de terras. — Sou um homem simples, não sei nada sobre o significado das luzes no céu. Mas sei que Ahtarrath é uma ilha vulcânica. É totalmente natural que trema às vezes. Outra camada de cinzas e lava servirá apenas para enriquecer o solo.

Ouvindo murmúrios de concordância dos senhores da aldeia, Micail suspirou.

— Tudo o que o sacerdócio pode fazer é avisar — disse, esforçando-se para afastar a irritação da voz. — O que fazem com isso é com vocês. Não forçarei nem meus próprios servos a abandonar suas casas. Posso apenas avisar a todos aqui que a maioria dos Guardiões do Templo escolheu confiar nós mesmos e nossos bens ao mar, e retornar à terra apenas quando o cataclismo terminar. Como príncipe de sangue, digo isso, e nos esforçaremos para levar conosco tantos quantos pudermos.

Reio-ta levantou-se, acenando afirmativamente.

— Não podemos permitir que a verdade que o Templo protege... morra. Enviaremos nossos Doze Acólitos e... tantos outros quantos pudermos colocar em navios, com a esperança de que pelo menos alguns deles cheguem em segurança a... terras onde novos templos possam surgir.

— Que terras? — exclamou alguém. — As rochas estéreis onde os selvagens e os animais governam? Só os tolos confiam no vento e no mar!

Chedan abriu os braços.

— Vocês se esquecem de sua própria história — repreendeu. — Embora tenhamos nos afastado do mundo desde a guerra com os helenos, não ignoramos outras terras. Onde quer que haja mercadorias para serem compradas ou vendidas, os navios da Atlântida chegaram, e, desde a queda da Terra Antiga, muitos de nossos sacerdotes foram com eles. Nas estações comerciais de Khem e Hellas até as Hespérides e Zaiadan, suportaram um exílio solitário, aprendendo os costumes dos povos nativos, estudando seus deuses alienígenas em busca de crenças comuns, ensinando e curando, preparando o caminho. Acredito que, quando nossos andarilhos chegarem, serão bem-vindos.

— Aqueles que escolherem ficar não precisam temer a ociosidade — disse a sacerdotisa Mesira, inesperadamente. — Nem todos os que são do Templo acreditam que o desastre é inevitável. Continuaremos a trabalhar com todos os nossos poderes para manter o equilíbrio aqui.

— Isso, eu fico feliz em ouvir — veio uma voz irônica do canto oeste.

Micail reconheceu Sarhedran, um rico mestre de navios, com seu filho Reidel atrás dele.

— Um dia Ahtarrath governou os mares, mas, como meu nobre senhor nos lembrou, nosso olhar se voltou para dentro. Mesmo que as pessoas pudessem ser persuadidas a ir para essas terras estrangeiras, não temos os navios para carregá-las.

— Foi exatamente por isso que viemos agora, com metade da frota da grande Alkonath, para oferecer ajuda.

Quem falava era Dantu, capitão do navio em que Tjalan havia chegado, preparando o caminho. Se o sorriso dele era menos diplomático do que triunfante, havia razão para isso. Os comerciantes de Alkonath e Ahtarrath tinham sido rivais ferozes no passado.

Agora Tjalan falava:

— Neste tempo de provação, lembramos que somos todos filhos de Atlântida. Meus irmãos permanecem para supervisionar a evacuação de Alkonath. É uma honra e um grande prazer pessoal comprometer oitenta das minhas melhores aves aladas com a preservação do povo e da cultura de *sua* grande terra.

Alguns na mesa ainda pareciam um pouco azedos, mas a maioria dos rostos começou a florescer em sorrisos. Micail não conseguiu reprimir um sorriso para seu companheiro príncipe, embora nem oitenta navios, é claro, pudessem salvar mais do que um décimo da população.

— Então que essa seja a nossa resolução — disse Micail, assumindo o comando novamente. — Vocês devem voltar para seus distritos e seguidores, e dar a eles a notícia da maneira que acharem melhor. Onde for necessário, o tesouro de Ahtarrath será aberto para garantir suprimentos para a jornada. Vão agora, façam seus preparativos. Não entrem em pânico, mas ninguém deve se atrasar desnecessariamente. Rezaremos aos deuses para que haja tempo.

— E *o senhor* estará em um desses navios, meu senhor? O sangue real de Ahtarrath abandonará a terra? Então estamos realmente perdidos.

A voz era a de uma velha, uma das principais proprietárias de terras. Micail se esforçou para se lembrar do nome dela, mas, antes que conseguisse, Reio-ta se mexeu ao lado dele.

— Os deuses ordenam que Micail vá... para o exílio. — O homem mais velho respirou fundo para controlar a gagueira que às vezes ainda o afligia. — Mas eu também sou um Filho do Sol, ligado ao sangue de Ahtarrath. Qualquer seja o destino daqueles que ficarem aqui, permanecerei e o compartilharei.

Micail só conseguia olhar para o tio, pois o choque de Tiriki amplificou o seu. Reio-ta não havia dito nada disso! Eles mal ouviram as palavras finais de Chedan.

— Não compete ao sacerdócio decidir quem deve viver e quem deve morrer. Não há ninguém apto a dizer se aqueles que partem se sairão melhor do que aqueles que ficam. Nossos destinos resultam de nossas próprias escolhas, nesta vida e em todas as outras. Eu ordeno que vocês apenas se lembrem disso e escolham conscientemente, de acordo com a sabedoria que está dentro de vocês. Que os Poderes da Luz e da Vida abençoem e preservem todos!

***

Chedan tirou o adorno da cabeça e o colocou debaixo do braço enquanto saía do Salão do Conselho para o pórtico. O vento do porto era um sopro abençoado de frescor.

— Foi melhor do que eu... esperava — disse Reio-ta, observando os outros descerem as escadas. — Chedan, agradeço suas... palavras e esforços.

— Fiz pouco até agora — disse Chedan, com um aceno para Tjalan, que veio se juntar a eles, —, mas mesmo isso teria sido impossível sem a generosidade ilimitada de meu primo real.

O príncipe Tjalan cerrou os punhos no coração e curvou-se antes de responder.

— Minha melhor recompensa é saber que servi à causa da Luz. — De repente, ele sorriu para o mago. — O senhor tem sido meu professor e meu amigo, e nunca me conduziu falsamente.

A porta se abriu novamente e Micail, tendo acalmado os medos imediatos dos conselheiros mais ansiosos, juntou-se a eles. Ele parecia preocupado. Até que realmente colocasse os pés a bordo do navio, carregaria a responsabilidade não apenas pela evacuação, mas também pelo bem-estar daqueles que decidissem ficar para trás.

— Agradecemos, meus senhores — disse Micail, com um gesto. — Sei que não gostaria de aguentar esse conselho depois de uma viagem marítima. Deve estar cansado. A hospitalidade de Ahtarra ainda pode fornecer um pouco de comida e abrigo. — Ele conseguiu dar um sorriso. — Pode vir comigo.

Acho que você precisa descansar mais do que eu, rapaz, pensou Chedan, mas sabia que não devia demonstrar sua pena.

Os aposentos reservados ao mago eram espaçosos e agradáveis, com longas janelas que permitiam a entrada de uma brisa refrescante vinda do mar. Ele sentiu que Micail gostaria de ficar, mas Chedan fingiu exaustão e logo foi deixado sozinho.

Quando o som de passos recuou, o mago desamarrou sua bolsa e vasculhou dentro dela em busca de um par de botas marrons e uma túnica de cor opaca, como qualquer viajante usaria. Vestindo-as, desceu rapidamente para a rua, tomando cuidado para passar despercebido, e partiu para o crepúsculo escuro com uma autoconfiança tão calma que qualquer um que o visse passar pensaria que ele era um habitante vitalício das vielas e dos atalhos emaranhados dos recintos do Templo.

Na verdade, Chedan não visitava Ahtarra fazia muitos anos, mas as vias pouco tinham mudado. Cada passo que dava era perseguido por ecos de juventude perdida, amor perdido, vidas perdidas... Chedan parou ao lado da parede norte coberta de trepadeiras do novo Templo. Esperando estar no lugar certo, colocou de lado um punhado de trepadeiras e encontrou uma porta lateral. Abriu com bastante facilidade. Foi mais difícil fechá-la novamente.

Lá dentro estava escuro, exceto por uma linha de pedras levemente brilhante no chão que delineava o caminho através de um estreito corredor de serviço ladeado por portas não marcadas. Chedan conseguiu se mover rapidamente pelo caminho, até que de repente chegou ao arco de pedra baixo no final.

Estou ficando velho demais para esses atalhos, pensou o mago, com tristeza, enquanto esfregava a cabeça. *Poderia ter chegado lá mais rápido pela porta da frente.*

Além do arco, havia uma câmara abobadada e apertada, iluminada pelos degraus brilhantes de uma escada em espiral. Chedan subiu dois lances com cuidado e emergiu por outro arco para chegar à sala de leitura comunitária, uma ampla sala piramidal quase no topo do prédio. Projetada para capturar o máximo da luz do dia, agora estava quase inteiramente na sombra. Apenas algumas lamparinas de leitura queimavam aqui e ali.

Sob um desses brilhos, o Guardião Investido Ardral estava sentado sozinho a uma mesa ampla, examinando o conteúdo de um baú de madeira. Aproximando-se, Chedan mal conseguia ver o tampo da mesa por causa da desordem que o cobria: pergaminhos esfarrapados, fragmentos de tábuas de pedra com inscrições e o que pareciam ser colares de contas coloridas.

A atenção de Ardral estava voltada para o destaque da coleção, uma curiosa espécie de livro longo e estreito feito de tiras de bambu costuradas com fios de seda.

— Não sabia que vocês tinham o *Vimana Codex* aqui — comentou Chedan, mas Ardral ignorou a tentativa educada de interrupção.

Com uma careta, o mago pegou um pequeno banco próximo e o arrastou ruidosamente para um local ao lado de Ardral.

— Posso esperar — anunciou ele.

Ardral ergueu o olhar, com um sorriso aberto.

— Chedan — ele disse, em voz baixa —, eu realmente não o estava esperando até...

— Eu sei. — Chedan desviou o olhar. — Acho que deveria ter aguardado, mas acabei de chegar da reunião do conselho.

— Minhas condolências — interveio Ardral. — Espero ter conseguido fornecer a todos as informações de que precisavam.

— Pensei ter visto evidências de seu trabalho — acrescentou Chedan.

— Mas simplesmente não podia encarar outro ensaio dos inevitáveis chavões.

— Sim, teve muito disso. Eles estão com medo — disse Chedan.

Ardral revirou os olhos.

— Com medo de se lembrarem do motivo de ainda não estarem prontos? Isso vem acontecendo há muito tempo, sobrinho. E é exatamente como Rajasta previu... mesmo que ele estivesse um pouco errado sobre a data. Com a maior boa vontade do mundo, no Templo como na fazenda, a maioria das pessoas simplesmente não consegue seguir ano após ano, procurando uma saída para uma situação impossível que não se desenvolve no tempo esperado! A vontade de retomar a rotina da vida. — Ardral parou. — Bem, está vendo, até eu faço isso. Falando nisso, tenho algo reservado de que você costumava gostar muito. Talvez pudéssemos resolver os problemas do mundo em particular, hein?

— Eu... — Chedan piscou, então olhou ao redor do quarto sombrio. Por um momento, ao ver o tio, sentiu-se muito jovem novamente. — Sim — disse ele, com uma risada, e depois um sorriso de verdade. — Obrigado, tio.

— É isso aí — aprovou Ardral, e, levantando-se, começou a colocar o livro estranho no baú de madeira. — Só porque a eternidade está em nossos calcanhares, não significa que não podemos viver um pouco antes.

Fechando o baú, ele deu uma piscadela para Chedan.

— Fazemos qualquer dança que vier a seguir.

Durante a visita mais recente de Chedan, Ardral ocupara um dormitório bastante decrépito a uma pequena distância do templo. Agora, como curador da biblioteca, ele tinha uma sala espaçosa dentro dela.

O fogo ardia na lareira quando entraram, ou talvez já estivesse queimando. Chedan olhou para os móveis esparsos, mas de bom gosto, enquanto Ardral tirava duas taças de prata filigranadas e abria uma jarra preta e amarela de vinho de mel.

— *Teli'ir?* — exclamou o mago.

Ardil assentiu.

— Ouso dizer que não existe mais do que uma dúzia de garrafas.

— O senhor me honra, tio. Mas temo que a ocasião não seja digna disso.

Com um suspiro, Chedan se acomodou em um sofá acolchoado.

Na companhia do tio, bebendo teli'ir, era quase como se o Império Brilhante ainda governasse os dois horizontes. O tempo mal havia passado. Não era mais o erudito Chedan Arados, o grande Iniciado dos Iniciados, aquele de quem se esperava que apresentasse respostas, soluções, esperanças. Podia ser ele mesmo.

Embora os dois não fossem particularmente próximos antes da queda da Terra Antiga, Chedan conhecia Ardral a vida toda – de fato, anos antes de se tornar acólito, seu tio havia sido seu tutor por um breve período.

Muitos anos se haviam passado desde então, mas Ardral não parecia mais velho. Havia, sem dúvida, novas rugas e vincos no rosto vivo e expressivo, e o emaranhado de cabelos castanhos havia desbotado e afinado... Se Chedan olhasse de perto, poderia encontrar essas marcas da idade, mas esses pequenos detalhes não mudaram a identidade interior, que de alguma forma permaneceu exatamente a mesma.

— É mesmo bom ver o senhor, tio — disse ele.

Ardral sorriu e voltou a encher os copos.

— Estou feliz por ter chegado aqui — respondeu ele. — As estrelas não têm sido tranquilizadoras para os viajantes.

— Não — concordou Chedan —, e o tempo não está melhor, embora Tjalan me diga para não me preocupar. Mas, já que tocou no assunto, deixe-me perguntar. *Sua* mente está sempre limpa...

— Por mais um momento apenas — brincou Ardral, e rapidamente bebeu mais vinho.

— Ha! — zombou Chedan. — O senhor sabe o que quero dizer. Nunca foi alguém que se deixa enganar facilmente por suposições ou lendas. Vê apenas o que está realmente diante de si, ao contrário de alguns... Mas não se preocupe com isso. Uma vez, anos atrás — insistiu Chedan —, o senhor me falou das *outras* profecias de Rajasta e de suas próprias razões para acreditar nelas. Esses motivos mudaram...? *Mudaram?* — repetiu ele, inclinando-se para mais perto do tio. — Ninguém vivo conhece as obras de Rajasta melhor do que o senhor.

— Suponho — disse Ardral, distante, enquanto comia um pouco de queijo.

Resoluto, Chedan continuou:

— Todo mundo se concentrou nos elementos trágicos da profecia. A destruição de Atlântida, a inevitável perda de vidas, a pequena chance de sobrevivência. Mas o senhor, se alguém entende a escala maior da profecia, o que era, e o que é, e...

— Vai me infernizar sobre isso, não é? — Ardral rosnou, sem seu sorriso habitual. — Tudo bem. *Só desta vez*, vou responder à pergunta que não consegue fazer. E então vamos deixar o assunto de lado, pelo menos esta noite!

— Como quiser, tio — disse Chedan, humilde como uma criança.

Suspirando, Ardral passou os dedos pelo cabelo, desarrumando-o ainda mais.

— A resposta curta é sim. É como Rajasta temia. O inevitável está acontecendo e, pior, exatamente sob o tipo de condição que dá ataques em estudiosos medíocres da horologia. Bah. Eles se distraem facilmente das muitas influências positivas; é como se *quisessem* pensar o pior. Mas sim,

sim, não podemos negar, Adsar, a Estrela Guerreira, definitivamente mudou seu curso em direção ao Chifre de Carneiro. E esse é precisamente o alinhamento que os textos antigos chamam de Guerra dos Deuses. Mas os antigos claramente *não* dizem que tal configuração significará algo para o mundo *mortal*! A habitual vaidade humana. Tão previsível.

Por alguns momentos, houve silêncio, enquanto Ardral voltava a encher o copo e Chedan tentava pensar em algo para dizer.

— Percebe? — disse Ardral, bastante gentilmente. — Não adianta pensar nessas coisas. Enxergamos apenas a bainha da roupa, como dizem. Então deixe para lá. As coisas vão ficar agitadas o suficiente nos próximos dias. Não haverá muito tempo para se sentar em silêncio e não fazer nada. E, no entanto... — Ele ergueu o copo, fingindo solenidade. — Em tempos como estes...

Rindo apesar de seus pensamentos sombrios, Chedan se juntou a ele no velho refrão: *"Não há nada como nada para acalmar a mente!"*.

três

Como é possível empacotar uma vida?

Micail olhou para a confusão de itens empilhados em seu divã e balançou a cabeça. Parecia uma pequena coleção triste à luz da manhã. *Três partes de necessidade para uma parte de nostalgia?*

Todos os navios, é claro, seriam abastecidos de itens práticos, como roupas de cama, sementes e remédios. Enquanto isso, os acólitos e alguns chelas de confiança tinham recebido a tarefa de empacotar pergaminhos e insígnias usando listas que o Templo preparara havia muito tempo. Mas esses itens, na verdade, eram todos para uso público. Cabia a cada passageiro escolher os pertences pessoais que coubessem em um saco para acompanhá-lo no mar.

Ele havia feito isso uma vez antes, quando tinha doze anos, deixando a Terra Antiga onde nascera para vir para aquela ilha que era sua herança. Então deixara a infância para trás.

Bem, não precisarei mais liderar procissões para subir a Montanha Estrela. Por mais um momento, examinou o manto cerimonial, lindamente bordado com uma teia de espirais e cometas... Com uma pequena pontada de arrependimento, ele o jogou de lado e começou a dobrar um par de túnicas simples de linho. O único manto do ofício que levava era um tecido de seda branca, tão fino que era luminoso, e o manto azul que o acompanhava. Com os ornamentos do sacerdócio, seria suficiente para o trabalho ritual. *E, sem pátria, não serei mais príncipe.* Seria um alívio, ele se perguntou, ou ele sentiria falta do respeito que seu título lhe trouxera?

O símbolo não é nada, recordou a si mesmo; *a realidade é tudo*. Um verdadeiro adepto deveria ser capaz de seguir sem qualquer insígnia. *"A ferramenta mais importante do mago está aqui"*, o velho Rajasta costumava dizer, batendo na testa com um sorriso. Por um momento, Micail teve a impressão de que estava de volta na Casa dos Doze na Terra Antiga. *Sinto muita falta de Rajasta*, pensou Micail, *mas fico feliz que ele não tenha vivido para ver este dia.*

O olhar dele vagou para o mogno-da-montanha em miniatura em seu pote refinado no batente da janela, a folhagem verde-clara brilhando no sol da manhã. Fora um presente da mãe, Domaris, não muito tempo depois que tinha chegado em Ahtarrath, e desde então ele o aguara, podara, cuidara dele... Ao pegá-lo, ouviu o passo leve de Tiriki no salão.

— Meu querido, está realmente planejando levar essa arvorezinha?

— Eu... não sei — Micail devolveu o pote à janela e se voltou para Tiriki com um sorriso. — Parece uma pena abandoná-la depois de ter cuidado dela por tanto tempo.

— Não vai sobreviver em sua bagagem — ela observou, indo para os braços dele.

— É verdade, mas pode haver espaço para ela em algum outro lugar. Se decidir levar uma arvorezinha for minha escolha mais difícil... — as palavras morreram na garganta dele.

Tiriki levantou a cabeça, os olhos buscando os dele e seguindo seu olhar para a janela. Os folíolos delicados da arvorezinha tremiam, estremecendo, embora não houvesse vento.

Sentiu-se, em vez de ouvir, o gemido subsônico abaixo e em torno deles se tornar uma vibração sentida nos solos dos pés, mais poderoso que o tremor que tinham sentido no dia anterior.

De novo não!, pensou Micail, suplicando, *ainda não, agora não...*

Do pico da montanha, uma trilha de fumaça subiu para manchar o céu pálido.

O chão balançou. Ele agarrou Tiriki e a puxou na direção da porta. Escorados sob o batente, teriam alguma proteção se o teto caísse. Os olhos deles se encontraram de novo, e, sem a necessidade de palavras, eles sincronizaram a respiração, indo para o distanciamento focado do transe. Cada respiração os levava mais para o fundo. Ligados, estavam ambos conscientes das tensões que se desenleavam dentro da terra e eram menos vulneráveis a elas.

— Poderes da Terra, fiquem imóveis! — ele gritou, assumindo a autoridade total de seu legado. — Eu, Filho de Ahtarrath, Caçador Real, Herdeiro-do-Mundo-do-Trovão, o comando! Fiquem em paz!

Do céu vazio, veio o trovão, ecoando por um ronco que soava longe. Tiriki e Micail ouviam o tumulto e a comoção no palácio e os sons de coisas se quebrando e estilhaçando em todo lugar.

O tremor finalmente cessou, mas a tensão não. Pela janela, Micail via que o topo da Montanha Estrela havia sumido – não, não sumido, fora *deslocado*. Fumaça, ou poeira, subia por toda a distintiva piramidezinha que, ainda acesa, descia lentamente na direção da cidade.

Micail fechou os olhos com força e estendeu-se além de si novamente conforme uma investida encrespada de energias açoitava seu corpo. Ele tentou visualizar as camadas de rocha que formavam a ilha, mas a visão restritiva apenas piscava e mudava, até que finalmente se tornou a imagem dos braços cruzados de um homem sem rosto, preso e acorrentado, mas mexendo-se, que havia assombrado os sonhos deles. Os músculos dele se flexionaram e elos estouraram enquanto o homem lutava contra suas amarras.

— Quem é você? O QUE ISSO SIGNIFICA? — ele só percebeu que estava gritando quando sentiu os pensamentos de Tiriki dentro dos seus próprios.

— *É... é o Não Revelado!* — veio o grito mental dela. — *Dyaus! Não olhe para os olhos dele!*

Com isso, a visão se levantou, rosnando. O chão tremeu novamente, com mais força que antes, e não parava. Micail havia crescido com as lendas sussurradas do deus Dyaus, invocado para trazer mudança pelos Magos Cinza da Terra Antiga. Em vez disso, ele trouxe caos, cujas reverberações por fim destruíram aquela terra e agora pareciam a ponto de destruir Atlântida também. Mas ele nunca estivera na cripta em que aquela imagem estava acorrentada.

— *Não consigo segurá-lo! Me ajude!*

Imediatamente Micail sentiu o fluxo inabalável de compaixão de Tiriki.

— *Que a Luz equilibre a Escuridão* — o pensamento dela se transformou em uma canção.

—*E Reação, Descanso* — ele seguiu.

— *Que o Amor equilibre o Ódio.*

O calor aumentou entre as mãos dadas deles.

— *O Masculino, o Feminino.*

Uma luz aumentou entre eles, gerando poder para transformar as tensões das forças opostas.

— *Há Luz*

Há Forma
Há Sombra e Ilusão
e Proporção...

Ficaram daquela maneira pelo que pareceu um longo tempo, enquanto o rosnado vazio do deus acorrentado se afastava, gradualmente, rancorosamente, soturnamente.

Quando o tremor por fim cessou, Micail respirou profundamente com alívio, embora sua consciência sensibilizada sentisse os tremores constantes debaixo do equilíbrio que eles haviam imposto sobre a ilha.

— Acabou. — Tiriki abriu os olhos com um suspiro.

— Não — ele disse, em tom pesado —, foi apenas contido, por um breve momento. Amada. — Ele ficou sem palavras e a apertou com mais força. — Eu não poderia ter lidado sozinho com aquele poder.

— Nós temos... tempo?

— Pergunte aos deuses — respondeu Micail. — Mas ao menos ninguém vai duvidar de nossos avisos agora.

Ele olhou para além dela, os ombros caindo ao ver no chão abaixo da janela o pote quebrado, a terra espalhada e as raízes expostas de seu pequeno mogno-da-montanha.

Pessoas morreram naquele terremoto, ele disse a si mesmo. *A cidade está em chamas. Não é hora de chorar por uma árvore.* Mas, conforme jogava o segundo par de sandálias no saco, seus olhos ardiam em lágrimas.

***

O humor da cidade certamente havia se alterado, pensou Damisa ao andar em torno de uma pilha de escombros e continuar na direção do porto. Depois do terror da manhãzinha, a luz clara do sol parecia uma zombaria. A fumaça de uma dúzia de construções em chamas deixara a luz com uma cor dourada rica, estranha. De quando em quando, uma vibração na terra a recordava de que, apesar de a poeira do pico derrubado ter se dispersado, a Montanha Estrela ainda estava desperta.

As tavernas vendiam muito bem, comercializando vinho para os que preferiam afogar o medo em vez de dar passos para se salvar do mar, se bem que, fora isso, a área comercial parecia deserta. Alguns poucos insistiam que o terremoto daquela manhã seria o último, mas a maioria das pessoas estava em casa, empacotando coisas de valor para levar no navio ou para o campo. Do teto da Casa dos Doze, Damisa tinha visto as estradas cheias de carroças. As pessoas iam para os portos ou montanhas no campo, ou qualquer lugar longe da Montanha Estrela, cuja coroa de pirâmide tinha chegado a uma parada precária na metade do caminho da encosta. Do novo cume achatado, uma coluna de fumaça continuava a subir, uma promessa constante de mais violência por vir.

E pensar que houvera momentos em que resistira à serenidade ordeira do Templo, a imposição incessante de paciência e disciplina. Se aquela manhã era um exemplo do que estava vindo, ela suspeitava de que logo se recordaria de sua vida ali como um paraíso.

Na emergência, até mesmo os doze acólitos haviam sido pressionados a trabalhar como mensageiros comuns. Damisa havia pedido o bilhete que iria para o príncipe Tjalan e tinha a intenção de entregá-lo. Determinada, andou na ponta dos pés em torno de uma piscina de líquidos nocivos derramados de um mercado e se dirigiu para uma viela fedida na orla.

Os pátios do porto estavam cheios e barulhentos como em qualquer dia normal, mas agora havia uma histeria mal contida. Ela prendeu o véu no lugar e apressou os passos dentro do reboliço. Ouvia os sotaques arrastados de Alkonath onde virava. Deve ter sido algum tipo de instinto que permitiu que ela distinguisse a voz de Tjalan, ecoando acima do alarido dos homens que labutavam para guardar uma centena de tipos diferentes de equipamentos.

Conforme ela se aproximava, ouviu o marinheiro com quem o príncipe falava.

— O que importa se as sementes forem acima ou abaixo dos fardos de pano?

— Você come pano? — perguntou Tjalan, rispidamente. — Linho molhado seca, mas cevada encharcada de água salgada vai mofar, não crescer. Então volte lá para baixo, homem, e desta vez faça as coisas direito!

Damisa ficou aliviada ao perceber que a expressão do príncipe se suavizou ao vê-la.

— Minha querida, como vão as coisas lá em cima? — Um aceno da mão dele indicou os templos e o palácio na colina.

— Como vão as coisas em todo lugar? — Damisa tentou manter a voz uniforme, mas precisou desviar os olhos. — Ah! — Ela se iluminou. — Mas *há* boas notícias! Os sacerdotes que servem no topo da Montanha Estrela na verdade sobreviveram. Chegaram há horas, todos exceto o líder. Ele manda avisar que mora naquele cume desde que era menino, então, se a montanha deseja se livrar da pirâmide, vai voltar ao pico sem ela.

Tjalan riu.

— Conheci homens como ele... "*profundamente na Misericórdia dos Deuses*", como dizem. Ele pode durar mais que todos nós!

— Há alguns — ela se viu dizendo — que acreditam que, quando a terra começou a tremer, deveríamos ter feito... uma oferenda especial...

Tjalan piscou, franzindo as sobrancelhas.

— Minha criança, nem pense em tais coisas! — O rosto de bronze dele havia ficado tenso e pálido. — Não somos bárbaros que sacrificam crianças! Os deuses estariam certos em nos destruir se fôssemos!

— Mas eles *estão* nos destruindo — ela murmurou, sem conseguir tirar o olhar do pico achatado, fumegante.

— Certamente, estão desfazendo as ilhas — Tjalan a corrigiu com gentileza. — Mas eles já nos deram avisos antes, não deram? Primeiro com as profecias e agora com os tremores? Nos deram tempo para nos prepararmos e escaparmos. — O gesto dele incluía os navios, as pessoas, as caixas, sacos e barris de provisões. — Nem mesmo os deuses podem fazer tudo por nós!

Ele é tão sábio quanto qualquer sacerdote. Damisa admirou a força no perfil do primo quando ele se virou para responder a uma pergunta do capitão, um homem chamado Dantu. *Posso me orgulhar de ser parente de um homem assim,* ela pensou, e não pela primeira vez. Originalmente ela não tinha sido destinada ao Templo – fora sua avó quem a candidatara para os Doze. Quando sonhava com um casamento real na infância, Tjalan era seu modelo para um consorte digno. Era um alívio descobrir que um julgamento mais maduro justificava sua opinião original. Ele fazia Kalhan parecer o menino que era!

— Tomem tento!

O príncipe olhava para um grupo de marinheiros que havia parado de trabalhar para olhar duas moças saji roliças com vestes cor de açafrão que puxavam um carrinho cheio de pacotes para o Tempo de Caratra.

Um dos homens estalou os lábios e fez um barulho de beijo para as moças, que riram por trás dos véus.

— Não me importaria de empacotar *vocês* no meu porão...

— Vocês aí — repetiu Tjalan —, de volta ao trabalho. Elas não são para gente como vocês!

Para *que* as sajis serviam fora assunto de muita especulação de olhos arregalados entre os acólitos. Nos velhos dias, diziam, as sajis tinham sido treinadas para ajudar em certos tipos de mágica que envolviam as energias sexuais. Damisa estremeceu, feliz por não ter experiência suficiente para adivinhar quais seriam. Os acólitos tinham liberdade para ter amantes antes de se casarem, mas ela fora exigente demais para isso, e Kalhan, escolhido como seu noivo por algum procedimento antigo de astrologia, não a havia tentado a experimentar antes do tempo.

— Eu quase me esqueci! — ela exclamou. — Trouxe uma lista de candidatos para navegar no navio real, com... com você.

Conforme o príncipe Tjalan se virou para ela de novo, ela abriu seu estojo de rolos e deu a ele o pergaminho.

— Ah, sim — ele murmurou, correndo o dedo pela lista de nomes. — Hmm. Não sei se é um alívio ou não. — Ele balançou o papel para ela. — Consigo ver ao lado, como uma sombra, a lista daqueles que não vão escapar, seja porque escolheram ficar ou porque não há lugar suficiente. Eu esperava que a única decisão exigida de mim fosse onde guardar o equipamento deles.

Damisa ouviu a amargura dele e precisou sufocar um impulso poderoso de esticar-se em sua direção.

— Lorde Micail e lady Tiriki vão navegar com o capitão Reidel, mas eu estou na *sua* lista — ela disse, em voz baixa.

— Sim, florzinha, e estou muito feliz por isso! — O olhar de Tjalan voltou para o rosto dela, e a aparência severa dele se suavizou. — Quem teria pensado que minha priminha magrela teria crescido e ficado tão...

Outro chamado de Dantu cortou o que fosse que ele estava para dizer, mas Damisa iria dar valor àquelas palavras de despedida por muito tempo. Ele havia notado que ela tinha crescido. Ele a tinha *visto* de fato. Certamente, a palavra que ele não tivera a chance de dizer era "bela", "amável" ou até mesmo "linda".

***

A casa em que Reio-ta vivia com Deoris ficava em uma encosta perto do Templo, com vista para o mar. Quando criança, Tiriki havia morado na casa das sacerdotisas com a tia Domaris. Eles a trouxeram para Ahtarrath criança para salvá-la do perigo que enfrentava na condição de filha do Mago Cinza cuja magia havia despertado o mal de Dyaus. Deoris temia que a filha estivesse morta até que veio a Ahtarrath, e elas se encontraram mais uma vez. Àquela altura, Tiriki pensava em Domaris como mãe dela, e foi só depois da morte de Domaris que passou a morar com Deoris.

Agora, conforme subia os degraus largos da casa de braços dados com Micail, não conseguiu segurar um suspiro súbito de apreciação pela harmonia da construção e dos jardins em torno dela. Quando criança, confusa e enlutada, pouco notara a seu redor e, quando a dor da perda havia esmaecido, havia aprendido a se mover por ali bem demais para realmente ver o lugar pelo que era.

— Que glorioso — Chedan, subindo atrás deles, perto, ecoou o pensamento dela. — É um fato triste que com frequência apreciamos as coisas mais profundamente quando estamos a ponto de perdê-las.

Tiriki assentiu, enxugando uma lágrima furtivamente. *Quando isso tiver acabado, com que frequência vou me arrepender de todas as vezes que passei por este caminho sem parar para olhar de verdade?*

Os três pararam por um momento, olhando para o oeste. Dali, a maior parte da cidade quebrada estava escondida pelos tetos brilhantes do bairro do Tempo. Além deles havia apenas o azul ambíguo do mar.

— Parece tão calmo — disse Chedan.

— Uma ilusão — falou Micail entre dentes, enquanto os levava pelo pórtico.

Tiriki estremeceu quando cruzaram a ponte decorativa que sempre, ela se lembrou, balançava sob o passo mais leve, mas, desde o terremoto daquela manhã, ela se tornara sobrenaturalmente consciente das tensões presas na terra. Sempre que *qualquer coisa* balançava, ficava tensa e se perguntava se o horror estava para recomeçar.

Ali, observou, não havia pilhas caóticas de lembranças e descartes, nada do movimento frenético que agitava o resto da cidade, apenas um servo de voz suave, esperando para acompanhar os visitantes até Reio-ta e Deoris. O coração de Tiriki apertou com a premonição de que a incumbência deles ali iria fracassar. Claramente os pais dela não tinham a intenção de partir.

Chedan entrou na frente dela no grande cômodo que dava para os jardins e parou, saudando Deoris. Tiriki teve a impressão de que a voz dele tremia enquanto dizia as palavras convencionais. O que Chedan tinha sido para a mãe, ela se perguntou, quando eram jovens juntos na Terra Antiga? Ele via a sacerdotisa madura, com tranças negro-avermelhadas com fios prata enroladas como um diadema acima da testa, ou a sombra de uma garota rebelde com olhos tempestuosos e um emaranhado de cachos escuros – a garota que Domaris havia descrito quando falara da mãe de Tiriki, antes que Deoris viesse para Ahtarrath da Terra Antiga?

— Vocês... terminaram de empacotar as coisas? — Reio-ta perguntava. — O Templo está preparado para a evacuação, e os acólitos estão prontos para... ir?

A fala do governador não tinha mais tropeços que de costume. Pelo tom dele, poderia ser um dia perfeitamente comum.

— Sim, tudo está indo bem — respondeu Micail —, ou pelo menos tão bem quando se pode esperar. Alguns navios já partiram. Esperamos partir na maré da manhã.

— Guardamos mais espaço que o suficiente no navio de Reidel para vocês dois — completou Tiriki. — Precisam vir! Mãe, pai. — Ela estendeu as mãos. — Vamos precisar da sabedoria de vocês. Vamos precisar de *vocês*!

— Eu também te amo, querida, mas não seja tola — a voz de Deoris estava baixa e vibrante. — Só preciso olhar para vocês dois para saber que já lhes demos tudo de que vão precisar.

Reio-ta assentiu, os olhos afetuosos sorrindo.

— Você se esqueceu de que eu... dei minha palavra, no conselho? Enquanto qualquer um do meu povo amado ficar na terra, eu... eu também ficarei.

Tiriki e Micail trocaram um olhar breve, mas significativo. *Hora de tentar o outro plano.*

— Então, caro tio — disse Micail, de modo sensato —, precisamos absorver o máximo de seu aconselhamento enquanto podemos.

— C-com alegria — falou Reio-ta, com uma inclinação modesta da cabeça. — Talvez você, mestre Chedan, queira... beber algo mais doce? Posso oferecer várias safras. Tivemos alguns... anos excelentes em sua ausência.

— Você me conhece bem demais — disse o mago, em voz baixa.

Micail riu.

— Se Reio-ta não tivesse oferecido — ele continuou, dissimulado —, sem dúvidas Chedan teria pedido.

Chamando a atenção de Tiriki, Micail balançou a cabeça levemente na direção do jardim, como se para dizer: *Vocês duas poderiam falar sozinhas ali.*

— Venha, mãe — disse Tiriki, alegremente —, deixe os homens com suas pequenas cerimônias. Será que poderíamos caminhar em seu jardim? Acho que é do que mais vou sentir falta.

Deoris levantou uma sobrancelha, primeiro para Tiriki e então para Micail, mas permitiu que a filha tomasse seu braço sem nenhum comentário. Conforme passaram pelas portas abertas, ouviram Chedan propondo o primeiro brinde.

O pátio de jardim que Reio-ta havia construído para sua senhora era único em Ahtarrath e, desde a queda da Terra Antiga, talvez no mundo. Fora planejado como um lugar de meditação, a recriação do paraíso original. Mesmo agora a brisa era doce com o trinado contínuo dos pássaros canoros, e os aromas de ervas tanto doces quanto pungentes perfumavam o ar. Na sombra dos salgueiros, hortelãs brotavam verdes e plantas que amavam água abriam flores exuberantes, enquanto sálvias, artemísias e outras ervas aromáticas tinham sido plantadas em canteiros para colher o sol. Os espaços entre as pedras estavam cheios das folhinhas pequenas e flores azuis-claras do serpilho.

O caminho em si virava em uma espiral tão graciosa que parecia obra da natureza em vez de arte, levando para a gruta interna onde ficava a imagem da Deusa, meio velada por galhos pendentes de jasmim, cujas flores brancas cerosas soltavam o próprio incenso no ar quente.

Tiriki se virou e viu os olhos grandes de Deoris cheios de lágrimas.

— O que foi? Preciso admitir uma esperança de que finalmente esteja disposta a temer o que deve vir, se isso vai persuadi-la...

Deoris balançou a cabeça com um sorriso estranho.

— Então sinto muito por decepcioná-la, minha querida, mas, francamente, o futuro nunca teve o poder de me assustar. Não, Tiriki, estava apenas me lembrando... mal parece que há dezessete anos estávamos aqui neste mesmo ponto... ou não... era no terraço. Este jardim mal havia sido plantado na época. Agora olhe para ele! Há flores aqui cujo nome ainda não sei. Eu realmente não sei por que alguém quer vinho; posso ficar um tanto embriagada às vezes só com os perfumes aqui...

— Há dezessete anos? — Tiriki instigou, um pouco firme demais.

— Você e Micail não eram mais que crianças — Deoris sorriu — quando Rajasta veio. Você se lembra?

— Sim — respondeu Tiriki —, foi bem antes da morte de Domaris.

Por um momento, ela viu a própria dor ecoando nos olhos da mãe.

— Ainda sinto falta dela.

— Ela também me criou, sabe, com Rajasta, que foi mais pai para mim do que meu próprio pai — disse Deoris, em voz baixa. — Depois que minha mãe morreu, meu pai estava muito ocupado com o Templo para prestar atenção em nós. Rajasta ajudou a cuidar de mim, e Domaris foi a única mãe que conheci.

Embora tivesse ouvido aquelas mesmas palavras mil vezes, Tiriki estendeu a mão em compaixão veloz.

— Fui afortunada, então, tendo duas!

Deoris assentiu.

— E eu fui abençoada com você, filha, por mais tarde que a tenha conhecido! E com Galara, é claro — ela completou, com um olhar quase de reprovação.

A diferença entre as idades dera a Tiriki e à filha que Deoris tivera com Reio-ta poucas oportunidades para se conhecerem. Ela sabia muito mais de Nari, o filho que Deoris tivera para cumprir a obrigação de dar um filho à casta sacerdotal, que se tornara um sacerdote em Tarisseda Menor.

— Galara — pensou Tiriki. — Ela está com treze anos agora?

— Isso. A mesma idade que você tinha quando Rajasta me trouxe para cá. Ele era um sacerdote eminente na Terra Antiga, talvez nossa maior autoridade no significado dos movimentos das estrelas. Ele as interpretou de modo a significar que tínhamos sete anos – mas foi a data da própria morte que ele previu. Achamos que então talvez ele estivesse completamente equivocado. Esperávamos. — Ela colheu um galho de lavanda e o virou entre os dedos enquanto caminhavam. O aroma forte e doce encheu o ar. — Mas não é uma reclamação; tive mais dez anos para amar você e desfrutar deste lugar adorável. Deveria ter morrido ao lado de seu pai, há muitos e muitos anos!

Elas haviam completado o circuito do caminho espiral e estavam novamente diante do santuário da Mãe.

Tiriki parou, percebendo que a mãe não falava de Reio-ta, que fora um tipo de padrasto, mas do pai verdadeiro dela.

— Riveda — ela murmurou, e em sua boca era como uma maldição. — Mas você era inocente. Ele a usou!

— Não totalmente — Deoris disse simplesmente — Eu... eu o amava.

Ela olhou para a filha, fixando nela os olhos tempestuosos cuja cor podia mudar muito rapidamente de cinza para azul.

— O que sabe de Riveda, ou melhor, o que acha que sabe?

Tiriki escondeu a cara feia atrás de uma flor.

— Ele era um curandeiro cujos tratados de medicina se tornaram um padrão para nosso treinamento hoje, ainda que tenha sido executado por ser um feiticeiro maligno! — Ela baixou a voz. — O que mais preciso saber? — perguntou, ainda mais baixo. — De todos os modos que importam, Reio-ta foi meu pai.

— Ah, Tiriki, Tiriki. — Deoris balançou a cabeça, os olhos cheios de pensamentos secretos. — É verdade, Reio-ta nasceu para ser pai, e um bom pai. Mas ainda há um dever de sangue que é diferente da honra que deve ao homem que a criou. Precisa entender o que Riveda estava buscando, por que ele caiu.

Haviam chegado ao centro da espiral, onde a Deusa sorria serenamente através de sua cortina de flores. Deoris parou, curvando a cabeça em reverência. Atrás dela, havia um assento de jardim esculpido em pedra, incrustado com um padrão dourado de tartarugas. Ela caiu sobre ele como se as pernas não tivessem forças para carregar seu peso e o peso de suas memórias.

Tiriki assentiu para o Poder que a imagem representava, então se apoiou em uma oliveira próxima e cruzou os braços sobre os seios, esperando. Não eram as palavras da Grande Mãe, mas as da mulher que a tinha dado à luz que a interessavam agora.

— Seu pai tinha a mente mais brilhante do que qualquer um que já conheci. E, talvez exceto pelo pai de Micail, Micon, tinha o propósito mais forte. Nunca nos apaixonamos por homens comuns, Domaris e eu — Deoris completou, com um sorriso pesaroso. — Mas o que você precisa entender antes de tudo é que Riveda não era um destruidor. Tanto o branco quanto o negro estavam misturados nas túnicas cinzentas que a ordem dele usava. Ele sabia, através de seus estudos e da prática de medicina, que qualquer coisa que não cresce e muda vai morrer. Riveda testou as leis do Templo porque desejava torná-las mais fortes, e por fim as quebrou pela mesma razão. Ele veio a acreditar que o sacerdócio havia se tornado tão preso em dogmas ancestrais que não poderia se adaptar, não importava qual desastre pudesse ocorrer.

— Isso *não* é verdade — Tiriki retrucou, indignada, defendendo as tradições e o treinamento que haviam moldado sua vida.

— Sinceramente espero que não. — Deoris sorriu de modo tolerante. — Mas cabe a Micail e a você provarem que ele estava errado. E jamais terão uma chance melhor. Vão perder muito do que é justo nesse exílio, mas também vão escapar de nossos velhos pecados.

— E você também, mãe! Precisa concordar em ir...

— Quieta — disse Deoris —, não posso. Riveda foi julgado e executado não apenas por seus próprios feitos, mas também por muito que foi feito por outros: os Vestes Negras, que só foram apanhados e punidos depois. Foi o trabalho deles que quebrou os laços que Riveda havia afrouxado. Eles buscavam poder, mas Riveda queria conhecimento. Foi por isso que o ajudei. Se Riveda mereceu seu destino, então minha culpa não é menor.

— Mãe — começou Tiriki, pois ainda não entendia totalmente.

— Dê meu lugar para sua irmã — disse Deoris, resolutamente mudando de assunto. — Já arranjei para que um acompanhante leve Galara e a bagagem dela para seus aposentos bem de manhãzinha, assim terá dificuldade de mandá-la embora.

— Imaginei que fosse enviá-la — respondeu Tiriki, exasperada.

— Então isso está decidido. E agora — disse Deoris, enquanto ficava de pé —, acho que está na hora de nos juntarmos novamente aos homens. Duvido que Chedan e Micail tenham tido mais sorte persuadindo Reio-ta do que você teve comigo. Mas são dois conta um, e meu marido pode estar sentindo necessidade de reforços a esta altura.

Derrotada, Tiriki seguiu a mãe de volta ao pórtico, onde os homens estavam sentados com cálices e duas pequenas jarras de vinho de Caris. Mas Micail parecia trovejante, e Chedan também olhava furioso para a bebida. Apenas Reio-ta demonstrava algum sinal de serenidade.

Tiriki disparou um olhar para Micail, como se para dizer: *Devo entender que ele ainda está determinado a ficar?*

Micail assentiu fracamente, e Tiriki se voltou para o padrasto, com a intenção de implorar a ele para ir com eles.

Em vez disso, ela apontou para Deoris, exclamando:

— Você iria rápido o suficiente se *ela* decidisse! Estão sacrificando um ao outro, sem um bom motivo. Precisam concordar em vir conosco!

Deoris e Reio-ta trocaram olhares cansados, e Tiriki sentiu um frio súbito, como se fosse uma sacerdotisa noviça encontrando por acaso mistérios proibidos.

— É seu destino levar a verdade dos Guardiões para uma nova terra — disse Deoris, com gentileza —, e é nosso carma permanecer. Não é sacrifício, mas expiação, que devemos desde...

Reio-ta completou o pensamento dela.

— Desde antes da... queda da Terra Antiga.

Chedan havia fechado os olhos, com dor. Micail olhou de um para o outro, as sobrancelhas franzidas em uma nova suposição súbita.

— Expiação — Micail ecoou em voz baixa. — Diga-me, tio... o que sabe sobre o *Homem de Mãos Cruzadas*?

A voz dele estremeceu, e Tiriki também sentiu um tremor na terra sob seus pés, como se algo mais tivesse ouvido as palavras dele.

— O quê? — disse Reio-ta com a voz rouca, o rosto escuro ficando pálido. — Ele se mostra a vocês?

— *Sim* — sussurrou Tiriki —, nesta manhã, quando a terra tremeu, ele estava tentando quebrar as correntes. E eu... *eu sabia o nome dele.* Como isso é possível?

Novamente Deoris e o marido trocaram um olhar estranho, e ele se esticou para pegar a mão dela.

— Então você traz sem querer a prova mais clara — disse Deoris, em voz baixa — de que *é* nosso destino e nossa obrigação ficar. Sente-se. — Ela fez um gesto imperioso. — Tiriki, vejo que agora devo contar a você e Micail o resto da história, e até mesmo a você, Chedan, velho amigo. Embora seja um grande adepto, seus professores não poderiam lhe passar as partes da história que não conheciam.

Reio-ta respirou profundamente.

— Eu... amava meu irmão. — O olhar dele desviou-se para Micail em um apelo momentâneo. — Mesmo no Templo da Luz... sempre houve alguém que... servia a escuridão. Nós fomos... tomados pelos Vestes Negras que... buscavam para si o poder de Ahtarrath. Concordei em deixar que me usassem... se o poupassem. Mas Micon... se forçou a... viver tempo suficiente para gerar você e lhe passar o poder dele.

Ele olhou de novo para Micail, buscando as palavras.

Tiriki olhou para eles com compaixão rápida, entendendo agora por que era Micail, não Reio-ta, quem tinha a herança mágica de sua linhagem real. Se Micon tivesse morrido antes do nascimento do filho, os poderes de Ahtarrath teriam ido para Reio-ta, e então para os feiticeiros malignos que o mantinham cativo...

— Eles... quebraram... o corpo dele — vacilou Reio-ta. — E... minha mente. Eu não me reconhecia até... muito tempo depois. Riveda me acolheu e eu... o ajudei...

Tiriki olhou de volta para a mãe. O que aquilo tinha a ver com o *Homem de Mãos Cruzadas*?

— Reio-ta ajudou Riveda como um cão serve alguém que o alimenta — disse Deoris, na defensiva —, sem entender o que fazia. Eu ajudei

Riveda porque amava o espírito nele que ansiava por trazer vida nova ao mundo. Na cripta abaixo do Templo da Luz havia uma... imagem, cuja forma parecia diferente a cada um que a contemplava. Para mim, ela sempre aparecia como um deus preso, braços cruzados lutando contra os grilhões. Mas a imagem era uma prisão que confinava as forças do caos. Juntos, trabalhamos no rito que libertaria aquele poder, pois Riveda achava que, ao soltar aquela força, poderia governar as energias que dão poder ao mundo. Mas minha irmã me forçou a dizer a ela o que tínhamos feito. As proteções já estavam se desfazendo quando Domaris desceu naquela cripta escura sozinha, arriscando a vida ou um membro, para repará-la...

— Essas coisas todas eu sabia — Chedan disse em voz baixa. — O poder da Pedra de Ônfalo pode apenas atrasar as forças destrutivas libertadas por esses rituais há muito tempo. A desintegração vem sendo gradual, mas ainda está acontecendo. Só podemos esperar que, quando Atlântida cair, haverá um fim.

— Rajasta não costumava dizer que "desistir em vez de lutar contra a morte é covardia"? — disse Micail, sarcástico.

— Mas ele também dizia — retrucou Deoris, com uma doçura dolorida — que, "quando você quebra algo, é seu dever consertar, ou ao menos varrer os destroços". Embora não tivéssemos más intenções, fizemos as escolhas que a trouxeram, movimentamos uma cadeia de acontecimentos que condenou nosso modo de vida.

Um longo momento se passou em silêncio. Os quatro permaneceram sentados, imóveis como os frisos esculpidos que emolduravam a entrada.

— Precisamos ficar porque há um ritual final a ser feito. — Pela fala firme de Reio-ta, eles reconheceram a profundidade da emoção dele. — Quando o Homem de Mãos Cruzadas quebrar suas correntes, nós, que o conhecemos tão bem, devemos confrontá-lo.

— De espírito para espírito, vamos falar com ele — completou Deoris, os grandes olhos brilhando. — Não há Poder no mundo sem um propósito. O caos que Dyaus traz será como um grande vento que desfolha as árvores e espalha as sementes longe. Vocês nasceram para preservar aquelas sementes, minhas crianças – galhos gloriosos da árvore perene de Atlântida, livres de suas raízes, livres para se enraizarem em terras novas. Talvez o Criador entenda isso, e se tranquilize.

Era mesmo verdade? Nesse momento, Tiriki sabia apenas que aquele dia lhe oferecia a última visão que ela teria da mãe. Soluçando, ela avançou e envolveu a mulher mais velha em seus braços.

quatro

Embora o dia longo tivesse sido frio de um jeito incomum para a estação, o pôr do sol trouxe ventos mornos e uma noite sinistramente quente. A maioria dos que de fato tentaram dormir virou e revirou em frustração úmida. A cidade que estivera tão quieta pelo dia se transformou no oposto à noite, conforme seu povo andava pelas ruas e pelos parques. Talvez de modo surpreendente, poucos estavam de fato saqueando as casas e lojas abandonadas; o restante parecia estar procurando algo, mas o quê, ninguém parecia saber – um lugar mais fresco para repousar. Talvez o verdadeiro objetivo fosse conseguir que a exaustão do corpo em si pudesse dar paz ao cérebro febril.

Em seus aposentos no alto do palácio, Tiriki estava sentada observando o marido dormir. Eram várias horas depois da meia-noite, mas o descanso lhe fugia. Tinham ficado acordados até tarde fazendo os últimos preparativos para viajarem pela manhã. Então ela cantara até que Micail por fim caíra em um sono inquieto, mas não havia ninguém para cantar para *ela* dormir. Ela se perguntou se a mãe dela, que poderia ter feito isso, também estaria acordada, esperando pelo que deveria vir.

Não importa, ela disse a si mesma, olhando para o quarto onde conhecera tanta alegria. *Terei o resto da minha vida para dormir… e chorar.*

Além das portas abertas do terraço, o céu da noite estava vermelho. Naquela luz vívida, ela podia ver a silhueta do mogno-da-montanha, que havia resgatado e replantado. Era tolice, sabia, ver naquela planta pequena um símbolo de todas as coisas belas e frágeis que precisavam ser abandonadas. Ela se levantou em um impulso súbito, encontrou uma echarpe para envolver o vaso e os galhos delgados e a colocou no topo de sua bagagem. Era um ato de fé, percebeu. Se conseguisse preservar aquela pequena vida, então talvez os deuses fossem igualmente misericordiosos com ela e aqueles que amava.

Com exceção da luz que queimava diante da imagem da Grande Mãe em um canto do quarto, todas as lamparinas haviam se apagado, mas ela ainda conseguia ver a bagunça no quarto. Os sacos que haviam enchido para levar com eles ficavam perto da porta, esperando o último adeus frenético.

O brilho irregular atrás do véu do santuário atraiu seu olhar. Ahtarra tinha muitos templos e sacerdócios, mas apenas na Casa de Caratra havia um altar alto e um santuário consagrado em nome da Mãe. E no entanto, pensou Tiriki com um sorriso fraco, a Deusa era mais venerada que qualquer outro deus. Até mesmo a cabana de pastor de cabras mais humilde ou casinha de pescador tinha um nicho para a imagem Dela, e, se não havia óleo para ser gasto em uma lamparina, sempre se podia encontrar um ramo de flores para oferecer a Ela.

Tiriki se levantou e puxou a gaze que velava o santuário. A lamparina dentro era de alabastro e queimava apenas os óleos mais refinados, mas a imagem de marfim, com a altura apenas de uma mão, ficara amarelada e sem forma com a idade. Sua tia Domaris a havia trazido da Terra Antiga, e, antes disso, havia pertencido à mãe *dela*, o legado de uma linhagem de antepassadas cujas origens eram anteriores até mesmo aos registros do Templo.

Na lamparina, acendeu uma lasca de pinheiro e a levou ao carvão que sempre estava pronto em uma cama de areia no prato ao lado.

— Longe de mim tudo o que é profano — enquanto murmurava as palavras ancestrais, ela sentiu o mergulho familiar da consciência que mudava. — Longe de mim tudo o que vive no mal. Permaneça longe das pegadas dos passos Dela e da sombra do véu Dela. Aqui me refugio, sob as cortinas da noite e o círculo de estrelas brancas Dela.

Tiriki inspirou profundamente e soltou o ar lentamente. O carvão começou a brilhar. Ela pegou alguns grãos de incenso e os espalhou nele, sentindo a consciência mudar ainda mais enquanto a fumaça doce e pungente espiralava no ar.

Curvando a cabeça, ela tocou os dedos na testa, lábios e seios. Então as mãos se levantaram em um gesto de adoração tão familiar que se tornara involuntário.

— Senhora... — a palavra morreu em seus lábios. O tempo para pedir que aquele destino fosse embora tinha acabado. — Mãe... — ela tentou de novo, e quaisquer que fossem as palavras que poderiam se seguir foram levadas por uma maré de emoções.

Naquele momento, ela percebeu que não estava sozinha.

— *Sou a terra sob seus pé...* — a Deusa falou interiormente.

— Mas a ilha está sendo destruída! — uma parte em pânico da alma de Tiriki contestou.

— *Eu sou a chama acesa...*

— A chama será apagada pelas ondas!

— *Eu sou o mar que se levanta...*

— Então é o caos e a destruição! — protestou a Alma de Tiriki.

— *Eu sou a noite e as estrelas que orbitam...* — veio a resposta, e a alma de Tiriki se prendeu àquela certeza.

— *Sou tudo o que existe, que existiu e que existirá, e não há poder que possa separá-la de Mim...*

E, por um momento fora do tempo, Tiriki soube que era verdade.

Quando ela voltou à consciência de onde estava, o incenso havia deixado de queimar e o carvão estava branco. Mas a lâmpada tremeluziu, e parecia que a imagem da Mãe sorria.

Tiriki respirou profundamente e se esticou para levantar a imagem do apoio.

— Sei que o símbolo não é nada, e a realidade é tudo — ela sussurrou —, mas vou levá-la comigo. Que a chama continue a queimar até que se una ao fogo da montanha.

***

Havia acabado de embrulhar a imagem e colocá-la na bagagem quando os sininhos da porta soaram levemente. Ela correu para a entrada, com medo de que Micail despertasse. Alguns poucos passos rápidos a levaram até a porta, onde fez um gesto para o mensageiro no pórtico com um dedo sobre os lábios.

— Perdão, senhora — ele começou, de rosto avermelhado.

— Não — Ela suspirou ao apertar o cinto da túnica, lembrando-se das ordens que havia deixado. — Sei que não viria sem necessidade. O que o traz?

— A senhora precisa vir para a Casa dos Doze. Há problemas; eles a escutarão!

— O quê? — Ela piscou. — Alguma coisa aconteceu com Gremos, a guardiã deles? — Tiriki franziu o cenho. — É dever dela...

— Perdão, senhora, mas aparentemente a Guardiã dos Doze se... foi.

— Muito bem. Espere um momento até me vestir, e irei.

***

— Fiquem quietos — Tiriki elevou a voz acima do murmúrio de reclamações e acusações. — Vocês são a esperança de Atlântida! Lembrem-se de seu treinamento! Certamente não está além das capacidades de todos me apresentar uma história coerente!

Ela olhou em torno do círculo de rostos afogueados na entrada da Casa das Folhas em Queda e deixou o manto cair do ombro ao sentar-se. Seu olhar se fixou em Damisa; de rosto vermelho, a moça veio para a frente.

— Muito bem, então. Vocês dizem que Kalaran e Vialmar conseguiram um pouco de vinho. Como isso aconteceu e o que eles fizeram?

— Kalaran disse que o vinho o ajudaria a dormir — Damisa fez uma pausa, os olhos se fechando brevemente ao ordenar os pensamentos. — Ele e os outros rapazes foram para a taverna no fim da rua para conseguir um pouco. Não havia ninguém lá, então trouxeram duas ânforas inteiras e beberam tudo, até onde consegui perceber.

Tiriki voltou o olhar para os três jovens sentados em um banco perto da porta. O belo rosto de Kalaran estava marcado por um raspão de um lado, e descia água pelos pescoços dos companheiros por causa do cabelo molhado, como se alguém tivesse tentado deixá-los sóbrios enfiando suas cabeças na fonte.

— E isso os fez dormir?

— Por um tempo — respondeu Vialmar, soturnamente.

— Ele ficou enjoado e vomitou — disse Iriel, efusiva, então ficou em silêncio sob o olhar de Damisa.

Aos doze anos, Iriel era a mais jovem dos doze, de cabelos claros e travessa, mesmo agora.

— Há cerca de uma hora, acordaram gritando — Damisa continuou — algo sobre serem perseguidos por monstros meio humanos com chifres como touros. Isso acordou Selast, que já estava furiosa porque eles só voltaram aqui quando todo o vinho acabou. Começaram a gritar, e isso envolveu todos na situação. Alguém jogou a jarra de vinho, e então eles ficaram loucos.

— E vocês todos concordam que foi isso o que aconteceu?

— Todos menos Cleta — desdenhou Iriel. — Como de costume, ela dormiu durante todo o ocorrido.

— Eu os teria acalmado em mais alguns minutos — disse Elara. — Não havia necessidade de perturbar a senhora.

Damisa fungou.

— Teríamos de contar a ela de qualquer jeito, pois Gremos se foi.

Tiriki suspirou. Em tempos normais, se a Guardiã dos Acólitos deixasse o posto, seria motivo de busca pela cidade. Mas agora – se a mulher não aparecesse para tomar seu lugar no barco, ele iria para alguém que merecesse mais ou fosse mais sortudo. Ela suspeitava de que os acontecimentos dos próximos dias fariam sua própria seleção do sacerdócio e testariam o caráter deles de maneiras que nenhum deles poderia ter previsto.

— Deixe Gremos para lá — ela disse, acidamente. — Ela precisará tomar conta de si mesma. Nem há razão para apontar culpados pelo que aconteceu. O que importa agora é como vocês se comportarão nas próximas horas, não como passaram a última.

Ela olhou pela janela, onde a chegada do amanhecer trazia uma palidez enganosamente delicada ao céu vívido.

— Eu os chamei de esperança de Atlântida, e é verdade. — O olhar claro dela se moveu de um para o outro até que o rubor em seus rostos desapareceu e eles estavam prontos para olhá-la nos olhos. — Já que estão acordados, podemos começar o dia mais cedo. Cada um de vocês tem tarefas. O que eu quero...

A cadeira balançou subitamente debaixo dela. Tiriki estendeu as mãos, roçou o manto de Damisa e o agarrou instintivamente conforme o chão balançou mais uma vez.

— Busquem cobertura! — gritou Elara.

Os acólitos já se jogavam buscando proteção debaixo da mesa longa e pesada. Damisa puxou Tiriki de pé, e ambas cambalearam na direção da porta, evitando as sancas de gesso decorado que adornavam as paredes superiores que rachavam e caíam no chão.

Micail! Com seus sentidos internos, Tiriki sentiu o despertar chocado dele. Cada fibra de seu ser queria a força dos braços dele, mas estava a meia cidade de distância. Quando a terra se moveu de novo, ela sentiu que mesmo a força deles unida não teria sido suficiente para impedir a destruição uma segunda vez.

Ela se agarrou ao batente, olhando para fora enquanto as árvores balançavam selvagemente no jardim e uma imensa coluna de fumaça se levantava sobre a montanha. A forma de um grande pinheiro feito de cinzas, de cujo tronco poderoso uma copa de nuvens talhadas se espalhava pelo céu. De novo e de novo, o chão subia e descia abaixo dela. A nuvem de cinzas acima da montanha cintilava com pontos de brilho, e brasas brilhantes começaram a cair.

Chedan dissera a eles como as outras terras haviam caído no mar, deixando apenas alguns picos para marcar sua localização anterior. Ahtarrath, era claro, não desapareceria sem uma batalha de proporções titânicas. No momento, ela não conseguia se decidir entre exultar com aquele desafio ou ganir de medo.

Um movimento a distância chamou sua atenção – sobre as árvores que cercavam a Casa das Folhas em Queda, viu uma das torres douradas brilhantes estremecer, e então cair. Conforme ela desaparecia de vista, um tremor como outro terremoto chacoalhou o chão. Ela se encolheu ao pensar na devastação que agora estava abaixo dela. No momento seguinte, um estrondo do outro lado da cidade chegou aos ouvidos deles.

— A segunda torre... — sussurrou Damisa.

— A cidade já está meio vazia. Talvez não houvesse tantas pessoas lá...

— Talvez eles sejam os sortudos — Damisa respondeu, e Tiriki não encontrou palavras para discordar dela.

Mas, ao menos naquele momento, parecia que tudo que era provável que caísse já estava no chão.

— Alguém pegue uma vassoura — murmurou Aldel. — Deveríamos tirar os escombros deste chão...

— E quem vai varrer os escombros das ruas da cidade? — perguntou Iriel, a voz trêmula à beira da histeria. — O fim está sobre nós. Ninguém jamais vai viver aqui de novo.

— Controlem-se! — Tiriki se recompôs com esforço. — Vocês receberam instruções sobre o que fazer quando este momento chegasse. Vistam-se e coloquem seus sapatos mais fortes. Usem mantos pesados mesmo se esquentar; eles vão protegê-los quando caírem cinzas e brasas. Peguem suas bagagens e desçam para os navios.

— Mas nem tudo está carregado — apontou Kalaran, tentando controlar o medo. — Não conseguimos pegar metade das coisas que deveríamos levar. O tremor parou. Certamente teremos um pouco de tempo...

Tiriki ainda sentia tremores vibrando através do chão, mas era verdade que a violência havia cessado por ora.

— Talvez... mas tomem cuidado. Alguns de vocês estão encarregados de levar mensagens para os sacerdotes. Não entrem em nenhum prédio que pareça danificado; um abalo secundário pode levá-lo ao chão. E não demorem muito. Em duas horas, devem estar todos a bordo. Lembrem-se, o que os homens fizeram, podem fazer novamente. Suas vidas são mais valiosas agora do que qualquer coisa pela qual possam arriscá-las! Digam-me novamente o que vão fazer...

Um a um, eles listaram suas tarefas, e ela aprovou ou deu novas instruções. Mais calmos agora, os acólitos se espalharam para reunir suas coisas. Os arquitetos da Casa das Folhas em Queda haviam construído algo melhor do que sabiam – embora ornamentos se espalhassem pelo chão, a estrutura da casa ainda estava segura.

— Preciso voltar ao palácio. Damisa, pegue suas coisas e venha comigo.

Tiriki esperou na porta até que sua acólita voltasse, observando a queda contínua de cinzas no jardim. De quando em quando, um pedaço que ainda brilhava fazia as plantas fumegarem. Nova fumaça subia da cidade. Anestesiada, ela se perguntou quanto tempo levaria até que tudo estivesse em chamas.

— Achei que o sol estivesse nascendo — disse Damisa ao lado de seu cotovelo —, mas o céu está escuro.

— O sol nasceu, mas acho que não vamos vê-lo — respondeu Tiriki, olhando para a cortina de fumaça escura que rolava pelo céu. — Este será um dia sem amanhecer.

***

Cinzas ainda caíam quando Tiriki e Damisa saíram da Casa das Folhas em Queda, adicionando perigo de cima aos riscos de navegar ruas cujos pavimentos haviam sido curvados pelo terremoto e estavam cheias de escombros caídos. Quando um pedaço particularmente grande de lava quase atingiu Tiriki, Damisa entrou correndo em uma estalagem abandonada e voltou com dois travesseiros grandes.

— Segure isso sobre a cabeça — ela disse, passando um para Tiriki. — Vai parecer tolo, eu sei, mas pode protegê-la se algo maior cair.

Tiriki percebeu o tom de histeria incipiente no próprio riso em resposta e o sufocou, mas o pensamento de como deveriam parecer, correndo pelas ruas em sombra como cogumelos com pernas, manteve um sorriso estranho em seus lábios conforme seguiam pelo caminho até o palácio.

Era a única diversão que encontraria naquela jornada. Por mais que a devastação do dia anterior tivesse sido chocante, ela ao menos fora capaz de reconhecer a cidade. As sacudidas de hoje tinham transformado a linha do horizonte em um lugar que ela não conhecia. Tiriki disse a si mesma que o terremoto daquela manhã era apenas um tremor secundário, derrubando estruturas já enfraquecidas, mas sabia que desta vez a terra havia sido puxada para uma direção diferente, e, a cada passo que dava, ficava mais consciente de que o que sentia agora sob os pés não era estabilidade, mas um equilíbrio tênue que poderia falhar a qualquer momento.

As correntes que prendem o Homem de Braços Cruzados estão se quebrando... ela pensou, estremecendo apesar do calor do ar. *Mais um esforço vai estourar a última delas, e ele estará livre...*

O palácio estava deserto. Quando chegaram aos aposentos dela, ambas viram que Micail e a bagagem dele haviam sumido. *Ele estará esperando por mim nas docas*, ela disse a si mesma. Pegando a própria bolsa, seguiu Damisa de volta para a rua e desceu a colina.

A Casa dos Curandeiros havia caído, bloqueando a rua. Tiriki parou, ouvindo, mas não escutou nada vindo de dentro. Esperava que todos tivessem saído em segurança. De fato, fazia algum tempo que tinha visto alguém. Obviamente, ela disse a si mesma, os sacerdotes e funcionários da cidade que moravam e trabalhavam ali haviam levado o aviso a sério e já estavam buscando a segurança nas docas ou nas colinas, mas ela não conseguia sufocar totalmente o medo de que todos estivessem mortos e que, quando ela e Micail por fim buscassem o navio do capitão Reidel, encontrariam o porto vazio e teriam apenas fantasmas por companhia enquanto esperavam que a ilha caísse.

Guiada por Damisa, cuja experiência como mensageira lhe ensinara as vielas da cidade alta, elas retraçaram os passos, virando na direção da Casa dos Sacerdotes, bem ali subindo a colina.

Conforme subiam o Caminho Processional, entulhado de estátuas caídas e ruínas de arcos, Tiriki vislumbrou uma figura apressada em botas marítimas e um manto marrom de viagem.

— Chedan! — ela exclamou. — O que está fazendo aqui? Os sacerdotes...

— Aqueles tolos santos! Dizem que comandam espíritos, mas não conseguem controlar a si mesmos. Seu marido está lá agora, tentando colocar algum juízo na cabeça dos que ficaram. Alguns desceram para os navios, como pediram que fizessem, e outros fugiram, sabem os deuses para onde. Estão todos meio loucos, acho, implorando a ele para usar seus poderes e fazer isso parar. — Ele balançou a cabeça em repulsa.

— Mas Micail deu tudo de si ontem, e um pouco mais. Não pode fazer nada além disso. Eles não conseguem entender?

— Não conseguem ou não querem. — Chedan deu de ombros. — Homens assustados são estranhos à razão, mas aquele seu marido vai dar um jeito neles. Enquanto isso, aqueles de nós que ainda conseguem pensar direito têm trabalho a fazer. E os que ainda sobrevivem — ele acrescentou, sombriamente. — O homem que liderou o grupo para carregar a Pedra Ônfalo foi morto por uma parede que desabou. Eu disse a Micail que daria um jeito nisso, mas não resta ninguém lá, pelo menos ninguém com alguma utilidade, de qualquer modo.

— Há nós — disse Damisa, resolutamente —, e há os outros acólitos, que ficarão bem se tiverem algo definido para fazer!

Pela primeira vez, Chedan sorriu.

— Então leve-nos, se ainda conseguem encontrar o caminho em meio a esse caos, e vamos encontrá-los!

Eles encontraram Aldel observando a Casa dos Curandeiros em descrédito, não tendo ninguém a quem pudesse entregar a mensagem, e Kalaran ao lado dele, segurando um saco vazio. Sem palavras, Tiriki e Damisa voltaram para a Casa das Folhas em Queda. Elis e Selast estavam logo dentro, empacotando as coisas. Flocos de cinza empoavam seus cabelos escuros.

— Vocês são os únicos que restaram aqui? — perguntou Tiriki.

Elis assentiu.

— Espero que os outros tenham chegado aos navios em segurança.

— Aldel está esperando lá fora, assim como Kalaran, então ao menos você e seu noivo estarão juntos — disse Tiriki, de maneira revigorante.

— E Kalhan é um rapaz forte — ela completou para Damisa. — Tenho certeza de que, quando chegarmos às docas, ele estará lá esperando por você.

Micail também estará esperando por mim, ela completou, em silêncio.

— Kalhan? Ah, sim, estou certa de que estará... — disse Damisa, sem graça.

Tiriki olhou para ela com curiosidade. Aquela não fora a primeira vez que achara que os sentimentos de Damisa pelo rapaz com quem os astrólogos do Templo a tinham combinado pareciam tépidos. Mais uma vez, percebeu como ela e Micail haviam tido sorte quando receberam permissão de fazerem suas escolhas.

— Eles serão o suficiente? — perguntou Chedan, conforme Tiriki guiava os acólitos porta afora.

— Precisam ser — ela respondeu, enquanto um tremor mais forte balançava a cidade. — Temos que ir, *agora!*

Conforme começaram a descer a rua, mais dois tremores fizeram com que cambaleassem, e atrás deles ouviram um estrondo enquanto o pórtico da Casa das Folhas em Queda veio abaixo.

— Foi uma folha bem pesada essa que acabou de cair! — disse Kalaran, torcendo os lábios em uma tentativa de sorriso.

— Aquilo foi a *árvore* inteira — corrigiu Damisa, ácida, mas havia lágrimas nos olhos dela, que não olhou para trás.

Elis chorava baixo. Selast, que desprezava tais fraquezas femininas, olhou para ela com desdém. Mas todos seguiram em movimento, entre os escombros e passando sem mais que um sinal de bênção quando viam corpos na rua. Também não encontraram ninguém precisando de ajuda. Teria sido um teste grande demais para a disciplina deles. De fato, Tiriki achou que, se tivessem encontrado uma criança ferida, não teria estado totalmente segura de seu autocontrole.

O que buscamos salvar vai preservar as vidas de uma geração que ainda não nasceu, ela disse a si mesma, mas os velhos ditados pareciam sem sentido diante do tipo de catástrofe pela qual passavam agora. Cinzas começaram a cair novamente. Ela se encolheu e puxou o manto por sobre a cabeça – havia jogado o travesseiro fora fazia algum tempo – e então respirou fundo, e depois novamente, invocando os reflexos treinados que trariam calma. *Não há pensamento... não há medo... há somente o momento certo e o ato certo.*

Com alívio, ela vislumbrou a entrada para o Templo. Só então se permitiu olhar para além dele, para a montanha. A pirâmide no topo e o sacerdote que a mantinha tinham sido engolfados havia muito. A fumaça que subia do topo agora girava em uma nuvem sem forma, mas o lado da montanha estava aberto, e a lava inscrevia sua mensagem mortal declive abaixo em letras de fogo.

Por um momento, ela se permitiu esperar que o escape de lava de dentro da montanha, como a perfuração de um furúnculo, fosse aliviar a pressão interna. Mas a vibração sob seus pés falava de tensões subterrâneas não resolvidas que eram ainda maiores.

— Rápido. — Chedan fez um gesto na direção do pórtico.

A estrutura ainda parecia forte, embora parte dos revestimentos de mármore cobrisse a rua.

Dentro, as coisas eram menos tranquilizadoras, mas não havia tempo para se perguntar o quanto eram profundas as rachaduras nas paredes. A arca construída para levar o Ônfalo estava esperando na alcova, e a lamparina ainda balançava em suas correntes. Assim que acenderam as tochas, pegaram a arca pelos longos cabos que a sustinham na frente e atrás e apressaram os acólitos para além da parede rachada da entrada na direção da passagem.

Descer aquela passagem em procissão formal com os sacerdotes e sacerdotisas de Ahtarrath tinha sido uma experiência de torcer a alma. Descer apressadamente na direção daquelas profundezas na companhia de um bando de acólitos meio histéricos era quase além do que Tiriki conseguia suportar. *Eles* temiam o desconhecido, mas era a memória do que havia acontecido ali havia apenas alguns dias que fazia com que *ela* tivesse medo. Vendo que Tiriki titubeava, Chedan pegou seu braço, e ela usou a força firme dele com gratidão.

— Aquilo é lava? — veio um sussurro apavorado de Elis enquanto faziam a última volta.

— Não. A Pedra está brilhando — respondeu Damisa, mas a voz dela tremia.

Bem que poderia ser, pensou Tiriki, entrando no recinto atrás dela. Iluminações vívidas como aquelas que o ritual havia despertado no Ônfalo já pulsavam nas profundezas da Pedra. Uma luz fantasmagórica e sombras perseguiam umas às outras em torno da câmara, e, cada vez que a terra se movia, brilhos quicavam de parede a parede.

— Como podemos tocá-la sem sermos explodidos? — disse Kalaran sob o fôlego.

— É por isso que temos esses embrulhos — disse Chedan, levantando uma massa de panos do armário e derrubando-a no chão. — Isto é seda e vai isolar as energias da Pedra.

Espero que sim, Tiriki acrescentou em silêncio. Mas o Ônfalo fora carregado em segurança da Terra Antiga, então movê-la deveria ser possível.

Com o coração palpitando, ela e Chedan pegaram as sedas e as levaram na direção da Pedra. Mais de perto, o poder irradiava como fogo, embora ela não o sentisse como calor nem como qualquer outra sensação para a qual tivesse um nome. Então a seda caiu sobre ela, abafando a pressão, e ela soltou uma respiração que não percebera que prendia. Eles a velaram uma segunda vez, e ela sentiu o medo baixar.

— Tragam a arca — disse Chedan em uma voz rouca.

Pálidos, Kalaran e Aldel arrastaram a caixa até quase tocar a Pedra e levantaram o painel de um lado. Respirando fundo, o sacerdote colocou a mão sobre a Pedra e a inclinou para dentro.

Luz explodiu em torno deles com uma força que jogou Tiriki esparramada. Damisa pegou mais embrulhos de seda e os atirou dentro do armário em torno da Pedra.

— Cubra a Pedra! Cubra-a completamente!

Tiriki ficou de pé novamente com esforço. Chedan passava o resto da seda para Damisa, que a enrolava para enfiar nos cantos até que o brilho pulsante do Ônfalo não pudesse mais ser visto.

Ele ainda podia ser sentido, mas agora era uma agonia suportável. Infelizmente, sem a distração da Pedra, não havia nada para protegê-los dos roncos das rochas em torno deles.

— Peguem-na! Aldel e Kalaran, vocês são os mais fortes, peguem as hastes da frente. Damisa e eu pegaremos as de trás. O resto de vocês pode manter o caminho livre e carregar as tochas. Quando sairmos daqui, podem se revezar nas hastes, mas precisamos ir, *agora*!

Conforme ele falava, o chão da câmara estremeceu de modo agourento. Tiriki pegou sua tocha e se apressou atrás deles, percebendo que apenas a presença do Ônfalo a mantivera estável por tanto tempo!

Os carregadores gemiam e cambaleavam como se o fardo não fosse apenas imensamente pesado, mas também instável. Vendo o sofrimento deles, Elis e Selast colocaram as mãos debaixo do ponto do meio do armário e ajudaram a levantá-lo. Mas, conforme se distanciavam da câmara escondida, o peso parecia ficar menor, o que era bom, pois, a cada passo, a passagem ficava mais traiçoeira.

Aquele último tremor havia entortado o chão da passagem em várias partes. Grandes rachaduras agora se mostravam nas paredes e, em alguns pontos, o teto começava a ceder. Conforme labutavam para cima, ouviram o estrondo de pedras caindo atrás deles, um lamento alto e discordante que parecia vir de todos os lados.

— Meu espírito é o espírito da Vida; não pode ser destruído... — Tiriki entoou, tentando fazer essa consciência tomar o lugar do canto terrível das pedras. — Sou uma filha da Luz, que transcende a Escuridão...

Os outros se juntaram a ela, mas suas palavras pareciam frágeis e sem sentido naquele vórtice de energias primordiais.

— Rápido — a voz de Damisa parecia vir de longe —, consigo sentir outro terremoto vindo!

Eles podiam ver a luz pálida da entrada na frente deles agora.

A terra chacoalhou debaixo deles. Com um estrondo que transcendeu todas as medidas prévias de som, a parede esquerda cedeu.

O som da queda das rochas e os gritos que se seguiram agora enfraqueciam enquanto a poeira subia. A tocha de Tiriki havia se apagado. Ela tossiu, protegendo os olhos. Quando conseguiu enxergar de novo, a fraca iluminação de fora lhe mostrou o armário caído de lado e os acólitos se levantando em torno.

— Estão todos bem?

Uma a uma, vozes responderam. O último foi Kalaran.

— Um pouco arranhado, mas inteiro. Estava do outro lado do armário, e o volume dele me protegeu. Aldel...

Houve um silêncio chocado. Então uma das garotas começou a soluçar.

— Ajude-me a tirar os escombros de cima dele. — Chedan ficou de joelhos, empurrando freneticamente pedaços de pedra e gesso.

— Damisa, Selast, Elis! Vamos endireitar o armário e tirá-lo do caminho. — Tiriki pegou um dos suportes e ergueu.

Ela sentiu os outros pegarem o peso e começarem a ir adiante.

— Mas Aldel — sussurrou Elis.

— Os outros o trarão — disse Tiriki, com firmeza. — Vamos colocar o armário do lado de fora.

A rocha gemeu e um pouco mais de poeira desceu enquanto arrastavam o Ônfalo através do pórtico. Tiriki olhou para trás com apreensão, mas em um momento viu Chedan e Kalaran emergindo da escuridão com o corpo de Aldel nos braços.

— Ele está desmaiado, não está? — gaguejou Elis, olhando de um para o outro com esperança. — Deixe-me segurá-lo até ele reviver.

— Não, Elis, ele foi tomado de nós — disse Chedan, com compaixão, enquanto deitavam o corpo.

Através da poeira, podiam ver a forma do crânio do garoto distorcida onde a rocha o havia quebrado.

— Terminou em um instante, sem dor.

Elis balançou a cabeça, sem compreender, então se ajoelhou, tirando a poeira da testa de seu noivo e olhando para os olhos vazios dele.

— Aldel... volte, meu amado. Vamos fugir juntos... sempre estaremos juntos. Você me prometeu.

— Ele se foi antes de nós, Elis — disse Damisa, com uma compaixão que Tiriki não tinha esperado. — Vamos agora. Venha comigo.

Ela passou o braço em torno da garota e a puxou.

Chedan se curvou sobre a figura imóvel e fechou os olhos de Aldel, então traçou o sigilo de desatamento na testa dele.

— Vá em paz, meu filho — ele murmurou. — E que este sacrifício seja recompensado em outra vida.

Ele ficou de pé e pegou o braço de Elis.

— Mas não podemos... simplesmente *deixá-lo* aqui — disse Selast, de modo incerto.

— Precisamos — respondeu Tiriki. — Mas o santuário será um túmulo nobre.

Ela ainda estava falando quando a terra balançou mais uma vez e os jogou através do pórtico. Conforme se esparramaram pela rua, um pilar de fogo explodiu acima na montanha e o Santuário do Ônfalo caiu com um rugido lancinante.

***

Os músculos e o equilíbrio disseram a Tiriki que desciam conforme eles se esforçavam para seguir em frente. Mas essa era sua única certeza. Ela pulou e quase derrubou o suporte da arca que continha o Ônfalo quando a parede da frente de uma casa caiu na rua. Além dela, uma segunda construção vinha abaixo com deliberação gentil, como se adormecendo. Uma figura escura emergiu de uma das casas, hesitou e então correu de volta para dentro do prédio que caía com um grito.

— Sinto o cheiro do porto — arquejou Damisa. — Estamos quase lá!

Um sopro de ar úmido abençoou as bochechas e a testa de Tiriki. Sobre o crepitar de chamas e os gemidos de construções moribundas, ela ouvia o som quase reconfortante de gritos e berros humanos. Havia começado a temer que eles fossem os últimos que restavam vivos na ilha.

E agora eles conseguiam ver a água e os mastros que balançavam no porto. Barcos saltavam sobre as águas escuras, seguindo para o mar. Duas aves aladas haviam colidido e afundado em uma massa emaranhada enquanto figuras oscilantes nadavam para a costa. Enquanto se apressavam adiante, o chão balançou como se para tirá-los do caminho. Rochas caíam dos penhascos e desabavam no mar.

— Ali está o *Serpente Escarlate*! — gritou Selast.

As cordas que seguravam o navio nos mourões nas docas ainda estavam presas, e o jovem capitão Reidel estava posicionado na popa, fazendo sombra nos olhos com uma mão.

Micail – onde está você?! Tiriki enviou o espírito voando para a frente.

— Minha senhora, obrigado aos deuses! — gritou Reidel.

Ele pulou para a doca e a pegou quando ela balançou. Antes que ela pudesse protestar, braços fortes a colocavam no deque.

— Subam todos a bordo o mais rápido possível.

— Alguém, pegue a caixa — comandou Chedan.

— Sim, sim, mas rápido — Reidel esticou-se para dar a mão a Damisa, mas a menina se afastou.

— Eu deveria estar no navio de Tjalan!

— Acho que não — respondeu Reidel. — A frota de Alkonath estava ancorada no outro porto, e tudo que fica entre aqui e lá está em chamas.

Ele fez um gesto, e um dos marinheiros pegou a moça com força e a jogou nos braços do capitão.

Tiriki esforçou-se para ficar de pé, tentando entender a confusão de pessoas, bagagens e caixas. Ela reconheceu a vidente Alyssa encolhida nos braços da curandeira Liala, e Iriel.

— Onde está Micail?

— Não o vi — respondeu Reidel —, nem Galara. Não podemos esperar por eles, minha senhora. Se o promontório cair, ficaremos presos aqui!

Ele se virou e passou a gritar ordens. Marinheiros começaram a desamarrar as cordas que seguravam o navio no porto.

— Pare! — gritou Tiriki. — Você não pode partir ainda; ele vai vir!

Ela tinha estado tão certa de que ele estaria esperando por ela, frenético com seu atraso, e agora era ela quem deveria temer.

— Há quarenta almas neste navio que preciso salvar! — exclamou Reidel. — Já nos atrasamos demais!

Ele pegou uma vara e os empurrou para longe da doca quando o último marinheiro pulou a bordo.

A terceira grande torre, a que vigiava o palácio, caía lentamente, como se o próprio tempo relutasse em deixá-la ir. Então, com um ruído que obliterou todos os outros sons, ela desapareceu. Escombros explodiram pelo céu e pegaram fogo.

O navio de Reidel levantou e desceu quando a onda do choque passou debaixo dele. Outra embarcação, ainda presa, bateu na doca. Os remadores subiam e desciam, lutando para puxar o navio por meio dos destroços que boiavam nas águas escuras.

Acima, o céu fervilhava em um vórtice de chamas e sombra, e fogo caía sobre a cidade já em chamas em um granizo de destruição indescritível. Damisa chorava. Um dos marinheiros praguejou em um murmúrio de som sem sentido. Já estavam longe o suficiente para que as figuras que se jogavam na água fossem silhuetas sem rosto nem nome. Micail não estava entre eles – Tiriki saberia se ele estivesse assim tão perto.

Eles estavam passando abaixo do penhasco agora. Um rochedo caiu na frente da proa, e o deque se inclinou, jogando Tiriki em cima de

Chedan. Ele prendeu um braço em torno dela e outro em torno do mastro conforme o navio se endireitava e pulava para a frente.

— Micail estará em um dos outros navios — murmurou Chedan. — Ele vai sobreviver: isso também faz parte da profecia.

Com os olhos embaçados de lágrimas, Tiriki olhou para a pira funerária que havia sido seu lar. O movimento do navio ficou mais vívido conforme as velas se encheram, levando-os para o mar aberto.

Fumaça negra subia enquanto o vulcão falava mais uma vez, obscurecendo o céu. No momento antes que tudo ficasse escuro, Tiriki viu a imagem tremenda do Homem de Mãos Cruzadas cobrindo o céu.

E Dyaus riu e estendeu os braços para engolfar o mundo.

CINCO

Tiriki abriu caminho para fora de um pesadelo em que ela se afogava. Buscando no escuro o conforto de Micail, seus dedos se fecharam em lã fria. Conforme apalpava, o chão balançou e ela se retesou novamente, preparando-se para outro terremoto; mas não, era um balanço suave demais, regular demais para sustentar seu medo. Exausta, ela caiu frouxamente na cama dura, grata pelos cobertores de lã de inverno, os olhos semicerrados novamente.

Um sonho, ela se tranquilizou, *trazido pela brisa fria que entra pela janela...*

Por algum motivo, havia pensado que já era primavera e que o desastre tinha vindo – que de algum modo ela e Micail haviam terminado em barcos diferentes. *Mas aqui estamos lado a lado, como deveria ser.*

Sorrindo com a tolice dos sonhos, ela mudou de posição mais uma vez, tentando permanecer confortável apesar de uma vaga sensação de tontura e um frio persistente. Algo duro através dos cobertores... E então, por perto, alguém começou a chorar.

Ela poderia ignorar seu próprio desconforto, mas não a dor de outra pessoa. Tiriki se forçou a abrir os olhos e sentou-se, piscando na penumbra, formas deitadas em torno dela. Além delas, podia ver uma grade estreita, e o mar escuro agitado.

Ela *estava* em um barco. Não fora um sonho.

Enquanto olhava em torno, alguém fora de vista, na direção da proa, começou a cantar:

— *Nar-Inabi, Modelador de Estrelas,*
Dispense nesta noite tua abundância...
Conforme ela escutava, vozes adicionais não vistas se juntaram à música.
— *Iluminai nossas velas de asa*
Enquanto voamos sobre as águas.
Os ventos aqui são todos estranhos
E somos apenas marinheiros.
Nar-Inabi, Modelador de Estrelas,
Esta noite revela Tua glória...

Por um momento, a beleza da música levantou o ânimo dela. As estrelas estavam escondidas, mas, não importava o que acontecesse ali, elas permaneceriam nos céus, flutuando no mar do espaço enquanto o navio deles flutuava no mar abaixo. *Pai das estrelas, senhor do Mar, proteja-nos!*, gritou o espírito dela, tentando sentir no balanço desconfortável do navio o conforto de braços poderosos.

Mas, se o deus ouvia ou não, Tiriki ainda podia ouvir alguém chorando. Com cuidado, tirou o suficiente das cobertas de lã em torno da figura enrodilhada ao lado dela para reconhecer o rosto jovem de Elis, dormindo profundamente, o cabelo escuro emaranhado, os olhos molhados com sonhos infelizes.

Pobre criança – nós duas perdemos nossos companheiros. Tiriki sufocou a própria dor antes que tomasse conta dela. *Não*, disse a si mesma severamente, *embora com certeza jamais voltaremos a ver Aldel, Micail está vivo! Eu sei.*

Com ternura, ela tranquilizou Elis em um sono mais profundo e só então recuou o suficiente para ficar de pé. Tremendo na brisa fria, tentando não deixar o balanço suave contínuo sob seus pés perturbar seu estômago, Tiriki tentou fazer desaparecerem as tensões que permaneciam de seu sono inquieto e apertou os olhos na direção da paisagem marítima enevoada além da grade. O encalço do navio cintilava avermelhado no brilho sangrento que pulsava no horizonte, iluminando uma imensa nuvem de fumaça e cinzas que turvava os céus e escondia as estrelas.

Não era o nascer do sol, ela percebeu abruptamente. A luz atroz vinha de outra fonte – vinha de Ahtarrath, relutante em se submeter ao mar mesmo em seus espasmos finais.

Conforme a luz lúgubre da aurora aumentou, ela reconheceu Damisa de pé ao lado da grade, olhando desamparada para as chamas distantes. Tiriki começou a ir na direção dela, mas Damisa se virou, os ombros encolhidos de maneira defensiva. Tiriki se perguntou se Damisa era uma daquelas pessoas que preferem sofrer em privacidade, e então questionou se queria a companhia de Damisa pelo bem da moça ou por seu próprio bem.

A maioria das pessoas amontoadas no deque era desconhecida, mas ela via Selast e Iriel não muito longe, enrodilhadas juntas como gatinhos, enquanto Kalaran roncava de modo protetor ao lado delas.

Da meia-nau, veio uma voz baixa dando ordens; então Reidel apareceu carregando uma lamparina, os pés descalços quase silenciosos sobre o deque de madeira. Ela assentiu em um cumprimento automático. Ele parecia ter envelhecido dez anos desde o dia anterior. *No que diz respeito a isso,* ela pensou, *eu me pergunto o quanto pareço mais velha agora!*

Reidel retribuiu o cumprimento, um tanto ansiosamente, mas, antes que pudessem trocar qualquer palavra, ele foi cercado por um par de mercadores de cara avermelhada querendo algo para comer.

Um homem que ela reconheceu como Arcor, marinheiro de Reidel, estava por perto.

— Minha senhora — ele disse quando ela finalmente virou o rosto em sua direção —, esperávamos não a perturbar enquanto dormia, mas o capitão deseja que saiba que há camas confortáveis para a senhora e os jovens abaixo. As honradas, a adepta Alyssa e a sacerdotisa Liala, já descansam lá.

Tiriki balançou a cabeça.

— Não, mas agradeço. — Ela olhou para ele inquisitivamente e ele murmurou seu nome, novamente tocando a testa em um gesto de reverência.

Vivendo assim tão próximos durante esta viagem, ela refletiu, *quanto tempo vão durar as velhas distinções de casta?*

— Eu lhe agradeço, Arcor — ela repetiu, em um tom mais agradável —, mas, enquanto houver algo para ver aqui — ela interrompeu a frase. — Preciso ir — murmurou.

Rapidamente, foi para a meia-nau, onde notou Chedan de pé sozinho, olhando para as ondas e o céu perturbado.

— Desculpe. Eu queria ajudar a vigiar a Pedra — ela disse ao chegar ao lado de Chedan.

Ela tinha a intenção de falar mais, mas se viu tossindo, e uma dor aguda e crescente no peito a recordou de que o próprio ar que respiravam estava envenenado pelas cinzas de Ahtarrath.

Chedan sorriu para ela com afeto.

— Você precisava descansar — ele disse — e não deveria sentir nenhuma vergonha por ter feito isso. Na verdade, não havia nada para ver. A Pedra está em paz, ainda que nós não estejamos.

Ele a puxou contra si, e por um momento ela ficou contente em descansar dentro do apoio firme dos braços dele, mas os olhos cintilantes do mago e sua barba branqueada pela cinza não conseguiam esconder o cenho franzido de preocupação.

— Nenhum outro navio? — a voz dela era um sussurro rouco.

— Mais cedo, vi algumas velas indo para outros caminhos, mas, nesta escuridão — ele fez um gesto para a fumaça e a neblina —, mil navios podem passar sem serem vistos. Porém, podemos ter certeza de que Micail vai dirigir qualquer navio em que esteja na direção do mesmo destino que o nosso...

— Então concorda que ele está vivo? — Ela olhou para ele em apelo. — Que minha esperança não é apenas... uma ilusão do amor?

A expressão do mago era solene, mas afetuosa.

— Sendo quem você é e o que você é, Tiriki, unida a Micail pelo carma e mais, com certeza teria sentido a morte dele.

Chedan ficou em silêncio, então fez uma careta e deixou escapar uma blasfêmia abafada. Seguindo o olhar dele, Tiriki viu o brilho longínquo da terra moribunda rapidamente se expandir em um rodamoinho de chamas.

— Segurem-se — a voz de Reidel soou atrás deles. — Todo mundo, agarre algo e se segure!

Reidel já tinha um braço em torno do mastro principal, mas ele e Chedan mal tiveram tempo de apertar Tiriki entre eles conforme a popa do navio se levantou, fazendo equipamentos que não estavam presos e pessoas adormecidas deslizarem. Com um grito, alguém caiu pela lateral. Os mastros gemiam, velas batiam desesperadamente enquanto o navio continuava a subir até que pendeu na crista da onda. Atrás dele, um longo declive de água brilhante se estendia até os fogos de Ahtarrath, a talvez uns dezesseis quilômetros de distância. Então a onda passou, e a proa baixou enquanto o navio começava um longo deslizamento para baixo. Desceram cada vez mais até que Tiriki achou que o mar iria engoli-los inteiramente. O navio corcoveou, buscando equilíbrio na água, mas o mastro principal sobrecarregado rachou e caiu. O *Serpente Escarlate* estremeceu enquanto era açoitado por ondas.

Pareceu levar um longo tempo até que o navio parasse de novo, balançando suavemente com a maré. A fosforescência fraca que dançava nas cristas das ondas era a única luz. Não havia estrelas acima, e os fogos de Ahtarrath tinham afundado, por fim e para sempre, no mar.

***

Na manhã seguinte, Chedan se ergueu bufando e percebeu que, contrariando todas as expectativas, tinha dormido profundamente. Era dia, e isso também, imaginou, era mais do que qualquer um deles teria ousado esperar depois da violência da noite anterior. Era uma luz do dia, no entanto, na qual muito pouco podia ser visto. Ele conseguia ouvir muito claramente o rangido onipresente da madeira conforme o navio subia na onda, o gorgolejo da água abaixo da proa, e os gritos das aves marinhas que oscilavam como boias de cortiça em torno. Uma neblina cinza abafada repousava entre o céu e o mar. Era como se estivessem navegando por outro mundo.

Embora Chedan com frequência tivesse encontrado perigo em suas andanças, não conseguia se recordar de um dia ter estado tão *desconfortável*. Suas costas doíam por causa da posição estranha em que dormira, e havia, ele percebeu, uma lasca em seu cotovelo. *É o que eu ganho por não ir lá para baixo*, censurou-se ao retirá-la. Desejou que uma vida de experiência agora pudesse ajudar a levá-lo para casa.

Com um suspiro e um bocejo, arrastou os pés enquanto quatro marinheiros, suando mesmo no amanhecer frio, passavam por ele carregando o topo do mastro principal. Os marinheiros haviam tirado a parte de baixo do mastro da base e cortado partes de ambos os pedaços, de modo que pudessem ser encaixados juntos de novo. Encaixado e amarrado com cordas, o mastro poderia ficar forte o suficiente para aguentar a vela.

Se os ventos permanecerem moderados. Se nenhum desastre natural vier terminar o que a mágica de homens mortos começou... Chedan suspirou. *Bah! Pensamentos sombrios para um dia sombrio. Ao menos Reidel teve o bom senso de manter os homens ocupados.* Ele se levantou em uma posição ereta o bastante para sentar-se em uma das fileiras de baús de armazenamento presos de modo permanente ao deque.

Enquanto se sentava massageando o ombro dolorido, viu Iriel se movendo com cautela exagerada por entre as caixas quebradas e outros itens ocasionais que tomavam o deque. Sombras escuras debaixo dos olhos demonstravam sua tensão, mas ela tinha um rosto corajoso. De fato, o olhar de resolução o aquecera mais, ele achava, do que a vasilha de líquido fumegante que ela carregava com tanto cuidado nas duas mãos.

Ela a estendeu para ele, dizendo:

— Eles têm fogo na galé, e achei que você poderia gostar de um pouco de chá.

— Menina querida, você é uma salvadora de vidas!

Uma escolha ruim de palavras, ele pensou, ao vê-la empalidecer.

— Estamos perdidos? — As mãos dela tremiam com o esforço de permanecer calma. — Pode me contar a verdade. Vamos todos morrer lá fora?

— Minha criança — Chedan começou, balançando a cabeça, assustado.

— Não sou uma criança — Iriel interrompeu, de modo meio ríspido —, pode me contar a verdade.

— Minha querida, todos aqui são como crianças para mim — Chedan a relembrou, e deu um gole agradecido no chá. — Mais direto ao ponto, Iriel, está fazendo a pergunta errada. Todos vamos morrer um dia. Esse é o significado de mortalidade. Mas, antes que isso aconteça, precisamos aprender a viver! Então vamos evitar melancolia. Você começou bem ao me ajudar.

Ele olhou em torno e viu um saco de farinha rasgado ameaçando despejar o que restava de seu conteúdo.

— Veja se consegue reunir os acólitos. Vamos transformar aquela farinha em mingau e poupar algum marinheiro do trabalho de limpar.

— Que ideia boa — veio uma nova voz.

Ele se virou e viu Tiriki saindo do emaranhado de cobertores no qual havia passado a noite.

Ela se levantou e foi na direção dele, os passos um tanto incertos no deque que balançava gentilmente.

— Bom dia, mestre Chedan. Bom dia, Iriel.

— Minha senhora. — Iriel se curvou no cumprimento costumeiro, e então novamente para Chedan, antes de sair correndo em busca dos outros acólitos.

— Não sei como ela faz isso — comentou Tiriki, enquanto eles a olhavam ir embora. — Mal consigo impedir que os meus joelhos batam.

— Sente-se ao meu lado — convidou Chedan —, você parece um pouco esverdeada. Gostaria de um pouco deste chá?

— Obrigada — ela disse, e rapidamente abaixou-se sobre a caixa de mar ao lado dele. — Mas não sei se vou conseguir beber nada. Meu estômago está incomodado nesta manhã. Não é de se surpreender... eu... nunca gostei muito do mar.

— O truque é não olhar para o horizonte — aconselhou Chedan. — Olhe para além dele... só precisa se acostumar. Colocar algo na barriga vai firmá-la, acredite se quiser.

A expressão dela era dúbia, mas ela aceitou a vasilha de chá e deu um gole, obedientemente.

— Eu o ouvi falando com Iriel — ela disse, de maneira séria. — Quantos mais de nós *se foram*?

— Tivemos sorte, no fim das contas. Duas ou três pessoas caíram na água quando a onda bateu, mas apenas Alammos não foi recuperado. Era sentinela na biblioteca. Eu não o conhecia realmente, mas... — Ele forçou a voz a se firmar. — Cinco dos acólitos chegaram a este navio. Precisamos esperar que os outros estejam com Micail. E há alguns outros da casta dos sacerdote. Liala acomodou todos, pelo menos tão bem quanto se pode esperar. A tripulação é mais problemática. Muitos são de Alkonath e têm orgulho disso. Na verdade, Reidel precisou interromper uma briga de socos há pouco tempo.

Chedan olhou para Tiriki e, vendo que o rosto dela estava perturbado, observou-a com cuidado enquanto continuava a falar.

— Considerando a maneira que aquele mastro principal quebrado dificulta as coisas, devemos ser gratos porque o *Serpente Escarlate* tem uma tripulação totalmente treinada. Quanto a ter pouca experiência com o mar, bem, é uma das coisas que a casta dos sacerdotes compartilha com o povo da cidade: somos todos marinheiros de água doce, embora a maioria, ao menos, seja relativamente jovem e forte. Não, as coisas poderiam mesmo ser piores.

Tiriki assentiu, os traços novamente quase tão calmos quanto Chedan esperava que os dele estivessem. Ambos poderiam estar chorando amargamente por dentro, mas, pelo bem daqueles que ainda dependiam dele, precisavam providenciar uma aparência firme de esperança.

Desviando os olhos, ele vislumbrou Reidel vindo na direção deles entre os escombros do deque.

— Por que isso ainda não está guardado? — Reidel murmurava, com uma careta das mais ferozes. — No momento em que o mastro estiver colocado... minhas desculpas.

— Não há necessidade — disse Tiriki, rapidamente. — Seu primeiro dever são as boas condições de navegabilidade do navio. Estamos confortáveis o suficiente.

Ele lançou um olhar assustado para ela, que pensou novamente que o capitão parecia severo demais para alguém tão jovem.

— Com respeito, minha senhora, não foi o *seu* perdão que pedi. Ver meu navio tão bagunçado... meu pai diria que é má sorte.

Envergonhada, Tiriki corou, e, notando, Reidel balançou a cabeça e riu.

— Bem, causei ofensa de novo, imagino, o que não foi minha intenção nenhuma das vezes. Ainda precisamos aprender a trabalhar juntos, parece.

— A respeito disso — Chedan falou para distrair os outros dois de seu embaraço. — Sabe nos dizer onde estamos?

— Sim e não. — Reidel fuçou em um saco atado ao cinto e tirou um bastão de cristal enevoado, mais ou menos da grossura do dedo dele. — Isto pode captar bem a luz do sol mesmo na névoa, então sabemos bem onde ele está sobre nós e podemos adivinhar mais ou menos o quanto navegamos para o norte ou o sul. Mas quanto ao leste e o oeste... bem, para isso precisamos esperar a graça do Modelador de Estrelas, mas ele ainda desdenha de nós.

Ele colocou o cristal de volta no saco.

— Saímos com provisões para uma lua, e isso deveria ser o suficiente, mas ainda assim, se tivermos a chance de desembarcar em terra, não faria mal conseguir novos suprimentos. Isso tudo imaginando que o mastro...

As palavras foram interrompidas conforme ele se virou para observar seus tripulantes trabalhando.

— Nós *estamos* a caminho das Hespérides? — Tiriki deixou escapar. Mais calma, ela continuou: — Sei que muitos refugiados das ilhas de Tarisseda e Mormallor já foram para Khem, onde a sabedoria ancestral é bem-vinda há muito tempo. E outros, acho, tinham a intenção de buscar as ilhas ocidentais do outro lado do grande mar. Mas Micail e eu tínhamos feitos planos de ir para o norte...

— Sim, minha senhora, eu sei. No dia anterior, antes de partirmos, eu passei alguns minutos com o príncipe. Com ambos, aliás. O príncipe Tjalan me disse — Ele parou de falar, mordendo os lábios. — Se tudo correr bem... — Reidel fez uma nova pausa quando um dos marinheiros se aproximou, tocando a testa em saudação.

— O que foi, Cadis?

— Os rapazes acabaram de prender o mastro; esperam apenas por sua ordem.

— Estou indo. Me deem licença. — Reidel inclinou a cabeça respeitosamente para Chedan e Tiriki, mas seus olhos e sua atenção já estavam voltados para seu navio e sua tripulação.

***

O vento nunca deixou as velas, o que permitiu ao *Serpente Escarlate* fazer um bom tempo, e, embora o mastro principal encaixado rangesse de modo alarmante, estava bem seguro. Mas o vento também brincava no céu nublado, modelando estranhas criaturas de nuvens das cortinas de brumas. Ahtarrath podia jazer em pedaços nas profundezas, mas a fumaça de sua destruição permanecia no céu, escurecendo o sol durante o dia e envolvendo as estrelas à noite.

Conforme fora combinado, Reidel tomara uma rota para o norte, mas muitos dias haviam se passado, e eles ainda não tinham visto terra. Também não tinham encontrado outros navios, mas, com a neblina contínua, era possivelmente uma boa coisa. Uma colisão poderia ser o desastre final.

Tiriki certificou-se de passar um pouco de tempo todos os dias com seus acólitos, particularmente Damisa, que ainda estava ensimesmada com seu fracasso em chegar ao navio capitaneado pelo príncipe Tjalan; e Elis, cujo luto por Aldel a recordava de que ao menos podia ter esperanças de que seu amado sobrevivera. Ela só podia aconselhar os que ainda estavam mergulhados em depressão a seguir o exemplo de Kalaran e Selast, que tentavam ser úteis, uma sugestão frequentemente recebida com lágrimas.

Tiriki insistia, no entanto, que ao menos eles continuassem a prática de canto e outros estudos, mesmo se não estivessem bem o suficiente para ajudar com as tarefas.

Ela havia esperado que Alyssa, como segunda sacerdotisa mais elevada a bordo, fosse mais solícita, mas a vidente aproveitou o que era uma cabine quase privada para cuidar da perna ferida e meditar. Tiriki começou a suspeitar que ela simulava uma doença, mas Liala assegurou-lhe de que a perna da vidente de fato havia sofrido uma torção forte durante a confusão da escapada deles.

Uma tarde, enquanto Tiriki estava sentada na proa, imaginando que talvez devesse fazer algo em relação às brigas repetitivas e sem sentido do sacerdote menor Rendano com uma pequena mulher saji alegre chamada Metia, os céus nublados escureceram e uma tempestade desceu sobre eles. Se Tiriki tinha achado que sua primeira noite no mar fora terrível, no momento em que a tempestade obscureceu até mesmo a visão das ondas que se erguiam, ela chegou a desejar ter ficado no palácio. Lá, ao menos, poderia ter se afogado com dignidade.

Por um tempo interminável de tormento, ela se agarrou à cama de campanha abaixo do deque enquanto o navio pinoteava e descia. Selast, que havia herdado ao menos a habilidade de andar a bordo sem enjoar da linha real de Cosarrath, encheu novamente o cantil dela com água fresca. Seguindo o conselho de Chedan, Tiriki dava goles a intervalos ocasionais entre os mares revoltos e tentava não observar os outros comendo pão de queijo e as últimas frutas frescas.

Às vezes, entre os soluços quase infinitos da sacerdotisa idosa Malaera e as reclamações dos acólitos, vinha um descanso longo o suficiente para que ela ouvisse os marinheiros gritando no deque acima e a voz forte e clara de Reidel respondendo; mas sempre, assim que começava a ter esperança de que o pior havia passado, um vento que subia cobria todas as vozes e o navio empinava até ela achar que fossem afundar completamente. A razão lhe dizia que nenhuma embarcação poderia sobreviver a tais estragos. Não sabia se deveria rezar para que o navio de Micail estivesse indo melhor ou para que ele já estivesse morto e a esperasse do outro lado.

Sua agonia diminuiu em um estupor de resistência no qual sua alma se recolheu em uma firmeza interior tão remota que não notou que as rajadas de vento estavam ficando mais suaves, assim como o balanço e a inclinação do navio estavam quase normais. A exaustão se transformou em um sono sem sonhos muito esperado; ela tampouco acordou até a manhã.

***

O mastro principal remendado não havia sobrevivido à tempestade, mas os outros dois ainda permaneciam intactos, embora tivessem altura suficiente para aguentar apenas velas pequenas. Ainda assim, como o tempo ficou bom e a brisa permaneceu firme, foram capazes de seguir em frente lentamente. Porém, a cada vez que a luz nublada diminuía, Tiriki enrijecia, temendo o desastre.

O que aconteceu com a minha disciplina?, repreendeu a si mesma, rispidamente. *Fui treinada para enfrentar qualquer coisa, até a própria escuridão além do alcance dos deuses, mas aqui estou, paralisada de terror, enquanto aquelas crianças brigam, conversam e se penduram na amurada.*

O ranger das madeiras do navio, uma inclinação súbita do deque, até mesmo o cheiro de carvão queimando nas galés, tudo tinha o poder de fazer o coração dela disparar. No entanto, também era uma distração de uma ansiedade mais profunda que se instalara quando a tempestade amainou e eles viram que eram o único navio no mar azul calmo. Chedan havia dito que as outras embarcações, tendo partido mais cedo, podiam ter usado as velas para ultrapassar a tempestade. Ele acreditava naquilo? Não lhe fazia bem dizer a si mesma que os acólitos apenas ficariam mais apavorados se os mais velhos demonstrassem seus próprios medos. O medo estava ali e a fazia sentir vergonha.

Tiriki respirou profundamente e seguiu para a direção da popa do navio, onde Chedan e o capitão olhavam o céu noturno. Ela não estava sozinha, recordou a si mesma ao se aproximar dos dois homens. Reidel era um marinheiro experiente, e Chedan havia viajado bastante. Certamente saberiam como encontrar o caminho.

— Mas isso é o que eu estava dizendo. — O dedo de Reidel apontou para cima. — No mês do Touro, a constelação do Alterador deveria ter se levantado logo após o pôr do sol. A esta hora, a estrela polar deveria estar alta.

— Você se esquece, estamos muito mais ao norte do que jamais esteve. — Chedan levantou o pergaminho que segurava de modo que ficasse sob a luz. — O horizonte é diferente de muitas pequenas maneiras... Bem, não é de se espantar que não consiga encontrar, esse não é o pergaminho certo. Ardral preparou mapas mais recentes para usarmos.

— Foi o que disse o príncipe Tjalan, mas eles nunca chegaram até nós.

— E quanto aos pergaminhos de ensino? — disse Tiriki ao se juntar a eles. — Eu falei para Kalaran pegá-los das arcas...

— Sim, e obrigado por se lembrar deles — respondeu Chedan. — O problema é que são muito antigos. Veja por si.

Ela deu uma olhada no pergaminho, que se referia ao movimento do zodíaco. Infelizmente, não parecia mais tão detalhado quanto era quando ela era uma estudante tentando memorizá-lo – e aquela fora a última vez que pensara com seriedade nas estrelas.

Isso simplesmente não está certo, ela pensou com raiva, enquanto seu estômago começou novamente a protestar contra o movimento oscilante do mar. *De todos nós, Reio-ta era o marinheiro. Ele e Deoris fizeram aquela viagem para Oranderis sozinhos há apenas cinco anos. Qualquer um deles seria mais útil aqui do que eu!*

Chedan respirou fundo.

— A estrela polar principal é Eltanin, claro, como é mostrado em todos os nossos mapas. Mas, já há gerações, a configuração das estrelas vem mudando...

— Quê?! — exclamou Reidel, em choque. — Sabemos que a terra e o mar podem mudar seus traçados, mas os céus?

O mago assentiu solenemente.

— Muitas vezes verifiquei isso com um telescópio noturno, e só ficou mais óbvio a cada hora. Os céus mudam como nós, apenas mais lentamente. Mas, ao longo dos séculos, a diferença fica mais evidente. Você deve saber alguma coisa sobre as estrelas errantes...

— Sei que elas se movem por um caminho previsível.

— Apenas por terem sido observadas por tantos anos. Quando a estrela polar na qual tantos de nossos cálculos são baseados subitamente se move, bem, uma mudança assim tremenda é vista como presságio de uma mudança igualmente grande nas questões dos homens...

— Sim. Um desastre. Como vimos — observou Reidel.

Protegendo os olhos das lamparinas brilhantes, Tiriki olhou para cima. Brumas velavam o horizonte, mas a lua era muito nova e já havia se posto. Diretamente acima, a escuridão estava salpicada de estrelas em tal profusão que seria um milagre se ela conseguisse distinguir qualquer constelação.

— Talvez — Chedan dizia — você tenha ouvido os antigos murmurando que os dias da primavera e do inverno não são como costumavam ser. Bem, eles não estão esquecidos; estão certos. Documentos do Velho Templo provaram isso. A época da estação de plantio, a chegada das chuvas: todo o cosmo está em algum tipo de mudança incompreensível, e nós também precisamos nos adaptar, ou perecer.

Tiriki arrancou a atenção do esplendor confuso dos céus para tentar entender as palavras dele.

— O que quer dizer?

— Desde a queda da Terra Antiga, os príncipes governaram sem restrições, esquecendo-se de seu dever de servir enquanto buscavam poder. Talvez tenhamos sido salvos para podermos revitalizar o conhecimento ancestral em uma nova terra. Não falo de Micail, é claro, nem de Reio-ta. E o príncipe Tjalan, também, é – era – um grande homem. Ou teria sido...

Vendo a angústia de Chedan, ela estendeu o braço para confortá-lo.

— Sem dúvida, você tem razão — disse Reidel abruptamente —, mas no momento preciso me preocupar em nos levar *para* a nova terra.

— As estrelas podem ser inconstantes — falou Tiriki —, mas nada aconteceu ao sol e à lua, aconteceu? Por eles podemos navegar para o leste até encontrarmos terra. E, se não houver terra, podemos buscar mais aconselhamentos.

Chedan sorriu para ela com aprovação e Reidel assentiu, percebendo o sentido do que ela havia dito. Ela se recostou e deixou os olhos vagarem novamente na direção do caminho de estrelas. Frias e altas, elas zombavam dela e de todos os seres mortais. *Não confie em nada, pareciam dizer, pois seu conhecimento duramente conquistado não lhe fará muito bem aonde está indo agora.*

***

Tiriki acordou com o balanço familiar da rede e gemeu com a náusea que se tornava igualmente familiar. Era o terceiro dia depois da tempestade.

— Aqui — disse uma voz baixa. — Use a bacia.

Tiriki abriu os olhos, viu Damisa segurando uma vasilha de metal, e essa visão intensificou sua necessidade. Depois de vários momentos dolorosos, ela se recostou e limpou o rosto com o pano úmido que Damisa lhe ofereceu.

— Obrigada. Nunca fui uma boa marinheira, mas esperava ter me acostumado com o movimento a esta altura. — Tiriki não sabia se a assistência viera por afeto ou pelo dever, mas precisava demais da ajuda de Damisa para se importar. — Como vão as coisas no navio?

A moça deu de ombros.

— O vento chegou, e, toda vez que os mastros rangem, alguém se pergunta se vão quebrar, mas, sem eles, parece que mal nos movemos. Se o vento sopra para o lado contrário, reclamam de que estamos perdidos e, quando ele cessa, choram que vamos todos morrer de fome. Elis e eu cozinhamos uma panela de mingau, a propósito. Vai se sentir melhor com um pouco de ar fresco e de desjejum.

Tiriki estremeceu.

— Ainda não, acho, mas vou para o deque. Prometi a Chedan que o ajudaria a revisar os mapas das estrelas, embora, do jeito que me sinto, temo que não seja capaz de fazer mais do que barulhos de aprovação e segurar a mão dele.

— Ele não é o único que precisa de alguém para segurar-lhe a mão — respondeu Damisa. — Tentei manter os outros ocupados demais para entrar em encrenca, e só podemos discutir os ditos dos magos por certo tempo. Eles podem ser jovens — disse ela, do alto de seus dezenove anos —, mas foram selecionados pela inteligência e conseguem ver nosso perigo.

— Imagino que sim — suspirou Tiriki. — Muito bem. Irei.

— Se passar a manhã com os outros, posso fazer um inventário completo dos suprimentos. Com sua permissão, é claro — ela completou, com relutância.

Tiriki percebeu o quanto aquele pedido fora uma reflexão tardia e sufocou um sorriso. Ela se lembrava de sentir o mesmo desdém pela ignorância dos mais jovens e das fraquezas dos velhos quando tinha aquela idade.

— É claro — ela ecoou, de modo brando. — E, Damisa, fico grata por ter tomado para si essa responsabilidade enquanto eu estava doente.

Na luz fraca ela não podia ver se a moça estava corando, mas, quando Damisa respondeu, seu tom estava mais calmo.

— Eu era princesa de Alkonath antes de ser acólita. Fui criada para liderar.

***

Damisa havia falado com confiança, mas, quando terminou sua vistoria dos suprimentos estocados no *Serpente Escarlate,* começou a desejar não ter pedido tanta responsabilidade. No entanto, enfrentar verdades desagradáveis também era parte do trabalho. Só podia esperar que o capitão Reidel, embora apenas um plebeu, fosse capaz de fazer o mesmo.

Como esperado, ela o encontrou com Chedan na proa do navio, calculando a posição deles a partir da vista do sol ao meio-dia.

— Damisa, minha querida — disse o homem mais velho. — Você parece séria. Qual é o problema?

— Tenho notícias sérias. — O olhar dela se moveu dele para o capitão. — Nosso estoque de farinha está indo rápido. No ritmo em que a estamos usando — ela falou com firmeza —, o saco aberto estará vazio depois da refeição da noite, e só há mais um. Posso fazer mingau mais fino, mas não é muito nutritivo para trabalhadores.

Reidel franziu o cenho.

— Só gostaria de que nosso cozinheiro tivesse conseguido chegar a bordo. Mas tenho certeza de que está fazendo tudo o que pode. Agradeço qualquer sugestão construtiva. Está me dizendo que só podemos nos alimentar por mais dois dias?

— Neste ritmo, mais um. Notei que *certas* pessoas, e não falo apenas do povo da cidade... — Damisa sentiu-se corar sob a intensidade dos olhos escuros dele.

De corpo forte, pele bronzeada e cabelo escuro, ele era típico da classe média atlante, mas agora ela percebia que era muito mais jovem do que parecia a alguma distância, com uma boca aparentemente mais acostumada a sorrir do que com a presente linha severa.

— Certas pessoas — repetiu ela, resolutamente — vêm separando comida. Sei onde parte dela está escondida; e, se os seus marinheiros me ajudarem a tirá-la deles, poderemos distribuí-la de modo apropriado e conseguir ao menos mais uma refeição para todos. Talvez mais.

— Sim. — Reidel suspirou.

Chedan murmurou, os olhos ainda no aparato delicado e curioso de hastes de cristal conectadas a cones com o qual estava calculando o ângulo do horizonte até o sol.

— Já discuti tudo isso com os outros acólitos — disse Damisa no silêncio. — Estamos acostumados a jejuar — explicou, e corou novamente quando tanto o capitão quanto o mago se viraram para olhá-la. — E não estamos trabalhando muito, na verdade. Não nos fará mal passar com rações de meditação por um tempo.

Os olhos de Reidel a perscrutaram como se ele a visse como alguém distinto da casta dos sacerdotes pela primeira vez. Damisa sentiu que corava sob o escrutínio dele, mas desta vez seus olhos não fraquejaram e no final foi ele quem desviou o olhar.

— Chegaremos logo em terra — murmurou, olhando para o horizonte. — Precisamos chegar. Quando falar com seus amigos... diga... obrigado.

— Direi — ela respondeu.

Ela se virou para Chedan.

— Venha comigo, mestre. Os acólitos estão esperando na popa. Podemos aguentar o que for preciso, mas o faremos com corações mais fortes se nos trouxer suas palavras de esperança.

O mago levantou uma sobrancelha, irônico.

— Minha querida, acho que você já tem palavras suficientes. Não, não, não é uma repreensão — ele se apressou a tranquilizá-la —, você me traz esperança de verdade, na forma da força que claramente ganhou com essas adversidades. Estamos em débito.

***

Na parte do meio do convés, alguns marinheiros entrelaçavam as cordas rompidas no último vendaval, enquanto outros trabalhavam remendando a vela sobressalente. Chedan sentia os olhos deles em suas costas conforme seguia Damisa na direção da popa, mas as regras de casta impediam qualquer um de questioná-lo. Os acólitos e um ou dois outros da casta dos sacerdotes estavam sentados juntos em um semicírculo informal sob uma cobertura improvisada feita com restos de uma vela rasgada demais para valer a pena consertar. A conversa deles se interrompeu conforme reconheciam o renomado mestre Chedan Arados, e ele os observou com interesse em retribuição.

Conhecera Damisa quando ela era criança em Alkonath. Ela era franca na época e, se o apresentava agora como se o tivesse capturado, ele imaginava que ela tinha esse direito. Tinha estado ocupado demais lutando com os mapas de estrelas para prestar muita atenção nos acólitos, mas, com Tiriki tão doente, imaginava que fosse sua obrigação.

Conforme Damisa sentou-se de um modo um tanto ostensivo no tapete no chão entre os colegas, o mago acomodou os ossos doloridos sobre um rolo de corda, olhando de um rosto jovem para o outro com o que esperava que fosse um sorriso reconfortante.

— Lamento que tenha estado ocupado demais até agora para visitá-los — ele começou —, mas tudo o que ouvi nesses últimos dias me diz que vocês se fizeram úteis. Quando não há necessidade de orientação, sei que não preciso providenciá-la. Mas entendo que há alguns aqui que sentem que nossa situação é irremediável. Ora, é razoável se preocupar, na verdade muito sensato, do modo como estamos, mas seria errado se desesperar.

A pequena Iriel fez um som que podia ser um riso ou um soluço sufocado.

— Errado? Mestre, boa parte do nosso treinamento é ler os sinais. Quando o sol começa a se pôr, sabemos que a escuridão vai chegar. Se as estrelas não brilham, talvez chova. Os sinais que vejo agora dizem que vamos morrer, pois não vimos outros navios nem avistamos terra.

Uma sombra alada cruzou o deque e o olhar de Chedan a seguiu, levantando-se até ver o pássaro brilhando branco contra o azul do céu.

— Não contesto o que viram. — Ele se virou novamente para Iriel. — Embora tenha viajado mais do que a maioria das pessoas, nem eu posso ter certeza absoluta de nossa posição exata. Mas estão tirando conclusões antes de verem toda a evidência. Não caiam no erro daqueles que veem mudança apenas como declínio e dizem que no fim haverá escuridão. No fim, também, há luz; luz que nos mostrará finalmente o cosmo e nosso verdadeiro lugar nele, o propósito de nossas esperanças e nossas perdas, nossos amores, nossos sonhos.

— Sim, mestre, não duvidamos de que nossos espíritos vão sobreviver. — O rosto bonito de Kalaran estava contorcido em um sorriso desdenhoso. — Mas, se somos tão importantes, por que os deuses nos deixam suspensos na beira do mundo?

— Kalaran, Kalaran. — Chedan fechou os olhos e balançou a cabeça. — Você atravessou fogo e destruição quase intacto e agora reclama de um pouco de suspense? Não é de se espantar que os deuses interfiram tão raramente! Pela misericórdia deles, recebemos um caminho para sair da devastação, mas não é o suficiente? Precisamos enfrentar condições duras! — Chedan balançou os dedos, fingindo estar horrorizado. — Tudo sem dúvida está perdido.

Ele esperou uma onda de risos nervosos passar pelo círculo.

— Crianças da antiga Atlântida — ele continuou, mais suavemente —, perdemos tudo a não ser uns aos outros, mas, quando digo que devemos ser gratos por nossos problemas, não estou apenas repetindo filosofias gastas. Nós não *teríamos* esses problemas se não tivéssemos sobrevivido! Certamente não acham que é um engano sobreviver apenas porque as coisas mudaram.

— Mas *estamos* perdidos — contestou Kalaran, e um murmúrio concordando o ecoou.

— É pior que isso — comentou a jovem Selast de seu lugar ao lado de Damisa, o corpo magro tremendo com energia nervosa. — Os marinheiros dizem que navegamos para fora do mundo!

— Em minha experiência — Chedan respondeu, olhando para o navio —, marinheiros dizem muitas coisas absurdas para os jovens e inocentes. Aconselho a não acreditar em tudo o que ouve.

— Mas vamos considerar por um momento que esses rumores são verdadeiros e que navegamos para fora do mundo. Como sabe que não vamos simplesmente navegar de volta para ele com a mesma facilidade? O mar é vasto e selvagem, porém é finito. Mas permitam que os avise, meus caros amigos jovens, quando voltarmos à costa, provavelmente *não* vamos encontrar salões quentes nem servos esperando com comidas finas e bebidas gostosas.

E naquele momento, como se as palavras do sacerdote fossem nada menos que profecia, veio um guincho e então um grito do homem de boa visão que Reidel havia mandado subir no calcês.

— Terra! Meu capitão, aquilo não é uma nuvem no horizonte! É terra que vejo com certeza!

***

Na euforia da descoberta, eles esqueceram que avistar terra não era o mesmo que alcançá-la. Conforme se aproximavam, aqueles que tinham vista boa de longe descreviam penhascos altos de rochas amarronzadas, esculpidas pelo vento e pela água em colunas e torres. Aos pés delas, ondas espumavam em um rodamoinho violento.

— Acho que é Casseritides, a Ilha de Estanho, cuja península do sul os mercadores chamam de Beleri'in — sussurrou Chedan. — Esses devem ser os penhascos na ponta da península. Na costa sudoeste, há uma baía com uma ilha onde os mercadores entram.

Reidel se inclinou no timão, e os marinheiros fizeram o melhor que podiam, mas o vento vinha do leste, e o máximo que conseguiam sem a vela do meio era colocar o *Serpente Escarlate* navegando de lado na direção dos penhascos dentados. Xingando, derrotado, Reidel virou o navio novamente na direção da segurança relativa do alto-mar.

— Há outros portos na costa norte? — perguntou Tiriki em voz baixa, sem conseguir tirar os olhos da costa vaga até que tivesse quase desaparecido na névoa da noite.

— Há muitos portos aqui — Chedan a tranquilizou —, é uma ilha um tanto grande. Há muitos anos, nossos navios costumavam entrar em um porto mais acima na costa. Era na foz de um rio que chamavam de Naradek, como um rio na Terra Antiga. Havia um outeiro como uma pirâmide, onde construíram um Templo para o sol. Mas, quando a Terra Antiga afundou, o contato foi perdido. Duvido que reste algo agora.

Reidel conseguiu dar um sorriso.

— Ao menos sabemos onde estamos. Amanhã, com certeza, chegaremos à costa.

Mas o vento, parecia, não queria que o fizessem. Por mais três dias, lutaram para encontrar caminho ao longo da costa pedregosa, batalhando contra correntes hostis e tempo contrário, e cada dia eram menos capazes de se alimentar com apenas os poucos peixes que conseguiam pegar nas ondas.

No quarto dia, o vento cessou. O amanhecer mostrou a eles um semicírculo de montanhas que abrigava um estuário largo onde terra e água se misturavam em incontáveis riachos. Ilhotas cobertas de árvores se estendiam pelos pântanos como anéis de uma serpente titânica, coleando na direção de uma terra cujos contornos ainda estavam velados pelas brumas.

Um a um, os refugiados se reuniram no convés para olhar para a terra desconhecida, quase incapazes de acreditar que tinham realmente chegado a um destino. Tiriki ficou sozinha na proa do navio, lutando contra as lágrimas ao perceber que de alguma forma havia esperado que Micail estivesse aguardando por ela quando a jornada terminasse.

Ainda estavam a algumas léguas da estação de comércio no Naradek da qual Chedan havia lhes falado. Uma natureza intocada não era a chegada que nenhum deles esperava. Mas a maré foi implacável ao levá-los na direção da terra, e o navio estava danificado demais para tentar o mar novamente. Com um suspiro meio de alívio, meio de resignação, Reidel girou o timão e seguiu para o estuário.

— Aqui está a nova terra, afinal — a voz era a de Chedan, mas incomumente alta.

Um pouco assustada, Tiriki se virou para olhar enquanto ele se dirigia às pessoas reunidas.

— A partir de agora, não haverá mais tempo para o luto — ele dizia —, pois precisaremos de todas as nossas energias para sobreviver. Por isso, vamos agora dar adeus à bela Ahtarrath e à poderosa Alkonath. Ai de nós pelo Império Brilhante que existiu e não existe mais.

E então, com comoção ainda maior, a tristeza deles pelos Dez Reinos de Atlântida, cujos navios poderosos alcançavam o mundo, amainou-se em silêncio. As memórias de tudo o que haviam perdido eram claras demais por um momento; novamente vívida demais era a visão da Montanha Estrela enquanto explodia em fogo e trovão, e o último bastião da Atlântida invencível se rendia orgulhosamente ao mar.

SEIS

"*Ó beleza acima do horizonte do Oriente,*
Levanta tua luz até o dia, ó Estrela do Oriente,
Estrela do Dia, desperta, levanta!
Senhor e doador de Vida, desperta —
Júbilo e doador da Luz, levanta —
Ó beleza acima do horizonte do Oriente,
Estrela do Dia, desperta, levanta!"

Micail se moveu na direção da consciência na subida e descida dos versos que haviam começado seu dia desde que conseguia se lembrar. As vozes tinham a pureza da juventude; eram os acólitos que cantavam? Não conseguia se recordar por que estavam com ele, mas a presença deles e as cadências de afirmação da vida da música eram uma proteção contra pesadelos dos quais já começava a se esquecer.

Tentou abrir os olhos, mas um pano cinzento e frio os cobria. *Estive doente?* Havia uma dor em seu peito e atrás dos olhos... Ele poderia ter levantado a mão e removido o pano úmido, mas seus braços pareciam fracos e quentes.

— Tiriki... — teve forças o bastante para sussurrar. — Tiriki? — tentou novamente.

— Não tente falar. — Uma mão hábil arrumou o pano de volta em sua testa e depois levantou sua cabeça. — Aqui está algo para beber. Com calma, com calma...

A borda dura de uma taça tocou os lábios dele. Ele engoliu automaticamente e o líquido, um mingau azedo quase atenuado pelo gosto de mel, desceu. Algo em seu peito se aliviou, mas a dor de cabeça permaneceu.

— Pronto, pronto — veio a voz de novo, conforme mãos fortes baixavam gentilmente a cabeça de Micail sobre o travesseiro. — Isso deve acalmá-lo...

Ele tentou se concentrar em quem falava, mas seus olhos não queriam ficar abertos. A voz era desesperadoramente familiar, com o sotaque do lar de sua infância, mas grave demais para ser a de Tiriki. *Por que ela não está aqui se estou tão doente?* Tentou reunir forças para chamá-la novamente, mas o que quer que fosse aquele líquido o puxava de volta para a escuridão quente. Ele franziu o cenho, aspirando o aroma fresco de chuva e terra gramada enquanto sua consciência confusa do presente era tomada pela memória.

***

— O equilíbrio foi quebrado!

— A escuridão se levanta! Dyaus está livre!

— É o Cataclismo! Salve-nos, Micail!

— Salve-nos!

— Micail, consegue me escutar? Acorde, rapaz. Descansou aqui por tempo demais!

Mãos fortes com a pele seca da idade apertaram as dele, e o choque de energia que passou através dele o levou até a plena consciência. Seus olhos se abriram. O homem curvado sobre ele era alto, com um rosto expressivo e cabelos grisalhos que caíam como plumas ingovernáveis sobre a testa alta.

— Ardral! — Aquilo saiu como um coaxar, mas Micail estava surpreso demais para se importar. — Meu senhor Ardravanant — ele se corrigiu, preferindo a forma mais correta de se dirigir ao Sétimo Guardião Investido do Templo da Luz de Ahtarrath...

Em teoria, ele e Micail tinham a mesma posição, mas o velho adepto era uma lenda desde que Micail era uma criança, e usar o apelido parecia arrogante.

— Gostei mais quando disse da primeira vez — aconselhou o Sétimo Guardião. — Ultimamente não me sinto *nada* um "Conhecedor dos Mais Brilhantes". Além disso, nos obriga a questionar, não acha? Já é ruim o suficiente em cerimônias. Não, fique com Ardral. Eu saio por aí te chamando de Osinarmen?

— É mesmo um bom argumento. Mas — Micail balançou a cabeça e tossiu. — O que está fazendo aqui? Quanto a isso — ele parou de novo, mas não tossiu —, onde estamos?

Os olhos verdes de Ardral se apertaram.

— Não se lembra?

Não me lembro de nada, pensou Micail; mas, no instante seguinte, ele se *lembrou*.

— Estávamos na biblioteca. — Ele arquejou. — Você tentava descer com uma grande arca de madeira pelas escadas. Meu amigo Jiri e eu o ajudamos, mas então você correu de volta para dentro e...

A mente dele foi tomada por imagens múltiplas: os sacerdotes discutindo, pilares caindo, paredes ruindo, pergaminhos se espalhando como folhas levadas pelo vento e o gemido perpétuo da terra, vibrando através de pedra e ossos da mesma maneira...

— Você salvou minha vida — disse o adepto, em voz baixa, e novamente suas mãos se apertaram em torno da de Micail —, embora, do jeito que me recordo, no momento, não tenha ficado muito agradecido.

— Você praticamente quebrou meu nariz.

— Sim... sinto muito por isso. Não sei o que me deu. *Eu* não fiz vários discursos *muito* bons sobre aceitar o inevitável? Então naturalmente fui o que não conseguiu resistir à tentação de salvar mais uma coisa, mesmo que pedaços voadores de lava estivessem incendiando a cidade! Bem, fico feliz que *você* tenha percebido que era hora de escapar.

— Como conseguimos chegar ao porto? — sussurrou Micail, o peito apertando. — Eu me lembro das torres caindo, bloqueando o caminho.

A memória dele estava inundada de imagens distorcidas: pessoas cambaleando enquanto a Darokha Plaza se inclinava, as intemporais pedras cobertas de azulejos subitamente se rasgando em uma onda horrível – e uma mulher velha caindo, pisoteada pela multidão, deixada moribunda no meio da rua como uma boneca quebrada.

Os punhos de Micail se fecharam de modo impotente quando ele viu novamente o brilho vermelho das águas encrespadas da costa, podia ouvir o clangor das armaduras dos soldados de elite que o príncipe Tjalan havia enviado para encontrá-lo; e, embora lutasse contra isso, não conseguiu evitar ver, com claridade insuportável, o caos de penhascos estilhaçados onde o porto deveria estar – e onde o *Serpente Escarlate* tinha estado atracado.

E tudo enquanto as cinzas caíam, cobrindo terra e mar com um pó cinzento fétido, como se toda a vida estivesse morta e ele não fosse mais que um fantasma assombrando um túmulo, o túmulo de...

— Tiriki! — A voz dele falhou, e ele buscou fôlego. — *Onde está ela?* — A tosse castigou dolorosamente seus pulmões, mas ele se arqueou, debatendo-se. — Preciso encontrá-la, antes...

Mas então sentiu outra vez a força surpreendente nas mãos de Ardral enquanto o adepto murmurou uma Palavra de Poder que enviou Micail espiralando em sonhos estupidificados mais uma vez.

Conforme ganhava e perdia consciência, percebia que uma série de mãos diferentes cuidavam dele. Às vezes até o toque mais suave era insuportável. Outras vezes, seu amigo Jiritaren estava com ele, ou alguma outra pessoa, falando de modo um tanto urgente sobre crise, pneumonia... Gradualmente Micail começou a compreender que estava em perigo, mas isso não importava. Tiriki era tudo o que importava. Micail não conseguia se recordar de como a tinha perdido, mas a ausência dela era uma ferida pela qual sua vida escapava.

E então veio um momento em que ele sentiu os braços dela em torno dele. *Estou morrendo*, ele pensou, *e Tiriki veio me levar para casa.* Mas ela o xingava, gritando sobre uma tarefa que ele não havia cumprido. Ele sentiu que se afogava em uma maré poderosa...

***

Acordou com o som de chuva forte. Aquilo parecia estranho; a estação de tempestades já tinha passado. Ele respirou fundo e notou que, embora houvesse congestão em seus pulmões, eles já não doíam.

A cama era desconhecida, mais macia do que sua preferência. Levantando a cabeça do travesseiro fofo, olhou para um quarto com iluminação ardente, com paredes caiadas e janelas estreitas. O coração palpitou quando ele viu uma mulher de pé ao lado dela, olhando para o mar e a tempestade, mas não era Tiriki. Essa mulher tinha cachos escuros, com um tom de cobre onde refletia a luz.

— Deoris? — ele sussurrou, e, quando ela se virou, ele viu a pele dourada, os grandes olhos escuros, a espinha adolescente no nariz...

É claro que não era Deoris; era a filha mais nova dela, a meia-irmã de Tiriki...

— Galara — ele disse, de modo mais audível. — Ao menos *você* está viva!

— E você também! — ela exclamou, curvando-se sobre ele com empolgação. — E você é *você mesmo* de novo, não é? Graças ao Criador! É melhor contar ao príncipe, ele vai querer saber...

Micail começou a compreender suas memórias. Se o príncipe Tjalan estava ali, quando encontraram o caminho para o porto principal bloqueado, deviam ter levado Micail a bordo do *Esmeralda Real*, ainda a salvo na baía, e o trazido ali... onde quer que *ali* fosse. Ele estava a ponto de perguntar, mas, antes que pudesse dizer as palavras, Galara havia saído correndo do quarto. Ele tentou se sentar, mas o esforço era demais, e se deitou novamente nos lençóis macios, tentando respirar mais fundo.

A porta bateu contra a parede enquanto o próprio príncipe Tjalan entrava. Havia mais fios prateados nas têmporas dele do que Micail se lembrava, e uma ruga profunda ou duas em torno dos olhos dele que não estavam lá antes, mas sua saia pregueada de linho verde estava finamente passada como sempre, e, ao ver Micail, o rosto dele se encheu de felicidade.

— Você *está* acordado. — Tjalan tirou a capa curta de lã e sentou-se no banco ao lado da cama, apertando a mão de Micail brevemente na sua.

— Estou... e feliz em vê-lo. Entendo que foi você que me trouxe para cá em um só pedaço?

Micail achava difícil sentir gratidão, mas sempre sentira afeição por Tjalan e ao menos aquilo não havia mudado.

— Estou encomendando uma medalha para mim! — Tjalan deu um risinho. — Primeiro precisei lutar para você subir no navio... ninguém mais ousava! Então, quando estávamos no meio do caminho saindo do porto, você achou que tinha visto Tiriki. — Ele parou.

— Você pulou do navio e é claro que caiu em um mastro que boiava e bateu a cabeça! Foi sorte que não se afogou e levou quem o resgatava junto! Que era eu também, a propósito. Desde então, entre a concussão da ferida na cabeça e a pneumonia da água suja que engoliu, você vem sendo uma chatice total, inconsciente ou delirando o tempo todo. Mas valeu a pena um pouco de problema para mantê-lo respirando.

— Que lugar é este? — perguntou Micail.

— As Hespérides, a Ilha de Estanho, assim como eu e você queríamos. — Tjalan sorriu de novo. — Paramos aqui em Beleri'in para reabastecer nossas despensas e acudir as dificuldades, mas, assim que estivermos prontos para navegar de novo, vamos continuar subindo a costa até Belsairath. Não é nada grandioso, apenas um velho entreposto comercial alkonense da época do meu bisavô, mas, com todos esses refugiados, logo será uma cidade próspera.

— Refugiados... — Micail estremeceu, apesar das cobertas e peles. — Então *outros* navios chegaram?

— Ah, sim. Não apenas de Ahtarrath, mas há também alguns de outras ilhas. Salvamos mais de nosso sacerdócio do que ousei esperar naqueles primeiros momentos em que o mundo todo parecia a ponto de explodir. Quando a estrada para o porto foi bloqueada, vários de seus acólitos chegaram à baía. O *Esmeralda Real* estava lotado, mas é um bom navio, e, assim que saímos do porto, aguentamos bem a viagem.

— Mas não há notícia. — Ele buscou fôlego.

— Acalme-se — recomendou o príncipe —, meu caro amigo! Não temos notícia de Tiriki, não. Mas os navios ainda estão chegando, e alguns até passaram por nós, sem dúvida indo para Belsairath também. Ela ainda pode se juntar a nós. Mas como isso será bom se você estiver em pedaços?

***

Nos dias que se seguiram, Micail começou a preencher mais lapsos em sua memória. A casa em Beleri'in em que o acomodaram era uma de várias que pertenciam a um mercador que enriquecera com o comércio de estanho. Conforme sua força voltava, Micail caminhava no jardim espaçoso, respirando o vento limpo que revirava as colinas verdes cobertas de neblina meio visíveis além do muro. O céu parecia imenso, uma tapeçaria de nuvens sem forma ou uma extensão azul brilhante.

Então esse é o novo mundo, ele percebeu, e por um momento seu humor sombrio quase melhorou. *Há muita beleza aqui... mas é frio, muito frio. Pai Sol, nós lhe cantamos louvações como sempre fizemos, por que não aquece a terra aqui? Nem o vento marítimo me traz nada do senhor. Precisarei construir seu novo Templo apenas para sentir um momento de calor?*

Ele observava constantemente procurando navios, mas só quando estavam partindo para Belsairath apreciou a beleza do mar. O porto tinha o mesmo azul limpo do céu. No meio dele havia uma pequena ilha que separava um grupo de navios aves aladas que subia e descia na maré. O maior era o navio de Tjalan, o *Esmeralda Real*, as velas verdes como folhas brilhantes contra o verde mais escuro da ilha.

— O pico daquela ilha é tão pontudo que parece ter sido feito pelo homem — disse Micail a Galara, em uma tentativa de distrair a mente do balanço do barquinho redondo cheirando a peixe no qual eles eram levados para o *Esmeralda*.

— Talvez seja — respondeu o menino nativo, enquanto um mergulho habilidoso do remo os empurrava para a frente. — Tem fogueira no topo. Acende quando um navio de estanho chega. Mas, agora, não há mercadores — ele completou, com tristeza.

— Não dê nada como certo — aconselhou Micail, pensando no que Tjalan lhe dissera dos planos dele para aquele novo país.

Mas isso realmente importava? Havia alguma razão para tentar construir uma nova Atlântida se Tiriki estava perdida?

Ele apertou seu lado do barquinho conforme o mar ficou ainda mais vivo, assombrado que o menino pudesse controlar o movimento de uma embarcação tão improvável. Mas, à medida que a ilhota estranhamente pontuda ficou mais perto, Micail se deu conta de outra sensação, uma espécie de zumbido subaudível que associou instintivamente ao fluxo de poder... Ele tocou o ombro de Galara.

— Você sente isso?

— Estou enjoada.

Ela parecia pálida e indisposta. Ele se recordou de ouvi-la dizendo que não gostava do mar. Isso deveria ser a razão pela qual não notava o som vibrante na água.

Tiriki teria sentido. Desajeitadamente, ele deu tapinhas no braço de Galara e então fechou os olhos, engolido por uma nova onda de tristeza. *Sem ela, fico aleijado,* pensou. *Os deuses não vão me querer.*

Quando por fim subiram a bordo, encontraram o convés do *Esmeralda Real* cheio de soldados. Micail não havia percebido que Tjalan trouxera não apenas seu guarda-costas, mas um contingente de soldados comuns também.

Os soldados permaneceram no convés durante os três dias que levaram para navegar para o norte e o leste ao longo da costa até Belsairath. As cabines abaixo haviam sido reservadas para passageiros nobres e sacerdotais como ele próprio. Naquela primeira noite, porém, encontrou apenas a acólita Elara. Tinham dito a ele que ela havia terminado no navio do príncipe Tjalan, mas ele não a vira até então. Micail, feliz em deixá-la com Galara, foi procurar a própria cabine, onde caiu no sono como uma rocha cai num abismo.

O segundo dia estava bem avançado quando ele despertou e descobriu que dividia a cabine com Ardral, que também havia deixado o amigo Jiritaren entrar no cômodo. Jiritaren não estava disposto a permitir a Micail chafurdar em autopiedade em seu catre em um dia tão lindo.

— Precisa admitir, os alkonenses constroem bons navios — Jiritaren comentou quando chegaram ao convés, correndo a mão pela madeira polida da amurada.

O vento dava cor à pele macilenta dele e tirava mechas de cabelo negro e liso de sua testa.

— Imagino — disse Micail, olhando para o estandarte verde voejando corajosamente, com um anel de falcões que parecia bater as asas douradas. — Afinal, aqui estamos.

Jiritaren lançou um olhar perturbado para ele. Ambos eram amigos havia muito tempo, e normalmente não precisavam falar para saber o que se passava no coração do outro. Depois de um momento, ele passou um braço em torno do ombro de Micail e levantou a outra mão para apontar para as aves aladas que os seguiam, particularmente uma de construção um pouco mais longa e delgada, com um estandarte laranja no mastro.

— Aquele é o *Andorinhão Laranja* — disse Jiritaren —, de Tarisseda! Eles chegaram com algumas cabines vazias, então alguns dos nossos estão com eles. E que bom, ou eu provavelmente estaria dormindo no convés com os lanceiros.

Micail conseguiu dar algo parecido com um sorriso.

— Que navio é aquele? — Ele apontou.

— Ah, é o *Golfinho Azul*. Um navio mais velho, mas sólido. Há um bando de gente nele, algumas pessoas do nosso Templo.

— Minha colega acólita Cleta está no *Golfinho*, meus honrados senhores — disse Elara, movendo-se para se juntar a eles —, com o irmão dela, Lanath, e Vialmar também.

Ela olhou para Micail com um sorriso que parecia afetuoso demais, considerando que, a não ser por Damisa, que ele frequentemente vira com Tiriki, mal conhecia os acólitos.

Mas, poucos como eram, estranhos ou não, eles seriam as bases do novo Templo e eram responsabilidade dele agora. Ele conseguiu retribuir o sorriso de Elara. Era uma garota bonita, crescida o suficiente para não ficar aflita com a atenção de dois sacerdotes superiores. Tinha altura apenas mediana, mas com boas feições, e os cachos negros, mal presos contra o vento com um grampo filigranado, tinham o brilho lustroso da asa de um corvo.

— Você é noiva de Lanath, não é? — ele murmurou. — Sinto muito. Deve ser difícil para vocês ficarem separados… ao menos Cleta e Vialmar estão juntos.

Ela baixou os olhos.

— Todos os pensamentos sobre casamento devem esperar, meu senhor — ela disse. — Estamos longe de completar nosso treinamento. E-eu queria dizer que é uma grande honra estar aqui, meus senhores, onde posso esperar ser instruída diretamente por *vocês*.

***

Foram necessários dois dias para chegar ao porto de Belsairath. Ficava na costa sul da ilha que os habitantes chamavam de "Ilha dos Poderosos". Fora estabelecida quando Alkonath buscou pela primeira vez a supremacia sobre as rotas comerciais dos Reinos do Mar, mas desde então havia permanecido na obscuridade.

Como em Beleri'in, uma ilhota ficava a uma pequena distância do porto, cercada não por navios ancorados, mas por uma longa fileira de bancos de areia que protegia a costa de tempestades. Conforme o *Esmeralda Real* passava por ela, os soldados correram para o lado a fim de vislumbrar o destino. Até mesmo Micail sentiu uma leve pontada de curiosidade.

Ele estremeceu e se enrolou novamente em sua capa verde-alkonense recém-adquirida. Era bem forrada para agasalhar, embora, para ele, fosse estranho substituir o escarlate cerimonial de sua família por aquela cor. *Mas que importância tem?*, perguntou a si mesmo, *Ahtarra e Alkona não existem mais. Até os deuses parecem distantes...*

As nuvens estavam escurecendo novamente em um prenúncio de chuva, e a cena se desvelando diante dele se transformou em um mural pintado com verdes e marrons. O delta baixo atrás da baía estava pontilhado de poças e touceiras de junco, como se a terra não tivesse vencido totalmente sua disputa com o oceano... Imaginou que as tempestades pudessem, ocasionalmente, fazer um rearranjo completo da paisagem. Ele esperava que os alkonenses tivessem construído o porto em terra sólida.

A notícia da chegada deles se espalhou rapidamente. Ele olhou em torno e viu que a maioria dos passageiros, se não todos, havia subido para o convés. Elara e Galara estavam bem próximas, com a atenção focada, parecia, nos soldados em vez de na vista.

Uma pluma passou flutuando por eles na direção da terra, e Micail percebeu que a maré estava subindo. Forçando a vista, olhou mais para dentro da terra, na direção do terreno firme que subia, uma massa escura de colinas cobertas de floresta fechada. No centro delas, ele via uma única serpentina de fumaça fina, subindo e se enrolando no vento. *Talvez aquilo venha do porto*, pensou. *Como eles o chamam? Belsairath? "Porto ponto alguma coisa"...*

A voz do capitão Dantu soou sobre a comoção dos passageiros, gritando ordens. Os soldados foram para o outro lado do navio para equilibrá-lo, conforme o timoneiro levava a proa fina da ave alada através de uma enseada enevoada e silenciosa onde o rio por fim fizera as pazes com o mar. Uma margem de docas de aparência eficiente tinha sido construída no porto, mas Micail achava que mesmo assim, na maré baixa, os navios maiores ficariam todos encalhados.

Este é, então, o fim de nossa jornada, pensou. *Um belo lugar para morrer.*

Perto das docas, ficava um recinto fechado com paliçada. Atrás dele, uma linha de construções, no começo cinzentas e indistintas, serpenteava ao longo da margem do rio. Massas de madeira desgastada pelo clima, tinta desbotada e coberturas de colmo gastas apareceram subitamente em seu campo de visão, e ele percebeu que cada construção, de um jeito ou de outro, refletia formas atlantes: aqui um arco, ali algumas sacadas, e até, um pouco acima da colina, uma estrutura que parecia o começo de um pátio de sete muros. Os arrabaldes da cidade velha eram uma extensão de grandes propriedades de aparência nova, construídas no estilo aristocrático alkonense, com boa parte da construção escondida debaixo da terra. Como em outros lugares, madeira parecia ser o material de construção principal, mas os socalcos e as fundações ao menos eram todos de pedra, ornamentados com os entalhes e gesso pintado costumeiros. As brumas estranhas faziam tudo parecer vagamente agourento, mas ele sorriu, apesar de não desejar.

O ataque de diversão não durou. Raja, o Sábio, dissera que o novo Templo seria construído em terra nova, mas Belsairath parecia velha, até mesmo negligenciada.

***

O príncipe Tjalan havia arranjado para que Micail ficasse em uma estalagem perto do mar, já que ele queria prestar atenção nos navios que chegavam e em qualquer notícia de Tiriki.

Porém, antes que ele pudesse descansar, o príncipe Tjalan convocou Micail para uma recepção na propriedade dele. Enquanto estava em meio a um grupo com roupas coloridas, ele se flagrou desejando ter ficado na cama da estalagem.

— Príncipe Micail, o senhor é muito bem-vindo! — uma mulher falou atrás dele. — Eu o encontrei uma vez, naquele ano que o senhor passou com Tjalan em Alkona, mas é claro que não vai se recordar de mim; eu era apena uma criança na época…

A voz dela tinha uma qualidade gutural que tantos achavam sedutora, e o perfume dela, que Micail percebeu mesmo antes de se virar para ver quem havia falado, era uma mistura feita com o cardo-indiano mais caro. Na verdade, ele não precisava de outros sentidos para reconhecer a esposa de Tjalan, princesa Chaithala. Tjalan lhe dissera que ela havia deixado Alkonath bem antes do Afundamento, trazendo os três filhos deles para a segurança dali. Mas ele teria adivinhado aquilo também, pois os olhos castanhos dela, realçados artisticamente com kohl, eram totalmente livres das sombras das memórias tristes que assombravam todos que tinham visto o velho mundo morrer.

A criação real de Micail o treinara para todas as respostas certas. Ele se curvou até certa altura e falou baixo sobre a impossibilidade de se esquecer de tal beleza, mas seu coração e sua mente estavam longe.

— O senhor é muito bondoso — disse Chaithala, com igual compostura. — Faço o melhor que posso. Meu senhor diz que precisamos manter nosso padrão.

Ela olhou em torno para se certificar de que os criados mantinham cada copo, taça e prato cheios.

— A senhora se saiu muito bem — ele respondeu mecanicamente.

O clamor constante de conversa fazia a cabeça dele ecoar. Pior, tinha aceitado educadamente uma bebida com quase todo mundo até então e suspeitava fortemente de que não se recordaria do nome de ninguém pela manhã.

— Há muita coisa a fazer — disse a princesa. — Mas eu desejava falar com o senhor porque, de certa forma, ambos estamos diante da mesma tarefa.

Ela fez um gesto para que ele a seguisse por uma longa galeria que dava em um recinto agradável aberto para o céu.

— Obrigado — ele disse, grato. — Temo que ache esses cômodos subterrâneos um pouco restritivos, mesmo com todas as condutas de luz e dutos de ventilação...

— Um estilo — a princesa observou em voz baixa — que protegeu a bela Alkonath do sol feroz do verão servirá bem aqui para conservar o calor.

— Sem dúvida, está certa — Micail retrucou.

Os mesmos tubos de bronze polido que traziam para dentro a luz do sol que houvesse também manteriam do lado de fora os ventos que açoitavam aquelas costas cinzentas e frias.

— Mas sou por demais um filho do Sol — terminou Micail, com o floreio necessário — para prosperar em um lugar em que a presença dele é menos vista do que implícita pela sombra.

— Pode até ser, mas vai descobrir que não há mais luz do sol nas janelas dos arredores do porto do que encontra aqui. — Chaithala sorriu. — Meu senhor me disse que foi seu desejo permanecer na Estalagem de Domazo em vez de se hospedar aqui conosco. É sua escolha, claro, mas ainda espero que nos visite com frequência. Eu também tenho necessidade de seu aconselhamento.

— É o que me diz a senhora — Micail tentou parecer atento.

— Diz respeito à educação dos meus filhos. Meu senhor tem tantas responsabilidades... a criação deles foi deixada comigo.

— Senhora, me perdoe, mas não sei nada sobre ensinar crianças — Micail hesitou, reprimindo uma pontada de dor ao se recordar dos bebês que Tiriki havia perdido. *Minha casa toda está morta,* ele pensou, *o que posso ensinar aos vivos?*

— Está me entendendo mal, meu senhor. Já tenho o tutor mais satisfatório, um homem sábio e paciente. Não, é mais a respeito do conteúdo da educação deles que gostaria de consultá-lo, pois os acólitos recebem seu treinamento. Não é assim?

— Eu... — Ele parou e olhou para ela com atenção. — Está totalmente correta, senhora, mas tive poucas oportunidades de cumprir meu dever com eles. A Casa dos Doze foi transferida para Ahtarrath apenas no ano passado. E só quatro deles estão conosco agora...

Por um momento, o luto por todos os que foram perdidos apertou a garganta dele novamente.

— Sim— disse Chaithala, alegremente. — Mas ao menos esses quatro estão aqui. Acredita que eles poderiam nos visitar de vez em quando? Os deuses sabem que teremos sacerdotes o suficiente!

Ela fez um gesto na direção do salão principal com um sorriso pesaroso.

— Mas me parece que a maioria deles se tornou santa demais para se recordar como falar com crianças. Apenas com o exemplo deles, temo que meus três cresçam sem apreciar o verdadeiro significado de nossa religião.

— Ficarei feliz em perguntar a eles se desejam — Micail disse lentamente —, com certeza eu mesmo ainda não lhes dei muita coisa a fazer.

A mente dele girava com culpa e especulação. A princesa dissera antes que estavam diante da mesma tarefa, e agora ele via que era verdade. Como os acólitos poderiam preservar a sabedoria de Atlântida se ele não os instruísse? Mas, sem Tiriki, parecia que a única coisa que poderia ensinar era fracasso e desespero.

— Isso é tudo que peço, senhor príncipe.

Chaithala deu outro sorriso charmoso e pousou a mão sobre o braço dele, puxando-o gentilmente de volta na direção da multidão em torvelinho. Em um instante, ela o soltou para apresentar a sacerdotisa Timul, que servira como grã-sacerdotisa do Templo de Ni-Terat em Alkonath e agora era a líder da Ordem Azul em Belsairath. Como a princesa, Timul havia chegado à nova terra mais de um ano antes e parecia ter se realocado muito bem.

Tiriki iria gostar dela, Micail pensou, com tristeza.

***

De algum modo, ele manteve os olhos abertos e cumprimentou todos. Alguns eram de Ahtarrath, entre eles seu velho primo Naranshada, o Quarto Guardião Investido. Havia também o velho Metanor, que fora Quinto Guardião Investido no Templo, e Ardral, é claro, cuja posição como Sétimo Guardião Investido nem chegava perto de refletir seu verdadeiro prestígio.

Como filho de uma casa real, Micail fora criado para funcionar em reuniões como aquela. Ele sabia que deveria circular, estabelecer relacionamentos, distinguindo os poderosos dos meramente influentes, mas não conseguia reunir energia. Jamais percebera o quanto dependia de Tiriki em situações como essa. Tinham trabalhado como uma equipe, dando apoio um ao outro.

Um criado veio com uma bandeja de licor *ila'anaat* em taças de cerâmica finas como conchas, e Micail pegou duas, bebendo a primeira de um só gole. A bebida era azeda e doce e deixava um rastro de fogo da garganta até a barriga.

— Sim, devemos desfrutar disso enquanto podemos — disse uma voz amarga. — A baga de ila não pode ser cultivada nesta latitude.

Com os olhos lacrimejantes, Micail reconheceu o rosto bronzeado de bigode de Bennurajos, um sacerdote musculoso de meia-idade. Originalmente de Cosarrath, ele servira por muito tempo em Ahtarrath, e Micail se recordava dele como um cantor forte e especialista na arte de fazer crescer plantas.

Micail deu um gole menor em sua segunda taça e deixou o fogo interno aumentar e se difundir através dos membros.

— Uma pena. Mas imagino que saberia.

Bennurajos balançou a cabeça de um lado para o outro.

— Há algumas videiras que parecem promissoras — ele disse —, mas não serei capaz de dizer se são boas até que as uvas estejam maduras.

— Eu nem tenho certeza de qual estação é — murmurou Micail.

— Sim, é um problema interessante. Em casa, o sol era constante, e rezávamos pela chuva. Aqui os homens devem sonhar com a luz do sol, os deuses sabem que há toda a chuva de que eles precisam!

Micail assentiu. Até então, havia chovido todos os dias.

— Se é primavera, temo o inverno.

Ele piscou, subitamente enjoado, e balançou a cabeça com força, mas o sentimento estranho não desapareceu. *É o calor do cômodo, os barulhos, cheiros, bebidas...?*

Bennurajos deu um passo para trás, sentindo que Micail havia perdido interesse na conversa. Micail tentou dizer algo cortês e amigável – ele sempre gostara de Bennurajos –, mas seu autocontrole se erodia. Balançou a cabeça novamente, lágrimas ardendo nos olhos.

— Deve desculpá-lo. — Era Jiritaren, aparecendo subitamente. — Lorde Micail sofreu com uma febre severa na viagem para cá e ainda não está totalmente bem.

— Onde você estava? Estava me observando? — acusou Micail.

— Afaste-se, Micail — Jiri disse em voz baixa —, há pessoas demais aqui. Estará mais fresco no jardim. Venha lá para fora comigo.

Eles passaram por um grupo de sacerdotes de Alkonath. Tinha que conhecê-los – a memória apresentou os nomes do Primeiro Guardião

Haladris, um homem um tanto orgulhoso e pomposo, e o famoso cantor Ocathrel, que tinha a posição de Quinto Guardião. E havia sobreviventes do Templo em Tarisseda — as sacerdotisas Mahadalku e Stathalkha, a médium. Um grupo de sacerdotes e sacerdotisas inferiores se movia pelas periferias. Um bom número era familiar, mas isso, ele decidiu, era apenas porque eles pareciam de maneira tão óbvia serem sacerdotes da Luz. Mas nenhum deles interessava a Micail. Jamais existiria uma multidão grande o suficiente até que ela incluísse a única pessoa que ele desejava tão desesperadamente.

~ SETE ~

— Como eu posso saber se gosto daqui? — fazendo uma careta, Damisa bateu para tirar um maruim do braço.
— Pergunte-me amanhã!
— Sua opinião terá mudado?

A voz de Iriel saiu abafada pelos véus que ela havia enrolado no rosto e no pescoço para se proteger dos maruins e de outros insetos que pareciam enxamear tudo ao longo do rio. Juncos beiravam as margens, e salgueiros pendiam sobre as águas castanhas do canal pelo qual o *Serpente Escarlate* seguia. Na véspera, tinham visto o sol e sentido uma promessa de calor no ar. Mas, naquele dia, o céu estava tão sombrio quanto seus ânimos, e brumas escondiam a linha das colinas que haviam visto do mar.

— Nem um pouco — negou Damisa, com um olho invejoso nos véus de Iriel —, mas não consigo deixar de pensar que, se tivesse me perguntado ontem se não seria melhor voltar para o mar, eu teria lhe chamado de idiota...

— Você é a idiota — respondeu Iriel de modo automático, os olhos ainda fixos na margem verdejante que passava devagar diante da amurada.

Damisa balançou a cabeça, suspeitando que não via o que quer que a garota mais jovem estivesse olhando.

Para Damisa, um trecho sinuoso de pântano era um tanto indistinto do outro. Se não houvesse salgueiros emaranhados pendendo sobre um trecho de água turva, havia juncos altos e pontudos ou arbustos espinhosos mirrados. De qualquer modo, não conseguiam chegar perto do chão firme. *O interior é provavelmente todo de vegetação rasteira enevoada, de qualquer modo*, ela pensou. Por três dias, foram enganados pelos vários rios que alimentavam o estuário, cada um deles largo e promissor na foz, mas ficando entupido de carvalhos, salgueiros e plantas rasteiras semissubmersas demais para que o navio pudesse fazer qualquer coisa além de voltar. Ela esperava que alguém estivesse fazendo um mapa.

— Olhe! — disse Iriel, empolgada, quando um bando de pássaros se levantou de modo barulhento dos juncos e se espalhou como um punhado de pedras lançado no céu pálido.

— Encantador — disse Damisa, monotonamente, sem ser tirada tão facilmente de sua melancolia.

Começava a suspeitar de que as colinas que tinham visto do mar não eram mais que uma visão enviada por espíritos zombeteiros para aquela vastidão na qual o *Serpente Escarlate* estava condenado a vagar até que todos eles afundassem na lama e no atoleiro abaixo.

Ou será que esse cheiro horrível que vim notando o dia todo é de algo meio comido recentemente por algo que espera para nos devorar?

O rio tinha, na verdade, se tornado muito mais salobro conforme entravam terra adentro, mas o nível ainda era determinado pelo mar. No dia anterior, os homens que o capitão Reidel enviara como batedores ficaram fora do navio por tempo demais e permaneceram presos nos pântanos até a maré baixa. Quando conseguiram voltar a bordo, estavam cobertos até o pescoço por lama, que estava cheia de sanguessugas e... Damisa estremeceu e bateu em outro predador alado minúsculo para tirá-lo de sua sobrancelha, xingando, e Iriel resfolegou rindo atrás dos véus.

— Ah, cale a boca — Damisa avisou, observando Arcor, o velho marinheiro grisalho de Ahtarra, fazendo sondagens da proa do navio.

Como ele aguenta?, ela se perguntou. Os músculos nodosos se flexionavam e relaxavam debaixo das mangas curtas da túnica conforme ele girava a corda e o peso de chumbo afundava na água repetidamente. Maruins enxameavam em torno dele, mas Arcor não parou nem uma vez para afastá-los. Mesmo poucos momentos de desatenção poderiam deixá-los encalhados em um banco de lama até a maré da noite.

Apenas por força da vontade, Damisa ignorou o pequeno inseto que agora andava em seu cotovelo. *Não devo reclamar*, disse a si mesma, pensando que até mesmo Arcor tinha um trabalho mais fácil do que o dos homens que remavam no pequeno barco que rebocava laboriosamente rio acima... Ela esperava que Reidel soubesse o que estava fazendo. A única coisa pior do que ser comida viva enquanto flutuavam pela terra selvagem seria ficarem presos ali, sem poderem se mover.

Subitamente, Arcor ficou de pé, olhando para a frente.

— O que é? — veio a voz calma de Reidel. — O que está vendo?

— Desculpe, capitão, achei que fosse um elmo — brincou Arcor. — É só a cabeça careca de Teiron! E ali está nosso Cadis com ele, espantando as pegas.

Os ombros largos do capitão relaxaram com um risinho, e Damisa, observando, sentiu a própria tensão também relaxar. Reidel era apenas um capitão de navio, e muito mais jovem do que aparentava, mas, nas últimas semanas, todos eles vieram a depender de sua mente rápida e força sempre a postos. Até mesmo o mestre Chedan, sem falar de Tiriki, pelo jeito se submetia a ele, o que parecia vagamente *errado* para Damisa. Abruptamente, ela percebeu que viera presumindo que as viagens deles os levariam para uma nova civilização e um novo Templo em uma nova terra. Ela e os outros acólitos tinham passado muito tempo especulando a aparência que as pessoas ali teriam e, em menor grau, como viviam; ou onde; mas até então parecia que simplesmente não *existiam* novos habitantes.

O que, pensou ela, e franziu o cenho, *pode ser melhor*. No momento, eram somente náufragos. Reidel se saíra bem o bastante no mar – talvez até muito bem –, mas como se sairia contra selvagens furiosos?

Perdida em pensamentos, Damisa pulou quando a vegetação rasteira estremeceu e dois homens subitamente surgiram à vista, com lama até as panturrilhas e transpirando livremente. Mas viu os dentes deles aparecendo em sorrisos ferozes e os reconheceu como Teiron e Cadis, que mais cedo tinham sido enviados para explorar. Arcor jogou uma corda para o lado, e eles subiram a bordo, ao som das brincadeiras, boas-vindas e risos de outros marinheiros.

Tiriki e Chedan vieram de baixo, acompanhados por Selast e Kalaran. Damisa percebeu que não via Elis desde a manhã. Será que ela ainda estava presa abaixo do convés, convocada para alegrar a sacerdotisa Malaera, que ainda chorava por tudo que tinham perdido? Damisa estremeceu... *Está certo, ela ficou com os deveres de hoje com a Pedra. Ugh. Mesmo em sua caixa, só ficar sentada do lado da porta da arca me deixa desconfortável. Melhor que os ratos das latrinas. Ou até as lágrimas sem fim de Malaera...*

— Boas notícias, nobres — dizia o Teiron, o marinheiro de cabeça raspada de Alkona —, há alguém por estas terras! Onde ele mora, não sabemos, mas alguém fez aquele caminho no pântano!

— Caminho? — repetiu Chedan. — Como assim?

Teiron moveu as mãos com hesitação, fazendo um desenho no ar.

— É, um caminho elevado, sobre a lama. Muito fraco para aguentar uma carruagem, imagino, mas ainda assim bom e sólido. Feito de tábuas rachadas colocadas sobre troncos, tudo preso no lugar. E, já que alguns troncos são velhos e outros são novos, alguém deve repará-los.

— Mas para onde vai o caminho? — Iriel se perguntou em voz alta. — Vocês nem olharam? Há leões?

— Não, leões não, pequena senhora — disse o alkonense, com brandura —, ao menos não vi nenhum. Mas tínhamos ordens de voltar rápido...

— *Eu* imaginaria que o caminho de tábuas leva para lá — disse Cadis, apontando para além das árvores que beiravam a costa.

A névoa havia começado a se dissipar. Diante deles, podiam ver as águas azuis que se abriam no lago que alimentava o curso. Além delas, um sol fraco de primavera brilhava na ponta verde protuberante de uma encosta, talvez mil varas para dentro.

***

Tiriki apertou o braço de Chedan conforme avançavam pelo caminho enlameado. As tábuas cortadas cuidadosamente pareciam balançar sob os pés de modo alarmante, mas, depois de tantos dias a bordo, ela suspeitava de que teria se sentido instável ao andar nas pedras lisas de granito do Caminho Processional de Ahtarrath. Engoliu em seco, lutando contra a náusea familiar. Não se sentia mais tão miserável como havia se sentido no mar, e estava inchada, apesar de perceber que os punhos estavam afinando.

Na terra alta adiante, um grupo de moradores do pântano de kilts de couro os esperava com rostos que eram impassíveis, mas não, esperava ela, implacáveis. Eram pequenos em estatura, mas esguios e musculosos, e pálidos onde o sol não os havia bronzeado. Seus cabelos escuros brilhavam com reflexos avermelhados no sol.

Tiriki se concentrou nos pés. Não seria condizente com a dignidade de uma sacerdotisa da Luz chegar com as costas sujas de lama, ainda que as barras de suas túnicas já estivessem manchadas. *Se escorregar agora, é provável que arraste Chedan comigo, e talvez Damisa e a velha Liala também.* Respirando fundo, manteve os passos tão medidos e solenes quanto se caminhasse não entre um grupo heterogêneo de marinheiros e refugiados, mas na dianteira da Grande Procissão para a Montanha Estrela.

Deveria ter usado meu manto, disse a si mesma, enquanto o suor esfriava em sua testa. O sol finalmente brilhava, mas o céu permanecia nublado e o ar tinha uma umidade fria. Por que isso deveria surpreendê-la, não sabia. Chedan havia dito com frequência que o tempo ali era peculiar. *Mas não estive realmente aquecida desde a última vez que Micail me abraçou...* Implacavelmente, ela afastou o pensamento.

Apenas os gritos fracos de aves perturbavam o silêncio, enquanto os nativos continuavam a olhar. Os olhos negros deles pareciam examinar cada detalhe conforme se aproximavam – das roupas sacerdotais elaboradas ao metal brilhante que adornava o punhal cerimonial de Chedan até a espada curta de Reidel e as lanças curtas dos marinheiros. Alguns nativos carregavam clavas ou foices, mas a maioria estava armada com arcos de teixo finamente trabalhados e polidos, as flechas com pontas de sílex. Os marinheiros notaram que o povo do pântano não parecia ter sequer bronze e ganharam coragem. Até mesmo recuperaram certa ginga nos passos.

Tiriki tomou fôlego e parou a poucos metros dos nativos. Chedan parou bem atrás dela, e então Reidel. Os marinheiros assumiram posições no caminho de tábuas, prontos para cobrir uma retirada rápida. O silêncio tornou-se absoluto.

Levantando as palmas abertas para o céu, Tiriki trinou a frase formal cadenciada:

— Deuses, olhem com benevolência para este encontro.

Foi só então que ela se recordou de que aquelas pessoas quase certamente não entenderiam a língua atlante. Tentou sorrir, imaginando se ajudaria se ela se curvasse outra vez... mas o povo do pântano não estava mais olhando para ela. Os olhares deles haviam se voltado para a silhueta estranha que os trouxera até ali – a ave alada de proa alta, apenas visível através dos salgueiros que escondiam o rio.

— Sim — disse Tiriki, ainda sorrindo rigidamente —, aquele é nosso navio.

Talvez em resposta a suas palavras ou seus gestos, um homem robusto com penas de garça balançando na faixa da cabeça deu um passo à frente, mostrou as palmas e fez uma série de barulhos guturais sussurrantes. Com impotência, Tiriki se virou para Chedan, e depois de um momento o mago respondeu, um tanto lentamente, com o mesmo tipo de fala. Tiriki abençoou o destino que enviara Chedan àquelas ilhas novamente. Ela sentia que seria difícil o suficiente chegar a um entendimento com aquelas pessoas mesmo *com* a ajuda de palavras.

Os olhares carrancudos do líder desapareceram, e ele tornou a falar. Os olhos de Chedan se arregalaram de surpresa.

— Diga-me o que você está falando — sussurrou Tiriki.

Chedan piscou para ela.

— Ah. Desculpe. Esse camarada é o chefe. O nome dele é Garça. Ele diz que nossa chegada é afortunada ou predestinada. Se entendo corretamente, essas pessoas passam o inverno nas colinas e só agora voltaram para cá para a estação de caça e para celebrar algum tipo de festival.

Conforme Tiriki assentia pensativa, Chedan se virou novamente para Garça e iniciou outra conversa complicada... Tiriki mordeu o lábio e tentou parecer paciente e sábia.

— Ele diz — por fim Chedan interpretou — que a sacerdotisa deles, uma sábia da tribo, convidou você para visitá-la. Aparentemente ela sonhou com nosso navio. Ele diz que todos podem vir e receber a bênção dela, mas que os homens devem esperar separados enquanto ela fala com você...

— O quê? Senhora, não deve ir sozinha! — interrompeu Reidel, com um olhar protetor que, pensou Tiriki, na verdade era destinado a Damisa. Ela havia observado olhares assim ultimamente e se perguntou se a moça em si havia percebido.

— Diga a ele que iremos — disse Tiriki de súbito, e, olhando nos olhos de Garça, deu a ele um sorriso e assentiu com a cabeça. — Acho que Liala, Damisa e eu podemos dar conta de uma velha sozinhas, não importa o quanto ela possa ser sábia.

Reidel resmungou e lançou um olhar sombrio em torno, mas Chedan se virou e indicou ao chefe que ele deveria mostrar o caminho. Para Tiriki, no entanto, o mago disse em voz baixa:

— Não subestime essas pessoas. Há alguns nesta terra que têm grande poder. Não sei se é o caso com essa sábia, mas... — Ele deu de ombros e disse de novo: — Não a subestime.

Com Reidel e Cadis atrás delas para protegê-las de deslealdades, Tiriki, Damisa e Liala seguiram o caminho através do pântano e de um bosque grosso de faias e amieiros até uma plataforma elevada grande feita de tábuas largas. No centro, havia uma série de cabanas e construções de paredes baixas, algumas gastas pelo tempo ou até mesmo sem teto, mas várias haviam sido recentemente emplastradas com barro e cobertas com juncos verdes.

Os habitantes surgiram para cumprimentá-los – um grupo mesclado, velhos e jovens. Embora as mulheres não fossem mais altas que uma criança atlante, muitas seguravam crianças ainda menores, que olhavam para os recém-chegados com imensos olhos escuros. Tiriki queria passar algum tempo ali, mas o chefe os apressou para dentro do pântano novamente, para outra passagem de madeira, até que alcançaram as margens de uma ilha de chão firme. A ponta de colina notável que haviam visto antes se assomava entre árvores e nuvens.

Até então, o povo do pântano se comportava de maneira quase casual, rindo e conversando entre eles, com muitos olhares de esguelha para os estrangeiros. Agora todos estavam em silêncio e começaram a se mover com cuidado exagerado, como se o local de algum modo fosse tão desconhecido para eles quanto para os atlantes. As tábuas de madeira não seguiam adiante, mas havia um caminho, velho e bem gasto, ladeado por pequenas pedras redondas.

Tiriki soube de imediato que aquele era um solo sagrado. O farfalhar das folhas deixou isso claro, assim como a mudança súbita da pressão do ar. Não era apenas porque o caminho era tão nivelado que ela se viu endireitando-se e andando mais livremente. Começou a tirar forças da terra e do ar. Mais que alívio, sentiu uma explosão de esperança verdadeira, e um olhar rápido lhe mostrou que Liala sentia o mesmo espanto com a energia incomum dali.

O caminho serpenteava devagar para cima em torno de uma encosta coberta de árvores, curvando-se apenas de vez em quando para acomodar uma árvore particularmente venerável. De tempos em tempos, a subida suave e verde do Tor podia ser vista por entre as folhas, e isso, ela percebeu, era porque as árvores estavam rareando.

Diante deles, estendia-se uma pequena campina. Para a esquerda, um emaranhado de pilriteiros formava um recinto. De uma abertura em arco entre os arbustos, emergia um pequeno riacho, ladeado por pedras vermelhas oxidadas. À direita, mais acima do morro, pedras brancas saíam do solo, meio escondidas pelas árvores. Do meio delas, um segundo riacho descia para se juntar ao primeiro. Em um outeiro acima do ponto onde os rios se juntavam, havia uma pequena cabana redonda, o colmo desbotado bem apertado estendendo-se quase até o chão. Ao contrário dos abrigos simples na vila, aquela construção claramente estava ali fazia muito tempo.

Ainda não tinham chegado à beira das águas correntes quando uma figura surgiu da cabana, apoiada em um cajado curto. Para os atlantes, a estatura dela parecia a de uma menina de dez anos, mas, conforme ela levantou a cabeça para observá-los, Tiriki viu um rosto riscado por rugas e soube que era a pessoa mais velha que já vira.

Heron estendeu as palmas e cumprimentou a sábia com sua fala gutural, então se voltou para Chedan e falou de novo.

— Essa é a sacerdotisa deles. O nome dela é Taret — Chedan interpretou.

Tiriki assentiu, sem conseguir desviar os olhos. Embora a carne da sábia fosse ancestral, certamente ninguém jamais tivera olhos negros tão vivos e penetrantes.

Conforme os atlantes faziam suas várias reverências, Taret deu outro passo para a frente.

— Bem-vindos — disse a sábia na língua dos Reinos dos Mares. — Espero por vocês.

As palavras dela tinham um sotaque forte, mas fora isso eram totalmente inteligíveis. Observando a surpresa deles, ela sorriu alegre.

— Venham *agora*.

Quase sem pausa, as sacerdotisas atravessaram as quatro grandes pedras de passagem que serviam de ponte para as águas turbulentas. Mas, quando Reidel quis seguir, o chefe deu um passo à frente dele. Na mesma hora, os marinheiros correram para o líder e a cena ficou tensa, mas Chedan colocou a mão no ombro de Reidel e o puxou para trás gentilmente.

Taret, de pé à beira da água, olhou para o mago por um longo momento, mas sua única resposta foi fazer um tipo estranho de saudação para o sol.

— Ah! Você, então — disse Taret, e era claro para quem ela falava —, você pode andar aqui.

Chedan mostrou-se assustado, mas Heron parecia ainda mais surpreso. Ele olhou de Taret para Chedan e de volta várias vezes antes de, com uma expressão indecisa, mover-se para o lado, permitindo que o mago passasse pelas pedras.

Rindo baixo, a sábia se acomodou em um banquinho reforçado de três pernas bem do lado de fora da porta da cabana, e fez um gesto para que os outros se acomodassem em um banco esculpido em um tronco de árvore caído.

Os olhos negros brilhantes de Taret dardejavam sobre cada pessoa por vez e pousaram nos adornos da cabeça de Tiriki e nos fios de cabelo dourado visíveis abaixo deles. A sábia sorriu de novo, mas com mais gentileza.

— Povo do sol — ela disse, com satisfação evidente. — Sim. Filhos da serpente vermelha que vi em sonhos.

— Estamos muito gratos por termos encontrado este lugar — respondeu Tiriki, e, embora suas palavras fossem formais, eram animadas por uma emoção genuína. — Sou Tiriki, uma Guardiã da Luz. Este é Chedan, Guardião e mago...

— Sim. Homem de poder — disse Taret. — A maioria dos homens, não peço para vir aqui.

Chedan ficou enrubescido com o elogio e fez outra pequena reverência, mas o olhar da sábia se moveu inquisitivamente para as outras.

— Liala é uma sacerdotisa dos curandeiros e minha parente — disse Tiriki, sem perceber o quanto enunciava as palavras de modo lento e cuidadoso. — E Damisa é minha chela.

Taret inclinou a cabeça.

— Bem-vindos. Mas há outra. — Novamente os olhos eternos dela as investigaram. — Com você em meu sonho... uma que vê dentro de lugares fechados. Talvez... — Ela olhou curiosamente para Liala, então balançou a cabeça. — Não. Mas é sua amiga, será?

Tiriki e Chedan trocaram olhares enquanto Liala respondia, de modo um pouco nervoso:

— Nós temos uma vidente. O nome dela é Alyssa. Ela machucou o joelho durante a viagem, e cuidei dela, mas ela... não está pronta para deixar o navio.

— Se desejar — ofereceu Tiriki —, nós a traremos para a senhora quando pudermos.

— Bom. Gostaria de perguntar a ela se viu o que está aqui. Ela *me* viu? — A velha soltou um risinho novamente.

— Não viemos para cá intencionalmente — disse Chedan, sério —, mas por obra do destino. Pedimos apenas para sermos amigos da senhora e de seu povo. Nosso lar foi destruído, e devemos buscar refúgio aqui.

Taret balançou a cabeça.

— Perderam mais que o velho lar. E vieram aqui porque os Iluminados os querem. Vocês sentem o poder deles.

— Sim — disse Tiriki, fervorosamente. — Mas não sabíamos...

— Os deuses sabiam — interrompeu Chedan. — De fato, eu mesmo vi nas estrelas. Mas não havia compreendido até agora. Achávamos que tínhamos sido enviados para cá para construir um Templo, mas pode ser que o santuário já esteja aqui.

Taret sorriu.

— Não um Templo como fazem os Reis dos Mares, mas lugar sagrado de segurança, verdade.

— Não queremos perturbar o lugar sagrado de vocês — disse Chedan, rapidamente.

Desta vez, os ombros encarquilhados de Taret balançaram com o que logo perceberam ser não um espasmo de dor, mas riso incontrolável.

— Não tema! — Ela por fim arquejou. — Iluminados não perturbados!

O rosto enrugado dela não conseguia conter seus sorrisos.

— Vejo em sonhos. Sei que pertencem. E sonhos verdadeiros, ou não estariam aqui. De qualquer modo, lugar sagrado não pertence mim. — Ela fez um gesto para o Tor. — Mostro algumas coisas. Aí, se Iluminados querem, *eles* mostram mais.

— Os Iluminados — repetiu Chedan, como se não estivesse certo de que a ouvira corretamente. — A senhora nos apresentará a eles?

— Quê? — Taret balançou a cabeça e quase riu de novo. — Não, não. Só digo: vocês moram aqui. Novo lar. Iluminados... encontram vocês.

Chedan ficou pensativo, então falou:

— Sábia, sua generosidade é muito maior do que poderíamos esperar. Buscamos este lugar porque está bem acima da linha de inundação. Mas eu estava começando a ter a impressão de que construir aqui não seria permitido.

Taret assentiu.

— Para o *meu* povo, não. Todo este vale lugar espírito, mas o Tor... especial. Um portal. Só sábios vivem aqui. — Ela se recostou por um momento, parecendo olhar para dentro, e então apontou um dedo ossudo para o mago. — Então agora você sabe. E agora vai, certo? — Ela sorriu, quase de modo coquete. — Diga outros, tudo está bem. Mas sacerdotisa e sacerdotisa precisam falar. De outras coisas.

Chedan apertou as mãos e curvou a cabeça.

— Acho que compreendo. Obrigada novamente, sábia Taret. A senhora me honra muito.

O mago ficou de pé e fez a ela a saudação que um adepto dá a outro que está acima nos Mistérios. Então ele voltou para Reidel e os marinheiros, que pareceram aliviados por terem ao menos um de seus protegidos de volta em segurança ao cuidado deles.

— Tiriki — disse a velha quando ele havia ido embora —, pequena cantora... Você serve ao Sol, mas, na verdade, é sacerdotisa da Mãe.

Os dedos dela se curvaram em um sinal que Tiriki achava ser desconhecido por todos além dos iniciados de Ni-Terat e Caratra. Enquanto seus dedos se moviam em reflexo no sinal de resposta, os olhos de Tiriki se arregalaram com uma memória súbita e clara do voto que a mãe dela, Deoris, fizera antes que Tiriki nascesse. O trabalho de Tiriki no templo havia seguido outros caminhos, mas aquela lealdade primeva sempre estivera ali, a fundação de sua alma.

— Você considera a gente selvagem. — O riso juvenil de Taret soou novamente. — Mas conhecemos os Mistérios. Nesta terra, nove sábias servem a Ela... Às vezes encontramos sacerdotisas de outras terras. Então aprendi sua língua muito tempo atrás.

— Fala nossa língua muito bem — Damisa elogiou.

— Não seja tão bondosa. — Taret sorriu para a moça. — Mas sei suficiente para ensinar as donzelas Mistérios de vermelho e branco.

Damisa franziu o cenho em confusão, e Taret continuou.

— Logo vai ver. Rochas brancas onde vem um rio; rochas brancas, caverna branca. Outra fonte deixa mancha vermelha, como sangue da lua. E irá para lá.

— Você oferece iniciação em seus Mistérios? — perguntou Tiriki, em dúvida. — É uma grande honra, mas nenhuma de nós pode se submeter a qualquer rito que possa entrar em conflito com os juramentos que já fizemos...

— *Nós Te invocamos, ó Mãe, Mulher Eterna.* — Taret inclinou a cabeça como um pássaro de olhos brilhantes. — Nenhum conflito com aquele juramento... Eilantha.

Ouvindo seu nome sagrado, Tiriki sentiu o sangue sair de seu rosto. O que aquela velha havia dito era o mesmo juramento que a tia e a mãe de Tiriki haviam feito para elas mesmas e seus filhos antes de seu nascimento.

— Como?

Por um momento, sua voz não queria obedecê-la. Viera para aquela nova terra para preservar a alta magia de Atlântida, mas aquilo era algo muito mais profundo. Em Ahtarrath, a adoração a Ni-Terat era um culto menor, honrado, mas não particularmente importante; no entanto, era claro que Taret recebia Tiriki não apenas como uma Guardiã da Luz, mas como sacerdotisa da Grande Mãe. Como se fosse uma distinção maior.

— *Como a senhora pode saber?*

Taret sorriu.

— Mistérios, Mistérios. Os mesmos em todo lugar. Agora acredita em mim. A Mãe lhe dá boas-vindas... e a sua criança...

Tiriki balançou. Damisa se estendeu para apoiá-la, as sobrancelhas se levantando em surpresa.

— Quê? — Taret riu, inclinando a cabeça para o lado como algum pássaro velho. — Não sabia?

— Achei que estivesse enjoada com o mar — ela sussurrou, a mente girando de volta para seus sintomas.

Jamais tinha suspeitado. Na tristeza pelas crianças que perdera, havia reprimido a memória de como era estar grávida. Sem vontade, suas mãos se moveram para proteger a barriga, que não estava mais vazia, se o que a sábia dissera fosse verdade.

Tiriki balançou a cabeça.

— Como eu poderia ainda estar grávida, depois de tudo o que passamos? Todos os curandeiros de Atlântida não conseguiram evitar que eu perdesse meus bebês antes!

— Como veio aqui para a Ilha Oculta? — Taret riu novamente. — *Ela* quer você aqui; você e sua família.

Tiriki se curvou para a frente, aninhando o útero, recordando-se da última vez que se deitara com Micail. A semente dele havia brotado naquele momento de êxtase? Se sim, será que era a parte dele que vivia dentro dela que havia sentido quando tivera tanta certeza de que ele havia sobrevivido? Tiriki piscou, então se viu chorando abertamente nos braços de Damisa, sem saber se havia júbilo ou dor em suas lágrimas.

***

A notícia da gravidez de Tiriki se espalhou como fogo e era um raio de esperança em uma situação que parecia sombria, apesar das boas-vindas dos moradores do pântano. Os atlantes primeiro precisavam de abrigos, e, nos dias que se seguiram, Tiriki não foi a única que se viu fazendo trabalhos para os quais não tinha sido treinada. Mesmo se todos não estivessem totalmente cansados da vida a bordo, o *Serpente Escarlate* não poderia servir como abrigo de longo prazo. Na verdade, a embarcação em si precisava de proteção enquanto passava por reparos.

Em seu tempo, Chedan havia supervisionado a construção de mais de um Templo – e nem todos haviam sido construídos com madeira –, mas sua sabedoria era limitada aos requisitos esotéricos para espaços sagrados e a estética do projeto. E, embora entendesse a magia pela qual uma música poderia ser usada para mover pedras, sem vozes treinadas de baixo e barítono para formar um único grupo de cantores, havia pouco que pudessem fazer. E o corte das pedras em si era uma especialidade protegida da guilda de pedreiros, que não tivera nenhum de seus membros entre os que terminaram a bordo do *Serpente Escarlate*.

O povo do pântano construía com madeira, uma habilidade com a qual o sacerdócio não era familiarizado. No entanto, nas comunidades mais rurais dos Reinos do Mar, onde a maioria dos marinheiros, se não todos, fora criada, os camponeses viviam em cabanas que não eram tão diferentes das que se viam por ali. Ademais, a construção de navios em si exigia habilidades de marceneiros, e Reidel, filho de um capitão de navios, tinha aprendido bastante sobre o ofício.

***

De novo, Damisa se viu resmungando, *nosso capitão ousado toma a dianteira*. Precisava admitir que ele estava fazendo um bom trabalho. Em pouquíssimo tempo, havia ocupado os marinheiros com a tarefa de construção, mas Damisa não conseguia deixar de se perguntar como eles se sairiam. Marinheiros de Ahtarrath ou de outros lugares poderiam não se importar. Mas em Alkonath os homens do mar eram uma casta privilegiada. Damisa havia crescido perto do Grande Porto e se lembrava bem demais do desdém deles pelas tarefas dos homens da terra.

Agora, parando na beirada da floresta com uma braçada de galhos de salgueiros, ouviu vozes elevadas e fez um desvio em torno de um pilriteiro para ver o que acontecia.

— Não vou levantar outro tronco e o desafio a me dar razões pelas quais eu deveria!

Pelo sotaque forte alkonense, Damisa identificou o falante como o marinheiro Aven, ameaçando Chedan com os punhos fechados e uma careta feroz.

— Vai precisar de um teto para dormir, não vai? Certamente isso deveria ser uma grande razão. — O tom de Chedan era perfeitamente equilibrado.

Quem pode argumentar contra isso?, pensou Damisa ao puxar o capuz. O céu azul que deu boas-vindas à manhã já havia desaparecido atrás de nuvens cinzentas que pareciam prontas para se dissolver em chuva.

— Nossas tendas servem bem o suficiente — argumentou Ave. — Se todos nós voltarmos ao trabalho no *Serpente Escarlate*...

O alkonense já tinha baixado as mãos. Agora seus modos ficaram ainda mais calmos.

— Em uma semana, poderíamos estar longe desta água estagnada fedida e incivilizada! Este não é um lugar para os que são como nós, santo! Vamos partir para alguma terra civilizada!

— Eu lhe disse que este lugar é nosso destino — a voz de Chedan era severa. — Por que questiona a sabedoria da casta dos sacerdotes?

— Não eu! — Aven respondeu com um sorrisinho malicioso. — Tudo o que sei do destino é que não sou nenhum roçador de árvores! E, com seu maldito perdão, tampouco sou seu escravo.

— Bem, então, meu bom homem — disse Chedan, em tom controlado —, se o seu destino é tão diferente, não precisamos prendê-lo aqui. Podemos supor que não vai tentar reivindicar mais nenhuma parte das *nossas* comidas e bebidas?

— Quê? — novamente a postura de Aven se tornou ameaçadora, e isso foi o suficiente para Damisa.

Ela derrubou a carga de galhos e começou a correr pelo caminho até a costa.

Como havia esperado, o capitão estava perto do navio, aplainando um pedaço de madeira para substituir uma tábua que havia sido rachada por uma pedra submersa. O dia estava frio, mas o trabalho o deixara aquecido o suficiente para ficar confortável, e ele vestia apenas trapos. Em Ahtarrath, isso não seria digno de nota, mas, ali, o frio fazia a maioria dos exilados andar com todas as vestes que possuía. Ver o corpo musculoso de bronze dele flexionando em movimentos fáceis conforme a plaina raspava a tábua era... uma surpresa.

Ela não tinha tempo de analisar sua reação, pois, com o som de seus passos ligeiros, Reidel havia se endireitado, arregalando os olhos em alarme.

— O que é? Você está... não, vejo que não está ferida. O que aconteceu?

— É o que vai acontecer! — ela respondeu. — Aven está perto da amotinação. Diz que deveríamos trabalhar no navio em vez de...

— Maldito tolo!

Um brilho perigoso se acendeu nos olhos de Reidel. Ele pegou a túnica e saiu andando tão rápido que Damisa precisou correr para acompanhá-lo.

Em momentos, haviam chegado à clareira. Ela não tinha passado muito tempo longe, e Aven aparentemente não fora além de palavras e posturas de insulto, mas havia no ar um frêmito carregado do qual não gostava. Chedan estava imóvel como um pilar de pedra, mas os pelos estavam eriçados, e as pupilas de seus olhos, expandidas com o foco da força interior. O ar estava ficando superaquecido. Todos podiam sentir isso, em especial Aven, embora ele tentasse parecer indiferente conforme o suor começava a brotar em seu rosto e seus ombros.

— Aah, por fim! — ele disse, de modo desafiador. — Uma brisa quente! Os deuses do vento confirmam minhas palavras para você!

Com imprudência incomum, ele se esticou na direção de Chedan, mas perdeu a coragem conforme o punho de sua camisa pegou fogo, e ele puxou a mão, arquejando.

— Mestre, por favor! — Damisa gritou — Ele é só um ignorante...

— Não, *não* pare — a voz de Reidel açoitou como um chicote.

— Mas, capitão — lamentou Aven, de modo infantil —, isso não é trabalho para marinheiros honestos! Apenas me deixe voltar para o navio. Cubro meus dedos de bolhas por você, apenas vamos deixar esses pântanos e voltar para nosso lugar!

— Ah? — perguntou Reidel, em voz bem baixa. — E onde seria isso?

— De volta para Al... on — a voz de Aven falhou.

— De fato — concordou Reidel —, seria onde você estaria se não fosse pelo mestre Chedan: em Alkonath, ou Ahtarrath, no fundo do mar!

Damisa soltou o fôlego em um longo suspiro conforme o resto de desobediência deixava seu compatriota.

— Verdade, reconheço — disse Aven, desesperadamente —, mas *por que aqui*?

O olhar de Reidel foi para Chedan, que parecia bastante relaxado, embora a voz estivesse eivada de tensão.

— O erro é meu — disse o mago —, pois, embora este *seja* o refúgio que os deuses nos concederam, eu às vezes me esqueço de que nem todos nós fizemos os votos de um servo da Luz. Por que *nós* fomos salvos quando tantos morreram? Precisamente para que pudéssemos vir para cá. Embora não enxerguem, aqui há poder suficiente para tornar este lugar um farol para todo o mundo. E, nesta vida e além, estou obrigado a fazer tudo que puder para favorecer essa possibilidade. Vai considerar, ao menos, que também possa ter sido trazido para cá para um propósito, e nos dar a ajuda que puder?

Aven olhou para o chão, emburrado como um menino. Chedan bocejou e declarou sua intenção de ir beber da Fonte Branca, enquanto Reidel, com as mãos nos quadris, balançou a cabeça.

— Mestre Chedan é bondoso demais — ele observou. — Quando esta comunidade estiver segura, Aven, poderá ir para onde quiser, mas, até que esse dia chegue, vamos trabalhar todos juntos e você vai obedecer ao mestre Chedan como se fosse um príncipe de sangue azul!

***

Depois disso, não houve nenhuma outra oposição e surpreendentemente poucos resmungos. Uma semana de trabalho árduo os colocou todos debaixo do mesmo tipo de abrigo. A construção era bem simples – seguindo o exemplo dos aldeões, fizeram as paredes trançando galhos finos de salgueiro entre mourões de troncos enfiados no solo e cobriram o teto com feixes de juncos. Rebocar as paredes com barro para torná-las à prova de vento e água levaria mais tempo, mas ao menos estavam fora da chuva.

Alyssa tinha sido enfim carregada do navio para dividir uma cabana redonda grande com as Vestes Azuis, Liala e Malaera. Ao lado, havia um pequeno recinto na qual a Pedra Ônfalo esperava, ainda em sua arca, envolta em sedas. Perto dali, outras duas cabanas, pequenas, mas privadas, tinham sido erguidas para Tiriki e Chedan. Em torno delas, havia três moradias maiores. As acólitas foram abrigadas em uma delas; a saji Metia e as irmãs ocuparam outra. Kalaran tinha uma cama em uma terceira cabana, que dividia com um sacerdote de vestes brancas chamado Rendano. Reidel e a tripulação, junto com o mercador Jarata e alguns outros sobreviventes de Ahtarrath, tinham construído outro punhado de abrigos para eles perto do lugar em que a ave alada havia chegado ao solo.

Estava a caminho de se transformar em uma comunidade. Mas, embora o resultado do trabalho fosse bom o suficiente para deixá-los secos, para os padrões atlantes, nenhum deles poderia ser chamado de acolhedor ou mesmo quente. Amontoada ao lado de um fogo de turfa em sua cabana cheia de correntes de ar, Tiriki tremia, fungava e se perguntava se estava adoecendo com uma premonição de desastre ou apenas um resfriado. Ela lançou um olhar suplicante para a imagem da Mãe que havia colocado em uma pequena alcova de pedras, mas, na luz bruxuleante do fogo, até mesmo a Deusa parecia estremecer. A dor e o formigamento em seus seios corroboravam o diagnóstico misterioso de Taret, mas que esperança ela tinha de levar a gravidez até o fim naquela terra selvagem? Teriam os refugiados sobrevivido à queda de Atlântida e à viagem apenas para serem derrotados pelo clima daquela nova terra?

Mesmo levando em conta certo exagero, o relato de Damisa sobre o confronto entre Aven e Chedan deixara o estômago de Tiriki contorcendo-se com uma dor bem diferente da náusea causada pela gravidez, que finalmente começara a ceder. Não ajudava o fato de que ela compreendia, coisa que não fora entendida pela acólita, que Aven não havia desafiado simplesmente a autoridade do mago, mas de todo o sacerdócio. E Chedan pertencia ao Velho Templo. Não havia outra escolha real para ele a não ser defender sua casta.

Ele não faz isso pela própria glória, ela recordara Damisa. *O que ele faz, faz por mim e por você. E não há como saber como o confronto teria terminado sem sua interferência.*

Damisa havia sido repreendida de acordo, mas a história continuava a assombrar Tiriki, uma presença tão palpável na cabana fria quanto uma tigela de leite azedo. Tiriki não tinha dúvidas de que ele era capaz daquilo, mas não conseguia aceitar a ideia de que Chedan, que ela sabia ser gentil e razoável, fosse de fato queimar um marinheiro alkonense até as cinzas. Mas isso não a impediu de agradecer aos deuses e às deusas por Reidel *ter* colocado um fim naquilo, ainda que o problema verdadeiro tivesse sido apenas suprimido, não resolvido.

Aven não era o problema. Ele fora apenas o primeiro a dizer em voz alta o que ela já tinha ouvido outros murmurando quando achavam que ninguém estava ouvindo.

— Micail, Micail — ela sussurrou —, por que tentamos? Teria sido melhor ir ao encontro do destino com nosso próprio povo, de mãos dadas. A esta altura, a dor teria acabado, e estaríamos em paz.

Você sabe por quê, a voz de seu espírito respondeu. *Está comprometida com a Luz e a profecia.*

Uma mudança súbita no vento soprou a fumaça que subia em seus olhos. Quando parou de tossir, ela estava chorando de verdade.

— Dane-se a profecia!

Tiriki jogou bruscamente para o lado o couro de veado preso na porta e saiu. O ar estava fresco e doce com o aroma da vegetação, um lembrete poderoso do jardim da mãe e de Galara, que também deveria estar ao seu lado. Ela piscou para conter as lágrimas e só então percebeu que as nuvens haviam sumido. O sol brilhava cheio e ardente acima, e ela levantou os braços, vocalizando de modo exultante o hino eterno de saudação.

Levanta tua luz até dia, ó Estrela do Oriente,
Júbilo e doador da Luz, desperta!

Ela baixou os braços lentamente, os olhos semicerrados, deleitando-se na radiância benigna que brilhava em todas as terras. Que mês era? A lua parecera cheia e as Irmãs Escuras haviam diminuído o brilho desde o equinócio. *Mesmo aqui nestas colinas enevoadas, o verão deve ter começado algum tempo atrás...* A teoria de Chedan sobre a desaceleração gradual das estações veio à mente.

Filhos do Sol, Taret nos chamou... Claro! As mãos de Tiriki caíam dos lados do corpo. *Atlantes não gostam de se amontoar no escuro! Não é de se espantar que tudo pareça tão sombrio e lúgubre! Preciso sair daqui.*

Consciente de que outros poderiam estar olhando, ela se viu seguindo rapidamente por entre as árvores. Sem uma ideia clara de para onde ia, seus pés encontraram um caminho. Em momentos, estava sozinha, longe da visão e do som do assentamento.

Instintivamente, Tiriki tomou a direção que seguia para cima. O caminho desapareceu; nem mesmo uma trilha de veado ou de coelho marcava a subida. Ela sentiu fortemente que precisava se afastar do acampamento e dos pântanos, e responder ao sussurro da brisa e do chamado de clarim do sol. Desde a chegada, tinha se perguntado o que ficava no topo do Tor, e então não ficou surpresa ao perceber que cada passo a levava para mais perto dele, embora a vegetação rasteira a obrigasse a voltar pisando em suas próprias pegadas para encontrar passagem, de modo que terminou traçando seu caminho para lá e para cá em torno do Tor.

Em pouco tempo, transpirando, tirou o manto e olhou ao redor. Estava alto o suficiente para que as árvores em sua maioria tivessem dado lugar a arbustos espalhados e samambaias, mas entre eles espalhava-se a grama – brilhante com o sol, do verde mais vibrante que já vira. Novamente lágrimas brotaram de seus olhos, mas eram lágrimas de alegria. *Menina tonta*, disse a si mesma, *achou mesmo que não poderia existir beleza na nova terra?*

Um último esforço a levou para o cume – uma extensão oval gentilmente arredondada com uma cobertura da mesma grama ricamente verde. Mesmo naquele primeiro momento, meio cegada pela luz do sol gloriosa, estava consciente dele, como outro tipo de radiância...

Os olhos dela se ajustaram rapidamente. Dali, bem acima da floresta primeva que cercava o Tor, mesmo os pântanos abaixo lhe revelaram uma beleza estranha, selvagem, pois os campos vastos de juncos ficavam salpicados e veiados de azul-claro sempre que a água refletia o sol.

Magnífico, disse a si mesma, mas seu suspiro de apreciação novamente deu lugar a uma pontada súbita de nostalgia. Em Ahtarrath, ela e Micail com frequência saudavam o dia do cume da Montanha Estrela, onde o sol ardente acima do mar de diamante revelava todo e qualquer traço do campo e brilhava em mil tetos decorados com claridade impressionante. Ali, mesmo em um dia sem nuvens, a vista caía em uma sombra enevoada de colinas ondulantes com um mar estrangeiro de fundo.

Em Ahtarrath, ela sempre soubera quem era e onde estava. Ali não havia tal clareza. Em vez disso, o que via na paisagem sutilmente velada diante de si era... possibilidade.

Ela se virou lentamente, notando como o longo espinhaço ao sul e as colinas mais altas ao norte abrigavam os níveis entre eles. A leste, a bruma se tornava uma névoa amarronzada, mas Tiriki mal notou. Diante dela, no cume do Tor, havia um círculo de pedras erguidas.

Comparada às construções imensas de Atlântida, não era particularmente impressionante. Para começar, aquelas pedras ainda tinham as formas com que os deuses da terra as tinham feito, a mais alta mal alcançando a altura do peito. Mas o próprio fato de que uma coisa assim poderia existir ali a forçou a reavaliar subitamente as habilidades, ou talvez a vontade, do povo que a fizera.

A questão verdadeira, então pensou, *é por quê?* Ela se endireitou e respirou fundo, recordando-se das próprias habilidades. Perto do centro do círculo de pedras, via uma área escurecida e os restos de uma fogueira. Movendo-se na direção do sol em torno do perímetro do círculo, entrou por uma abertura levemente maior no lado leste. Com o primeiro passo, soube que estivera certa a respeito do poder ali; conforme seguia para dentro, sua consciência da energia na terra ficou maior, aumentando ainda mais quando chegou ao centro do círculo. Apenas seu treinamento lhe permitia ficar de pé.

Fechando os olhos, ela permitiu que seus sentidos penetrassem na terra, enraizando-se ainda mais profundamente e sentindo as correntes de poder que giravam conforme irradiavam para todas as direções, mas com mais poder para o sudeste e o nordeste. Sentiu com ainda mais força a vitalidade que disparava do chão debaixo dela, fluindo para cima através de seu corpo até que os braços se levantaram novamente por si e se esticaram na direção do céu, transformando-a em um canal vivo entre a terra e o firmamento.

Tiriki havia pensado em usar o momento para reivindicar a nova terra, mas em vez disso se viu rendendo-se.

— *Aqui estou... aqui estou!* — ela gritou. — *O que quer que eu faça?*

Penetrante como o vento, brilhante como o sol, firme como toda a terra abaixo, veio a resposta.

— Viva, ame... ria... e saiba que é bem-vinda aqui...

Os olhos de Tiriki se abriram em choque, pois a voz não era a de seu espírito. Ela a escutava com os ouvidos físicos. Por um momento breve e raivoso, achou que alguém subira a colina do acampamento atrás dela, mas a mulher à sua frente, com vestes de luz do sol e teias de aranha, não era alguém que Tiriki tivesse visto antes.

Notando os membros finos e a nuvem de cabelo negro, ela achou que deveria ser mais uma pessoa do povo do pântano. Mas havia algo na linha das bochechas e da testa, e ainda mais no jeito como a luz inclinada brincava em torno da figura – às vezes brilhando nela, em outros momentos ardendo através dela –, que proclamava que aquele não era um ser do mundo mortal.

Tiriki curvou a cabeça em uma reverência instintiva.

— Está ótimo — disse a mulher, com um sorriso irônico, mas gentil —, porém também não sou um de seus deuses. Eu sou... o que sou.

— E isso é... — A mente de Tiriki disparou, o coração batendo tanto que ela mal conseguia falar. No Templo, chamavam tais seres de *devas*, mas ali parecia mais natural ecoar as palavras de Taret: — Você é um dos Iluminados?

Os olhos estranhos da mulher se arregalaram, e ela pareceu dançar um pouco acima do chão.

— Assim alguns dizem — ela admitiu, ainda com aquele leve ar de diversão.

— Mas como devo chamá-la?

Houve uma breve pausa, e Tiriki sentiu um formigamento, como se uma mão delicada tivesse roçado sua alma.

— Se um nome é tão importante, pode me chamar de... a Rainha.

Ela levantou a mão para o cabelo e Tiriki percebeu que a testa da Senhora era coroada com uma guirlanda de flores brancas de pilriteiro.

— Sim — ela completou, com um traço de riso —, assim posso ter certeza de que vai me respeitar!

— Certamente! — Tiriki sussurrou, ajoelhando-se; por mais que a mulher pudesse ser um espírito, ela tinha a estatura dos moradores do Lago, e parecia descortês olhar para ela de cima. — Mas o que devo lhe oferecer?

— Uma oferenda? — A Rainha franziu o cenho, e por um momento Tiriki sentiu aquele olhar sobre sua alma novamente. — Acha que sou um de seus...mercadores... exigindo pagamento pelos dons que concedo? Já ofereceu a si mesma para esta terra — ela disse com mais bondade. — O que mais eu poderia lhe pedir? O que *você* deseja?

Tiriki sentiu-se corar.

— Sua bênção... — ela respondeu, a mão sobre o útero. Certamente a melhor salvaguarda que poderia ter seria o favor do poder naquela terra. — Peço sua bênção sobre minha criança.

— Você a tem — a resposta veio suave como a fragrância de flores. — E, desde que permaneçam fiéis aos santos aqui, prometo que sua linhagem jamais falhará.

— Esta colina? — perguntou Tiriki.

— O Tor é apenas o aspecto exterior, como seu útero é o abrigo de seu filho. Com o tempo, você vai aprender a conhecer os Mistérios que estão dentro: a Fonte Vermelha e a Branca, e a Caverna de Cristal.

Os olhos de Tiriki se arregalaram.

— Como vou aprender sobre essas coisas?

A Rainha levantou uma sobrancelha escura.

— Você conheceu a sábia. Ela vai ensiná-la. Você foi uma serva do sol, mas agora deve aprender os segredos da lua também. Você... e suas filhas... e quem vier depois.

Ela sorriu, e o brilho em torno dela se intensificou até que Tiriki não podia ver nada além de luz.

OITO

Os dias desde a chegada de Micail a Belsairath se estenderam em semanas, e Tiriki ainda não havia chegado. Ele sempre havia pensado em si como alguém forte, mas começava a perceber que, apesar da aparente fragilidade de Tiriki, o espírito alegre dela havia dado apoio ao dele. De dia, participava de rituais e reuniões, esperando ouvir alguma notícia dela ou persuadir os alkonenses a organizar uma busca, embora não tivesse ideia de onde os outros refugiados podiam ser encontrados. Todas as noites, em seus sonhos, retraçava as ruas antigas de Ahtarra, procurando Tiriki conforme a luz se apagava em cada loja, casa ou templo.

Às vezes, por um instante, ele parecia tão perto que achava que a havia tocado. E então despertava e percebia que ela não tinha se afastado, porque sempre estivera longe.

Os dias eram quase igualmente depressivos. A existência de Belsairath provou que os atlantes poderiam de fato sobreviver, até prosperar em uma nova terra, mas, de algum modo, o número de novas construções sendo levantadas, com suas imitações grandiosas de arquiteturas antigas, apenas contribuía para a melancolia que se aprofundava em Micail.

Tjalan teria instalado Micail em sua propriedade, na verdade, em sua própria suíte, mas Micail protestara nos termos mais fortes. Belsairath era barulhenta e menos que sanitária, e a estalagem ficava no centro, mas ele *precisava* ser capaz de ver o porto.

— Tiriki pode vir. Se eu estivesse em algum lugar em que não pudesse ver o navio dela, então... — Ele balançou a cabeça. — Ela poderia ir embora. Alguns dos navios que vêm para cá não ficam. Não, preciso estar aqui.

Depois disso, Micail foi dispensado dos encontros na propriedade de Tjalan. E claro que ficou feliz o bastante por deixar de ir aos debates acadêmicos intermináveis sobre influências astrais e fluxos de poder na terra. Certamente não era difícil desfrutar da tentação regular das melhores comidas temperadas com loore, marinadas em raf ni'iri... Ainda assim, Micail teria preferido mais solidão. Continuamente, parecia, havia um soldado por perto para protegê-lo, um Veste Azul ou outro curandeiro cuidando dele, Jiritaren ou mesmo Bennurajos em visita, oferecendo licores inebriantes e um fluxo firme de gracejos e diversões.

Estoicamente, Micail havia tolerado o tratamento especial e as interrupções infinitas, pois em algum nível sabia que caminhava perto da loucura... Talvez o mais difícil de tudo fossem as visitas revigorantes de Tjalan, que avisava repetidamente que estava preparado para providenciar *qualquer coisa* que pudesse quebrar a letargia de Micail, incluindo até mesmo trazer jovens moças para a diversão dele.

O primo Naranshada tinha vindo uma ou duas vezes, mas Micail nunca conseguiu decidir se as visitas de Ansha traziam conforto ou mais dor. Quando eram sacerdotes menores, ele e Ansha haviam sido próximos, mas, conforme Ansha entrou mais profundamente nos estudos de engenharia que eram sua especialidade, acabaram se afastando. Agora o que tinham em comum era a perda deles, pois, no caos da fuga de Ahtarrath, a mulher e os filhos de Ansha haviam se afogado. O *Esmeralda Real*, procurando sobreviventes, o encontrara agarrado a um mastro, meio enlouquecido de dor.

Às vezes Micail sentia inveja do primo, que podia colocar de lado o tormento vão de esperar notícias e seguir em frente. Mas então ele via de novo a dor muda nos olhos de Ansha e percebia que a menor esperança era melhor que a certeza de desespero. Se tivesse visto Tiriki afundar sob as ondas, não teria sobrevivido.

***

No fim de uma tarde, Ardral veio inesperadamente visitar Micail, oferecendo um jarro de vinho de mel das adegas de Forrelaro e um prato de porco assado suculento diretamente do chef pessoal de Tjalan. O dia estava quente, mas não exatamente ensolarado, então puxaram uma mesa baixa e um par de bancos para perto da sacada aberta e atacaram com ferocidade o repasto.

Um pouco depois, saciado o mero apetite, começaram a falar de planos para o novo Templo.

— Você precisa participar de alguns desses encontros, meu rapaz. Haladris e Mahadalku formam uma equipe formidável, e você é o único sacerdote com posição para desafiá-los — disse Ardral, sério. — Se eles conseguirem o que querem, o novo Templo vai reproduzir fielmente todas as falhas do antigo.

— Não é um pouco cedo para se preocupar com quem vai ficar encarregado do novo Templo? Afinal, não podemos decidir sem Tiriki e Chedan...

— E em qual vida *eles* vão se juntar de novo ao debate? — a resposta seca de Ardral chocou Micail. — Ah, rapaz, sinto muito — disse o adepto, de modo mais gentil —, mas você encontrou cada navio, barco e foca que vem para esta enseada desde que chegamos aqui, e por três luas agora não houve sinal ou notícia. Chega uma hora...

— Eu sei. — Micail balançou a cabeça. — Eu sei. É tolo e teimoso de minha parte. Mas, ainda assim, como *isto* pode ser todos nós? Não consigo acreditar, seria uma brincadeira muito cruel. Não vou acreditar que minha querida... que eles *todos* se foram, os melhores entre nós... deixando apenas um punhado de sacerdotes obscuros e um monte de nobres orgulhosos, um bando de escribas, e chelas, e soldados demais! E tantos deles não são mais que crianças.

— Ouça, Micail — a voz de Ardral ficou mais baixa, o tom quase reconfortante. — Você não está errado em continuar esperando. Com frequência ouvi Reio-ta dizer que vocês dois eram como uma só alma, e ele entendia de tais coisas. Se você acredita que ela está viva... então também acredito. Mas lembre-se: tudo será como deveria ser. Talvez o trabalho de Tiriki e o seu, por tanto tempo feitos de modo paralelo, precisem correr por cursos separados por um tempo.

O adepto parou, medindo as palavras.

— E, quando se trata de estabelecer um Templo digno, considere o seguinte: não é por nossos talentos e por nossos números que seremos responsabilizados. Somente um espírito virtuoso é necessário para preservar todos os caminhos da Luz.

— Assim soube — Micail retomou a conversa —, mas, para preservar as habilidades sacerdotais, precisamos de mais, e um simples fato permanece: dos Doze Escolhidos, salvamos apenas quatro. *Quatro*.

Ardral assentiu.

— Mais? — ele perguntou, e Micail, com um suspiro, permitiu que sua taça fosse enchida de novo.

Novamente o licor envelhecido em madeira da Terra Antiga ondeou em seu palato, deixando um sabor delicadamente empoeirado.

— Sim, deixamos muita coisa para trás — murmurou Ardral. — É claro que não sei exatamente o que você esperava...

— Esperava? — o riso de Micail ecoou com um toque de histeria. — Nem consigo me lembrar do que esperava! Embora eu saiba que Rajasta sempre parecesse estar descrevendo algo mais primitivo que... isto.

Ele fez um gesto na direção das construções decadentes de Belsairath.

— Uma terra selvagem *seria* mais fácil — concordou Ardral, enquanto cortava outro pedaço de presunto. — Os incivilizados normalmente desejam ser ensinados.

***

Os quatro sobreviventes dos Doze Escolhidos frequentemente se viam dependentes dos próprios recursos. Os acólitos nem estavam acomodados juntos, mas viviam em locais variados em Belsairath. A propriedade da princesa Chaithala, bem aquecida e espaçosa, transformara-se rapidamente no ponto de reunião favorito de todos os jovens atlantes. Os próprios acólitos, é claro, deveriam estar ocupados com meditação e estudo. Havia alguns poucos sacerdotes mais velhos que poderiam tê-los tomado sob sua guarda, mas aqueles sacerdotes eram os mais profundamente envolvidos em disputas e estudos próprios. O tempo se arrastava, e, embora Micail não tivesse deixado de lado formalmente sua responsabilidade de supervisionar o treinamento deles, nunca parecia disposto a começar. Elara, que um dia se perguntara se poderia ser realocada como sua acólita quando chegassem à terra nova, achava que talvez estivessem melhor sem ele. Ela o tinha conhecido o suficiente na jornada de Beleri'in para Belsairath para questionar se ele podia gerenciar a própria vida agora, quanto mais a deles.

— É uma pena, de verdade — ela disse a Lirini, a filha do meio do grande cantor Ocathrel, que, com dezessete anos, era a mais próxima dela em idade. — Teria gostado de aprender com ele. Quando meu senhor é ele mesmo, é um homem charmoso.

— Charmoso! Acho que ele é o mais belo de todos os sacerdotes. Será que vai se casar de novo um dia?

Elara levantou uma sobrancelha bem desenhada. Lirini não parecia estar de luto por seu noivo, que não havia escapado do Afundamento, mas Elara duvidava que ela mesma teria ficado devastada se Lanath não tivesse sobrevivido. No momento, ele parecia estar sendo completamente arrasado no jogo de Plumas que jogava com Vialmar, mas aquilo não era incomum. Lanath parecia ainda mais rechonchudo que o normal ao franzir a testa para o padrão que os azulejos formavam no tabuleiro, enquanto

Vialmar, alto e magricela, com cabelo preto bagunçado, batia os dedos impacientemente no braço curvado da cadeira.

— Certamente é um pouco prematuro pensar em tais coisas — disse Elara, em tom de repreensão, embora ela mesma tivesse se perguntado o que aconteceria se Tiriki jamais chegasse. Mas que direito tinha Lirini de fofocar? Ela era apenas uma chela e ainda mais negligenciada por seu mestre, o sacerdote Haladris, do que os acólitos por Micail.

Ouvindo passos e gritos, Elara estendeu o braço rapidamente para resgatar sua tigela de chá enquanto o príncipe Baradel corria, perseguido ardentemente pela princesa Cyrena, cuja echarpe ondulava sobre ele como uma prenda capturada. A princesa de nove anos era a única sobrevivente da família real de Tarisseda e cuidava de esconder as tristezas maltratando seu noivo, dois anos mais novo.

— Que pestinha. — Lirini fungou. — Acha que já é Grande Príncipe. Mas ele tem duas irmãs e um irmão mais novo, e então há Galara, de sua ilha — sussurrou Lirini. — Ela é duas vezes prima de lorde Micail. Para mim, parece que há muita realeza aqui, e pouco demais para eles comandarem.

— Ainda mais sacerdotes e sacerdotisas — Elara suspirou —, e nenhum templo em que servirem.

— Há Timul — Lirini a lembrou.

— É verdade — Elara franziu o cenho, recordando-se da mulher de corpo e vontade fortes que havia encontrado pouco depois de chegar. — Sou uma iniciada de Ni-Terat... bem, uma noviça. — Ela corou. — Em casa, era aprendiz de Liala.

Ela parou por um momento, recordando-se da Veste Azul com pesar, pois Liala, embora firme, sempre fora boa para ela.

— A Mãe sorri para ela. Mas Timul não lhe parece... um pouco opressiva?

Lirini deu de ombros.

— Ela não tem nenhuma utilidade para os homens, mas tem uma paciência sem fim com mulheres. Tem algum tipo de capela montada. Muitas mulheres da cidade vão lá.

— Talvez eu devesse fazer uma visita a ela — disse Elara, pensativa.

Pode ser bom expandir minhas opções, ela decidiu, silenciosamente, *mas não, é claro, se isso significar abrir mão dos homens... ao menos não antes que eu encontre alguém de quem valha a pena abrir mão.*

Ela reprimiu um sorriso. Lanath, como seu futuro marido, ainda não estava disponível para ela. Novamente olhou de modo especulativo para Vialmar, que havia acabado de vencer o jogo de Plumas e fazia brincadeiras enquanto tentava persuadir Karagon, um jovem quieto que era chela do Adepto Cinza Valadur, a jogar... qualquer um deles deveria ficar feliz por um flerte com alguém menos sério que Cleta. No que dizia respeito a isso, Karagon já tinha tentado um flerte, embora ela não tivesse percebido no momento. Ela sorriu de novo. A vida poderia se tornar um tanto interessante, mesmo naquela costa desolada.

Houve uma movimentação na porta, e todos se levantaram quando a princesa Chaithala entrou no cômodo.

— Não, não — disse a princesa, graciosamente. — Não perturbem seus jogos por minha causa.

Dobras verde-claras voejavam atrás enquanto ela se movia pelo cômodo, conversando com os jovens. Elara notou que ela primeiro abordou Cleta, depois Lanath e Vialmar, então, não ficou surpresa quando a princesa começou a deslizar em sua direção.

Elara se voltou para Lirini, dizendo:

— Suspeito que o dever está para me chamar. Fico feliz que tenhamos a chance de conversar assim.

Antes que a chela pudesse responder, Elara se afastou e estava se juntando aos outros acólitos atrás de Chaithala.

— Vim pensando na situação de vocês — disse a princesa — e me perguntando se devemos convidar o príncipe Micail para se juntar a vocês e ver se podemos resolver o problema do tédio e da ociosidade. Mas talvez precisemos de um pretexto. Que tal um pequeno jantar? Nada formal, é claro, mas pode tornar mais fácil que ele reconheça, sem embaraço, que vem negligenciando o treinamento de vocês...

E quanto desse treinamento por acaso envolveria dar algumas lições especiais para seus filhos?, Elara se perguntou. Ainda assim, poderia não ser um preço muito alto a ser pago se participar das maquinações de Chaithala trouxesse o recomeço de um regime adequado de estudos. Era bom ficar sentado por aí, conversando e jogando, mas Elara temia que os acólitos estivessem se tornando como maçãs maduras demais, começando a apodrecer por dentro.

***

— Micail! Estou tão feliz que pôde se juntar a nós! Está parecendo muito melhor desde a última vez que o vi.

Micail se retraiu enquanto Tjalan passou um braço musculoso por seus ombros e apertou. A sala de recepção da propriedade de Tjalan estava cheia de sacerdotes e sacerdotisas. A luz de uma miríade de lamparinas pendentes fazia suas sombras saltarem pelas paredes cobertas de afrescos. O próprio Micail se permitiu ser levado para um banco ao lado de Haladris e Mahadalku.

— Estão todos cientes dos esforços que Naranshada e Ardral vêm fazendo para identificar o lugar ideal para nosso novo Templo — disse Tjalan. — Convocamos esta reunião porque foi finalmente demonstrado que um fluxo de energia de fato corre para cima de Beleri'in e continua através da parte principal desta ilha. Isso está correto? — O príncipe olhou para Naranshada.

— É o suficiente para nossos propósitos — falou Ansha, com um sorriso. — A teoria dessas forças é bem conhecida pela maioria de nós, mas, mesmo nas ilhas maiores, só conseguimos identificar alguns poucos exemplos localizados. Aqui parece que as redes são muito mais extensas e podem prover uma fonte de poder que podemos usar. Mas... há alguns problemas não previstos.

Um murmúrio leve passou pelo cômodo.

— Nada com que não possamos lidar — continuou Ansha —, mas vamos precisar de uma posição mais precisa, preferivelmente um local onde dois caminhos grandes se cruzem.

— Está dizendo que esse lugar existe? — Haladris, que já era o homem mais alto do cômodo, endireitou-se, arregalando os olhos de pálpebras caídas.

O príncipe Tjalan deu um passo adiante novamente.

— Talvez. Um mercador chamado Heshoth chegou recentemente a Belsairath com um pequeno grupo de mercadores de matéria-prima como grãos e peles. Esse Heshoth vem de uma tribo chamada ai-zir, que aparentemente domina a planície que fica além das colinas costeiras a norte daqui. No centro do território deles, há um santuário. De acordo com Heshoth, é um lugar de grande poder. O nome deles para ele significa "um encontro de caminhos dos deuses".

— Tem certeza de que o entendeu corretamente? — perguntou Mahadalku.

Ela era uma mulher poderosa, cuja estrutura forte desmentia a idade.

— Podemos confiar nele? — Metanor queria saber.

— Os mercadores o consideram de confiança — respondeu Tjalan. — Mais ao ponto, ele fala nossa língua. A primeira tarefa, Senhor Guardião, será sua — o príncipe se dirigiu a Haladris. — Use suas habilidades para determinar o potencial do lugar. O segundo componente é militar, e essa responsabilidade, claro, é minha. Vou mandar uma patrulha para investigar o território. Precisamos saber se a população é numerosa o bastante para nos fornecer uma força de trabalho que possa dar suporte a nossos projetos.

Há algum motivo pelo qual eles iriam querer fazer isso?, perguntou-se Micail, mas Haladris e Mahadalku já assentiam, aprovando de má vontade, e os outros também pareciam concordar em seguir. Talvez não tivessem considerado que os nativos lá poderiam não desejar se transformar no alicerce de um novo império atlante, ou talvez não se importassem. Mas, se Atlântida estava fadada a se erguer novamente naquela terra gelada, então Micail imaginava que faria isso, não importava o que qualquer um pudesse dizer.

***

Pelos padrões locais, Belsairath podia ser uma metrópole, mas na verdade era menor que o menor dos arredores de Ahtarra, Alkona ou até mesmo Taris. Elara e Cleta certamente não tiveram dificuldades para encontrar o Templo que Timul havia construído ali para a Grande Mãe. Em comparação com as colunas de mármore, pináculos e azulejos dourados que adornavam templos assim nos Reinos do Mar, aquela construção baixa, de teto de colmo, era menos que imponente, mas as vigas verticais do pórtico eram arredondadas e caiadas de modo apropriado, e o sigilo da Deusa estava pintado em azul no frontão acima da porta.

— Teria sido mais sensato construir isso nas colinas, onde estão as grandes propriedades — disse Cleta.

O rosto redondo dela brilhou conforme o sol espiou entre as nuvens que cobriam o céu o dia todo. Quase como uma só, as moças se viraram como flores para a luz de verão, dando boas-vindas ao brilho através de pálpebras pesadas.

— Provavelmente não havia tantas ali na época — murmurou Elara. — Ah, Estrela do Dia! Parece que faz uma eternidade que não sinto o calor de Manoah. — Mas, ainda enquanto falava, sentiu a claridade diminuir e, abrindo os olhos, viu as nuvens se fecharem novamente.

— Não deveria ter falado. Eu O assustei... — Ela sorriu, e então suspirou ao ver Cleta olhando para ela, confusa. — Era uma *brincadeira*, Cleta. Deixe para lá. Agora que encontramos o lugar, vamos entrar.

Havia mais surpresas dentro. Conforme a porta se abriu, elas se viram em um cômodo longo, com paredes pintadas e três portas internas. Uma delas se abriu e surgiu uma sacerdotisa, o rosto plácido e imperturbável, mas, ao reconhecer as túnicas brancas das acólitas, a Veste Azul começou a sorrir.

— Lodreimi! O que está fazendo aqui? — exclamou Elara, por sua vez a reconhecendo.

Além da própria Timul e de Marona, que Elara não conhecia bem, a jovem mulher alkonense parecia a única outra atlante iniciada de Ni-Terat, ou Caratra, em Belsairath. Elara tinha desejado encontrá-la, mas ninguém pudera lhe dizer onde Lodreimi estava.

— Servindo à Deusa... — A gravidade costumeira da alkonense se dissolveu em outro sorriso. — Quando cheguei aqui, me senti tão perdida... até encontrar Timul, não sabia o que fazer! Sei que vai se beneficiar da sabedoria dela também. Espere aqui e vou chamá-la!

De algum lugar mais para dentro, podiam ouvir o som repetitivo de canto ou, na verdade, de garotas aprendendo uma canção. De outra direção, veio o aroma de ervas e uma leve sugestão de incenso. O barulho da via enlameada, mas cheia, lá fora não era mais que um zumbido distante. Elara sentiu os olhos ardendo com lágrimas rememorativas conforme a paz do lugar a envolvia. O Templo dos Curandeiros em Ahtarra dava a mesma sensação.

Quando conseguiu enxergar de novo, a própria arquissacerdotisa estava diante delas, uma mulher confortavelmente robusta, com cabelo castanho-avermelhado trançado em uma coroa em torno da cabeça, que irradiava sua própria autoridade sutil.

— Elara, Cleta, estivemos esperando que viessem nos ver. Lodreimi nos falou tanto sobre vocês. Estão com frio? Venham para a cozinha e podem beber chá quente, e então vou mostrar o que estamos fazendo aqui...

A porta à direita dava em um corredor. Outras portas se abriam dele – elas levavam para quartos de dormir, Timul disse a elas, alguns usados pelas sacerdotisas e outros reservados para mulheres que pudessem vir a elas precisando de refúgio.

— É difícil aqui para algumas delas — disse a arquissacerdotisa. — Entre as tribos aqui, mulheres são respeitadas, via de regra, mas, quando elas vêm para a cidade, não há estrutura de clã para protegê-las.

— Vocês dão remédios a elas? — perguntou Cleta, conforme entravam na cozinha.

— Damos a elas o que podemos — respondeu Timul, com afetação. — Comida, refúgio ou cura, de acordo com suas necessidades.

— A intenção era que eu me tornasse uma herborista — disse então Cleta —, mas não consegui começar o treinamento.

— Pode começar aqui quando quiser. — Timul apontou com a cabeça na direção de uma mulher com túnica cor de açafrão que estava agachada ao lado da lareira, mexendo um caldeirão pendurado sobre o fogo. — Sadhisebo ficaria grata por sua assistência.

— Uma *saji*? — disse Cleta, em dúvida, quando a mulher se levantou com uma graça fluida particular e se virou para cumprimentá-las calorosamente.

Elara se encolheu. Tinha ouvido histórias demais sobre as mulheres saji que serviam nos templos da Ordem Cinza nos velhos dias. Os Vestes Cinza estudavam magia, e magia era um poder que poderia ser empregado para muitos usos, nem todos aprovados pelos Servos da Luz. A mera visão da mulher saji diminuta, de ossos pequenos, era perturbadora de um modo que ela não conseguia identificar bem.

Timul sorriu gentilmente.

— Pensaram que elas eram prostitutas irracionais do Templo? As artes do amor são um caminho para o mundo divino, certamente, mas Sadhisebo e Sayiano, sua irmã, são muito hábeis na sabedoria das ervas.

— Ervas para tirar uma criança? — Cleta se perguntou.

— Essas também, se necessário — disse Timul de modo austero —, junto com as que as mantêm em segurança no útero. Você precisa entender que servimos a vida aqui, e o bem maior às vezes exige medidas severas. Para salvar, a Deusa às vezes precisa matar.

— Não sei nada disso. — Elara curvou a cabeça, sorrindo com hesitação enquanto a saji colocava vasilhas de chá na mesa baixa diante delas. — Mesmo antes de ser escolhida como uma das Doze, fui consagrada a Ni-Terat. Em Ahtarra, fui chela da sacerdotisa Liala, do Templo Veste Azul.

— Fiquei sabendo, e essa é uma das razões pelas quais é duplamente bem-vinda aqui... mas este Templo não é dedicado a Ni-Terat, e sim a Caratra.

Elara levantou os olhos, surpresa.

— Mas... elas não são a mesma?

— Você é a mesma criança que foi levada para aquele Templo? — Timul perguntou gentilmente.

— É claro — começou Elara, e então balançou a cabeça. — Ah. A resposta, imagino, é tanto sim como não. Eu me recordo de ser aquela criança, mas sou muito diferente agora...

— E a Deusa também muda. — Os traços duros da arquissacerdotisa ficaram suavemente radiantes conforme ela continuou. — Apenas para os homens ela sempre aparece como Ni-Terat, a Velada, pois, para os homens, suas verdades mais claras permanecem misteriosas. Mas, dentro do Templo, esses mistérios são revelados, e portanto sempre a chamamos de Caratra, a Provedora.

— Mas fui ensinada que Caratra era a filha de Ni-Terat e Manoah — disse Cleta. — Como ela pode ser mãe também?

Elara levantou uma sobrancelha.

— Imagino que do jeito costumeiro! Como acha que *você* veio ao mundo? — Ela sorriu.

— Eu sei de onde vêm os bebês, obrigada! — Cleta enrubesceu. — Estou *tentando* entender a teologia!

— É claro que está — interrompeu Timul, embora ela também tivesse reprimido um sorriso. — Beba seu chá e tentarei explicar, mas não fique surpresa se não for exatamente do mesmo modo que ouviu a história antes. Quando viajamos, frequentemente chegamos a novos pontos de vista, além de novas terras. Mas, nos tempos ancestrais, a Rainha da Terra era chamada de Fênix, pois, com a passagem do tempo, ela se desvanece e é renovada.

— Como a estátua de duas faces na praça grande em Ahtarra? — perguntou Cleta.

— Exatamente — concordou Timul.

Elara sorriu.

— Mas é a estátua de Ni-Terat ou de Banur? — Ela fez uma pausa. — O que foi, nunca ouviu *essa* piada velha? — ela continuou, enquanto Cleta a olhava em incompreensão. — Cleta, você é impossível!

— Mas qual é a resposta? — perguntou a moça mais nova.

Agora Timul sorria largamente.

— A resposta, minha criança, é "sim". Esse é o Mistério. Todos os deuses são um deus, e todas as deusas são uma deusa, é há um iniciador. Certamente, mesmo no Templo da Luz, ensinaram *isso* a vocês...

— É claro! — disse Elara. — Mas... eu sempre fui levada a entender que isso significava que deveríamos olhar além de formas e imagens para o que estava além de todas elas.

— A essência dos deuses está além de nossa compreensão, a não ser por aqueles momentos em que o espírito ganha asas. — Timul olhou de uma moça para outra.

Elara curvou a cabeça, recordando-se de um momento na infância em que ficara olhando o sol afundar no mar, esforçando-se por algo que sentia estar um pouco além de seu entendimento. E então, no momento de maior esplendor, a porta subitamente se abriu, e, por um instante, ela teve a impressão de que era uma só com o céu e a terra. Cleta também assentiu, e Elara se perguntou que memória havia vindo à mente dela.

— Mas ainda fazemos estátuas. — Cleta as trouxe de volta para a consciência do presente mais uma vez.

— Fazemos porque estamos em corpos mortais cercados por formas físicas. A Mente Profunda fala uma língua que usa símbolos, não palavras. Nenhuma quantidade de *conversa* sobre a Deusa pode comunicar tanto quanto uma bela imagem.

— Isso ainda não responde minha pergunta sobre Caratra — disse Cleta, teimosamente.

— Eu estava divagando, não estava? — Timul balançou a cabeça. — Perdoe-me. As mulheres aqui são verdadeiras filhas da Deusa, mas, a não ser por Lodreimi, elas não têm treinamento para discutir teologia.

— Caratra — Elara repetiu, com um sorrisinho de lado para Cleta.

— É tudo uma questão de níveis, entende? — Timul respondeu. — No nível mais alto, há apenas Um, não manifesto, sem gênero, que tudo abrange, autossuficiente. Mas, quando há apenas Ser, não há ação.

— E é por isso que falamos de Deus e Deusa — disse Cleta. — Isso eu sei. O Um se torna Dois, e os Dois interagem para manifestar o espírito. A força feminina desperta a masculina, ele a engravida, e ela dá à luz o mundo...

— Em cada terra, os deuses são diferentes. Alguns povos têm só uns poucos deuses, enquanto outros veneram muitos. Nos Reinos dos Mares, veneramos quatro — continuou Timul.

— Nar-Inabi, Senhor do Mar e das Estrelas, a quem rezamos para nos levar pela noite escura quando Ahtarrath caiu — sussurrou Elara.

— E Manoah, Senhor do Dia, a quem honramos no Templo da Luz — concordou Cleta.

— Mas também Banur de Quatro Faces, que tanto preserva quanto destrói, e Ni-Terat, que é a terra e a Mãe Sombria de Todos — disse Elara.

— Em Atlântida, tudo o que víamos da terra eram ilhas, e então Ni-Terat permanecia velada. — Timul se esticou para baixo para tocar o chão de terra batida em reverência. — Aqui — ela disse, endireitando-se — é de outra maneira. Este lugar também é uma ilha, mas tão grande que, se for para o interior, pode viajar por dias sem sinal ou som do mar. E assim recordamos outra história. No Templo da Deusa, diz-se que a Era da Deusa está chegando, mas não é algo de que falamos com estranhos, pois muitos deles veriam qualquer diminuição da primazia de Manoah como uma rebelião contra a própria Luz...

— O que isso tem a ver com o Templo que os sacerdotes vão construir? — perguntou Cleta, colocando o chá na mesa.

O rosto de Timul ficou mais sombrio.

— Espero que muito pouco. A Deusa não precisa de templos de pedra. Na verdade, ela pode ser honrada de modo *mais* apropriado em um jardim ou em um bosque sagrado. O culto à Grande Mãe floresceu nesta terra há muito tempo, e há ainda algumas entre as nativas que podem ser chamadas corretamente de sacerdotisas. Minha esperança é encontrá-las e tomar essa lealdade ancestral como base... Não importa o que o sacerdócio fará então.

Elara baixou os olhos para sua tigela e deu outro gole no chá. *E se isso se transformar em um conflito de interesses sério*, ela se perguntou, *onde minha lealdade ficará?*

Ainda mergulhada em pensamentos, ela seguiu a arquissacerdotisa através da porta que dava no santuário.

O espaço estava todo escurecido, a não ser por uma única lamparina bruxuleando no altar. Quando os olhos se acostumaram com as massas de sombra, Elara observou que as paredes tinham afrescos com imagens que pareciam se mover na luz que mudava sutilmente.

— Os quatro poderes que honramos são um pouco diferentes aqui — sussurrou Timul. — Observem...

Na parede ao leste, a Deusa era retratada como uma donzela dançando entre as flores. A parede ao sul trazia um mural de Caratra como Mãe, entronizada com uma criança sorridente sobre o joelho e todos os frutos da terra em torno dela. A oeste, estava a representação familiar de Ni-Terat, velada com mistério cinza, coroada de estrelas; mas a parede norte fez o coração de Elara disparar, pois ali a Deusa era mostrada de pé com uma espada na mão e seu rosto era uma caveira.

Elara fechou os olhos, incapaz de suportar aquela visão implacável.

— A Donzela, a Mãe e a Sábia são as faces da Deusa que todas as mulheres conhecem — disse Timul, em voz baixa. — Honramos Caratra como fonte de vida, mas nós, que somos sacerdotisas, precisamos aceitar e reverenciar as duas faces de Ni-Terat também, pois é pelo julgamento Dela que vamos morrer para renascer.

É verdade, pensou Elara, de olhos ainda fechados. *Posso sentir a deusa olhando para mim.* Mas, ainda enquanto essa consciência passava por sua mente, sentiu o poder em torno dela mudar, aquecer, segurando-a como nos braços de sua mãe.

Agora você entende, veio um pensamento que não era dela. *Mas não tenha medo, pois, na escuridão e na luz, estou aqui.*

NOVE

Para aqueles que apreciavam as tardes abafadas do verão de Ahtarrath, a luz da nova terra sempre parecia menos ouro que prata, assim como, para um verdadeiro atlante, as partes mais quentes daquelas águas setentrionais sempre evocariam um arrepio. Mas ninguém poderia negar que uma mudança havia chegado, trazendo uma vida ainda mais vibrante para aquelas terras de pântano. Os refugiados apreciavam cada minuto a mais de luz. Mesmo que o céu jamais fosse conseguir o azul-turquesa profundo que havia coroado Atlântida, nenhum prado do velho mundo teria chegado perto do verde vívido daquelas colinas.

Para Tiriki, o crescimento viçoso parecia estar conectado a sua própria fertilidade. Conforme os pilriteiros floresciam nos bosques e as prímulas abriam suas pétalas brilhantes debaixo das árvores, seu próprio corpo arredondava e seu rosto ficava rosado no sol. Ela amadurecia com as frutas na floresta, a criança dentro dela crescendo com um vigor desconhecido em suas gestações anteriores, e ela agradecia a Caratra, a Provedora.

A chegada do filho de Micail renovou sua esperança, e novas esperanças foram despertadas nos acólitos também. A criança de Tiriki se tornou o elo de todos com o futuro, o talismã da sobrevivência deles. Achavam pretextos para visitá-la e fofocavam entre si sobre cada pequena mudança. Iriel exultava, arrulhava e se desesperava; Elis cozinhava e limpava para Tiriki na menor oportunidade; e Damisa se tornou como uma sombra solícita, a não ser quando estava irritada. Tiriki aceitava aquilo tudo de bom grado – de fato, teria estado completamente feliz –, só que às vezes acordava chorando no meio da noite, pois Micail, que teria compartilhado aquela alegria, estava perdido, e ela sabia que precisava parir e criar a criança sozinha.

***

Havia um lugar na margem em que salgueiros formavam um recinto sussurrante ao lado do rio corrente. Tinha se tornado um refúgio onde os sacerdotes mais experientes podiam se reunir; a luz do sol quente ainda atravessava as folhas, com força o suficiente para brilhar nos cabelos grisalhos de Alyssa.

— Um foi perdido... um é encontrado... muitos caminham no círculo sagrado... da colina até a planície... e dois serão um novamente...

A voz da vidente chegou ao silêncio, e ela sorriu, os olhos focados no nada. Chedan a observava, imaginando se desta vez haveria algum significado em suas voltas.

Com esforço, ele manteve os traços serenos ao fazer um gesto para Liala para encher a tigela da vidente de chá. Oráculos, o mago lembrou a si mesmo, eram problemáticos o bastante quando feitos em um local preparado apropriadamente, em resposta a questões específicas. Embora, nos meses desde a chegada deles, a Pedra Ônfalo, envolta em sedas e fechada em seu próprio abrigo perto da cabana que Alyssa e Liala dividiam, estivesse tranquila, Alyssa começara a entrar e sair do estado profético sem aviso, como se tivesse sido desenraizada não apenas de Ahtarrath, mas da realidade comum.

O aroma de hortelã e capim-santo encheu o ar conforme Liala derramou o chá de uma caneca de barro em quatro vasilhas de madeira de faia.

— É como eu estava dizendo. — Tiriki parou para aceitar uma das vasilhas. — Não podemos nos esquecer nunca de que nossa vida não é apenas nossa. Antes, havia sempre as regras do Templo para nos guiar. Agora, são nossos pés que criam o caminho, e precisamos estar preparados para vê-los fraquejar de tempos em tempos.

Ela parou novamente, e Chedan soube que falava de Malaera, a sacerdotisa Veste Azul mais velha, que tinha tentado se enforcar na noite anterior.

— Acredito que Maleara não tenha perdido o caminho totalmente — Tiriki continuou —, embora tenhamos de ficar de olho nela por um tempo. Ela está confusa e desgostosa, mas quem entre nós não sentiu algo semelhante? Pior, ela sofre de dores nas juntas, então há pouca coisa que possa fazer que não lhe cause dor de fato.

— Não gosto de dizer isso — murmurou Liala —, mas a maior dor de fato aqui é ela. Nós todos perdemos nossos amigos e nossa família! Ela precisa se entristecer com isso o tempo *todo*?

— Evidentemente que sim — disse Chedan, com calma. — Talvez ela seja movida pelos deuses para nos recordar de que nem todos vão superar facilmente os amores e esperanças perdidos. Disseram-me que Maleara nunca escondeu suas emoções. Quem somos nós para exigirmos que faça isso agora?

— Acho que o desespero dela vai passar — repetiu Tiriki. — Talvez mais que a maioria, ela parece entender que nossa missão aqui exige mais do que simples sobrevivência...

Ela lançou um olhar incomodado para Alyssa, mas a vidente parecia absorta em saborear o aroma agradável de seu chá.

— Se estamos aqui para estabelecer o novo Templo, precisa ser *rápido* — continuou Tiriki —, ou em uma geração, no máximo duas, nossos filhos serão absorvidos pela população local e nosso propósito será perdido. Eu não me tornei um oráculo, mas li história o suficiente para saber que já aconteceu antes.

Chedan assentiu.

— A primeira geração dos sobreviventes de naufrágios se recorda de que seus ancestrais vieram de além do oceano; um século depois, seus netos frequentemente dizem que o *oceano* é seu ancestral e fazem oferendas a ele.

— Rá. — Liala bufou. — Estou menos preocupada com o futuro do que com o que está acontecendo agora. Sou grata por tantos de nós terem sido salvos, mas poderia desejar que sacerdotes e sacerdotisas tivessem chegado em números mais iguais. Há você e todas nós, e Kalaran e todas aquelas meninas. Não acha que estamos mais que um pouco desequilibrados aqui?

— O que você diz é verdade — Tiriki soou levemente surpresa. — Realmente não tinha sentido que era um problema até agora. A energia do Tor em si é tão balanceada...

— Um só cume que se levanta — Alyssa cantarolou, o rosto meio virado para o outro lado —, um brilho terreno, guardando três fontes e seis cavernas, e tantos mais corações. Brilhando, brilhando, brilhando, brilhando. Esqueça a escuridão.

O vento farfalhou os salgueiros; galhos açoitaram, então pararam. Ninguém falou. O mago olhou para sua tigela de chá, passando os dedos nos pequenos entalhes de concha em faixas dos lados. *Liala está certa de novo*, ele pensou. *Tiriki simplesmente não se permitiu considerar o problema, porque então teria de pensar em Micail. Ela e eu podemos trabalhar como grão-sacerdote e grã-sacerdotisa, mas não podemos gerar a mesma energia que ela e Micail – ou será que a culpa não é da preocupação dela, mas da minha própria?*

Um som agudo à beira do alcance do ouvido chamou a atenção dele. Emoldurado por folhas de salgueiro, um esmerilhão pairava no ar prateado... Havia muito existia um furor por falcões entre as casas dos nobres, mas Chedan nunca prestara atenção neles particularmente. Agora ele sempre parecia saber quando um gavião ou uma coruja estava por perto. Talvez fosse uma promessa, um lembrete do que estava além.

Liala ainda falava:

— Se nossas sacerdotisas devem ter companheiros e continuar nossa tradição, podemos ter de recrutar sacerdotes entre os outros. Por exemplo, há Reidel; acho que ele tem potencial...

— Especialmente com Damisa! — Alyssa, subitamente bastante normal de novo, soltou um ronco de riso desagradável. — Já viram como ele olha para ela?

— E como ela *não* olha para ele em resposta? — Tiriki interrompeu brevemente. — Concordo que teremos de fazer alguma coisa por fim, mas...

— Sou uma sacerdotisa da Mãe, não uma de suas adeptas. Nós, Vestes Azuis, procuramos celebrar o corpo, não o transcender! — Liala sorriu. — Não gosto muito dos marinheiros, mas estou ficando muito menos seletiva. Até comecei a olhar para os homens do povo do pântano.

Chedan olhou para ela, subitamente consciente de que havia um corpo feminino dentro daquela veste azul. Houve um tempo em que não teria ficado surpreso assim com o comentário dela. A luta pela sobrevivência o tinha distraído ou ele simplesmente estava ficando velho?

— Entendo o que está dizendo — Tiriki continuou —, e concordo, mas formar casais entre culturas ou castas pode ser arriscado.

— Eles não podem ser tão diferentes — disse Liala. — Taret é uma sacerdotisa da Grande Mãe, como nós.

— Eles não parecem ter muita cerimônia — interrompeu Chedan. — Essas pessoas vivem com leveza na terra e estão em paz por algum tempo. Aqueles que foram satisfeitos pelos deuses — ele concluiu — frequentemente parecem querer muito pouco mais.

— *Não* façam a pergunta errada — interrompeu Alyssa, os olhos estranhos agora foscos e sem cor.

Chedan se virou, perguntando-se em qual atalho da mente ela vagava agora.

Alyssa continuou:

— Vocês constroem canais para a chuva, mas não fazem provisões para o mar. Há poderes que precisam de atenção. Há nomes para aprender. E quanto ao outro poder, o que vocês dizem servir e preservar? *E quanto à Pedra Ônfalo?*

No silêncio chocado, veio o grito de um falcão, disparando e girando pelo ar, perseguindo uma presa fora da vista.

Chedan sorriu. Achar que a Veste Cinza era inútil tinha sido o pior dos erros. O controle dela sobre o dom poderia estar em degeneração, mas, mesmo na loucura, Alyssa ainda podia lembrá-los das verdades que ignoravam por seu próprio risco.

***

Conforme as noites se tornaram mais longas e frias, o último dos abrigos foi terminado, e, embora as moradias fossem menos que grandiosas, não eram mais úmidas ou cheias de corrente de ar. Fez-se inclusive um começo entusiástico para um salão de encontros apropriado, mas não se podia trabalhar muito com a chuva fria. Era uma vida dura. No entanto, se algumas vezes a bruma congelante parecia jamais se dissipar, as coletas do verão os deixaram com estoques de comida suficientes, ainda que não muito interessantes.

Na véspera do solstício de inverno, com uma nova frente de tempestades vindo do mar, Tiriki estava em sua cabana, colocando mais uma túnica para conter o frio, quando ouviu um grito agudo.

— Damisa? O que foi? — ela gritou. — Algo errado?

— Não errado — veio a resposta —, maravilhoso!

Tiriki enrolou outra echarpe em torno dos ombros, então se moveu para a porta, desenrolando as tiras que mantinham a pele bem fechada.

— Ah, apenas olhe — Damisa sussurrou, e Tiriki prendeu a respiração.

Um vento brusco soprava, e as árvores jogavam uma rede irregular de galhos na direção de nuvens cor de carvão e cinza-perolado com camadas de combinações surpreendentes de lavanda, rosa e rosado. Ela vira explosões de cores assim no jardim da mãe, mas só naquela nova terra estranha os céus eram cheios de tal magnificência...

— Asas da tempestade — ela murmurou, meio em voz alta —, asas de maravilha.

Momento a momento, o brilho do céu se aprofundava, até que cada nuvem era vermelha, cintilante em fogo fantasma... e, por um momento, Tiriki achou que viu as chamas finais de Ahtarrath subindo de novo do mar. Ela se aproximou de Damisa, cuja pele clara parecia ter tomado um pouco de brilho novo do sol poente.

O Sol só cede intendência ao Senhor Nar-Inabi, Modelador do Mar e das Estrelas da Noite, Tiriki disse a si mesma, repetindo o catecismo que aprendera quando criança, *e, embora no inverno Banur, o Destruidor, tome o trono brevemente, Aquele de Quatro Faces também é o Preservador, e seu reino invernal prepara o caminho para o milagre de Ni-Terat, Mãe Escura de Todos, que traz Caratra, a Provedora, sempre e sempre.*

Ainda tremendo, mas curiosamente encorajada, Tiriki ajeitou as pontas da echarpe e observou as cores do pôr do sol escurecerem até restarem leves traços de púrpura. A última faixa de luz diminuiu até virar uma ponta de espada de laranja incandescente, então desbotou para púrpura, escureceu e desapareceu.

— O Senhor do Dia virou Seu rosto para o outro lado da terra — Tiriki anunciou ao grupo que havia se reunido ao lado dela. — Vocês apagaram todas as fogueiras? Em casa, na véspera do solstício de inverno, todas as fogueiras seriam apagadas ao meio-dia, mas aqui o bom senso prevaleceu, e Chedan determinou que a tradição na verdade proibia chamas nas lareiras apenas durante a cerimônia em si.

Os atlantes remexeram e bateram os pés desconfortavelmente. Aquela noite seria fria e escura além de qualquer coisa que tinham conhecido; nem mesmo Chedan Arados havia passado o inverno naquelas ilhas setentrionais. Pior, as nuvens de tempestade os tinham separado das estrelas. Nem a mensageira de Manoah, a lua, apareceria. Apenas a estrela de Caratra, brilhando no horizonte, dava esperança de que a vida e a luz pudessem permanecer no mundo.

O ritual de solstício de inverno que estavam para celebrar nunca parecera tão necessário antes. Naquele ambiente sombrio, era difícil confiar nas certezas ancestrais; e, embora tanto razão quanto tradição dissessem a Tiriki que, mesmo sem que ela pudesse vê-las, as constelações jamais deixavam de brilhar, em seu coração, algum espírito atávico estremecia, sussurrando que, se as preces delas fracassassem, aquela noite jamais terminaria.

***

No centro do círculo de pedra no cume do Tor, Chedan fazia suas próprias preparações para o ritual do solstício. Desde a chegada deles, cada membro da casta dos sacerdotes havia, é claro, mantido a disciplina diária de saudações e meditações. Mas, em todo aquele tempo, este era o primeiro Trabalho verdadeiro que tinham tentado.

Desde o meio da manhã, ele e Kalaran tinham trabalhado para construir um pequeno altar quadrado e consagrá-lo com água e óleo e, depois disso, recolher lenha para o fogo sagrado. Durante esse tempo de preparação, Chedan fora perturbado por memórias que interferiam em sua concentração.

Com as costas doloridas voltadas para o leste, o mago colocou a máscara brilhante de olhos arregalados de Nar-Inabi e entoou a Abertura, não ouvida por ninguém além de seu acólito e os deuses. No mesmo momento, subiu das encostas mais baixas do Tor a música sagrada de flautas e tambores, conforme os sacerdotes e as sacerdotisas começavam a subir pelo caminho recém-aberto entre as árvores. Muitas vozes soavam, misturando-se no escuro:

— *O céu está gelado, o ano está avançado,*
Conforme a Roda gira.
A Terra que brotava agora está árida,
E a Roda gira.

Tiriki foi a primeira a entrar no espaço sagrado, o capelo dourado de sua tutela brilhando sobre a testa; ainda mais notável era o volume de sua barriga, enquanto sua gravidez chegava perto do fim. A gestação, Chedan sabia, na verdade aumentava o poder dela, mas, em sua condição, teria sido perigoso permitir que ela assumisse o papel de sacerdotisa naquela cerimônia.

Ele fixou os olhos na próxima pessoa a entrar, Liala, na máscara grisalha de Ni-Terat. Chedan sorriu por baixo da própria máscara. Ela era uma sacerdotisa experiente, sólida, confiável. Chedan tinha confiança que seria capaz de lidar com um influxo errático de poder.

— *Por gélidos rios sonhos nutrimos,*
Enquanto a Roda gira.
Uma faísca a escuridão desafia...
E a Roda gira.

Para aquela cerimônia, como exigia a tradição, todos usavam as túnicas simples do Templo da Luz; mas, para dizer a verdade, mal se via qualquer parte daquele pano branco brilhante debaixo dos agasalhos pesados que o clima exigia.

Chedan sorriu com ironia debaixo da máscara. *Precisaremos fazer vestes mais quentes se quisermos manter o esplendor de nosso ritual*, ele pensou.

Com um giro, ele voltou ao foco e adicionou sua voz à música:

— *Cai a escuridão, porém o luar chama,*
E a Roda gira.
A noite estrelada pode deleitar...
Até que a Roda gire.

Com aquela última palavra, cantores, flautas e tambores pararam. Um momento se passou.

— Quem vem aqui no ano suspenso? — cantou Chedan. — Onde Banur, rei de quatro faces, impera? Por que se demoras enquanto o mundo afunda na escuridão?

— Somos os filhos da Luz — respondeu o coro. — Não tememos as sombras. Nós nos erguemos para construir faróis que darão luz para todos!

— No entanto, neste reino de luas geladas — a voz cálida de Liala se levantou —, além da sabedoria e da fé, que poder pode sustentá-los?

— O poder da Vida! O círculo do Amor...

— Venham então — Chedan e Liala cantaram juntos —, deixe este calor entrar em seus corações...

Todas as vozes se uniram.

— Pai Luz, volte ao mundo!

Vestes farfalharam e muitas juntas rangeram conforme os celebrantes se acomodaram na forma de meditação. O chão estava certamente muito frio, mas não muito úmido, ou pelo menos não no início.

— Agora a noite mais longa desce — entoou Chedan. — Agora Banur mantém toda a terra cativa...

Ele fez uma pausa, tentando calcular quanto tempo restava antes que os nodos celestes cruzassem o ponto norte da eclíptica. Tinha trabalhado muito para identificar o instante preciso em que o sol escondido passaria do domínio do Bode do Mar para o do Portador da Água.

— Desde os primeiros dias do Templo — ele continuou —, celebramos este momento antes que o sol comece a aumentar novamente. Nós nos reunimos, então, não apenas para nos reconsagrarmos ao grande trabalho, mas para afirmar que nossos poderes *são* dignos de serem aliados daqueles que governam tudo o que existe.

— O fogo é uma manifestação terrena dessa Luz. Então nós a honramos, sabendo como sempre que o Símbolo não é nada, mas a Realidade da qual o Símbolo nasce é tudo. Nesta noite, aliamos nossas energias com as da terra para invocar o céu. Estão preparados para juntar seus poderes agora, para que a Luz possa renascer?

Do círculo, veio um murmúrio assentindo.

— Nos leve do irreal — cantou Chedan — para o Real...

— Nos leve da escuridão — cantou Liala — para a Luz...

— Nos leve do medo da morte — os acólitos cantaram em um coro agudo — para o conhecimento da Eternidade...
— *Campeões da Luz, levantem-se!*
Despertem, vivos na esfera mortal,
E, como a lua, reflitam Manoah,
Em Seu resplendor sempre próximo...

Chedan não viu os celebrantes dando as mãos, mas sentiu a mudança na pressão conforme o círculo se fechou. Liala estava do outro lado do altar, as mãos estendidas, palmas para cima. Ele espelhou o movimento, e as primeiras gavinhas de poder faiscaram entre eles.

Juntos eles ressoaram a primeira das sílabas sagradas, trazendo o poder da terra na qual pisavam para a base da espinha. Chedan sustentou a nota enquanto Liala tomou fôlego, então respirou enquanto ela recomeçava e assim em torno do círculo todo, de modo que o som fosse quase ininterrupto. A Palavra de Poder começou a se levantar pelo círculo e a ganhar força, até que o Tor abaixo dos pés deles parecia murmurar.

Chedan respirou novamente, deixou o poder subir para sua barriga e começou a Segunda Palavra. Conforme o círculo a reforçou, sua virilidade endureceu com o poder bruto espiralando por seu abdome, mas, ainda enquanto reconhecia sua excitação, ele reconcentrava a energia... Normalmente não era tão difícil. O suor brotava em sua testa.

O círculo fez uma transição suave para a Terceira Palavra, mas Chedan não conseguia evitar se retorcer em espasmos enquanto chamas ardiam em seu plexo solar, implosões de energia que faiscavam em cada nervo. Quando os tremores diminuíram, ele viu que Liala havia se tornado uma figura dourada brilhante salpicada de realces cor de topázio. Mas o poder dela oscilava. Conforme a dificuldade dela começou a ressoar de volta para ele, Chedan lutou contra o pânico.

Mas era tarde demais para incertezas. Chedan respirou fundo de novo e repetiu a Terceira Palavra, desta vez dirigindo a força total dela para a figura com a máscara de Ni-Terat. Os membros dela estremeceram, com faixas azuis caindo em cascata, e uma cor violeta ondulava por ela como uma serpente que se alimentava, e, com um choque, a barreira cedeu. O círculo arquejou e balançou na explosão súbita de energia.

Estremecendo de alívio, Chedan modulou as ressonâncias que permaneciam em uma nota mais alta que carregava a Quarta Palavra... Corações se abriram, encheram-se de ondas de amor. Com a Quinta Palavra, veio um vento de energia, um som de beleza tão intensa que se tornou insuportável. Foi um livramento seguir adiante ao ponto de poder no terceiro olho.

A pronúncia da Sexta Palavra, refletindo e retornando em ondas visíveis de som, resolveu o conflito de percepção e ilusão. Nem mesmo Chedan sabia dizer se as auras dos outros haviam ficado mais brilhantes ou se era sua própria visão que havia mudado; no entanto, conseguia ver claramente cada membro do círculo – e não apenas seus traços físicos. Chedan sabia que estava olhando para os próprios espíritos deles. O menor vislumbre de Liala revelava a dedicação e o orgulho dela, e a necessidade de amor que ansiava em sua alma; mas então tudo foi engolido conforme o poder maior fluía, um grande pilar de luz, formando um arco entre terra e céu.

Pouco a pouco, ele se firmou e Chedan começou a puxar a energia para baixo e para fora ao longo dos ombros para as mãos.

Subitamente, da lenha empilhada sobre a pedra do altar, subiu uma espiral pálida de fumaça.

Linhas de ouro faiscaram na madeira, e então as chamas cresceram. O aroma de óleos doces encheu o ar.

— Bendita seja a Luz! — disseram em coro. — Bendita seja a Luz em nosso amanhecer interno, mostrando o caminho para acordar, para aquecer. Bendita a Luz que vive em cada coração pulsante. Bendita a Luz da qual cada um de nós e todos somos feitos.

As chamas saltaram mais alto, dourando o rosto dos adoradores conforme eles começavam a dançar no sentido horário em torno delas e brilhando sobre os contornos desgastados do círculo de pedras ancestral. Chedan deu um passo para trás quando o poder eterno da terra inchou em um fluxo firme de energia que irradiava do altar, queimando a névoa que havia coberto o Tor.

Chedan fez um gesto e os celebrantes soltaram as mãos, levantando os braços.

— Venham, filhos da Luz, paladinos da Luz — ele cantou —, banhem suas tochas terrenas no fogo do espírito. Levem nova luz para a lareira e para casa!

Um a um, os celebrantes se aproximaram do altar, e então continuaram em torno do círculo para começar a jornada morro abaixo. Chedan observou com um sorriso cansado enquanto uma linha de tochas oscilava, fazendo uma guirlanda de luzes no caminho. Os cantores continuaram:

— Uma centelha para acender o fogo do sol
E visões acesas por chamas nosso olhar tomam,
Porém o Amor perdura; conhecemos seus modos,
Conforme a Roda gira.

Nos anos vindouros, o mago pensou, as coisas precisariam mudar. Havia uma severidade incomum no poder, e, embora tudo tivesse dado certo no final, a estranheza o perturbava. Qual poderia ser a explicação? *Meu tio Ardral estava certo?*, ele se perguntou, com uma pontada de perda. *Estamos no limiar de uma nova era?*

> — *A Mãe descansa, mas logo despertará,*
> *Para colher suas ervas, seu pão assar,*
> *Do útero da Terra tiramos vida nova,*
> *E a Roda gira.*

Chedan franziu a testa, então abriu um sorriso mais largo que antes. A velha canção parecia apropriada de modo renovado. *Mas essas sementes do futuro sempre são encontradas no passado*, ele se recordou. *O pai não está morto se sua sabedoria sobrevive...*

* * *

— Você está bem? Quer meu manto emprestado? Precisa se apoiar em mim no caminho de descida? — As palavras de Damisa eram gentis, mas, debaixo delas, Tiriki podia ouvir exasperação mesclada com preocupação.

Ela balançou a cabeça. Fora vergonhoso o suficiente arrastar-se pela dança ritual feito um pônei atolado! Daqui a pouco, alguém se ofereceria para levá-la por aí em uma liteira...

— Minha senhora? — Damisa pressionou. — Devo?

— Estou bem — Tiriki respondeu rispidamente.

— Tenho certeza de que está! — o tom da garota também ficou mais ríspido. — Estou apenas tentando avisar!

Tiriki suspirou. Estava ficando cansada das alterações erráticas de Damisa entre distração vagarosa e preocupação solícita, mas sabia que gastar energia como tinham feito no ritual com frequência deixava os nervos à flor da pele. Ela respirou fundo, arquejou com a qualidade gelada do ar e puxou os freios da própria compostura.

— Eu lhe agradeço — disse Tiriki, de modo cortês. — Vou voltar em meu próprio tempo e a encontro lá. Vá, o banquete que Reidel e os marinheiros prometeram provavelmente já está pronto!

Ela acendeu sua tocha, que ardeu ferozmente no vento forte que começou a soprar assim que o ritual terminou.

— Ah, Reidel! — Damisa jogou a cabeça. — Imagino que os marinheiros precisem aprender a se virar no mar, mas não achei a comida deles nada que valha a pena se apressar...

— Talvez não — disse Tiriki secamente —, mas tenho certeza de que está com fome, então corra.

Damisa pareceu perplexa, mas, sentiu-se insultada, não foi o suficiente para impedir que ela obedecesse a Tiriki. Conforme a menina começou a descer o caminho, Tiriki suspirou e a seguiu com muito mais cuidado. Ao menos descendo ela teria a tocha para iluminar o caminho.

O passo seguinte saiu errado, e o pé dela afundou estranhamente em um pequeno oco no chão pedregoso. Ela prendeu o fôlego, os músculos de sua barriga doeram, e ela parou novamente, apoiando-se em seu cajado, lembrando-se mais uma vez dos bebês que não conseguira segurar até o fim da gravidez. Com esse pensamento, veio um pequeno medo, um horror de que talvez tivesse feito mal ao bebê...

Perto, um rochedo saía da grama. Ela considerou se sentar, mas seu instinto era se manter em movimento. *Certamente*, disse a si mesma, *não é tão sério. Assim que eu me aquecer um pouco, a dor vai passar.*

Respirando profundamente de novo, Tiriki recomeçou. Ela ouvia risos felizes lá embaixo e uma ou duas vozes ainda acima, mas, no momento, estava bastante sozinha no caminho. Conforme se posicionou na direção do declive mais baixo, os arbustos de cada lado ficaram mais densos. Logo estaria entre as árvores. *E não sem tempo – vem vindo chuva*, pensou, quando uma sugestão de umidade beijou seu rosto.

Mais uma vez, nuvens densas obscureciam as estrelas. Uma névoa fina descia, colocando um véu de cristais na trama grosseira de seus xales. Ela tentou apressar o passo, mas a pontada em suas costas havia se transformado em um pulso de dor.

A condensação imperceptível de névoa se transformou em um tamborilar firme quando a chuva começou de verdade. Sua tocha sibilava conforme gotas pesadas passavam por entre as folhas, encharcando suas roupas e deixando o caminho traiçoeiro. Ela teria de se mover ainda mais lentamente para evitar uma queda. *Se ao menos eu não tivesse mandado Damisa embora*, ela pensou. *Poderia aceitar um pouco de ajuda agora...*

Suspirando, ela disse a si mesma para respirar com cuidado, e, por um tempo, isso ajudou a manejar a dor. Então outra pedra solta virou sob seu pé e a fez cambalear, tocha e cajado voando de suas mãos, que se agitavam da mesma maneira. Água gelada respingou em seu rosto e seus braços quando ela bateu no chão e no mesmo momento sentiu um fluxo de calor entre as coxas. Sua respiração explodiu em um soluço enquanto a barriga se apertava mais forte.

A criança!, pensou, compreendendo, em pânico. *A criança está vindo... agora...* Deveria ter tomado mais cuidado tão perto de sua hora. Em um frio tão forte, tinha sido louca até mesmo por subir a colina para o ritual.

Ela esticou o braço para a tocha caída, ainda brilhando fraco; mas, antes que os dedos pudessem se fechar em torno do cabo, ela crepitou e apagou. Tiriki não conseguiu segurar um xingamento. Fraca como era, sem ela, a escuridão parecia impenetrável.

— Liala! — ela sussurrou, pois, embora não houvesse uma Casa de Caratra ali, a sacerdotisa de vestes azuis havia prometido cuidar dela durante o trabalho de parto. — Alguém! *Me ajude!*

Ela tomou fôlego novamente, batendo os dentes, e lutou por controle. Tinha um pouco de tempo – as histórias de nascimento que ouvira diziam que o primeiro bebê sempre levava muitas horas. O pensamento lhe ofereceu pouco consolo. Tremendo, ficou sobre as mãos e os joelhos, imaginando se conseguiria ficar de pé, e se seria seguro andar, caso conseguisse. *Engatinhar é melhor*, disse a si mesma. *Ao menos desse jeito consigo tatear o caminho.* Era um modo doloroso de seguir, no entanto, e, antes que tivesse ido muito longe, não queria mais do que se curvar em uma bola gemendo de dor.

Tiriki se forçou a continuar em movimento.

— C-criança querida! Eu que-e-ro ver você *viva!*

Estranhamente, a resolução fez com que ela se sentisse muito mais aquecida. *Ficarei bem. E, se tudo mais falhar, Chedan e Liala certamente vão me encontrar quando descerem...*

As disciplinas rigorosas do Templo a tornaram certa de que teria a força para suportar o que pudesse vir, mas jamais tinha percebido até agora o quanto dependia do exército de servos sempre presente em Ahtarrath. No mundo dos espíritos, podia enfrentar todos os perigos, mas aquilo era um desafio da carne, e ela se viu inesperadamente fraca, sozinha e sentindo dor.

E, pior de tudo, percebeu, ao se recostar contra uma árvore encharcada no meio do que havia achado que era o caminho, estava perdida.

Segurando o tronco da árvore, ela se levantou.

— Oláá! — ela gritou, mas o vento levou sua respiração embora.

Parecia que conseguia ouvir outra pessoa gritando mais alto na colina. Estariam procurando por ela? Certamente, àquela altura, alguém devia ter notado sua falta. Ela tentou chamar novamente, mas seus gritos foram abafados pelo tamborilar da chuva dirigida pelo vento.

Esta criança foi um milagre, pensou, entorpecida, *certamente os Poderes que me enviaram esta alegria não vão permitir que seja destruída... não deste jeito estúpido!* Ela descansou se apoiando sobre os joelhos e as mãos, respirando cautelosamente conforme a dor voltava a percorrer seu corpo.

Eu sou uma Guardiã, disse a parte da mente dela que ainda era capaz de pensar, *com certeza consigo invocar alguém, ainda que meu corpo esteja preso aqui... A Senhora! A Rainha! Ela me deu sua bênção!* Mas, quando reuniu forças para se concentrar no chamado, outra contração dispersou sua concentração e a forçou de volta ao corpo.

No fim, tudo que podia fazer era aproveitar os momentos entre as pontadas e continuar a se arrastar lentamente colina abaixo.

***

— Levante-se.

A noção animal simples da dor para a qual a consciência de Tiriki havia recuado absorveu as palavras sem as entender. Semiconsciente, ela continuou a rastejar. Agora, mãos pequenas apertavam seus braços com poder surpreendente, colocando-a de pé.

— Isso, você consegue andar! Vou lhe mostrar o caminho.

— *Quem é você?* — gemeu Tiriki quando uma energia quente fluiu para ela através daquelas mãos pequenas e fortes.

— Foque sua mente em seus pés! — veio a resposta abrupta, conforme Tiriki parou para deixar outra contração passar. — Bom! — disse a ajudante. — Agora respire com a dor!

Era uma voz de mulher, e, pelo tamanho das mãos, provavelmente do povo do pântano. Talvez, pensou Tiriki fracamente, uma que tivesse vindo ao Tor para observar a fogueira do solstício sendo acesa... Ela não tinha ideia de para onde iam naquela mata de galhos que açoitavam e a chuva forte nem por quanto tempo andaram através da floresta. Mas, no presente, sua companhia misteriosa a levava para dentro de uma clareira além das árvores. Os pés de Tiriki sentiram um chão nivelado. Ela percebia o cheiro de fumaça de madeira, e sentia, mais que via, o volume de uma moradia.

Sua guia então chamou alto, em um fio de notas líquidas como um canto de pássaro, mas Tiriki percebeu que eram na verdade palavras.

Uma luz bruxuleante surgiu conforme a cobertura de couro de uma porta se abriu. As mãos da estranha a soltaram, e Tiriki caiu para a frente nos braços da sábia Taret.

***

Talvez misericordiosamente, as horas seguintes permaneceriam para sempre obscuras na memória de Tiriki, mas, intercalada com períodos de dor chocante, vinha uma consciência de calor, e o brilho dos velhos olhos sábios de Taret, e o conforto das mãos dela. Mais tarde, Liala também estava ali, mas ela sabia que era a força de Taret que lhe dava apoio.

Conforme as pontadas chegavam ao ápice, ela perdeu totalmente a consciência do seu entorno. Tinha a impressão de que estava de volta à sua cama no palácio de Ahtarra, aninhada nos braços de Micail. Sabia que só podia ser um sonho dentro de um sonho, pois, de acordo com as tradições do Templo, nenhum homem, nem mesmo o pai da criança, recebia permissão para ficar perto do quarto de parto nem saberia se mãe e filho tinham sobrevivido até que a esposa pudesse sair sozinha da Casa de Caratra com o bebê.

Mas talvez, no Outro Mundo, as regras fossem diferentes, pois ele certamente estava com ela, murmurando palavras de encorajamento enquanto sua carne era destruída por dor após dor. E ela se recordava de ser levantada, e dos seios e da barriga macios de outra mulher apoiando suas costas conforme mãos fortes dobravam suas pernas e separavam suas coxas.

— Mais um empurrão — as palavras vinham de Taret ou de Micail? — Absorva força da terra... Grite! Berre! Empurre o bebê para o mundo!

É claro. Ela deveria invocar o poder da terra. Por um momento, Tiriki estava claramente no controle. Ela se recordou de como as forças do Tor haviam jorrado através dela e as tomou outra vez até sentir-se como se *fosse* a terra. Com um grito que pareceu reverberar em cada terra, ela empurrou sua criança para o mundo da humanidade.

O couro que fechava a porta estava totalmente aberto, fazendo um triângulo brilhante contra a escuridão.

A consciência, acordando gradualmente, reconheceu aquilo como um céu pálido, tingido com todos os tons perolados de um amanhecer de inverno. Tiriki percebeu com surpresa que, embora estivesse fraca, não sentia dor. De fato, a sensação dominante era de contentamento radiante, e, ao perceber uma pequena vida aninhada na curva de seu braço, gorgolejando e se remexendo contra ela, entendeu por quê.

Maravilhada, ela examinou a curva suave da cabeça, coroada com um fiapo de cabelo flamejante, e então, quando o bebê se moveu, ela viu os pequenos traços, fechados em sono como um botão de rosa.

Uma sombra atravessou seu campo de visão. Levantando os olhos, ela viu o sorriso de Liala.

— Ele está inteiro? — sussurrou Tiriki.

— *Ela* é perfeita — veio a voz de Taret do outro lado.

O olhar de Tiriki voltou para sua criança. Não era um filho, então, para herdar os poderes de Micail – se de fato aqueles poderes significavam qualquer coisa nesta nova terra. Uma filha, portanto, para herdar... o quê? Silenciosamente, sem ser capaz de pronunciar as questões que giravam dentro dela, ela olhou para Taret.

— Filha de lugar sagrado — disse a sábia, alegremente. — Ela será sacerdotisa aqui, um dia.

Tiriki assentiu, sem prestar muita atenção, porém sentindo todos os pedaços espalhados de sua alma voltando ao lugar. Mas não era exatamente a mesma configuração. Havia uma parte que a ligava à criança ao seu lado, e outra que tocava a terra em que estava deitada, e algo mais que ela não conseguia definir ou nomear. Sabia apenas que, com aquele nascimento, o processo que havia começado com o ritual no topo do Tor estava completo. Agora ela sempre pertenceria àquele lugar.

Com aquele pensamento, veio outro.

— Obrigada — ela disse a Taret —, e precisa levar meus agradecimentos à mulher que me trouxe aqui. Sem a ajuda dela, eu teria morrido. Foi você, Liala? Ou Metia? Ou…?

— Quê? — A testa de Liala se enrugou em confusão. — Eu não fiz quase nada. Foi Damisa que ficou preocupada quando você não se juntou a nós no banquete e depois não foi encontrada. Então vim até Taret, esperando que ela pudesse ajudar. Tinha acabado de entrar quando ouvi seus gritos e a deixei entrar, mas achei que você tivesse vindo sozinha!

O sorriso de Taret havia se alargado.

— A Rainha dos Iluminados, foi ela — disse Taret, com orgulho. — Ela cuida dos seus.

dez

Micail suspirou no sono, estendendo o braço para Tiriki com um instinto que nem mesmo a solidão dos últimos nove meses fora suficiente para destruir. E desta vez teve a impressão de que seus braços a envolveram. Sentiu a curva da barriga dela se contrair e, com a certeza dos sonhos, soube que ela estava dando à luz um filho seu.

Ela gemeu de dor e ele a apertou mais forte, murmurando palavras de encorajamento, e então, abruptamente, estavam num gramado plano na hora cinzenta antes do amanhecer. Conforme a barriga da mulher subia e descia, a terra acompanhava o movimento, mas não com os fogos da destruição. Em todo lugar, a vida nova brotava do solo. Os esforços de Tiriki aumentaram até que, com um grito, ela empurrou uma criança ao mundo. Enquanto ela se deitava de costas, arquejando, ele se esticou para pegar o bebê e viu que era uma menina, perfeitamente formada, com um tufo despenteado de cabelos como uma chama nova.

Rindo, ele a levantou.

— Olhai a criança da profecia, meu compromisso com esta nova terra!

Conforme todos os seres se reuniam naquela planície, humanos e outros, gritavam boas-vindas entusiasmadas, ondas de contentamento o levantaram e o carregaram para longe.

***

Micail lutou para se livrar dos cobertores, piscando ao perceber que ainda ouvia som de celebração e vozes erguidas em canção.

Foi um sonho, ele se perguntou, *ou tudo de que me recordo do ano passado é apenas um pesadelo?* Mas os contornos vagos do quarto em torno dele eram familiares demais, e não pertenciam a memórias que incluíssem Tiriki ou uma criança.

Tinha sido um sonho, então – uma mentira. Mas, estranhamente, aquela percepção não o encheu do desespero que sentia normalmente quando as promessas alegres da noite eram arrancadas. Se tinha sido uma ilusão, ao menos fora boa.

O tumulto lá fora ficava mais alto. Ele saiu da cama cambaleando, tropeçou no tapete de lã e remexeu para abrir as persianas que impediam a entrada de um pouco do ar úmido noturno. A oeste, uma nova tempestade se aproximava, deixando serpentinas de chuva para trás, mas a lua nova, mensageira de Manoah, deslizava por entre as serpentinas de nuvem, buscando descanso abaixo do horizonte, e as estrelas brilhavam, frias e fracas.

O mundo todo repousava, escuro e silencioso – a não ser por Belsairath. As encruzilhadas enlameadas fora da estalagem estavam vivas com tochas, e na praça queimava uma grande fogueira. As pessoas dançavam em torno dela, gritando.

Mais um navio chegou? Ele se esticou para ver o porto, mas as docas estavam escuras e quietas. Ele esfregou os olhos, sem poder, no momento, imaginar outro motivo para uma celebração frenética como aquela.

A porta de seu aposento se abriu e ele viu a forma angular de Jiritaren contra a luz da lamparina que sempre queimava no corredor.

— Você *está* acordado! Achei que deveria estar, com toda a algazarra lá fora.

Como de costume, Jiritaren parecia estar a ponto de rir.

— Tive alguma escolha? — Micail fez um gesto para a janela. — Em nome de todos os deuses, que comoção é essa?

— Ninguém lhe contou? É como celebram o meio do inverno aqui!
— Ah.

Micail deu de ombros e fechou as persianas, o que reduziu levemente o barulho. Ele *sabia* que era o solstício de inverno e tinha escolhido não participar do ritual do Fogo Novo na propriedade do príncipe Tjalan...

— Não estou muito bem ultimamente.

— Você *soa* muito melhor que em muito tempo. Vamos conseguir um pouco de luz!

Jiritaren enfiou um palito na chama e a trouxe para acender a lamparina no quarto de Micail.

— Ah, si-i-m — ele então disse, ao olhar para o ouvido de Micail. — Alguém em casa aqui, tudo bem, e bem na hora.

— Ah, pare! — Micail fez que ia dar um soco de brincadeira no amigo e se virou, procurando a taça e a água que esperava que ainda estivesse nela. — Mas estou feliz por estar aqui. Estou até feliz com esse festival desgraçado! É hora de alguma coisa alegre acontecer por aqui.

Ele parou, olhando para Jiritaren.

— Haladris e Mahadalku convocaram um encontro especial. Relaxe, não vão começar de verdade até depois das rezas do amanhecer. Mas, já que acabei de voltar do ritual e sei que você fica acordado até tarde com frequência, achei que gostaria de saber...

— De fato gostaria — Micail grunhiu —, se tivesse a bondade de me *contar* qualquer coisa.

Os olhos escuros de Jiritaren brilharam.

— O que estava *a ponto* de dizer é que os médiuns de Tarisseda com quem Stathalkha vem trabalhando encontraram o lugar, e não fica muito distante.

— O lugar?

— A fonte de poder da qual precisamos para construir nosso Templo! Naranshada conseguiu confirmar que as energias provavelmente são coordenadas também. Fica no lugar do qual o príncipe Tjalan falava, as terras dos ai-zir.

Micail franziu o cenho, a mente tentando engrenar como não fazia por muitas luas.

— Se Ansha concorda que é o lugar certo, então devemos começar a planejar. — Ele parou com o riso de Jiritaren.

— Não, não, prossiga... é só que você está se parecendo com você mesmo mais do que fazia há, bem, tempo demais.

— Imagino que esteja certo.

Ainda que seu sonho fosse apenas ilusão, Micail abençoou os deuses por lhe enviarem a força para cumprir suas responsabilidades. Se Tiriki entrasse navegando no porto hoje, pensou, ficaria quase envergonhado demais de encontrá-la. *Não diz nada*, disse a si mesmo, severamente, *mas isso acaba agora*.

Jiritaren assentiu, sério novamente.

— Eles querem que você lidere a expedição. Tjalan diz que quer ir com você, mas ele quase certamente vai precisar retornar para cá, só para ficar de olho nas coisas. Você é o único com posição para comandar um destacamento de soldados *e* para controlar os sacerdotes que eles vão proteger.

Micail balançou a cabeça em assombro. O que Jiri dizia o surpreendia menos do que o fato de que, pela primeira vez desde o Afundamento, ele se via genuinamente interessado.

Micail ficou acordado pelo que pareceu um grande tempo depois que o amigo havia partido, ouvindo o barulho das pessoas festejando lá fora. A chuva que no momento começava a tamborilar no telhado não encharcou nem um pouco o ânimo deles. Aquilo o recordou das ondas na costa de Ahtarrath, e ele se flagrou sorrindo.

Ele por fim fechou os olhos, repassando as imagens vívidas de seu sonho mais uma vez. E, assim que os pássaros começaram a anunciar o dia, a visão mudou. Ele ouviu uma voz proclamando: *"A Filha de Manoah traz a vida de volta ao mundo!"*, e do bebê que ele segurava cresceu uma chama de luz conforme o sol do meio do inverno começava a se levantar.

***

Quando o primeiro aniversário da chegada deles a Belsairath veio e foi embora, até mesmo a folhagem do inverno profundo pareceu celebrar, abrindo lugar para o verde brilhante, enchendo o mundo com uma doçura que parecia pairar no ar. Os ciclos do sol, que em casa eram medidos e percebidos apenas por sacerdotes, estavam no âmago da religião nativa daquela ilha setentrional. Certamente Micail jamais estivera antes tão consciente do aumento da duração dos dias. Enfiado nas preparações para a expedição para as terras dos ai-zir, ele se viu ocupado demais para matutar, mas não era a única razão.

A dor dele não desaparecera, mas ficara distante. Começava a aceitar que Tiriki estava perdida para ele. Havia conversado com os mercadores que chegavam à cidade e até persuadira o príncipe Tjalan a enviar um navio em torno de Beleri'in para checar os atracadouros mais prováveis, mas não houvera notícias. Embora Micail estivesse em luto pela forma de carne na qual a havia amado, disse a si mesmo que, em outra vida, eles se reuniriam novamente. E às vezes ele até mesmo acreditava.

O dia da partida chegou, e Micail estava de pé nas docas com as vestes brancas presas para cima para caminhar, sandálias reforçadas nos pés e um cajado na mão que poderia usar para mais que magia. Atrás dele, podia ouvir a confusão de vozes conforme a fila se formava, as vestes brancas dos acólitos que tinham sido selecionados para ir com eles pálidas contra as túnicas verdes dos soldados. As ondas estavam azuis naquele dia, com brilhos de espuma. O olhar dele flagrou um cintilar dourado-avermelhado e ele endureceu por um momento, certo de que via um pássaro alado rodeando o ponto, entrando... mas o vento mudou, aplainando as ondas. Tinha sido apenas um truque da luz do sol.

Não confunda a placa de sinalização com o destino, o velho Rajasta murmurava em sua memória.

— Micail! Vamos, homem, não podemos partir sem você! — a voz de Jiritaren o despertou.

— Adeus — ele sussurrou, levantando a mão para saudar o brilho da luz nas ondas. Então ele se virou e se afastou do porto para tomar seu lugar na coluna atrás do príncipe Tjalan.

***

Pelas primeiras quatro horas daquele primeiro dia de jornada, a estrada sulcada foi tudo o que Micail viu, e ele prestava pouca atenção em qualquer coisa que ouvira, até que alguém atrás dele exclamou de surpresa. Micail levantou os olhos e viu um banco coberto de grama ao longo do lado de uma colina, à esquerda da estrada.

— Os nativos construíram aquilo? — ele perguntou a Tjalan. — Não teria pensado que eram capazes.

— Construíram — respondeu Tjalan —, ou, na verdade, seus ancestrais. E viveram neles até chegarmos. Meu bisavô estabeleceu o porto. — Ele fez um gesto com o polegar sobre o ombro. — Meu pai considerava os portos da Ilha de Estanho uma perda completa, mas, em termos locais, eles se saíram bem. Na verdade, Domazo, que gerencia aquela estalagem da qual você tanto gosta, é descendente direto daquele chefe. Eu não ficaria muito surpreso se ele não tiver tanta autoridade real quanto eu! De qualquer forma, como pode ver, ninguém vive aqui agora. Isso nos dá muito espaço para expansão...

— Impressionante — Micail disse por fim.

— Sim, é. Não devemos nos esquecer de que, quando motivados e liderados de modo apropriado, esses povos conseguem muita coisa.

Micail olhou para ele de modo intenso, mas Tjalan apenas seguiu, observando o horizonte. Certamente Tjalan não queria dizer o que parecia sugerir que o povo nativo só precisava de um líder forte. Ele mesmo, talvez? Nos planejamentos deles, haviam discutido somente explorar as terras dos ai-zir e *pedir* permissão ao rei nativo para construir ali. Micail não se recordava de um império atlante construído com o trabalho de povos súditos como parte das profecias de Rajasta.

***

Na manhã do segundo dia, Micail ficara para trás o suficiente para se juntar aos membros mais jovens da expedição. Estava longe de saber que tipo de recepção deveria esperar – eles frequentemente ficavam rígidos e desconfortáveis em sua presença –, mas, naquele dia, pareciam felizes em vê-lo.

Depois de sua recente exposição às vaidades melindrosas dos colegas sacerdotes, ele ficou feliz por ver que os acólitos não estavam fazendo nenhuma tentativa de mandar nos chelas que serviam outros sacerdotes e sacerdotisas. Li'ija e Karagon eram tratados como iguais, e nem o status semirreal de Galara nem o fato de que ela era cunhada de Micail rendera a ela nenhuma vantagem. Mas o menino, Lanath, o preocupava. Ele continuamente ficava um pouco depois do restante, os olhos vagos, como se estivesse se lembrando de algum sonho ruim. Micail saiu da estrada esburacada e se curvou, fingindo amarrar de novo as sandálias.

— Você parece cansado — ele disse, endireitando-se quando Lanath começou a passar por ele. — Não dormiu bem?

Assustado, Lanath olhou para ele.

— B-bem o suficiente — ele gaguejou, a mão indo para o queixo no hábito nervoso que desenvolvera quando a barba finalmente começou a nascer. — Na noite passada, de qualquer modo...

Micail assentiu.

— Nós todos sonhamos com o que perdemos. Mas precisamos seguir em frente — ele disse, sabendo que também falava para si mesmo.

— Sonho com minha esposa perdida. Na noite passada, a vi como se estivesse aqui na minha frente.

— Quando não estou tendo pesadelos, e nunca consigo me lembrar deles, graças aos deuses — falou Lanath, de modo entrecortado —, sonho com Kanar, o astrólogo do Templo em Ahtarrath. O *senhor* sabe.

— É? — disse Micail, levantando as sobrancelhas de modo encorajador.

— Bom, eu tinha acabado de ser indicado para aprendiz dele; sempre fui bom com números. Mas nos sonhos, eu... não é nada estranho no começo, quer dizer, só o vejo no observatório dele ou andando na praia. Mas então ele fica; é como se ele tentasse me dizer alguma coisa, mas eu não consigo entender...

— Sim, mas as estrelas não estão normalmente entre as coisas que ninguém consegue entender de verdade? — Micail respondeu.

De repente, a cabeça *dele* girava com mil dúvidas a respeito de si que não eram suas. Lanath transmitia seus sentimentos. Não era de se admirar que os outros parecessem desconfortáveis quando ele estava por perto.

O menino precisava de treinamento. Micail pigarreou.

— Bem, Lanath, se você foi chamado para a sabedoria das estrelas, realmente precisa falar com Ardral ou Jiritaren — ele continuou, enquanto Lanath se encolhia. — Não deve ter medo do Sétimo Guardião. As piadas dele podem lhe ensinar mais que a sabedoria grave de muitos, mas imagino que vá achar Jiri mais acessível. No momento, porém, há algo que precisa aprender. Sua voz finalmente terminou de mudar, não é?

— Sim, vou ser tenor, eles dizem — Lanath corou —, como o senhor.

— Muito bom — disse Micail —, e isso não é apenas um encorajamento educado. Quando chegar a hora de construir o novo Templo, vamos precisar de cantores treinados, então acho que precisa começar a trabalhar comigo agora. O que acha?

— Bem agora? Quer dizer, tenho muitos problemas para me concentrar — Lanath ficou vermelho novamente —, especialmente assim em público. Mas... mas ficaria feliz em tentar.

Micail assentiu.

— É só o que peço. Vamos começar com um exercício básico de centralização. Consegue entoar a quinta nota e segurá-la? Sim, sim, muito bom, mas agora escute, com *muita* atenção...

***

— É tão bonito! — exclamou Elara.

A estrada pela qual o mercador nativo Heshoth os levara serpenteava para o noroeste. À esquerda deles, levantava-se uma linha de colinas baixas e cobertas de árvores. Até mesmo a grama entre os sulcos cortados pelas rodas era verde brilhante, estrelada de flores da primavera.

— Nossa jornada deve ter sido abençoada pelos deuses!

— Que deuses? — murmurou Lanath — Os nossos ou os deles? Ainda estou dolorido da caminhada de ontem!

Galara e Li'ija gemeram em concordância.

— Se você tivesse ficado menos em cima do traseiro quando estávamos em Belsairath, estaria em melhor forma agora — Elara disse rispidamente, olhando-o de modo desfavorável.

Quase sem aviso, Lanath havia ficado mais alto que ela, mas os músculos que pudesse ter estavam recobertos pelo que ela só poderia descrever como "gordura". O cabelo castanho-escuro dele ainda caía sobre os olhos como o de uma criança, mas ele tinha o começo, finalmente, de uma barba. Elara estava resignada ao noivado deles, mas não tinha nenhuma pressa para o casamento, não agora, quando havia tantos outros homens interessantes em volta.

— O senhor Ardravanant me manteve mais do que ocupado — Lanath dizia, pedante. — Estudar as estrelas na maior parte do tempo *exige* ficar sentado imóvel.

— E dormir tarde — completou Cleta, um tanto ansiosamente.

Ela tinha uma constituição sólida, era séria e inteligente e, quando havia tido uma noite completa de sono, também era de trato fácil...

— Imagino que a viagem vá endurecer todos nós — disse Li'ija, alegremente.

Karagon, que tinha se juntado à expedição com o mestre Valadur, soltou um risinho desdenhoso.

— Só um passeio agradável para você, não é?

— Totalmente. Se não estivéssemos ligados ao passo daquelas carretas de boi dos ai-zir — persistiu Li'ija, com um sorriso que sugeria que talvez não falasse totalmente a sério —, poderíamos ir duas vezes mais rápido!

Lanath gemeu com o pensamento, mas os outros riram. Ardral estava em uma daquelas carretas de boi com suprimentos e bagagem, e Valadur como companhia. Todos os outros andavam, como de fato teriam feito em casa, onde somente os poderosos, ou os idosos e fracos, andavam em liteiras.

Considerando o estado da estrada, ela se perguntou quanto tempo levaria até que o Sétimo Guardião estivesse andando com o resto deles, apesar de seus anos avançados... fossem quanto fossem.

Ela havia perguntado mais de uma vez, mas ninguém parecia saber a idade de Ardral. "Velho o bastante para saber mais – e como eu gostaria de saber!", era a resposta costumeira dele a qualquer um ousado o bastante para perguntar. E havia outros rumores, mais sombrios, sobre ele. Alguns diziam que, em sua época de juventude, Ardral usara seus poderes para matar. Ele mesmo negava aquilo ou, na verdade, dizia que não, que seus inimigos simplesmente tinham ficado loucos e fugido... o que não era exatamente algo reconfortante. Ainda assim, as colinas com florestas densas que atravessavam poderiam esconder inúmeros perigos, de animais selvagens a bandidos. Ela ficava feliz em estar viajando com qualquer tipo de mago.

É claro que havia os soldados também. Metade deles vinha na traseira, enquanto os outros formavam uma vanguarda protetora em torno de Heshoth, um par de guias nativos e o príncipe Tjalan. Micail andava às vezes com o príncipe e seus guarda-costas, mas, com não menos frequência, com os outros sacerdotes. Havia os engenheiros, Naranshada e Ocathrel, e Jiritaren, cujo trabalho, Elara suspeitava, era em parte ser babá de Micail, mas na maior parte ajudavam Ardral com seus cálculos astronômicos...

Elara tinha muito menos certeza do que a sacerdotisa Kyrrdis fazia ali. *Se queriam uma cantora, ela é boa, mas Mahadalku é melhor; e, se só queriam uma mulher por perto, poderiam ter trazido uma das sajis...* ela ficou vermelha.

Então havia Valadur. Ela estava totalmente confusa a respeito da função dele. A Ordem Cinza tinha uma reputação variada... *Ardral vai mantê-lo na linha,* ela decidiu. *Com isso, sobra... Valorin. É claro.*

Ela atrasou seus passos, olhando ao redor, mas não viu Valorin em lugar nenhum. Uma sacerdotisa de Alkonath que fora selecionada por seu vasto conhecimento de coisas que brotavam, Valorin estava continuamente deixando o caminho batido para investigar alguma planta ou flor desconhecida.

— Olhe; aquilo ali é uma *vila*? — Galara perguntou, apontando na direção de um grupo irregular de terrenos cuidadosamente dispostos irradiando de uma cabana redonda com telhado de grama verde. Em uma das pontas do campo, um longo monte verde parecia montar guarda.

— Uma fazenda, ao menos — Cleta se aventurou —, embora não se pareça com as de casa.

— Várias fazendas — observou Karangon, conforme chegaram ao topo da estrada e mais construções e campos apareceram. Os terrenos eram pequenos, divididos por sebes ou valas, e, conforme chegaram mais perto, viram as costas marrons sujas de um rebanho de ovelhas sendo levadas por um menino pequeno de túnica marrom com um cajado e um cão que latia.

— Ali há água naquelas valas — Lanath disse, surpreso. — Apenas ali.

Conforme chegaram mais perto, um homem capinando entre linhas de plantas jovens de cereais gritou um cumprimento na língua local, e Greha, um dos guias nativos de aparência feroz, respondeu. Os dois nativos tinham o cabelo castanho encaracolado e os olhos cinzentos típicos daquele povo, embora Greha fosse excepcionalmente largo e alto.

— Aprendeu algumas palavras do dialeto local, não aprendeu, Cleta? — perguntou Galara. — O que estão falando?

— Alguma coisa sobre ovelhas e pastores. Acho que estão falando de nós! — O rosto redondo de Cleta ficou levemente rosado. — Ah, nossa. Espero que o príncipe não tenha escutado isso!

Com o guarda-costas rondando em torno dele, o príncipe Tjalan seguia para a frente com a mesma ousadia que os falcões que voejavam em seus estandartes.

Contemplai o grande senhor de Atlântida, tomando posse da nova terra, pensou Elara, *mas o que a nova terra vai tomar dele?*

***

A viagem tomou um ritmo próprio conforme os dias passaram. Eles se levantavam cedo e caminhavam, com pausas ocasionais, até o meio da tarde, quando a vanguarda procurava um lugar de acampamento com água boa. Uma noite foram perturbados pelo uivo dos lobos, e, mais de uma vez, Lanath os acordou com seus pesadelos, mas, tirando isso, tudo parecia pacífico. Os acólitos e chelas logo se acostumaram com o exercício e, assim que perderam o medo do terreno desconhecido, ficaram ansiosos para sair explorando.

Micail não queria que saíssem sozinhos, mas o comerciante Heshoth os assegurou de que o povo ali não era apenas pacífico, mas também tímido. Quando os nativos viam os atlantes chegando, com suas túnicas brancas brilhantes e mantos vivamente coloridos, sem mencionar os estandartes, lanças e espadas, os criadores de porcos e lenhadores da floresta fugiam ainda mais rápido que os camaradas cuidando das ovelhas ou do gado nas campinas.

No dia seguinte, a expedição virou gradualmente para o norte, seguindo tediosamente a estrada através do fim de uma linha de colinas de floresta densa. No fim da tarde, os viajantes se aproximaram de um morro solitário com uma corcova oblonga de túmulo velho no topo, comandando o campo.

— Provavelmente deveríamos parar aqui. — Heshoth apontou para uma clareira larga entre a estrada e o riacho. — Um dia as pessoas vinham para esta colina para as cerimônias do fim de verão, mas então houve uma guerra. Não sobrou ninguém para vir aqui agora a não ser nós.

O dia fora bonito, e a tarde longa deu lugar a um pôr do sol duradouro conforme os servos do príncipe Tjalan preparavam os pavilhões e pegavam madeira para cozinhar a refeição da noite. Até terminarem, haveria pouco a fazer para os acólitos e chelas. Enquanto isso, a colina chamava, com suas encostas verdejantes e sugestões sombrias de tragédias antigas.

— Vamos subir nele — sugeriu Karagon. — Do topo, teremos uma bela vista do campo.

— Não andou o suficiente hoje? — Elara grunhiu; mas, com exceção de Lanath, que murmurava algo sobre fantasmas, os outros pareciam ávidos pela aventura.

Li'ija e Karagon logo encontraram um caminho que levava diretamente encosta acima para o cume e fizeram um bom progresso. No momento, chegaram a uma vala e um banco baixo, ambos um tanto cobertos de mato. Estranhamente, a vala tinha sido cavada em segmentos, com uma passagem de chão sólido deixada entre eles.

— Nem a vala nem o banco parecem muito defensivos — observou Karagon. — Deve haver outro propósito aqui além de fortificação.

Na face norte, encontraram os postes de madeira de uma portaria, ainda apoiados um no outro embora o teto devesse ter caído havia muito tempo.

— Se não era um forte — perguntou Li'ija —, para que isso servia?

— Parece... estranho — Lanath estremeceu, então se apressou a completar. — Não estranho de modo hostil, só muito antigo. Há um eco de muitas vozes...

— Sim — concordou Li'ija —, também consigo ouvi-las.

— É o vento. Mas algo esteve cavando em um daqueles buracos — disse Cleta.

Ela chegou mais perto e se agachou, afastando o solo.

— Há uma mó aqui, como os que as mulheres nativas usam para moer grãos. Mas está quebrada.

— Foi esmagada — Elara arriscou.

— Sacrificada — Karagon sussurrou, dramaticamente.

— Isso é um pote? — Galara se inclinou para ver.

— É um crânio — Elara respondeu. — Talvez a mulher que usava a mó.

— Vamos ver o que há dentro — sugeriu Karagon, seguindo entre as ruínas da entrada.

Lanath e Galara protestaram, depois deram de ombros e seguiram os outros.

— É um círculo de pedra! — disse Elara, parando poucos passos adentro, testando aquela imobilidade expectante como havia sido treinada a fazer, mas não havia altar, apenas grama ondulando na brisa do anoitecer a umas poucas aveleiras jovens.

— Acho — disse Galara, de modo trêmulo — que encontramos o cemitério deles.

— Então por que aquele corpo não foi enterrado? — Li'ija apontou para o interior do círculo, onde ossos brancos jaziam espalhados na grama.

— Pode ter sido queimado — matutou Cleta.

Aquilo era feito em Atlântida, na esperança de afrouxar os laços do carma que prendiam o espírito e libertá-lo para buscar um caminho mais alto; mas não havia marcas de fogo naqueles ossos.

— Eles colocaram os corpos ali estendidos para que as aves e os animais pudessem receber a carne — disse então Lanath, em uma estranha voz baixa. — A caveira foi colocada na cova da família com as oferendas.

Elara olhou surpresa para o noivo. Lanath jamais tinha sido capaz de ler a história de um lugar daquela maneira antes. Ela olhou para Li'ija como se para dizer: *Achei que esse tipo de coisa fosse o seu talento?*

A filha de Ocathrel deu de ombros e se virou.

— Está realmente ficando tarde — disse Galara, com um tremor exagerado. — Não deveríamos voltar? Aquela encosta será pior na descida.

Uma vez fora da portaria, todos se sentiram melhor, mas o caminho que tomaram para descer a colina não levava de volta ao acampamento. Em vez disso, eles se viram entrando no que era obviamente outro recinto fechado, muito maior que o primeiro. Vegetação emaranhada cobria colunas caídas de casas, e uma série de sebes crescidas demais marcava pastagens para animais e terrenos em que talos esparsos de trigo nativo ainda cresciam.

— Este aqui só parece abandonado — disse Lanath —, como se alguém estivesse para voltar. Mas ao mesmo tempo... é como se jamais tivesse tido moradores de verdade.

— Talvez *fossem* moradias temporárias — sugeriu Elara. — O guia comentou que as pessoas vinham para cá para um festival...

— Deveriam ter ficado longe, se queriam viver — respondeu Li'ija, em uma voz estranha.

Elara se virou e a viu de pé, imóvel, olhando para algo na mão.

— Você encontrou uma ponta de flecha! — exclamou Karagon. — Olha, eu não sabia que você era médium. O que mais está sentindo através dela?

— Sangue — a moça falou — e ódio. Gado. Um ataque... homens correndo... muros de chamas...

— Esses pilares de casas parecem... chamuscados — disse Galara, desconfortável.

— E aquilo — apontou Cleta — não é uma velha pilha de lenha. São ossos...

Elara colocou os braços em torno de Li'ija e gentilmente virou a mão da chela, de modo que o pedaço de sílex caiu no chão. A moça alkonense estremeceu e relaxou contra ela com um suspiro.

— Você está bem?

— Vou ficar — Li'ija tremeu de novo. — Aquilo foi estranho.

Ela se endireitou, afastando-se um pouco de Elara.

— Eu me recordei de meu pai me contando que havia um lugar perto de Belsairath que costumava ser uma mina famosa de sílex e pensei na estrada em que estivemos e naquela ponta de flecha; foi como se ela aparecesse no chão, piscando para mim. Então eu a peguei, e ela apenas...

— Estava chamando você. Há muitos espíritos aqui — Lanath olhou ao redor, desconfortável. — As caveiras deles não foram enterradas. Ninguém fez as oferendas. Ainda estão esperando.

Todos se moveram para ficar mais juntos. O sol poente coroava as árvores com fogo, e barras de luz sangrenta cruzavam pelo chão, fazendo linhas ondulantes no ar escuro.

— Sim — disse Cleta, inesperadamente —, até eu consigo sentir isso. Argh! Odeio esse tipo de coisa. Vamos correr daqui! — ela exclamou, tomando Li'ija pela mão.

Quando todos tinham saído do recinto, as primeiras estrelas começavam a surgir. Li'ija pareceu se recuperar rapidamente, mas Cleta e Lanath continuaram a murmurar sobre espíritos. Todos os outros pareciam esperar que Elara soubesse o que fazer. Aterrar as energias deles talvez não fosse o melhor remédio – era da terra, afinal de contas, que vinha o problema. *O outro rosto de Caratra*, ela pensou, e estremeceu novamente.

A solução óbvia era sair completamente da colina, mas aquilo se mostrou mais difícil que o esperado. Embora o céu estivesse bem claro, não havia lua. Debaixo das árvores, era ainda mais escuro, enquanto cada caminho possível virava e se retorcia como se tentasse fazer com que eles se perdessem. No fim, tudo o que podiam fazer era forçar a passagem através de arbustos espinhosos e arvoretas enoveladas até que sentiram o cheiro de fumaça de madeira e ouviram os servos de Tjalan conversando enquanto cozinhavam a refeição noturna.

A maioria dos exploradores tropeçou pelo resto do caminho até o acampamento o mais rápido que pôde, mas Lanath ficou para trás, e, depois de um momento, Elara voltou para reencontrá-lo.

— Vamos — ela disse, suavemente —, acabou.

— Não. Nós não escapamos — Lanath sussurrou. — Aquela no túmulo na colina. Ela é muito velha, a Mãe de toda a sua tribo. E ela não quer ninguém aqui...

E não é de espantar, pensou Elara, *depois do modo como entraram desajeitados entre os ossos!* Ela deu um empurrão gentil na direção da fogueira do acampamento em Lanath.

— Vai ficar tudo bem — disse ela novamente.

Quando ele havia saído, ela se virou de volta para a floresta, levantando as mãos em saudação.

— Avó, nossas desculpas. Só queremos bem à senhora e a todo o seu povo, honrar vivos e mortos da mesma maneira. Deixe-me preparar uma oferenda para a senhora na floresta, e pela manhã vamos partir daqui. Nesta única noite, peço sua proteção. Não nos envie sonhos ruins!

***

Durante o dia seguinte, os acólitos e chelas permaneceram excepcionalmente juntos, mas andaram na maioria do tempo em silêncio. No dia seguinte, os viajantes viraram para leste mais uma vez. Micail se viu estranhamente relutante em seguir naquela direção, pois, na noite no acampamento abaixo da colina coroada com o túmulo, havia sonhado com Tiriki como ela deveria ter se tornado se tivesse chegado àquela terra gelada. Pela primeira vez em um ano, tinha acordado sorrindo. A imagem fora tão clara que ele quase parecia vê-la ainda, coroada com flores de pilriteiro, emoldurada por colinas verdejantes...

Mas, conforme se moviam na direção do sol que se levantava, aquela consciência de Tiriki começou a se apagar. *O que esperava? Foi só um sonho,* disse a si mesmo, severamente.

Acamparam durante aquela noite na beira das colinas. Diante deles, havia um novo campo cujas ondulações suaves se aplainavam em uma grande planície que seguia até um horizonte enevoado. O campo ali parecia mais povoado do que já tinham visto, mas o mesmo sistema de senes e valas definia os campos onde o trigo novo se erguia cheio e verde. Além daquilo, ficavam pastagens mais abertas onde pequenas ovelhas marrons ou gado de chifre largo pastava. As casas de fazenda redondas eram muito maiores do que as que haviam visto perto da costa e tinham telhado de palha em vez de grama.

— Esta é Azan, o Curral de touros, onde rei Khattar reina! — proclamou Heshoth. O mercador claramente tinha orgulho de seu governante. — Na refeição do meio-dia, vamos parar, e talvez vocês coloquem roupas de festival em honra dele.

Tjalan olhou para Micail com um sorriso divertido, mas ele achou o conselho totalmente bom.

— Começamos — murmurou o príncipe — impressionando esse chefe nativo, mas logo, acho, ele vai *nos* honrar mais.

— Sabe alguma coisa deste rei? — perguntou Micail, em voz baixa do mesmo modo.

— Pelo que Heshoth disse, Khattar é um senhor de muitos chefes cujas propriedades cercam esta planície. Eles guerreiam uns com os outros por direitos de pastagem, então se reúnem em um santuário central para os grandes festivais sobre os quais preside o rei. Eles dizem que ele levou embora e depois se casou com a mulher que agora é grã-sacerdotisa para todo o povo do Touro. A reputação dele como guerreiro aparentemente era grande o suficiente para desencorajar qualquer retribuição. — Ele deu de ombros. — Mas Heshoth me diz que não é a mulher dele, mas sim a irmã, que é chamada de rainha. O nome dela é Khayan-e-Durr, e o filho dela será o herdeiro deles. É tudo muito complexo e primitivo, e, como disse, não entendo totalmente. Mas sabe o que dizem, quando estiver em Khem, ande de lado.

— Como acha que ele vai nos receber? — Micail lançou um olhar perplexo para o velho amigo. — Como aliados ou como uma ameaça à supremacia dele?

— Ah, bem, isso vai depender de como manejamos essa embaixada — Tjalan respondeu com um riso. — Espero que tenha trazido seus melhores braceletes.

***

Eles chegaram a Azan-Ylir, o lar e fortaleza do grande rei, na hora em que as fogueiras de cozinhar tinham sido acesas e o sabor de carne assada começava a pairar no ar. A vila ficava em uma terra alta acima de bancos cobertos de salgueiros onde o rio Aman fluía gentilmente para o norte. A luz da tarde brilhava docemente através das folhas novas. O guarda-costas feroz de Heshoth, Greha, havia desaparecido durante o descanso do meio-dia, então Micail não ficou surpreso ao descobrir que estavam sendo esperados.

Greha esperava, com uma fileira de guerreiros vestidos como ele, em peles e couros curtidos, segurando armas de bronze. Estavam em dois grupos, um de cada lado das colunas dos portões feitos de galhos de árvore gigantescos, com o dobro da altura de um homem. Conforme os atlantes marcharam para dentro do portão, os guardas seguiram atrás deles.

São ameaça ou proteção?, perguntou-se Micail. E então, lembrando-se da conversa que tivera com Tjalan: *E o que somos nós?*

A vila consistia em um punhado de casas redondas, cujos tetos cônicos eram cobertos de palha, entremeadas com estruturas de armazenamento e currais para o gado valioso. Mas uma única construção central dominava – uma grande casa redonda cujo telhado era construído em duas partes, o cone interior sobre pilares acima do círculo exterior, de modo que a fumaça pudesse sair de debaixo dele. Dentro, a luz que vinha de cima se juntava à iluminação da fogueira central.

O salão estava cheio de pessoas, mas, naquele primeiro momento, Micail viu apenas o homem que relaxava em um assento alto colocado entre os pilares mais altos e mais perto da fogueira. Era largo como um barril, mas o formato de seus ombros sugeria que a maior parte de sua largura era de músculos. O pescoço precisava ser forte também para aguentar os adornos sobre a cabeça, coroados com os chifres de um touro. Mas os olhos cinza do homem eram claros e inteligentes.

Conforme os recém-chegados paravam diante da fogueira, o rei disse algo na língua gutural das tribos.

— Khattar, filho de Sayet, herdeiro de heróis, Grande Touro de Azan e Rei dos Reis, lhe dá as boas-vindas ao salão dele — traduziu Heshoth.

Tjalan estava murmurando um agradecimento educado, apresentando a si mesmo e seus companheiros ao mercador, que por sua vez traduzia. Era uma maneira cortês de deixar que o resto deles soubesse o que era dito. Tjalan estudava as línguas nativas desde a primeira viagem àquelas terras, muitos anos antes. *Desperdicei meu tempo*, pensou Micail. *Deveria ter passado o ano passado aprendendo os costumes nativos também.* Mas o que sabia dos modos nativos sugeria que só muito mais tarde poderiam chegar à discussão do propósito dos atlantes ali.

***

Houve outra conversa, e Heshoth fez um gesto para que os homens do grupo fossem para bancos colocados diante de mesas de cavalete no lado sul do salão. Somente então Micail percebeu que, a não ser pela sombra fiel de Tjalan, Antar, a escolta militar deles fora mantida do lado de fora.

As mulheres atlantes foram gentilmente levadas para uma seção separada no leste, perto de um tipo de trono menor, onde uma mulher envolta em um xale costurado com pedacinhos de ouro sentava-se de frente para o rei. Agora que tinha tempo para olhar em torno, Micail viu um losango dourado costurado na frente da túnica sem mangas do rei e os braceletes de ouro que brilhavam em seus braços. Alguns homens nativos que estavam sentados nos outros bancos também usavam ouro ou bronze, mas a maioria dos ornamentos deles era feita de azeviche, chifre ou osso finamente trabalhados. Micail entendeu então por que Tjalan insistira para que ele mandasse fazer um novo conjunto de braceletes do dragão real e adorno de cabeça em Belsairath. Ainda não era tão grandioso quanto suas próprias insígnias, mas aquelas haviam perecido com Ahtarrath...

Mais elogios foram trocados, e grandes fatias e cortes fumegantes de carne de vaca e de carneiro foram trazidos, colocados em camas de grãos cozidos ou em bandejas de madeira. Havia bebidas também, uma cerveja levedada com um toque de mel, servida em canecas feitas de cerâmica fina. O rei Khattar, ele notou, bebia em uma jarra feita de ouro.

Os bardos do rei cantaram as vitórias em batalha dele, e um homem de túnica de couro chamado Droshrad, que Micail reconheceu como um tipo de sacerdote, falava sobre como os deuses haviam dado poder a Khattar.

Quando a escuridão chegou, Micail começava a suspeitar de que o plano do rei era entorpecê-los com comida e bebida. A situação deles não lhe parecia certa o bastante para permitir que tomasse confortavelmente mais do que alguns goles educados de cerveja, mas as exigências da cortesia pediam que ele comesse muito mais carne do que estava acostumado a comer em um mês. Tjalan, porém, estava em boa forma, brincando com Heshoth e comiserando-se com o rei a respeito das dificuldades com plantações e vizinhos, bem o tipo de conversa que matava Micail de tédio em Ahtarrath e que ele não achava mais interessante em tradução... Mas o suplício finalmente pareceu se arrastar para um fim. Sozinhos ou em grupos, os participantes do banquete se despediram da corte.

O rei e a rainha, no entanto, permaneceram em seus lugares com alguns atendentes em torno. O xamã Droshrad e seus colegas ficaram também. Micail viu o olhar de Ardral e encontrou o velho observando a situação com seu sorriso sardônico costumeiro.

— Sim, é claro que temos mão de obra para construir túmulos para nossos chefes honrados — Heshoth traduzia as últimas palavras do rei —, mas, nos velhos tempos, as tribos se juntavam para construir monumentos maiores. Construir um novo com pedras poderosas certamente provaria o meu poder!

— Havia muitos monumentos assim em meu país — respondeu Tjalan —, e eles têm utilidades que jamais sonhou...

— Talvez seja assim — O rei sorriu de volta —, mas seus trabalhadores estão debaixo do mar e, com eles, seu poder.

— Não, meu senhor, os homens que têm a magia para levantar as pedras para o senhor estão aqui... — Tjalan falou bem baixo, olhando nos olhos de Khattar.

Micail prestou toda a atenção, observando atentamente o primo. Eles haviam discutido pedir permissão ao rei para investigar o local identificado pelos cálculos deles e então talvez construir ali. Que jogo Tjalan estava jogando?

— Os homens da minha raça têm muitos poderes — o príncipe continuou —, mas, como disse, nosso povo é, no momento, pouca gente. O seu povo é de muita gente, e, se trabalharmos juntos, vocês ficarão maiores. O Povo do Touro vai governar esta terra para sempre.

Khattar alisou a barba, apertando os olhos, conforme o xamã sussurrava em seu ouvido. Micail observou os dois e percebeu como estava apertando a caneca apenas ao soltá-la e ver o padrão atado impresso na mão.

— Que vantagem há nesse acordo para o senhor? — Khattar perguntou por fim.

Tjalan olhou para ele com sinceridade séria. Quando ele e Micail eram meninos jogando Plumas, aquele olhar normalmente significava que o alkonense iria fazer um movimento decisivo, possivelmente enganoso.

— Os Reinos do Mar não existem mais. Precisamos de um lugar onde nossas artes possam florescer. Precisamos de uma terra natal...

— Droshrad consegue invocar espíritos e forçar o coração dos homens — Khattar disse, de modo oblíquo —, mas apenas o suor dos homens pode mover pedras.

— Ou a canção deles... — Tjalan completou em voz baixa.

Ele se virou para Ardral e Micail.

— Mover coisas pesadas exige um grupo inteiro de cantores, mas o maior dos nossos sacerdotes consegue trabalhar sozinho. Podem mostrar a eles, meus amigos, o que o poder de Atlântida consegue fazer?

Agora aquele sorriso vencedor havia se voltado para eles. Micail olhou, mas o risinho seco de Ardral desarmou sua raiva.

— Por que não? — disse o Sétimo Guardião, levantando a taça em saudação ao rei e então bebendo-a. Ele se virou para Micail e sussurrou: — O velho Touro deveria fazer um brinde para nós em retribuição, não acha?

Ele lançou um olhar significativo para a jarra de ouro, e então, sem esperar pela resposta de Micail, começou a cantar.

O barítono de Ardral era profundo e ressoante, fosse qual fosse sua idade. A nota que produziu não tinha palavras, mas era concentrada muito precisamente. Khattar baixou o copo de ouro bem rapidamente quando começou a vibrar em sua mão. Um olhar de esguelha de Ardral convidava Micail para tomar parte do jogo.

Por que não deveria?, ele pensou de súbito. *Quem são esses bárbaros para desdenhar do filho de mil reis?* Ele tomou fôlego profundamente e, com igual precisão, produziu uma segunda nota, um meio-tom mais alto que a de Ardral, e dirigiu para o mesmo alvo. A jarra chacoalhou e dançou na madeira da mesa – então subiu e, por um longo momento, flutuou no meio do ar, girando devagar no próprio eixo, até que enfim, com igual deliberação, afundou novamente para pousar ao lado da mão trêmula do grande rei.

Por um momento, Khattar simplesmente olhou. Então ele bateu a mão na mesa. Quando a jarra caiu, começou a rir em uma voz ressoante que parecia ficar cada vez mais alta, até que os ouvidos de Micail mal podiam aguentar o som.

ONZE

— Quando o arquissacerdote Bevor me contou, no ano anterior ao Afundamento, que eu seria acólita — observou Selast —, acredita que isso faz três anos? De qualquer modo, ele *disse* que eu precisaria disciplinar a mente e o corpo para além de qualquer coisa que já tinha conhecido... mas achei que o jejum deveria ser voluntário!

Damisa assentiu, mas manteve os olhos nas três mulheres do Lago que ela e Selast seguiam através do caminho estreito ladeado de arbustos com espinhos.

— Fome desejada é apenas um desconforto da carne — ela citou, sem sarcasmo.

Damisa realmente acreditava que estava se acostumando com a sensação de vazio no estômago e ao modo como as roupas pendiam em seu corpo outrora robusto...

— Disciplinar o espírito contra as demandas do corpo — ela terminou a citação — é a única certeza contra as ilusões de riqueza e segurança.

— Aham, lindo — Selast murmurou —, mas é uma coisa entender como o povo do pântano vive, sem saber se os suprimentos serão suficientes, confiando nos deuses. — Ela olhou para Damisa e forçou um riso. — Mas achei que *tivéssemos feito* isso no navio! Além do mais, nós nos saímos muito melhor neste ano que no ano passado. Nos saímos melhor que isso no ano em que chegamos aqui! Tinha muita comida na época.

— Acalme-se — Damisa aconselhou —, está ficando irritada por nada. De qualquer modo, este ano é sempre mais difícil que no ano passado; não notou? E *você* está sempre com fome, todo ano.

A outra moça fez uma careta, mas não negou. Mesmo em sua terra natal, Cosarrath, quando podia comer sempre e o que quisesse, Selast nunca tivera um grama de gordura. Perambulando pelo caminho usando uma túnica azul curta, ela parecia totalmente uma criatura da selva, sempre cautelosa, músculos ondulando debaixo da pele esticada e bronzeada.

E no outro dia ela ouvira um dos rapazes dizendo que ela parecia tão fofinha quanto um coelho esfolado, Damisa refletiu, balançando a cabeça. *Isso não pode estar certo.*

Nos velhos tempos, ou assim ouvira dizer, até mesmo uma acólita comprometida era livre para ter um amante, às vezes até mais que um. Ali, aparentemente, ninguém o fizera. Mas não ajudava o fato de mal haver homens, ao menos não da casta dos sacerdotes. *Há Kalaran, que simplesmente não parece tão sedutor, e Rendano, que obviamente não está interessado, e mestre Chedan, é claro, mas, bem...*

Sem desejar, uma imagem de Reidel veio à mente, seus olhos profundos e acolhedores, os ombros fortes... Damisa espantou o pensamento balançando a cabeça. Em Atlântida, os genealogistas do Templo teriam ficado horrorizados com a mera ideia de uma conexão dessas, e ela concordava. Mas nos últimos tempos Tiriki havia mencionado a possibilidade de convidar alguns dos marinheiros ou mercadores para entrar no sacerdócio. É claro, Damisa sabia que, em tempos difíceis antes do surgimento dos Reinos do Mar, um bom número das outras castas fora admitido. Ela mesma vinha da realeza de Alkonath, e Selast também tinha origem totalmente nobre, mas a maioria dos acólitos tinha antepassados com origens mais humildes.

Não que isso ainda tivesse importância. Damisa suspirou. *Nós, garotas, só precisamos nos deitar com outro, como dizem que fazem as guerreiras nas planícies da Terra Antiga...* Ela reprimiu uma bufada de riso, mas seu olhar voltou especulativamente para Selast. Quase inconscientemente, ela começou a copiar o andar furtivo da moça de Cosarrath... até se dar conta de que fazia isso, corar e tropeçar nas próprias sandálias.

Logo depois da virada no caminho, as mulheres do pântano haviam parado para fazer uma oferenda em um de seus santuários na floresta, algo primitivo de palha trançada e penas aninhado no oco de um carvalho. Damisa sentiu uma pontada renovada de fome ao ver os bulbos de alho silvestre colocados ali. Como era estranho perceber que ali algumas raízes eram um sacrifício mais precioso que incenso... Mas, se os santuários do caminho ali eram mais modestos que as pirâmides e torres de Atlântida, ela precisava reconhecer que os poderes eram bem servidos, pois pareciam recompensar tal simplicidade.

Até onde Damisa podia saber – embora toda a caça e a coleta limitassem severamente o tempo disponível para análises teológicas –, os espíritos daquela terra eram muito mais acessíveis que os deuses de Atlântida, que eram essencialmente forças não humanas que viviam além da esfera mortal. Mesmo com todos os seus feudos e peculiaridades, Manoah ou Ni-Terat pareciam menos indivíduos do que significantes, representantes de poderes imensuráveis que moviam o sol e as estrelas.

Embora os marinheiros rezassem para o Modelador de Estrelas porque ele era o Senhor do Mar, e as crianças rezassem para o Grande Criador porque as ajudava a dormir à noite, nem mesmo Ni-Terat, a Mãe Sombria de Todos, havia intercedido para salvar uma só vida humana. Apenas Caratra, a Provedora, a Criança Que se Torna a Mãe, era tradicionalmente vista como a deusa que demonstrava um interesse genuíno em pessoas comuns, e isso era apenas algumas vezes por ano.

Em contraste, o povo do Lago honrava os espíritos simples do campo e da floresta. Mas não os tratavam como grandes deuses; não eram seres magníficos que poderiam, em uma eventualidade, conceder um favor, mas... *Os deuses do Lago se parecem mais com bons vizinhos,* decidiu Damisa, *inclinados a ajudar tenham notado você ou não...*

Ela estremeceu um pouco ao se aproximar da árvore, imaginando, como sempre, se o que sentia nesses santuários rústicos era uma ilusão criada de algum modo pelas crenças do povo do pântano ou algo mais genuíno – a presença verdadeira de um espírito real.

— Ser Iluminado, aceite minha oferenda — ela murmurou ao colocar um galho de flores de pilriteiro brancas na palha. — Ajude-nos a encontrar comida para nosso povo.

Ela foi para trás para permitir que Selast se ajoelhasse e colocasse algumas prímulas. Conforme olharam para os galhos onde as folhas novas filtravam a luz do sol em um verde-claro brilhante, todo o ar pareceu fervilhar e dançar.

Por um minuto, então, Damisa pensou sentir o toque de uma presença em sua alma – curiosa, um tanto divertida, mas não hostil. Instintivamente, ela ficou de joelhos, pousando as mãos na terra úmida. *Alguém* estava ouvindo, e aquilo era mais do que jamais sentira nos templos esplêndidos de Alkona ou Ahtarra.

— *Ser Iluminado! Ajude-se! Sinto tanta fome aqui!* — seu coração gritou, e naquele momento ela percebeu que seu vazio não era de corpo, mas de alma.

Selast já tinha seguido atrás das mulheres do Lago. Damisa ficou de pé, feliz porque a outra garota não tinha visto seu momento de fraqueza. Neste momento, precisavam encontrar comida para seus corpos, e, até que o fizessem, o espírito simplesmente teria de se virar sozinho.

No primeiro ano, os refugiados haviam limpado a terra perto das fontes e plantado as sementes que haviam trazido, mas talvez não tivessem feito isso no momento certo, pois a primeira colheita fracassara totalmente. Sem a farinha de nozes que as mulheres saji faziam, as compotas de frutas, a boa sorte dos pescadores em suas caçadas incessantes e a cooperação cordial de todos, os refugiados poderiam ter enfrentado uma fome mais dura do que jamais haviam conhecido.

Eles se saíram melhor de certas maneiras no ano seguinte, mas a quantidade de comida madura o suficiente para ser colhida fora de fato pequena. Se Elis não tivesse um verdadeiro talento para fazer as coisas crescerem, a sobrevivência deles teria sido ainda mais duvidosa. Embora ela não pudesse "fazer pedra dar fruto", como Liala sempre dizia, ainda assim, cada semente que Elis havia plantado pessoalmente criou raízes e viveu. Ela fora até mesmo capaz de persuadir a árvore castigada de mogno-da-montanha que um dia pertencera a lorde Micail a vicejar.

De acordo com o povo do pântano, havia tribos mais para dentro do território que plantavam grãos e criavam gado. O povo do pântano vivia dos frutos da terra porque o terreno não era apropriado para agricultura. No entanto, os nativos jamais hesitavam em dividir o que tinham, e sempre queriam levar os atlantes com eles para caçar ou coletar plantas comestíveis e aves aquáticas, peixes e moluscos, e uma fortuna de outros recursos para os que sabiam onde encontrá-los. Era por isso, afinal, que a tribo de Garça fora para lá.

Mas a vida no lago não é tão abundante quando a estação quente termina! Provavelmente vão pensar que somos todos idiotas por ficarmos. Damisa riu e então apertou o passo para alcançar as outras. Ela fez uma careta, com inveja do modo como Selast andava a passos largos. Talvez ela as alcançasse se tomasse um atalho através do gramado... mas o chão debaixo da grama macia era em parte brejo. Com o passo seguinte, o pé dela atravessou a superfície suave e ela caiu com um grito. Tinha acabado de conseguir se soltar, a perna com lama até o joelho, quando Selast correu de volta até ela.

— Não tente se sentar! — a moça mais nova explodiu. — Onde dói? Deixe-me ver!

Os dedos inteligentes dela exploraram o tornozelo de Damisa, e então o joelho.

— Estou bem, de verdade, só enlameada — insistiu Damisa, ainda que na verdade fosse um tanto agradável sentir aqueles dedos mornos na pele. Ela arrancou um tufo de grama e tentou limpar a perna.

Com um suspiro de alívio, Selast sentou-se ao lado dela.

— Obrigada!

Um afeto súbito encheu Damisa e ela se estendeu para dar um abraço de gratidão na outra moça. Selast era só ossos e músculo; era como abraçar uma criatura selvagem flexível. Por um momento, tudo ficou bem imóvel, então Selast retribuiu o abraço, mas não com força...

— É melhor descansarmos até termos certeza de que esse pé vai sustentar você — disse Selast, alguns momentos depois.

Mas Damisa, assombrada pela maneira como era agradável abraçar a outra moça, não a soltou.

— Você se lembra da loja em Ahtarra — ela perguntou, com nostalgia —, bem ao lado do pilone, onde vendiam aqueles bolinhos deliciosos cobertos de mel?

Ela se soltou contra a grama macia, e Selast foi com ela, aninhando-se na curva do braço de Damisa.

— Ah, sim — Selast dizia, com os olhos semicerrados. — Eu morreria por um que fosse! Neste ano, acho bom as sementes estúpidas de cevada e farro descobrirem como crescer! As nozes dão uma farinha boa em um aperto, acho, mas... não é a mesma coisa.

Damisa suspirou, acariciando de modo semiconsciente os ombros fortes de Selast.

— Quando eu era criança em Alkona, traziam carretas de uvas e bagas de ila dos vinhedos das colinas no fim do verão, tantas que nem se importavam se caíam pelas beiradas. E mais e mais caíam, sendo esmagadas nas pedras, até que parecia correr vinho pelas sarjetas.

— Nunca será possível plantar boas uvas aqui. Não há sol o bastante...

Mas havia luz suficiente para deixar a pele de Selast dourada, brilhando quente contra a grama varrida pelo vento da campina.

Damisa se apoiou em um braço e olhou para ela.

— Seus lábios são da mesma cor que aquelas uvas — ela sussurrou.

Selast a olhou de volta, o rosto cheio de luz.

— Experimente — ela desafiou, e sorriu.

***

Quando as duas alcançaram as outras, passava do meio-dia. As mulheres do pântano se aglomeravam, falando baixo enquanto cutucavam os juncos densos em torno da margem do lago. Ouvindo Damisa e Selast se aproximarem, uma das mulheres tagarelou empolgada e apontou; então, como as duas moças claramente não entendiam, a mulher balançou as mãos e as fechou em concha, como se aninhasse algo entre as palmas.

— Ovos? — perguntou Damisa.

Depois de dois anos, todos os acólitos haviam conseguido algum progresso no aprendizado da língua do povo do Lago, mas Iriel e Kalaran eram os únicos que sabiam de fato falar. A própria Damisa não havia progredido para além de um vocabulário limitado. A mulher pequena sorriu e apenas curvou a mão em um gesto de chamado.

Conforme seguia, Damisa tomou a precaução de prender as saias e ficou feliz por tê-lo feito: o destino delas era o ninho de um tipo estranho de pato, que evidentemente achara que estava bem escondido entre os juncos.

Teria sido difícil dizer quem estava menos feliz com o encontro, o pato ou a acólita, conforme a situação degenerou para uma mistura furiosa de xingamentos e grasnados. Ela deixou cada mãe pata com ao menos um ovo para chocar, mas aquilo não pareceu o suficiente para acalmá-las. Damisa não achava que um pato poderia morder, mas tinha cortes e arranhões nas duas mãos quando partiram para um terreno mais alto a fim de buscar verduras de primavera.

As folhas novas de morugem, mastruz e mostarda podiam ser comidas cruas, e havia lírios cujos bulbos dariam uma refeição mais sólida. Urtigas também eram comestíveis, fervidas como verduras ou em infusão para fazer chá, mas as mulheres nativas sempre riam quando as acólitas tentavam colhê-las, pois não havia forma de evitar a coceira, o que fazia com que as meninas xingassem de um modo pouco apropriado para futuras sacerdotisas.

Selast chupou os dedos doloridos e emburrou depois que tinham se virado na direção de casa.

— Poderia ser pior — disse Damisa, pegando a mão da outra garota e beijando os pontos avermelhados. — Kalaran precisou sair com os caçadores. Urtiga arde, mas não precisa correr atrás delas. E não lhe dão um bote. *E* não têm garras e presas grandes!

— Preferia estar caçando — grunhiu Selast —, a não ser porque aí teria de ficar com Kalaran.

Damisa suspirou, atormentada por emoções conflitantes. Havia muito se conformara com o fato de que seus sentimentos ao perder o marido que lhe fora destinado tinham sido principalmente de alívio. Mas Selast e Kalaran continuavam oficialmente comprometidos e esperava-se que se casassem um dia, ainda que tivessem tanto interesse um pelo outro quanto um casal de rochas. *Por que*, ela se perguntou, *por mais que nos digam que as regras mudaram, que as coisas são diferentes aqui* – ela sentiu o rosto esquentar ao se recordar dos acontecimentos da tarde –, *por que ainda precisamos continuar fazendo basicamente o que teríamos feito em Atlântida?* E, se pudessem ter mantido os costumes esplêndidos de Atlântida, ela não teria se importado, mas eram as regras, e não as recompensas, que pareciam ter sobrevivido.

— Mas há tão poucos de nós — ela por fim disse. — Pode dizer honestamente que não se importaria se alguma coisa acontecesse com ele?

— Ele tem a sorte de um bêbado! — Selast caçoou. — Nunca se machuca, a não ser por seus sentimentos. Além disso, ataques de animais não são nossa preocupação.

Damisa franziu o cenho, mas sabia o que a outra moça queria dizer. No começo do verão, dois marinheiros tinham desaparecido. O povo do pântano enviou batedores, mas não encontrou nenhum sinal deles. O punhado de cabanas em que os marinheiros que haviam tomado esposas nativas moravam, com os mercadores e outros que não eram do sacerdócio, era cheio de histórias. Alguns achavam que os marinheiros desaparecidos tinham cansado de esperar que o *Serpente Escarlate* partisse para o mar novamente e voltado para a costa, onde tinham sido pegos por um navio que passava, mas poucos levavam a história a sério. Declarando isso ou não, a maioria acreditava que os marinheiros haviam simplesmente caído em um brejo e afundado.

A morte de Malaera era igualmente ambígua. Taciturna desde o início, a sacerdotisa Veste Azul havia finalmente conseguido se afogar no lago. Damisa suspeitava de que Liala a culpava pessoalmente por permitir que a velha morresse. *Não era nem meu turno de me sentar com ela*, disse a si mesma, com uma pontada de culpa, embora fosse verdade que ela tinha sido a que mais recebera ordens de ajudar.

— Isso é cruel — disse Damisa de súbito. — Não sentiria falta de Kalaran de verdade, sentiria?

— Depende — respondeu Selast, sombriamente. — Vou ganhar o jantar dele?

— Você é terrível — disse Damisa, sem notar a lágrima no próprio olho. — Não sentiria falta nem de mim, aposto!

— Quê? Ah, *não* seja estúpida — começou Selast, mas, antes que ela pudesse continuar, saíram da floresta e encontraram o assentamento enxameando como uma colmeia.

— Um navio está chegando! — Iriel corria na direção delas. — Reidel e os homens deles saíram navegando para guiá-los!

— Saíram horas atrás — Elis completou, aproximando-se delas. — Não vamos precisar esperar muito mais.

Todas se viraram quando Tiriki saiu de sua cabana, dando adeus e arrulhando para sua bebê, embora a pequena Domara parecesse um tanto alheia nos braços da saji Metia. O nascimento e o crescimento saudável da criança pareciam ter tornado a grã-sacerdotisa uma pessoa muito mais alegre, mas, conforme Tiriki se virou para elas e sorriu em um cumprimento, Damisa viu que a velha dor assombrada havia retornado aos olhos dela.

— Ela espera que tragam notícias de Micail — disse Elis, em voz baixa.

— Depois de todo esse tempo? Pouco provável — zombou Selast.

— Para você, tudo bem desdenhar — explodiu Elis. — Seu prometido está vivo e bem. E ao menos eu *sei* o que aconteceu com Aldel, posso sentir luto por ele como se deve. Mas não saber... — Ela balançou a cabeça, os olhos úmidos de compaixão. — Isso seria o pior de tudo.

Damisa fez uma careta, mas ela e seu prometido só tinham se conhecido por um ano. Ela mal se lembrava da aparência de Kalhan depois de todo aquele tempo.

Do lago, veio o chamado alto, claro do vigia.

— Finalmente! — Iriel gritou e começou a correr pelo caminho que seguia para o rio.

Rindo, as outras a seguiram.

Chegaram bem na hora de ver o *Serpente Escarlate* jogando uma âncora ao lado de outra embarcação menor, não um navio de guerra, mas um navio pesqueiro de tamanho médio, com um único e o que parecia um abrigo grosseiro. A pintura um dia azul e cobre tinha sido desgastada pelo vento e pelas ondas. Perto da ave alada de Reidel, parecia uma mula ao lado de um cavalo de corrida; mas mulas eram animais fortes. Aquela embarcação não apenas sobrevivera ao Afundamento, ela chegara até ali...

— Quantos deles, eu me pergunto — murmurou Damisa.

Selast disse:

— Espero que tenham trazido algo bom de comer.

— Lá vai você de novo — reprovou Elis. — É mais provável que estejam ainda mais famintos que nós, e precisaremos sortear cada bocado.

— Ótimo — rosnou Selast. — Estou me sentindo sortuda.

Àquela altura, todos a hectares dali deviam ter ouvido falar sobre a chegada. A cada momento, mais alguém se juntava à multidão, até que a margem lamacenta estava cheia do povo do pântano e de atlantes, empurrando uns aos outros e conversando empolgadamente.

Conforme o navio de Reidel entrava em posição ao lado da outra embarcação, alguns homens na margem jogaram troncos aplainados pelo lado, e então os dois grupos de marinheiros pularam de modo ligeiro para terminar o trabalho de prender os navios aos tocos de árvore que serviam como mourões de atracagem. Damisa se viu prendendo o fôlego conforme o grupo de corpos no convés se separava o suficiente para que ela visse o primeiro passageiro, um homem de porte forte, com uma barba preta com fios grisalhos. Cautelosamente, ele atravessou a tábua, carregando uma menininha que parecia ter uns cinco anos. Ao pisar na passarela estreita, a criança por fim soltou o pescoço e os ombros do homem e olhou ao redor, permitindo que Damisa vislumbrasse brevemente seu rosto – sobrancelhas bem desenhadas, um nariz nobre e uma boca em formato de coração.

O homem grande se virou e observou ansiosamente enquanto marinheiros ajudavam uma mulher delgada a sair da prancha. Ela olhou para a multidão que observava, e então, chorando de gratidão, correu para os braços do homem de barba.

— Uma família! — sussurrou Iriel. — Uma família de verdade!

— Em vez de uma falsa? — zombou Selast.

Mas Damisa entendeu, ou achou que entendia. Casados ou não, os sacerdotes nem sempre escolhiam viver juntos em unidades familiares; entre os que haviam escapado no *Serpente Escarlate*, não havia casais assim. Havia, é claro, muitas famílias do povo do Lago, mas aqueles eram atlantes, e possivelmente até mesmo da casta dos sacerdotes... Damisa percebeu que a ardência em seus olhos vinha de lágrimas. Ela as limpou furtivamente enquanto Tiriki se apressava na direção dos recém-chegados, estendendo as palmas.

Damisa correu atrás dela em uma disparada de ressentimento. A grã-sacerdotisa aparentemente havia se esquecido de como formar uma escolta apropriada... Mas será que aquelas pessoas iriam ao menos perceber que Tiriki *era* sacerdotisa? Damisa piscou, tentando reconciliar sua recordação da figura etérea que recebera o príncipe de Alkonath a Ahtarra tanto tempo antes, com aquela mulher de cabelo claro espigado já escapando de uma trança simples. Porém, se a túnica grosseira de Tiriki era mal tecida, estava rasgada nas barras e manchada de lama, ela ainda se dirigira aos estranhos com a gravidade e a postura formal de uma Guardiã da Luz.

Àquela altura, Chedan havia se juntado aos acompanhantes. Damisa notou com orgulho que ao menos ele vestia o cordão dourado da Túnica de Cerimônia, embora estivesse enrolado em uma túnica desbotada... *É claro,* ela pensou, *essas pessoas novas também parecem bem esfarrapadas. Mas elas têm uma desculpa, estiveram ao mar!*

De algum modo sem soltar a mulher ou a menininha, o homem de barba se curvou.

— Honrados! — ele disse, em uma voz amistosa que podia ser ouvida até a parte de trás da multidão. — Sou Forolin, mercador da cidade de Ahtarra. E estas são Adeyna, minha amada esposa, que também os cumprimenta em grande respeito, e minha filha, Kestil. Nós... havia mais uma, nascida logo após o Afundamento, mas...

Percebendo que balbuciava, Forolin parou. Seu queixo se retorceu brevemente.

— Nós agradecemos aos deuses! — Ele tocou o coração e estendeu a mão para o céu. — Pois nós os encontramos!

— E vocês são muito bem-vindos aqui — disse Tiriki novamente, enquanto oferecia mais bênçãos ao trio. — Forolin, Adeyna, e que essas boas-vindas sejam pessoais, pois tenho também uma filhinha de pouco mais de um ano. Talvez Kestil fosse gostar de brincar com Domara?

— Vocês *são* de fato bem-vindos — Chedan falou a Forolin. — Posso perguntar de onde vêm? Por favor, não me digam que passaram dois anos no mar naquele barquinho!

— Não! Não, de fato. — O rosto de Forolin ficou sombrio enquanto ele passava a filha para os braços estendidos da esposa. — Buscamos refúgio no continente, em Olbairos, onde minha casa de comércio um dia manteve um posto de vendas. Nós a encontramos abandonada, mas esperávamos começar de novo ali. Mas havia tão poucos de nós... e então veio a praga. Somos os únicos sobreviventes.

— Mas como souberam onde nos procurar? — perguntou Chedan.

— Como eu disse, Olbairos costumava ser um ponto de vendas conhecido. A frota mercante se foi há muito tempo, é claro, mas os nativos ainda passam por ali de tempos em tempos; até alguns destas ilhas. Tivemos mais que um relato de outros do nosso povo assentando-se por aqui.

— Mais de um? — Tiriki se virou para ele com uma nova urgência na voz. — Sabe de outros?

— Bem, minha senhora, não os vi eu mesmo. E é claro que a maioria de meus informantes fazia comércio com os assentamentos costeiros. As tribos que vivem no interior têm fama de serem fortes e ferozes. Mas foi dito que várias aves aladas foram vistas em Beleri'in, então fomos para lá; pareceu um tanto abandonada, o que é o motivo para não termos lutado muito quando nos mandaram de volta para o mar. Fomos forçados a virar para o oeste e para o norte e, quando por fim pudemos nos aproximar da costa, encontramos um grupo de caçadores nativos que nos disseram que vocês estavam aqui. Enquanto procurávamos, seu capitão veio nos guiar em seu navio. Por favor, agradeça a ele por mim. Temos uma dívida eterna com ele e com vocês.

— Foram ventos de tempestade que nos trouxeram aqui também — matutou Chedan. — Talvez ninguém consiga encontrar este lugar a não ser quando é chamado pelos deuses...

— O que podemos oferecer a vocês é pouco — disse Tiriki —, mas tivemos um prenúncio de sua chegada, então uma refeição quente os espera, além de acomodações secas e quentes para que descansem. Venham, vamos começar nossa amizade. — Ela puxou o mercador e a família na direção do caminho de madeira que levava ao assentamento abaixo do Tor...

— Imagino — resmungou Selast — que isso signifique que *nós* teremos de ir para a cama com fome...

Mas ninguém a escutava. Iriel apertou o braço de Damisa e apontou para uma figura estranha que acabava de atravessar a prancha vindo do barco de pesca.

— Quem é *aquele*?

Alto, um tanto macilento, o estranho usava uma túnica branca encardida que, depois de um momento de análise, o identificava como sacerdote do Templo da Luz. Em cada mão, segurava um saco grande de couro. Franzindo o cenho, parou no meio da prancha, olhando nervoso para a multidão curiosa, mas seu rosto se iluminou ao reconhecer Chedan.

— Sábio! — Ele se curvou o melhor que podia sem derrubar os sacos na lama do porto. — Sou Dannetrasa de Caris. Duvido que vá se recordar de mim, mas em Ahtarra servi com o Guardião Ardravanant no Salão dos Registros.

— Ardral! — Chedan explicou. — Tem notícias dele? Ele escapou?

— Ah, quem me dera saber — disse Dannetrasa, de modo pesaroso —, mas, se o senhor *o* conheceu...

— Ele era meu tio.

— Então sabe que *não* há motivos para acreditar que não escaparia! Ele estava preparado, se algum homem já esteve... — Dannetrasa fez uma nova pausa, e então levantou seus sacos. — É claro que o senhor sabe, era nossa obrigação preservar o que pudéssemos. E ainda tenho comigo uma série de mapas e vários tratados sobre as estrelas, além de outras coisas que podem ser úteis. — Dannetrasa parou de falar novamente, e uma memória triste pareceu passar por trás de seus olhos.

A expressão de Chedan se tornou preocupada.

— Venha comigo, amigo. Posso ver que passou por um tempo amargo; vamos dar-lhe as boas-vindas. Deve se juntar ao banquete, como pudemos fazer, e então irá me mostrar os tesouros que traz nesses seus sacos!

— Muitas coisas — Dannetrasa repetiu, com uma careta —, mas nenhum texto sobre cura, ai de mim... Ainda assim, talvez eles não tivessem nos ajudado. A doença que nos expulsou de Olbairos era diferente de tudo que já tivemos conhecimento.

Apesar do sol ainda brilhante, Damisa estremeceu, feliz por não poder ouvir mais detalhes da conversa conforme os dois homens se afastavam. Reidel, ela observou, havia se encarregado de preparar boas-vindas apropriadas para a tripulação do barco de pesca. Foi estranho como se sentiu aliviada ao vê-lo de volta em segurança.

— Uma família inteira de sobreviventes — Iriel exultava. — E o homem disse que havia outros também. Talvez *não* fiquemos sempre tão isolados aqui! Mas você *viu* a menininha? *Que olhos mais incrivelmente cintilantes!* Espero...

— Não é como se já não *tivéssemos* uma família — Damisa disse subitamente, mas só percebeu que havia falado em voz alta quando as outras duas se voltaram para ela, Selast fazendo careta, Iriel, curiosa.

— De certa forma, nós temos — insistiu Damisa. — Chedan é nosso pai, e Tiriki, nossa mãe. E eles não *vivem* dizendo que somos todos irmãos e irmãs aqui?

— Então venham, irmãs — disse Iriel, com um sorriso, entrelaçando os braços com os delas. — Lontra, o filho do chefe, me prometeu uns cortes daquele veado que matou ontem, e vou dividi-los com vocês com alegria...

— Doce Iriel! — falou Selast, alegremente. — Por que não posso ser comprometida com *você*?

***

No dia depois que o novo navio chegou ao Tor, Chedan se encontrou com as sacerdotisas debaixo do salgueiro ao lado do riacho para debater as implicações das chegadas recentes. Era um daqueles dias de primavera em que sol e nuvens se entremeiam, num momento quase tão quente quanto o verão, no outro ameaçando chuva. No começo, a conversa se concentrou em comida e abrigo, mas, nas ponderações da meia-noite do mago, outras questões lhe haviam ocorrido.

— Vamos deixar tais considerações por um momento — ele por fim disse. — Elas são obviamente importantes e, por essa mesma razão, é provável que não sejam ignoradas. Gastamos tanta energia preocupando-nos com a sobrevivência física que nos esquecemos do motivo pelo qual desafiamos o mar em vez de ficarmos para morrer em nossa terra.

— Fomos enviados para salvar a sabedoria ancestral — falou Tiriki, lentamente, como se estivesse repetindo uma lição quase esquecida. — Estamos aqui para estabelecer um Templo da Luz em novo solo.

Como se em resposta, a luz atravessou as nuvens e brilhou no cabelo claro dela.

— E não fizemos um bom trabalho nisso, fizemos? — Liala suspirou.

— Como poderíamos, quando a maior parte do nosso tempo e de nossa energia está sendo tomada apenas para sobreviver? — exclamou Tiriki. — Mas não consigo imaginar a construção do tipo de Templo que tínhamos em Ahtarrath aqui. Mesmo se tivéssemos os recursos, seria... errado.

Tiriki suspirou, e então sussurrou:

— Há tanta coisa que não sabemos, que eu não me dei ao trabalho de aprender. Como podemos construir um novo Templo de memórias douradas quando a memória em si falhou e está espalhada pelos mares?

Chedan assentiu.

— Este lugar tem um poder próprio, e é isso o que torna a situação tão complicada. Esses novos rostos me recordaram de questões com as quais deveríamos estar lidando durante todo esse tempo. Tiriki ao menos conhece a história do que aconteceu quando Reio-ta e seu irmão, o pai de Micail, foram capturados pelos Vestes Negras. Micon não poderia se permitir morrer sob a tortura deles, pois ainda não tinha gerado um filho para herdar o poder da tempestade. Não podia permitir que aquele poder passasse para um dos Vestes Negras que eram seus parentes. E, no entanto, o poder de Micail não era o único que podia se afastar de seu titular hereditário.

Alyssa, brincando com uma pinha, subitamente deu uma risadinha.

— O sol não subiu, o filho não nasceu. O poder está escondido, o Rei do Mar, abandonado.

Nos últimos meses, o estado mental da vidente havia se tornado cada vez mais instável.

Eles franziram o cenho para ela, imaginando se poderia haver mais, mas a vidente apenas voltou a brincar com sua pinha. Liala se virou de novo para Chedan, dizendo:

— O que quer dizer?

O mago hesitou antes de falar.

— O que temo é que habilidades latentes em nós, em nossos acólitos, até nos marinheiros e mercadores, possam ser despertadas pelos poderes nesta terra.

— Não malignas! — Liala exclamou.

— Poucos poderes são malignos em si mesmos — o mago a recordou. — Mas um médium sem treino é um perigo para si e para todos ao redor.

— Precisamos completar as iniciações dos acólitos — Tiriki disse lentamente. — Eles serão mais capazes de lidar com tais energias quando lhes ensinarmos as práticas avançadas e os sigilos recebidos e quando tiverem sido selados aos governantes de seus próprios graus.

— As iniciações em si poderiam ameaçar desencadear forças nocivas — observou Liala. — Mas concordo que precisamos tentar. O progresso de Damisa é adequado. Mas ela é acólita de Tiriki. Deveríamos estar treinando cada um deles individualmente.

O mago sorriu para ela.

— Está bastante correta, lady Atlialmaris — ele disse, então, usando o nome formal completo dela. — Atrasamos o suficiente, esperando que outros fossem chegar e tirar alguns desses fardos de nós. Mas é claro que nenhum outro membro do sacerdócio vai chegar. Imagino que Kalaran deva ser meu aprendiz. Eu revi a astrologia e a história pessoal dele, e acredito que o rapaz está à altura do desafio.

— Ele aprendeu algumas habilidades úteis, também, e a disciplina para usá-las. Acho que agora se conhece bem o suficiente para adquirir mais conhecimento. Só temo... — Ele parou, e as duas mulheres olharam para ele de modo inquiridor. — Temo que ele vá olhar para mim e ver um velho, um fantasma do passado, incapaz de dizer o que ele mais quer saber, que é como tornar nosso futuro livre de tanta incerteza.

— Algum de nós sabe como ensinar isso? — disse Tiriki, tocando a mão dele.

— Bem. — Chedan pigarreou. — Assim seja. Vou falar com ele amanhã e preparar um plano de estudos. E, se ele tiver o potencial que imagino, também mostrarei a ele como ficar de olho nos sinais de que um dos marinheiros, ou qualquer um, possa estar despertando para o poder espiritual.

— Acha que isso vai acontecer?

— Pode já ter acontecido — observou Tiriki. — Todos sabemos que Reidel tem interesse em Damisa. Ela o ignora, mas vi que ele tem o dom de prever não apenas as necessidades de Damisa, o que poderia ser resultado de amor, mas também os meus, ou os de Domara, ou de quem estiver por perto. Quando algo cai, ele está ali para pegar, e, quando nenhuma ação é necessária, ele sabe como ficar quieto.

— É verdade — disse Chedan —, observei isso durante a viagem. Vou falar com ele. Se estudarem juntos, pode ser bom para Kalaran também.

— Sobram as garotas — falou Liala, com vigor. Ela olhou para Alyssa, mas a vidente estava encostada no tronco do salgueiro com os olhos fechados, aparentemente dormindo. Liala continuou: — Elis está pronta para ser iniciada como sacerdotisa de Caratra. Ela tem o toque para fazer as coisas crescerem, e você viu como ela é boa com Domara, ou com qualquer criança. *E ela é cantora*. Quero dizer, ela poderia ser uma cantora de *verdade*. O Templo tinha planejado mandá-la para ser aprendiz da cantora Kyrrdis, antes. Não sou boa cantora, digo; mas sei o suficiente para colocar Elis nesse caminho. Se ela desejar caminhar por ele.

— Essa, ao menos, é uma notícia muito boa — disse Tiriki. — Damisa e eu tentamos fazer com que mantenham os exercícios básicos.

— Uma coisa de cada vez — respondeu Liala. — Primeiro ela vai precisar encontrar o tom interno. Mas quanto a Iriel e Selast... bem, não sei. Selast não *fala* de fato comigo, não se puder evitar, e Iriel, bem, *ela* fala tanto que às vezes mal consigo acompanhá-la.

— Sempre tenho a mesma impressão. — Chedan assentiu com a cabeça. — Elas ainda parecem tão jovens às vezes, mesmo depois de tudo o que atravessaram.

— Jovens — ecoou Tiriki —, mas não tolas. Iriel é sagaz para julgar as pessoas e raramente abusa da sensitividade com elas. Talvez apenas devamos colocá-la *com* Selast mais do que estamos fazendo. Selast é pequena para a idade, mas é forte como um cavalinho e geralmente demonstra bom senso...

— Isso não vai fazê-las prosperar. — Os olhos de Alyssa se abriram de súbito, e, por um momento, ela estava de volta com eles, totalmente desperta e consciente. — Os espíritos delas cantam de âmagos diferentes. Selast só vai seguir Damisa até que o sangue a chame para seu homem... Deixe Iriel ficar com Taret por um tempo, menos para estudar do que para aprender que paciência não serve apenas aos filhos de Atlântida e que ter sabedoria não é deixar a alegria de lado, mas sim ver seus muitos lados.

***

Os recém-chegados na verdade tinham trazido um pouco de comida com eles, mas ficou claro que haviam feito outra contribuição, que se mostrou menos apreciada e colocou em risco a sobrevivência física deles. Dias depois da chegada, Garça, o chefe da vila, veio até Chedan reclamando de dores musculares e dor de cabeça. O povo do pântano podia ser impenetrável ao tempo ali, mas não tinha resistência contra os espíritos invisíveis da doença que o navio trouxera do continente.

Maleita, Chedan a chamou, e disse que havia visto febres assim mais de uma vez em suas viagens. Antes que alguém pudesse pedir a ela, Metia fora confabular com Taret a respeito da administração de ervas de cura.

Era estranho, pensou Chedan, enquanto a via seguir com Iriel conversando ao lado, como eles todos tinham aceitado gradualmente a saji como parte da comunidade sem nem notar. Em casa, as sajis jamais teriam permissão para falar com uma sacerdotisa da Luz, mas Metia tinha sido babá devotada da pequena Domara, e suas irmãs haviam assumido naturalmente os cuidados de Alyssa. Nos Reinos do Mar, os filhos da casta dos sacerdotes viam as moças do tempo apenas a distância, passando por um pátio ou alguma passagem como uma revoada de aves de asas coloridas.

De acordo com os rumores, eram, na melhor das hipóteses, libertinas e sujas, e recrutadas exclusivamente entre rejeitados – os bebês abandonados em cidades de comércio ou pior. E aquilo era em parte verdade. Mas, mesmo depois que o Templo Cinza tinha sido dissolvido, era crença popular que sajis eram usadas para os rituais semi-ilícitos mais ultrajantes. E isso era preconceito do pior tipo.

Foi só depois que observara a paciência com que as sajis aguentaram a viagem no *Serpente Escarlate* que Chedan começara a prestar atenção nelas, e ele trouxe à luz da memória uma história de que muito tempo antes as ancestrais delas haviam sido devotas de uma disciplina não menos respeitada que a deles. A própria palavra *saji* não era mais do que uma contração para um termo muito arcaico significando "estrangeiro deslocado".

Mas, não importava de onde viessem, ele de fato ficava feliz que as sajis estivessem com eles agora, pois eram especialistas na mistura de remédios naturais.

A doença trazida pelos refugiados se espalhou rápido tanto pelo povo do pântano quanto pelos marinheiros. Damisa e Selast eram enviadas com frequência para colher não comida, mas ervas, enquanto as sajis, ou Liala e Elis, ocupavam-se indo de um leito de doente para outro. Rostos velados contra espirros, elas apertavam compressas frias pacientemente contra testas ferventes e davam doses de chá feito de casca de salgueiro e outras coisas. Porém a doença continuou a se espalhar.

Em uma manhã cinza, Chedan saiu da cabana do chefe para encontrar Tiriki esperando por ele com a filha nos braços. A névoa descia baixo pelo Tor, velando as copas das árvores, mas, em algum lugar acima das nuvens, havia luz do sol, pois ele ouvia o grito de caça de um falcão ao longe.

— Garça está se recuperando — disse Chedan, em resposta à pergunta nos olhos de Tiriki —, como muitos dos outros. Mas o filho dele, Lontra, foi muito atingido pela doença.

— Por que ele seria tão vulnerável? — O rosto de Tiriki se enrugou em uma careta preocupada. — Lontra é o menino mais forte por aqui.

Chedan suspirou.

— Os jovens e fortes, se sucumbem, às vezes demonstram ter menos resistência do que aqueles acostumados com doenças.

— Mas ele vai viver?

Ela trocou a bebê ruiva inquieta dos braços para o quadril. Por um momento, a vista do rosto da menininha relaxou o coração de Chedan, mas ele balançou a cabeça.

— Só os deuses sabem como isso vai terminar. De qualquer jeito, não quero você e Domara, nem Kestil, aliás, perto dos doentes.

— Assim como a cura é parte de suas obrigações, também faz parte das minhas — Tiriki falou em voz baixa, como se para não perturbar a filha, mas não havia como disfarçar seu olhar rebelde. Para o olhar comum, ela não era mais do que uma jovem mulher esbelta; no entanto, havia uma nova maturidade nela agora, uma radiância que viera com o nascimento da criança. *De fato*, ele pensou com um sorriso, *tenho a impressão de que o ar desta terra do norte lhe faz bem — embora imagine que ela não vá gostar se eu disser isso.*

— E quanto a Domara? — ele disse em voz alta, de modo sombrio. — Iria arriscá-la também?

Os braços de Tiriki se apertaram em torno da filha.

— *Você* não pegou a doença — ela observou.

— Pelo menos ainda não — disse o mago, de modo mais gentil. — Suspeito que seja uma nova forma de doença à qual, em minhas viagens, eu talvez tenha ganhado alguma resistência, mas pode ser que não. Agora, deixe-me completar, há bons motivos para ter esperanças! Fico feliz que Dannetrasa estivesse naquele navio; ele e as sajis se mostraram tão valiosos! E Alyssa certamente estava correta sobre Iriel e Taret. Não, não acho que vamos sofrer a mesma sina de Olbairos. Mas, na verdade, apenas uma coisa pode ser dita com certeza. *Tudo o que pode ser feito está sendo feito.* Você vai nos ajudar mantendo as crianças e você mesma longe do perigo. Sei que está acostumada com a ajuda de Metia, mas acho que está se saindo perfeitamente bem sem ela. É verdade?

Emoções conflitantes lutavam no rosto de Tiriki, mas por fim, ainda que de modo relutante, ela assentiu.

— Que os deuses estejam contigo — ela sussurrou, e fez a saudação do grau deles, como se estivessem completando algum tipo de ritual.

— Bênçãos sobre vocês, filhas — ele disse em voz baixa, em uma saudação a ela e à menina, em resposta.

Conforme baixou as mãos, elas roçaram uma forma rígida na bolsa que pendia da cintura dele.

— Espere! Aqui estou eu determinado a mandá-la embora... mas ocorre que tenho comigo algo que queria lhe dar.

Ele tirou a pequena caixa de cedro e a ofereceu a ela.

— Mas... é minha! — Tiriki exclamou, os olhos luminosos indo da caixa para o rosto dele. — Como a encontrou?

— Estava fuçando em um dos meus sacos de viagem, procurando por um pacote de ervas, e ali estava. Micail a deu para mim. Foi no dia anterior... — Ele não terminou a frase, sabendo que ela entenderia. — Com toda a empolgação, perdi o rastro dela. Tínhamos acabado de pegar algo para comer conforme olhávamos as listas, e de repente Micail simplesmente me deu a caixa, dizendo... o que foi que ele disse?

Chedan balançou um pouco a cabeça, forçando a memória acompanhante de ar quente e iluminado, e o gosto do medo.

— Micail disse que você deveria ficar com ela, mas estava empacotando as coisas de modo tão eficiente que apenas diria que era melhor deixar para trás. Ele... — Chedan sorriu, de modo irregular. — Ele disse que estava certo de que você não permitiria que *ele* ficasse com ela também.

— Parece o que ele diria. — Tiriki riu. — Discutimos muitas vezes sobre o que levar, o que deixar.

Os olhos dela ficaram embaçados, e, buscando esconder as emoções, ela virou o fecho da caixa e olhou dentro. Estava cheio de pequenos itens variados, um amontoado de brincos, pingentes em correntes, anéis soltos.

— Príncipes têm prioridades estranhas.

Ela começou a fechar a caixa novamente, então seus olhos se fixaram abruptamente.

— Mãe da Noite — ela sussurrou —, abençoado seja você, Chedan. Abençoados sejam vocês dois.

O mago virou o pescoço, tentando ver.

— O que é?

Ela abriu a mão e ele viu o brilho de um anel, uma coisinha de improváveis superfícies numerosas, escamada e macia, entalho e camafeu em um só, uma filigrana de sombras e brilhos...

— Éramos pouco mais que crianças quando ele me deu isso. Provavelmente era uma bugiganga das relíquias, tomada das insígnias da avó.

Chedan assentiu, reconhecendo a representação dos dragões imperiais, vermelho e branco, eternamente presos em sua luta do bom contra o melhor. Mas ele também via que, para Tiriki, não era um emblema dos Reinos do Mar, mas o primeiro e melhor sinal do amor de Micail.

— Eu me pergunto, será que ainda vai servir? — ela murmurou, de modo instável. — Faz tanto tempo...

Ela o deslizou pelo dedo, fez uma careta quando parou no nó, então o forçou a passar.

— Veja — Chedan disse gentilmente. — Não importa o que aconteça, o amor de Micail ainda a abraça.

O olhar dela voou para o dele antes que ele pudesse esconder o pensamento que lhe ocorrera, que ela precisaria do conforto que pudesse encontrar se a praga ficasse pior e ele não sobrevivesse...

Uma sombra bruxuleou sobre a grama. Ele olhou para cima, o coração alegrando-se apesar da ansiedade ao vislumbrar a forma graciosa de um falcão contra o sol.

doze

O falcão flutuou sobre a planície, um cisco de vida contra a imensidão cinza do céu. Para os olhos da ave, não havia diferença entre sacerdote e lavrador, entre os humanos que capinavam os campos e os que labutavam para mover as grandes pedras de arenito para fora da planície. O falcão via todas as atividades dos homens com o mesmo distanciamento nobre. Micail, esforçando-se para fundir sete cantores em um instrumento capaz de levitar pedras, gostaria de sentir a mesma coisa.

Na noite anterior, sonhara que estava sentado com Chedan em uma pequena taverna em Ahtarra, bem abaixo da biblioteca, bebericando raf ni'iri e deixando a conversa correr, como às vezes fazia com Ardral. Na verdade, era um tanto surpreendente que não *fosse* Ardral, e ele imaginou se estivera projetando o rosto de um homem no outro; embora ele tivesse respeitado o mago alkonense, jamais o vira o suficiente para que se tornassem amigos próximos. Mas, sem dúvida, aquele era apenas um cenário nascido de sua preocupação do momento, sem significado. Tinham discutido o treinamento de chelas, conforme se recordava, e os usos variados da música.

— Muito bem, então. — Puxando os pensamentos de volta para o presente, ele apontou para a rocha que havia colocado em um toco a cerca de três metros. — Me deem suas notas, baixinho no começo, e, ao meu sinal, concentrem a vibração na pedra...

Ele havia trazido seu grupo de cantores sem experiência para um trecho de floresta que ficava entre a planície e o grupo de cabanas que os ai-zir tinham construído para abrigar seus hóspedes. Agora estavam ali havia mais de um ano, e, se ainda não conseguia chamar aquele lugar de lar, ao menos era um refúgio.

— Está bem — disse Micail, conforme as vozes tremularam e mudavam em desarmonia. — É melhor começar com os cantores mais experientes.

Ele fez um gesto para o sacerdote alkonense Ocathrel, que até o dia anterior tinha estado nas planícies com Naranshada e os aprendizes de engenheiro, selecionando e cortando pedras de arenito para fazer a grande formação em círculo. Pedras de arenito eram um tipo de grés, mas forças que nem mesmo Ardral podia explicar totalmente as tinham comprimido em alguma era distante, de modo que eram mais duras e mais densas do que qualquer outro tipo de rocha natural que os atlantes conhecessem. Se não tivessem se formado entre faixas de pedra mais leve, não teria sido possível desprender lajes tão largas. Mas aquela mesma compressão havia alinhado as partículas cristalinas misturadas na pedra, e o martelar as despertara.

Aquilo não era o Templo prometido, mas os meios de construí-lo, uma construção que não só lhes permitiria calcular os movimentos dos céus como também levantar e concentrar poder.

Naquela mesma manhã, Ocathrel havia se voluntariado para ajudar a ensinar os acólitos, em parte porque tinha três filhas e achava que deveria saber como motivá-las. Micail ficara em dúvida no começo, mas logo ficou aparente que o sacerdote mais velho só dissera a verdade.

Ocathrel sorriu, alisou o cabelo que rareava e encheu os pulmões. Então soltou uma nota tão profunda, tão ressoante, que sentiu as vibrações percorrendo lentamente seus próprios ossos. Ele mesmo era tenor, mas não conseguia chegar ao alcance de barítono e entrou na nota seguinte quatro graus acima.

Lanath já suava com o esforço, o tom oscilando, mas Micail o comandou com um olhar, e, depois daquilo, o menino deixou de tremular e segurou firme. No mesmo momento, Kyrrdis fez Elara entrar, quatro notas acima no alcance de contralto, e então por sua vez Cleta e Galara, que haviam ambas provado de modo um tanto inesperado terem vozes soprano belas, se não particularmente poderosas.

Os cenhos apertaram-se em concentração, os cantores mantinham o som contínuo por meio da respiração circular até que os sete tons se uniram em um único acorde; e, embora não ficassem mais fortes, as vibrações mudaram perceptivelmente de qualidade. Micail sufocou sua animação e dirigiu a concentração deles para o pedaço de pedra esperando no toco. As harmonias subiram e caíram levemente, fazendo uma unidade que ressoava pelo bosque sombreado, em unidade com o vento... Até que a rocha começou a subir, mais alto e então... *mais alto...* O coro ficou irregular, e a rocha oscilou e caiu no chão.

— Quando um fracassa, todos fracassam! — explodiu Micail. — Agora puxem as energias para dentro e *firmem*!

Os sete fecharam os olhos, regularizando conscientemente as respirações.

— Sinto muito! — sussurrou Lanath, o rosto vermelho de vergonha. — Consigo fazer bem quando estou sozinho...

— Eu sei, rapaz. E você foi muito bem, até o fim — Micail se forçou a falar com gentileza.

Os olhares que as moças lançavam ao rapaz eram reprovação suficiente para o momento.

— Você apenas perdeu a concentração; não é uma falha fatal. Mas, de agora em diante, quero que pratique quando estiver acompanhado até conseguir segurar aquela nota, não importa *o que* esteja acontecendo! — Ele se virou para os outros. — Ocathrel, Kyrrdis, obrigado pela ajuda. Sei que têm outras tarefas para cumprir. Como temos todos nós. — Ele franziu o cenho para os outros. — Podem ir, então. Espere, Galara... Ardral quer que você copie um texto. Venha comigo.

***

— Mas por que precisamos de outra cópia de *A luta de Ardath?* — murmurou Galara, enquanto caminhavam de volta por entre as árvores. — Bem poderia ter acontecido há um milhão de anos...

— Mais uns oitocentos. E aviso que vai achar que é mais do que apenas uma lenda velha — respondeu Micail, com paciência duramente aprendida.

No início, ele temeu que trabalhar com a meia-irmã de Tiriki fosse apenas fazer com que os dois se recordassem de modo muito doloroso do que haviam perdido. Em vez disso, pareciam encontrar um conforto estranho juntos.

Galara mostrou ter muito pouco em comum com Tiriki, que, ele tinha certeza, nunca havia, nem com quinze anos, exibido nada como os humores inconstantes da garota, que, cheios de autoindulgência, iam desde poses emburradas até a total rebelião. Ele precisava se recordar de que ela era muito mais jovem. As duas não tinham sido criadas como irmãs, então por que deveriam ser parecidas?

— Quero *dizer*, o que importa *qualquer* parte disso? — Galara se encolerizava. — Quero *dizer*... o que você me falou, praticamente a primeira coisa? Quando falou pela primeira vez que precisaríamos partir? Que teria recursos muito limitados na nova terra! E tinha razão! Então por que a primeira coisa que todos querem fazer é construir o mesmo Templo para os mesmos deuses que não fizeram nada quando mais precisamos deles?

Micail parou de repente, olhando.

— Fale baixo, Gallie — ele murmurou, olhando rápido para ver se alguém a ouvira. Manter o moral entre os atlantes era quase tão importante quanto apresentar uma frente unificada aos ai-zir. — Quem além dos deuses nos preservou? Eles não tinham que enviar nenhum mensageiro para nos avisar, mas na verdade enviaram vários, a quem nem sequer ouvimos de verdade. Eles nos salvaram para reestabelecer nosso Tempo...

— Você realmente acredita nisso? — Galara pousou uma mão no braço dele, olhando-o intensamente. — Não consigo, não quando é preciso fazer isso com tolos feito Lanath e aquela resmungona da Cleta! Se os deuses realmente queriam que o Templo fosse reconstruído, por que não salvaram Tiriki em vez delas?

— Não diga isso! Jamais diga isso para mim. — Uma raiva súbita se ergueu dentro dele, e ele a empurrou para longe.

Galara deu uma passada rápida para recuperar o equilíbrio, o rosto subitamente pálido.

— Desculpe... eu não quis...

— Você não pensou! — Micail soltou entre os dentes apertados.

Ele tinha acreditado que sua tristeza havia se curado. Ele podia seguir por semanas, até meses de uma vez, agora, sem sonhar com Tiriki – e então alguma memória rasgava e abria a ferida de novo.

— Vá. Você conhece o caminho. Deixe-me em paz. Vá infernizar Ardral com suas perguntas interminavéis, se tiver coragem — ele por fim conseguiu falar. — Não sei por que os deuses *nos* escolheram para viver. Nem sei mais se salvar qualquer coisa de Atlântida era a coisa certa a fazer! Mas a profecia *não* dizia que você ou eu deveríamos governar a nova terra, apenas que eu fundaria o novo Templo aqui. E isso, por todos os deuses, é o que farei!

***

— Lorde Micail... você diz que ele *também* era um príncipe real? — Khayan-e-Durr, rainha dos ai-zir, inclinou a cabeça enquanto Micail passava pela sombra debaixo da qual as mulheres estavam sentadas fiando. — Inquieta é a terra com tantos governantes — disse a rainha, especulando —, porém ele tem certo apelo...

Elara trocou olhares com Cleta e reprimiu um sorriso. Tinha levado meses para que aprendessem a língua bem o suficiente para serem aceitas, e apenas agora a comunicação real começava a ser possível. *Micail é de fato um homem que os olhos das mulheres seguem*, ela pensou, enquanto ele desacelerou um momento e fez uma reverência em retribuição. Ela duvidava, porém, que ele tivesse de fato notado a saudação da rainha. Era uma resposta automática para a qual fora treinado na corte de Mikantor em Ahtarrath.

— Ele era herdeiro do filho mais velho, sim — Elara por fim respondeu. — Nos Dez Reinos, e na Terra Antiga antes deles, havia poderes que eram passados principalmente pelas linhas masculinas da casa real. Mas a preferência de meu senhor sempre foi pelo sacerdócio. Era o tio dele, Reio-ta, quem governava de verdade.

— Então o príncipe não tomou seu trono, e a terra foi perdida — a rainha respondeu. — Temos uma história parecida que as pessoas às vezes contam. Ainda assim, o sangue de reis sempre vale alguma coisa. Uma pena que o homem não tenha tido nenhum filho. Nosso xamã, Droshrad, diz que vocês forasteiros vieram com o vento e logo irão embora, mas não tenho tanta certeza.

Ela fez uma pausa, considerando, e Elara levantou uma sobrancelha a essa indicação de conflito entre os xamãs e as mulheres da tribo.

Cleta fazia uma careta.

— Ouvi que Droshrad se opôs à sua decisão de nos receber — ela disse, com cautela —, mas achei que tivesse passado a apreciar o conhecimento que trazemos... Ao menos não houve dificuldades nas últimas luas.

— Tema o lobo que caça, não o que uiva — a rainha respondeu. — Aquele velho vai para a floresta para pensar em conspirações e murmurar feitiços. Seria melhor se o seu povo fizesse um laço de sangue com a nossa tribo. Talvez procriar com outro povo vá melhorar a fertilidade do príncipe Micail, como faz com os rebanhos. Sim — Kayan-e-Durr deu um risinho baixo —, teremos de encontrar para seu senhor ainda imaturo uma mulher de boa família, de um clã real.

Elara ensinara seu rosto a esconder o choque, tanto com o contentamento quanto com o cálculo naquelas palavras. Quase igualmente aterrador era o brilho de fúria possessiva que ardeu no rosto dela. O argumento da rainha era bom – seria uma pena desperdiçar a genealogia de Micail. Mas a semente dele pertencia à linhagem sagrada do Templo. Se fosse necessário encontrar uma companheira sem relação, havia outras que se qualificavam: Cleta, ou – o pulso dela acelerou inesperadamente – ela mesma com certeza poderiam dar um filho a ele.

Mas ela controlou sua reação e olhou para a rainha com um suspiro.

— Meu senhor ainda sofre pela perda da esposa, que ficou para trás na escapada — disse a acólita solenemente. — Não acho que está pronto para pensar em tais coisas.

Mas eu estou, ela não pôde deixar de pensar, *e não com Lanath*. Lançou outro olhar rápido para Cleta e percebeu que ela, também, observava Micail conforme ele finalmente desaparecia em meio a uma multidão de ai-zir. Era estranho. Elara sempre havia pensado em Micail como o marido da grã-sacerdotisa. Era estranho vê-lo de repente como... um homem, e disponível, aliás.

— Bem, ainda não há urgência — a rainha disse confortavelmente, ao girar o fuso —, mas a aliança entre nossos povos seria reforçada com um casamento.

Elara estava em Azan-Ylir havia tempo suficiente para entender que, de acordo com a tradição, quase todas as uniões eram arranjadas pelas matriarcas do clã. Ela olhou para a rainha novamente, de modo incerto. No sol quente, ela tinha tirado a capa real de couro de cervo finamente curtida e pintada com os símbolos de sua posição e da tribo. As mangas até o cotovelo e a barra da veste superior de lã cinza-claro azulado tinham um arremate de uma trança com discos de osso costurados, esticando-se um pouco demais em cima de um colo amplo em que pousavam colares de âmbar e azeviche. Uma saia volumosa com listras de lã de cores diferentes entrelaçadas caía em dobras até os pés dela. O cabelo castanho de Khayan-e-Durr, preso em uma rede de corda trançada, apresentava fios grisalhos, mas a rainha tinha um ar de majestade que não dependia de suas vestes finas.

Ao longo dos últimos meses ficara claro que o Lado das Mulheres tinha um tipo de poder muito real e muito diferente. De acordo com o costume, a rainha não era a mulher de Khattar, mas a irmã mais velha dele, e às vezes pareciam mal vê-lo como adulto. Seria o filho dela, Khensu, não o dele, o herdeiro de Khattar; além do mais, ela e as mães do clã tinham o direito de tomar a decisão final a respeito de entrar em uma guerra.

Eles registravam as uniões dos animais e também dos homens, e, antes que os homens pudessem fazer guerra, as mulheres precisavam concordar que tinham os recursos para isso. Na casta sacerdotal de Atlântida, certos poderes eram herdados pelos homens ou pelas mulheres, mas, de qualquer modo, no Templo ou no palácio, sexo não era barreira para liderança. A alma, afinal de contas, mudava de sexo de uma vida para outra. Mas ninguém esperava encontrar esse conhecimento entre primitivos sem educação.

— O rei tem uma filha chamada Anet — Khayan agora dizia. — Ela está pronta para o leito de casamento. Estava no santuário da Deusa em Carn Ava com a mãe, mas vai voltar antes do inverno. Veremos o que ela acha dele, sim... essa união poderia servir...

Cleta inclinou a cabeça para sussurrar:

— Mas Micail vai gostar *dela*? E O que Tjalan vai dizer?

Khayan estava claramente preocupada com o bem-estar de seu povo, mas ela dava apoio ao sonho do rei de tornar sua tribo suprema? Nos últimos meses, ela tinha tomado gosto por Elara, e Tjalan, em sua visita mais recente a Azan, a exortara a ganhar a confiança da rainha... No entanto, Elara sentia que não estava mais perto de entender o que realmente se passava na cabeça de Khayan.

— E vocês jovens — a rainha disse subitamente — também devem pensar em seus futuros maridos.

— Ah, Cleta tem um noivo que ainda está em Belsairath. E eu sou comprometida com Lanath — falou Elara, com um traço de amargura.

— Vocês disseram que não eram casadas.

Elara deu de ombros.

— Há... muita coisa a fazer primeiro. Precisamos finalizar nossos estudos...

— Hum! — A rainha sorriu. — Donzelas acham que serão jovens para sempre. Mas é verdade, quem nasce das sacerdotisas é diferente. — Houve uma pausa breve, mas, antes que alguém pudesse dizer algo, Khayan recomeçou. — Sua senhora Timul está longe, mas você está aqui. Talvez eu devesse mandá-la para Ayo.

Cleta franziu o cenho, tentando entender.

— Ayo? A mulher do rei?

— Mas também Irmã Sagrada, que vive no Santuário. — Khayan assentiu, sorrindo. — As mulheres das tribos dividem informações que às vezes os homens não têm. Uma delas veio até nós, de sua vila, pela costa. Ela diz que a sacerdotisa Veste Azul que construiu o Templo da Mãe aqui sabe um pouco de nossos Mistérios. E isso... isso não é coisa para os xamás. Sim, acho que a sororidade gostaria de falar com você.

Preciso dizer a Ardral – Elara mirou a rainha, a mente girando. *Será que deveria?* Khayan era apenas uma ai-zir, talvez, mas tinha razão. Aqueles eram mistérios femininos, que não deviam ser compartilhados com homens. De algum jeito, ela teria de enviar uma mensagem a Timul...

Ela por fim conseguiu falar.

— Eu ficaria muito interessada em conhecê-las.

***

Micail respirou fundo no vento limpo que acariciava a planície. Havia caminhado até o local onde o círculo de pedras seria construído de manhãzinha, quando o sol nascente começava a prometer um dia radiante. Agora, em sua conclusão, o aroma de grama madura era como incenso – um incenso de terra, temperado com os odores mais quentes do gado que comia a grama. A uma distância média, um dos pequenos rebanhos mantidos na planície para ordenha durante o verão seguia a vaca líder para casa, as peles castanhas brilhando como cobre no sol poente inclinado.

Lentamente começava a entender a importância deles para o povo ali. Uma refeição atlante comum consistia em frutas, vegetais e cereais cozidos, com talvez alguns poucos peixes para dar sabor.

Em Azan, o gado era a vida da nação; sua saúde e quantidade, a medida do poder de uma tribo; o couro e os ossos, usados como vestes e decoração, ou empregados para uma miríade de outros propósitos. Cereais eram comidos como mingau ou pão ázimo, e verduras silvestres na estação, mas, em todas as estações do ano, as pessoas alimentavam-se, de preferência, da carne e do leite de suas vacas.

No começo, a maioria dos atlantes havia achado difícil digerir a dieta rica em proteína e, mesmo depois que se acostumaram, achavam complicado metabolizar de modo eficiente. *Todos nós*, ele pensou pesarosamente, *ficamos mais substanciosos...* a não ser por Ardral. O velho guardião parecia viver de ar e cerveja nativa, embora continuamente pronunciasse esta última uma péssima substituta para bebidas apropriadas. Ainda assim, o que Ardral estava ou não estava comendo lhe dava muita energia. Ele nunca parecia parar de se mover de uma parte do canteiro de obras para outra, observando, dando ordens, corrigindo, as túnicas batendo em torno dele como as asas de um dos grandes grous que andavam pelo rio e pelas ruínas.

Fora da linha de gravetos feita no chão para marcar o círculo, os homens modelavam dois grandes blocos de arenito com malhos da mesma pedra. A música dos cantores conseguira rachar e soltar grandes lajes de pedaços maiores de rocha que estavam espalhadas por todo o canto na planície, mas a formatação fina precisava ser feita por mãos humanas. A batida dos malhos formava uma música monótona no ar que esfriava.

— Poderia vir aqui? — O chamado de Ardral acordou Micail de sua abstração. — Traga Lanath. Preciso de uma segunda verificação neste alinhamento.

Micail olhou em volta e viu o acólito de pé ao lado de um dos buracos deixados por uma pedra de basalto azul arrancada, olhando pela planície na direção da luz que desaparecia lentamente.

— Lanath, nos chamam — ele disse em voz baixa. — Vamos, rapaz, não há nada para ver aqui.

— Só as Estrelas Mensageiras — respondeu Lanath, de modo monótono. — Mas qualquer coisa poderia estar se arrastando sem ser vista no escuro. Todo esse campo é cheio de fantasmas. — E ele fez um gesto na direção das corcovas redondas das elevações tumulares. — Quando a noite cai, tudo pertence a eles. Talvez seja o que Kanar está me dizendo.

— Kanar! — exclamou Micail. — Seu antigo mestre? Isso é outro sonho seu?

— Ele fala comigo — Lanath respondeu na mesma vozinha estranha.

— Fantasmas são mensageiros notoriamente pouco confiáveis, em especial quando não se sabe fazer a pergunta certa — Micail respondeu, mais grosseiramente do que havia desejado. — Vamos parar de falar disso agora; as histórias dos xamãs deixaram os homens nervosos o suficiente, sem aumentar as fantasias deles! Precisamos do trabalho deles, rapaz, não podemos fazer o trabalho todo com música!

Ele apertou o ombro de Lanath e o levou de volta ao centro do círculo, onde Ardral olhava para os pilares de madeira colocados para marcar o nascer e o pôr do sol no solstício de verão.

— Veja ali — ele comandou, apontando para o oeste. — Ali está a luz!

Nuvens eram sopradas do mar distante, agora tornadas chamas pelo sol que se punha. Enquanto ele observava, um raio longo brilhou pelo céu, traçando um caminho dourado pela planície escura. Ardral murmurou algumas palavras e rapidamente inscreveu uma fila de hieróglifos em sua tábua de cera.

Micail fechou os olhos contra o brilho e sentiu que a luz do sol estava se tornando uma corrente de energia – como se ele estivesse de pé em um rio corrente ou no cruzamento de vários riachos. Havia um que fluía vindo do oeste, onde o sol se punha no equinócio, e outro cuja origem era mais ao sul. O novo círculo de pedras seria centrado em um alinhamento de noroeste para sudoeste, para capturar o nascer do sol do equinócio de verão, amplificando o fluxo de energia.

— Não esteve por aí no fim do dia antes, esteve? — ele ouviu Ardral lhe dizendo. — Quando o sol está nascendo ou se pondo, é possível sentir as correntes com um tanto de força. É por isso que os médiuns nos dirigiram até aqui. Se colocarmos as pedras no ângulo certo, este local será um foco enorme de poder.

Micail abriu os olhos e percebeu que os pedreiros haviam ficado em silêncio.

— Se a Pedra Ônfalo tivesse sido salva, Tjalan a teria instalado ali — completou Ardral. — Talvez seja bom.

O que quer que ele estivesse a ponto de dizer se perdeu quando alguém gritou em horror.

Lanath ficou de pé mirando novamente os montes tumulares. Os trabalhadores olhavam para ele.

— Olhe, algo *saiu* do monte tumular! — os murmúrios deles ficavam mais altos. — O sacerdote jovem vê! O sacerdote velho está com raiva porque nós movemos as pedras! Droshrad tinha razão! Não deveríamos estar aqui!

Micail apertou os olhos a uma distância média ensombrecida e, vendo uma grande cabeça com chifres, começou a rir.

— Vocês são crianças para deixarem uma vaca velha assustá-los?

Aqui se seguiu um momento de silêncio tenso, quebrado por um mugido lamentoso.

— Ele poderia tomar a forma de uma vaca — alguém sussurrou, mas então todos riram.

— E se *houvesse* um demônio aqui — a voz de Ardral comandou a atenção deles —, acham que eu não poderia protegê-los?

Na luz que minguava, todos podiam ver o brilho cintilante que girava em torno dele.

Era apenas um truque de mágico, Micail sabia, e o tipo de demonstração que os iniciados e adeptos que o ensinaram consideravam abaixo deles... mas não além deles. Respirando fundo, Micail permitiu uma mudança em sua própria consciência, transferindo energia para sua aura até que ele também brilhasse.

Droshrad consegue fazer isso?, ele se perguntou, com uma pontada de orgulho que rapidamente se tornou vergonha conforme os trabalhadores se afastaram, fazendo sinais de proteção. A profecia dissera que por seus esforços ele encontraria o novo Templo, mas aquela estrutura que estavam construindo era um lugar para servir aos poderes da Luz ou para alguma ambição mais terrena?

***

O inverno era quando os atlantes mais sentiam saudades do lar perdido. Depois de quase três anos, os ossos de Micail ainda doíam quando os ventos do norte traziam neve. *Deus do Inverno*, ele costumava praguejar, *neste frio, o próprio Banur de Quatro Caras colocaria mais lenha na fogueira!* No momento, porém, o fogo rugindo no centro da casa redonda real e o simples calor corporal das pessoas reunidas para a festa do meio do inverno fizeram a temperatura subir o suficiente para que Micail quase quisesse tirar a capa de pele de ovelha.

À esquerda de Khattar, sentavam-se Droshrad e os xamás de outras tribos, e, à esquerda, os sacerdotes atlantes, uma simetria intranquila. Do outro lado da fogueira, os chefes das cinco tribos haviam tirado as capas e chapéus redondos fazia muito tempo e descansavam nos bancos usando túnicas de lã estampada. Droshrad ainda estava envolto em suas vestes de couro de veado, pintadas e costuradas com muitos pedaços de ossos estrepitantes.

Micail se perguntava se deveria ter mandado Jiritaren e Naranshada e os outros acólitos de volta a Belsairath para o inverno, junto com Ardral e os outros, mas a vida social da nova capital de Tjalan lhe parecia um exílio pior do que aquela vida entre os selvagens. No último outono, ficar ali havia se mostrado sábio. Ele e Lanath tinham conseguido refinar as calibragens usadas para colocar as pedras no lugar. Mas, naquele ano, Droshrad parecia olhá-los com mais que o desdém perturbador de costume.

— Não é muito como a celebração da Passagem da Intendência de Nar-Inabi... é? — perguntou Jiritaren, na língua do Templo da Luz.

As palavras formais soaram estranhamente incongruentes enquanto Jiri destrinchava uma peça de costela. Entre as tribos, porco engordado com bolotas era a comida favorita para os festejos do inverno; a carne gordurosa afastava o frio. Assim como a cerveja. Micail levantou a caneca e tomou outro gole.

Naranshada franziu o cenho e, coçando a barba, disse em uma forma menos refinada da língua do templo:

— Devo admitir que não estou encantado. Espero pelo dia em que esse trabalho estará terminado e não precisaremos mais viver aqui. Mas acabei de ouvir que não teremos força de trabalho para as outras pedras até que a semeadura esteja feita, na primavera.

— Quê? — disse Jiritaren. — É verdade, Micail?

— Então, gostam de nosso banquete? — interrompeu o rei Khattar, em língua atlante com um tanto de sotaque, mas bastante eficaz.

Ele aprende rápido, pensou Micail, com um sorriso reflexivo. *Um bom lembrete de que, mesmo se usarmos os dialetos do Templo mais antigos, precisamos ter mais cuidado com o que dizemos.*

— A carne está gorda e a cerveja é forte, grande rei — Naranshada respondeu educadamente.

Micail o ecoou, observando que os círculos e losangos esculpidos nos pilares da casa já começavam a girar e borrar. Talvez ele fizesse bem em ser comedido com a bebida por um tempo.

— Foi uma boa colheita! — O olhar do rei desafiava qualquer um a discordar. — Os Antigos estão satisfeitos. Logo eles terão seu novo Templo!

— Para nossa sorte, os ancestrais têm a paciência da eternidade. Mas o trabalho progride bem.

Não pela primeira vez, Micail imaginou o quanto Khattar de fato entendia da explicação deles sobre o propósito a ser servido com o alinhamento das pedras.

E o que, ele perguntou a si mesmo, *as pedras significam para mim? O primeiro passo para criar o Templo que estou destinado a construir ou simplesmente uma razão para viver mais um dia?*

— Bom — aprovou o rei. — Quanto tempo?

— Os arenitos para os dólmens do pátio interno foram transportados para o local — disse Naranshada, contando os dedos. — São quinze pedras. A maioria ainda precisa ser modelada, mas uma equipe pode trabalhar nisso até que mais pedras cheguem. Pouco mais de dez arenitos foram cortados para o círculo externo. Isso deixa mais quarenta de pé para encontrar; poderíamos passar com menos, imagino, mas já subestimamos antes e podemos precisar rejeitar alguns dos novos também. Prefiro errar para o lado inclusivo. E é claro que isso não considera os lintéis para juntá-los.

Khattar franziu o cenho.

— Serão necessários muitos homens para mover tanto.

— Sim — concordou Jiritaren —, mas, se tudo o mais correr como o que foi planejado, seremos capazes de levantar os dólmens. — Ele olhou para Naranshada.

— Ah, certamente no ano que vem. — Ansha sorriu, um pouco bêbado. — Mas quando é que alguma coisa corre de acordo com os planos?

— É por *isso* que os fazendeiros pertencem aos campos, não empurrando pedras — a fala gutural de Droshrad vinha de algum lugar atrás do rei. — Os deuses seguram a colheita de grãos quando não são servidos o suficiente. Eu avisei antes, rei Khattar: as pessoas murmuram alto demais.

Micail olhou para o sobrinho do rei, Khensu, sentado com jovens guerreiros do lado norte do salão, e viu um cálculo parecido nos olhos que saltaram para encontrar os dele. Nos Reinos do Mar, um príncipe era a alma de sua terra. O pai de Micail escolhera aguentar tortura em vez de trair aquela verdade sagrada. Mas ali, Micail começava a perceber, o relacionamento entre rei e país era ainda mais elementar. A rainha servia à deusa sem nome da terra, que era eterna, mas o deus que a tornava fértil era representado pelo rei. Se as colheitas fracassassem com frequência, um homem mais viril deveria ser escolhido, e o velho rei precisaria morrer.

Ignorando o xamã, Khattar levantou uma mão, os dedos abertos.

— Faça cinco pedras grandes para as cinco tribos-mãe, e o círculo externo para os clãs.

— Bem, isso não é exatamente... — Naranshada começou a falar, mas Jiritaren o cutucou com força.

A careta de Droshrad ficou pior.

— Você traz o poder do sol para o círculo — começou Khattar, mas o resto da fala foi abafada por vaias, e os primeiros toques staccato dos tambores foram ouvidos.

No começo dos festejos, a fogueira estava tão quente que um grande espaço fora deixado em torno dela. Mas, conforme as horas passaram, a lenha queimou até um brilho suave, o calor residual suficiente para manter uma quentura confortável no salão. Agora todos os tocadores de tambor se reuniam em torno da fogueira, alguns ainda apontando os tambores na direção do fogo para esticar as peles, enquanto outros começavam a construir os padrões rítmicos suaves que comandavam a atenção. Todas as conversas pararam quando o bater dos tambores começou.

O sobrinho do rei ficou de pé, chamando os amigos, e os que estavam sóbrios o suficiente se juntaram a ele ao lado da fogueira. Com as mãos nos ombros uns dos outros, dançaram em torno dela, curvando-se e saltando em ritmo perfeito. Conforme pegavam ritmo, adicionavam chutes cada vez mais complexos, até que um tropeçou, depois outro, e saíram da fila rindo. Micail não ficou surpreso de ver que o único homem a permanecer dançando era Khensu. Ele se movia com mais poder que graça, mas sua energia era impressionante. Com cabelos castanhos cacheados e uma constituição musculosa, sugeria a aparência que o rei Khattar deveria ter na juventude. Qualquer um deles seria formidável em uma luta, pensou Micail, e imaginou por que uma dança deveria fazê-lo pensar em guerra. Então Khensu também parou, levantando as mãos para aceitar a aclamação do povo enquanto o rei observava com uma expressão que sugeria que ele poderia ter preferido que seu sucessor fosse recebido com um pouco menos de entusiasmo.

— Você levanta pedras rapidamente; a minha primeiro — murmurou Khattar. — Então os ancestrais me darão poder.

Ele estendeu a caneca para ser enchida novamente.

Micail suspirou e não disse nada, esperando que a interrogação fosse parar ali. Resumia-se a uma questão de poder, mas para qual propósito e para quem? Khattar queria as pedras para se tornar preeminente entre as tribos locais. Tjalan as queria como um ponto de foco em torno do qual pudesse restaurar os Reinos do Mar ou mesmo o império. Naranshada, Ocathrel e a maioria dos outros sacerdotes as queriam, se é que queriam, como uma oportunidade para demonstrar suas habilidades, prova de que havia algum propósito na sobrevivência deles... *Eu me senti assim no começo*, pensou Micail, *e talvez ainda me sinta. O que Ardral disse outro dia? É como escultores fazendo uma estátua de um deus – apenas para ver se pode ser feito.*

E para que quero o novo Templo? Era uma pergunta que jamais pensara em fazer a si mesmo até muito recentemente; e agora se tornara uma coceira constante em sua consciência.

— Ah — Khattar aspirou, rouco, colocando as mãos sujas de gordura e de cerveja no ombro de Micail. — Isso, vai gostar! Assista!

Havia farfalhar e murmúrios do Lado das Mulheres enquanto vários de seus bancos se esvaziavam. Os homens jovens começaram a assoviar quando uma fileira de garotas se moveu para a luz da fogueira, com saias e xales de lã e couro com franjas longas que balançavam conforme seus corpos giravam. Colares de madeira e osso esculpidos, de azeviche e âmbar, moviam-se gentilmente sobre seios jovens. Com olhos baixos e de mãos dadas, fizeram um círculo, os pés traçando um padrão tão complexo quanto as batidas dos tambores, enquanto uma flauta de osso gorjeava e cantava. Os corpos esguios delas se curvavam e se endireitavam como jovens vidoeiros nas franjas da floresta, como salgueiros ao lado de um rio de corredeira. Nem mesmo Micail conseguiu evitar um sorriso.

— Você gosta das nossas garotas, isso! — O rei limpou cerveja do bigode e sorriu.

— São tão belas quanto novilhas jovens num campo verde — respondeu Micail, e o rei estremeceu, rindo profundamente.

— Ainda vamos transformá-lo em touro, forasteiro!

Os servos circulavam entre a multidão com cestos de nozes e frutas secas, as últimas da abundância do outono, e muitas rodas duras de queijo. Micail limpou as mãos gordurentas na túnica e pegou um punhado de nozes, e então várias frutas, lembrando com pesar das incontáveis vasilhas filigranadas cheias de água aromática que estariam, em casa, circulando para que os convidados limpassem os dedos. Ele também sentia falta dos copos refinados cheios até a borda de vinho. Em vez disso, obviamente teria de beber mais da cerveja nativa que já o deixara sem equilíbrio. Mas parecia ser o costume ali – os homens nos outros bancos já estavam claramente bêbados –, e, quando a próxima criada veio encher sua caneca, Micail não reclamou.

As donzelas dançarinas ondularam de volta para o setor delas no salão, mas a batida pulsante dos tambores não parou. A multidão, em vez de relaxar no bate-papo que indicaria o fim de uma cerimônia formal, sentou-se anda mais ereta em seus bancos e esperou em silêncio.

Por fim, os tambores pararam e a porta larga se abriu, seu ranger horrível audível na quietude, e alguém entrou. Ninguém notou a porta se fechar conforme uma figura magra se moveu para a frente na luz do fogo – uma moça envolta em uma capa de pele de urso, o cabelo pardo preso alto sobre a cabeça, com as pontas caindo pelas costas como uma cauda brilhante.

O rei deu um passo para a frente e olhou para ela com uma expressão intrigante.

— Meu pai, eu o saúdo. — O braço magro da moça, com braceletes de âmbar, surgiu das dobras da pele para tocar a testa, os lábios e os seios dela.

— Minha filha, eu lhe dou as boas-vindas — respondeu o rei. — Traz a bênção de sua mãe para nosso festival?

— Trago, e o da Mãe também! — ela respondeu, dando um passo para a frente com uma graça que Micail reconheceu com alguma surpresa como a marca de uma disciplina espiritual. Aquela devia ser Anet, a filha real de quem Elara lhe falara, então, cuja mãe era grã-sacerdotisa ali.

O rei Khattar se recostou.

— Então as conceda — ele disse em voz baixa.

A garota sorriu de novo e, virando-se para os tocadores de tambor, soltou a pele brilhante e deixou a capa cair. Os olhos de Micail se arregalaram, pois debaixo dela a garota usava apenas várias joias de âmbar e azeviche, e uma leve saia de fios de lã torcidos presos em cima e em baixo com faixas tecidas. Mas o sussurro que varreu o salão era de satisfação. Obviamente aquilo era esperado, uma parte da cerimônia; e por que deveria surpreender Micail, que vira as mulheres saji da Terra Antiga dançarem usando apenas véus cor de açafrão?

Os tambores mais estirados falavam rispidamente, uma vez, duas, e de novo, enquanto Anet se movia para o espaço limpo na frente da fogueira, os braços bem formados levantados para o alto. Então os outros tambores entraram com suas próprias exclamações, uma interação sem palavras de pergunta e resposta que fez o pulso de Micail bater uma resposta quente em suas veias – e a dançarina ainda não havia nem se movido. Apenas quando a figura de âmbar polido que ficava entre os seios jovens dela brilhou com a luz ele percebeu que cada centímetro da pele dela estava *brilhando*, em tremores controlados que iam do joelho aos seios e voltavam de novo.

— Ela canaliza poder — disse Naranshada em uma voz baixa, pasma, e Jiritaren assentiu de modo bêbado.

— Se isso é o que ensinam no santuário de Carn Ava, devemos mandar nossas garotas para lá! — respondeu Jiritaren.

Micail os ouvia, mas não conseguia falar. Era difícil demais respirar, e sua pele formigava. Estava consciente de cada cabelo de sua nuca – o próprio ar parecia crepitar de tensão. Aquela garota não era nem um pouco parecida com sua amada, e no entanto ali estava um foco, uma graça em seus modos, que estranhamente o faziam pensar em Tiriki durante suas preces.

Quase imperceptivelmente, ela começara a dobrar os joelhos, ondulando os braços, em círculo e para cima de novo, um movimento sinuoso contínuo que a levava para a frente para espiralar em torno das pilastras altas segurando o teto. A luz do fogo clareava seu cabelo castanho, que ficava do mesmo dourado manchado da grama seca das colinas quando era tocada pelo sol. Para os olhos de Micail, era como se ela brilhasse com a mesma radiância de Manoah, e ele pensou: *Ela está trazendo Luz de volta ao mundo através da dança...*

Ela passou quatro vezes ao redor, trançando o corpo entre o círculo de pilastras. Cada vez que parava, de frente a uma nova direção, caía de joelhos e se curvava para trás, então endireitava pernas e braços, conforme as costas se curvavam como um arco, até que subisse com um giro súbito, braços levantados, para começar novamente. Com um passo de lado, girando, ela então fez um círculo final, pegou seu manto de pele de urso e o jogou sobre si. Era como se a luz tivesse se apagado no recinto. Ela ficou imóvel, sorrindo fracamente conforme a audiência soltava o fôlego em um suspiro coletivo, então se virou e correu pela multidão na direção da porta aberta.

Brevemente, ao passar, seu olhar encontrou o de Micail. Ela tinha olhos verdes.

— Que garota assombrosa! — disse Jiritaren, um pouco entusiasmado demais.

— Sim. Como a mãe dela quando era jovem e eu fugi com ela pela primeira vez. — O rei sorriu rememorando, os dentes ruins aparecendo entre a barba grisalha. — Preciso encontrar para Anet um bom marido antes que algum esquentado com mais coragem que bom senso decida me copiar!

O olhar arguto dele encontrou o de Micail.

— Khayan-e-Durr diz que eu deveria casá-la com você, homem santo forasteiro. O que *você* diz?

Micail o encarou, chocado. *Mas sou casado com Tiriki*, ele pensou, e ao mesmo tempo percebeu que não ousava responder. Foi Naranshada que o acudiu.

— Grande rei, apreciamos a honra que nos dá, mas peço que se lembre que meu senhor Micail é realeza entre nosso povo e não pode formar nenhuma aliança sem consultar o príncipe Tjalan — terminou Ansha, quase tão suavemente quanto se soubesse o que ele ia dizer.

Atrás do ombro forte de Khattar, Micail via Droshrad fazendo mais cara feia, se possível, que antes. Aquela proposta fora um choque para o xamã também. A percepção de que poderia ter mais razões do que sua própria confusão para evitar uma resposta imediata desceu sobre Micail com uma claridade fria.

— É verdade — ele falou, hesitante, e viu o rosto do rei se fechar.

— Então leve um conselho para seu outro príncipe, de mim — Khattar rosnou, em seu idioma atlante com sotaque forte. — Vocês, o Povo do Mar, dizem que querem me servir, me tornar grande entre as tribos. Mas, sem a Mulher Real, eu não tenho poder! Considerem a resposta como quiserem, mas não demorem muito. Sem laço de sangue, vai perder sua força de trabalho, suas pedras e tudo o mais que está aqui.

TREZE

— Mama! Bonito! Viu?

Domara dançou para a frente, apontando para os melros que pontilhavam a grama, as penas lisas iridescentes sob o sol. Na noite anterior, havia chovido forte e os pássaros se banqueteavam nas minhocas levadas para fora da terra pela água. Tiriki tentou pegar a criança, e, fracassando, endireitou-se com um sorriso. Domara tinha celebrado o terceiro aniversário na última primavera e estava em movimento constante, o cabelo brilhante cintilando em torno do Tor como uma pequena chama.

Kestil, filha de Forolin, caminhava com a dignidade devida de seus sete anos.

— Por que corre atrás deles? Isso só os faz voar...

Domara olhou para trás sobre o ombro.

— Bonito! — ela disse de novo, batendo os braços gorduchos.

Rindo, Tiriki a pegou e a segurou no alto.

— Voe, passarinho! — ela cantou. — Mas nunca alto demais para se lembrar do ninho... Seus amigos, Pega Cotovia, Tartaruga e Pintarroxo, estão esperando para brincar com você, sabe?

Ela ajeitou a criança no quadril e começou a andar pelo caminho de tábuas que dava para a velha vila de verão que, por mais de um ano agora, o povo do pântano vinha reconstruindo como lar permanente. Sentiu novamente um pequeno tremor de orgulho ao pensar no primeiro ano deles naquela terra, quando ficara tão claro que os nativos achavam que os atlantes eram loucos por tentarem viver nos pântanos o ano todo...

Ao mesmo tempo, porém, sabia que, se a honravam, eles reverenciavam Chedan, que cuidara pessoalmente de tantos deles durante a praga. Quando ele caminhava pela vila, traziam as crianças para suas bênçãos e vinham recolhendo penas de gaviões para fazer um manto cerimonial para ele. Era por ele, e não por Tiriki, que tinham concordado em viver ali durante o inverno, e também cavar e arrastar até o lugar as rochas que o mago usava para construir o primeiro salão de pedra da comunidade.

Tiriki suspirou e decidiu que não estava com ciúme, mas era apenas um pouco... conservadora. O conceito de um curandeiro homem era perturbador para ela, assim como era estranha a ideia de uma mulher, ainda que fosse ela mesma, liderando as cerimônias formais. E no entanto, na Terra Antiga, o próprio pai dela fora um curandeiro cujos escritos sobre o assunto poderiam até ser considerados pelos Senhores do Carma como expiação suficiente por seus pecados.

"Novos costumes para terras novas", seu velho professor Rajasta, o Sábio, costumava dizer. Tiriki deixou os pensamentos voarem. *Talvez, se eu tivesse prestado mais atenção nas profecias dele, tivesse achado mais fácil me ajustar. Mas talvez não deva ser fácil.*

Acima de sua cabeça, o sol ardia entre as nuvens e a neblina do pântano, deixando apenas o mais leve véu de vapor pelo céu. Ela e Domara caminhavam em um círculo de claridade cujos limites se borravam na incerteza. De certa distância, a vila parecia fervilhar para dentro e fora da vista, e no entanto, quando se aproximaram, viram mulheres moendo sementes, quebrando vagens ou cortando tubérculos do lado de fora de suas portas, e os homens, remendando redes ou emplumando as flechas.

Muitos aldeões levantavam a mão em cumprimento, e Domara conversava alegremente com eles em resposta. Tiriki sempre a deixava brincar com as crianças da vila, e, como resultado, Domara ecoava o dialeto gutural local tanto quanto a gramática de música sutil dos Reinos do Mar.

— Mor-gana, está atrasada. Fico feliz que esteja bem — disse a esposa de Garça, uma mulher alegre chamada incongruentemente de Urtiga.

Os nativos tinham feito muito mais progresso aprendendo idiomas estrangeiros do que Tiriki, mas ela normalmente conseguia entender o significado da maioria dos nomes do povo do Lago. *Morgana*, ela repetiu, em silêncio. Chedan lhe dissera que a palavra descrevia um espírito do mar em várias lendas antigas lerandianas, mas então riu e não disse mais nada.

Agora, como é o nome que deram a ele? Ela tentou se recordar. *Arauto do Céu? Luz Alada?*

— Gavião Sol! — ela exclamou. — Viu Gavião Sol hoje?

— Ele foi para nova casa espiritual. — Urtiga quebrou outro feixe de vagens. — Estão discutindo sobre *pedras*. Homens... — Ela deu de ombros.

Tiriki assentiu de modo agradável, mas estava distraída pela mesma animação que sempre sentia quando pensava no Templo novo – de uma só vez uma restauração do esplendor tradicional e um compromisso com a terra nova. Forolin se mostrara especialmente útil, pois vinha de uma família que havia produzido mais pedreiros que mercadores. A experiência prática dele complementava o parco entendimento teórico de Chedan tão bem que Tiriki começava a acreditar que o projeto pudesse de fato dar certo.

E por que não?, ela se perguntou. *Conseguimos muito mais coisas.* Nos quatro anos desde a chegada deles, as primeiras cabanas grosseiras foram substituídas por estruturas sólidas de troncos, calafetados e rebocados contra o tempo. Além dos telhados de colmo, Tiriki via ovelhas pastando nos gramados alagados, e, no terreno mais alto, campos de trigo e cevada ondulando verdes e prateados na brisa.

Ela imaginava que não apenas as construções, mas as pessoas em si, tivessem mudado, embora a transformação tenha sido gradual. Alguns poucos mantos gloriosos e brilhantes de Atlântida ainda permaneciam, mas eram raramente usados; e, conforme as vestes comuns de linho foram se transformando em trapos, muitos dos refugiados começaram a andar por aí em vestes simples de couro de veado, como o povo do pântano.

Mas isso pode não durar, ela disse a si mesma, vendo uma das mulheres da vila cardando lá desajeitadamente. Agora que os mapas do sacerdote Dannetrasa haviam permitido que os marinheiros de Reidel encontrassem mais ovelhas para importar, os tecidos começavam a ganhar popularidade, e Liala e as sajis haviam começado a processar o linho silvestre local, tingindo-o com uma erva nativa que deixava um lindo azul.

E, se não tivermos muito cuidado, os homens vão terminar usando azul também, ela pensou, com um estremecimento involuntário de repulsa. Para ela, azul seria sempre a cor de Caratra, sagrada para as sacerdotisas dela.

Conforme se aproximavam do fim da vila, um grupo de crianças saiu de uma das casas, as vozes doces chilreando como passarinhos. Domara respondeu na mesma língua, e Tiriki soltou a filha para que se juntasse às outras. Uma mulher esguia e morena veio em seguida, e Tiriki a saudou.

— A bênção do dia para você, Samambaia Vermelha. Posso deixar Domara com você de novo? Vou dar aulas na ilhazinha hoje, mas volto ao pôr do sol.

Samambaia Vermelha assentiu, sorrindo.

— Cuidamos. Kestil — ela completou, virando-se para a filha de Forolin —, ajuda? Manter Domara longe da água, ela não cair?

— Sim — Kestil piou alegremente na língua do povo do pântano, antes que voltasse correndo atrás das crianças de Urtiga, Pega Cotovia e Pintarroxo.

Ao menos, pensou Tiriki, em resignação, *Domara sabe nadar*.

***

O outeiro pedregoso no final do caminho de tábuas ficava cercado de água com tanta frequência que era mais chamado de ilha. Tiriki percebera que, naquela natureza desconhecida, terra, ar e água não tinham as mesmas identidades claras que ela havia conhecido em Ahtarrath. Nas brumas, elas tendiam a se borrar juntas, assim como as distinções de casta entre sacerdotes, marinheiros e nativos começavam a desaparecer.

Os acólitos e outros que eram seus alunos esperavam na clareira que haviam feito nas samambaias emaranhadas e amieiros no meio da ilha. A energia daquele ponto tinha uma certa qualidade de juventude que o tornava apropriado para ensinar os jovens. Não que seus alunos fossem assim jovens. Pelos interesses de balancear o número de sacerdotes e sacerdotisas, haviam adotado Reidel nas fileiras de sacerdotes iniciantes, e, depois de um longo debate, o marinheiro Cadis também.

Tiriki não duvidada de que estavam corretos ao adotar Reidel. O mar lhe ensinara a prever correntes de poder, e qualquer capitão precisa aprender a comandar a si mesmo antes de poder comandar os homens. O apoio firme dele já se mostrava valioso em rituais. As razões do próprio Reidel para aceitar o treinamento eram menos claras, embora Tiriki suspeitasse de que Damisa fosse uma delas. Ela balançou a cabeça em um cumprimento e, vendo um sorriso suavizar os traços fortes dele, observou que Reidel era realmente um homem muito bonito.

— Hoje nosso tópico é o Além-mundo — ela começou. — Nossas tradições ensinam que há muitos planos de existência, dos quais o plano físico é apenas o mais óbvio. Adeptos se aventuraram pelos mundos do espírito e o mapearam, mas os mapas são sempre os mesmos?

Ela deixou o olhar viajar em torno do círculo. Por uma vez, a esguia Selast, que parecia estremecer de energia sempre que estava quieta, sentava-se ao lado de seu prometido, Kalaran. Desde que ele começara a trabalhar regularmente com Chedan, a careta que um dia estragava seus traços de bela ossatura havia cedido, mas ela suspeitava de que ele provavelmente achava difícil aceitar Cadis e Reidel, pois ainda sentia falta de seus velhos companheiros, os acólitos masculinos que tinham sido perdidos... Ao lado dele, Elis passava os dedos no solo escuro de modo meditativo. Mas nem Damisa nem Iriel estavam ali.

A ausência de Damisa não era intencional. Na verdade, era tudo culpa de Iriel. Se Liala não tivesse pedido a Damisa para levar uma mensagem a Iriel, ela teria ido diretamente para a aula e jamais teria precisado se importar com a moça mais jovem. Mas, quando Damisa finalmente alcançou o caramanchão que Iriel havia feito para si entre os salgueiros, a garota não lhe lançou mais que um olhar rápido antes de voltar os olhos para o emaranhado de arbustos de amora para onde ela olhava antes.

— Liala diz que Alyssa ainda está doente — Damisa disse brevemente —, então ela quer que pegue para ela mais flores secas de mil-folhas na próxima vez que subir a colina.

Iriel não disse nada nem se mexeu.

— Pode levar para ela depois da aula, que é onde deveria estar, a propósito... O *que* você está fazendo? Não é temporada de amoras...

— Quieta.

Por mais que fosse em voz suave, era uma ordem, e Damisa se viu obedecendo antes que tivesse tempo de questioná-la. Instintivamente ela ficou de joelhos ao lado da moça mais nova. Um momento se passou... e outro. Não havia som além do vento que sussurrava nos salgueiros e o gorgolejo do riacho correndo. Ela não conseguia ver nada para explicar o olhar transfixado de Iriel.

— Você está passando tempo demais com Taret, está vendo coisas! — Damisa murmurou. — Agora, veja. É agradável aqui, mas temos...

— *Quieta*.

Desta vez havia uma clara sugestão de medo na palavra, e, percebendo-a, a língua de Damisa aquietou-se novamente. Abalada, ela começou a se afastar de Iriel, de certa forma esperando que a outra moça fosse agarrá-la e rir.

— Por favor! — insistiu Iriel. — Não se mexa!

Não havia som nas palavras da menina, apenas os movimentos dos lábios, e durante todo o tempo Iriel não havia piscado nem desviado os olhos do que quer que fosse que mirava tão fixamente – uma escuridão mais profunda sob os arbustos que Damisa ainda não tinha notado.

E então houve um barulho, um tipo de rasgar molhado, e um farfalhar nas amoreiras. Inesperadamente, Iriel relaxou.

— O que é? — Damisa não conseguiu deixar de dizer.

— Um espírito da floresta — Iriel sussurrou com um sorriso estranho —, mas ele parou de ouvir agora. Se você se mover bem devagar e com muito cuidado, pode vê-lo também.

Damisa descongelou um pouco, mas, antes que pudesse virar o ombro, Iriel sibilou novamente:

— Devagar, eu disse! Quase acabou. Quando ele *acabar*, vai embora. Então *nós* podemos ir.

Com os cabelos na nuca arrepiados, Damisa moveu-se por centímetros até conseguir olhar para a sombra nas amoreiras. No começo parecia exatamente como uma centena de outros lugares na floresta pantanosa, mas, conforme o vento mudou, ela sentiu cheiro de sangue e de outra coisa: um cheiro rançoso, selvagem.

Ou ficamos ambas totalmente loucas, Damisa decidiu, *ou tem alguma coisa ali.*

Ela esquadrinhou de novo a cena sossegada, prestado feroz atenção em cada cogumelo, cada pedaço de grama, até que notou um galho grosso marrom na beirada da escuridão – um galho peludo que terminava em um casco preto, brilhante, fendido. Ela havia esfolado veados o suficiente para reconhecer o que era, mas por que estava deitado ali daquele jeito?

A perna morta do veado balançava espasmodicamente, e ela ouviu de novo o estranho som de rasgar e amassar.

Talvez em seu choque ela tenha feito algum barulho, pois as amoreiras balançaram e ela viu claramente uma cabeça imensa, de mandíbula pesada pingando sangue, e o brilho de olhos cor de âmbar escuro. As amoreiras balançaram de novo quando a criatura ficou de pé, as mandíbulas ainda apertando a coxa de veado, e começou a arrastá-la para longe.

Por um momento, Damisa viu o animal em sua totalidade, uma silhueta escura contra a luz do dia, o formato como o de um homem usando uma pele grossa e castanha-escura. Um instinto forte que não devia nada ao treinamento do templo a manteve totalmente imóvel, pasma com um poder ainda mais antigo que a própria Atlântida.

— Uma ursa! — exclamou Iriel, conforme o estalido de galhos cessava. — Viu as tetas inchadas dela? Deve ter filhotes escondidos por perto!

— Uma ursa...

Parecia uma palavra pequena para conter tanto poder. Damisa tinha visto um urso um dia, no Grande Zoológico de Maravilhas de Alkonath, mas era consideravelmente menor, e de cor diferente, e tinham lhe assegurado que só comia vegetais. Mas, então, havia bem poucos animais nos Reinos do Mar, além dos que serviam aos homens.

— Isso é *tudo* de que precisamos — Damisa tentou se recompor. — Mas Lontra não disse que não há animais perigosos neste vale?

— Não há... normalmente. É por isso que é tão maravilhoso — disse Iriel, o rosto iluminado de entusiasmo. — Taret diz que a Mãe Urso é o espírito mais antigo, a mãe de todos os poderes animais. É sorte vê-la!

Damisa não tinha certeza a respeito de sorte, mas não duvidava do poder. Ao olhar dentro daqueles olhos dourados, ela sentira um frisson de espanto nas profundezas de seu espírito, diferente de qualquer coisa despertada por ritual.

Iriel continuou:

— Taret diz que os Antigos que viviam aqui a adoravam. Tinham cavernas onde faziam magia. Algumas ainda devem sobreviver! Não os Antigos, as cavernas. Talvez a ursa tenha encontrado uma e more lá agora! Seria um lugar de grande poder...

— Isto é um *pântano*, Iriel — Damisa disse entre dentes. — Como pode haver cavernas aqui?

Iriel se virou, apertando os olhos.

— Há cavernas no Tor — ela afirmou, como se tivesse terminado a questão. — Vamos — ela completou, por fim levantando-se —, não disse que estavam esperando por nós?

Um costume de Atlântida que os imigrantes foram capazes de recriar era o de se reunirem para a refeição noturna. Em Ahtarrath, os acólitos jantavam em um cômodo quadrado iluminado por lamparinas penduradas e decorado com afrescos com imagens dos polvos, cuja carne tenra era parte básica da cozinha atlante.

Diferentemente das moradias nativas, o salão de jantar que os atlantes haviam construído no Tor era retangular, com portas nas paredes trançadas que podiam ser abertas quando o tempo permitia. Ali, toda a comunidade – exceto por alguns marinheiros que haviam se casado com mulheres nativas e moravam com elas na vila – reunia-se em torno de uma longa lareira central, cuja fumaça espiralava para cima através do colmo do telhado pontudo.

Em uma ponta, havia uma pequena estátua de Caratra sobre uma base feita com um tronco largo. Tiriki notou, com um sorriso, que alguém já colocara um ramalhete ou dois de ásteres brancas. Ela se perguntou quem fora e que palavras tinham sido usadas, se é que haviam sido.

Os refugiados ainda falavam de Caratra como Ni-Terat, enquanto os nativos a chamavam de Mãe do Lar, mas todos tiravam conforto da atenção Dela. Naquele dia, então, Tiriki subitamente se viu sentindo-se mais deslocada do que de costume. Em casa, ela tinha servido à Luz na forma de Manoah, poderoso, mas distante, cuja presença era sentida apenas nos êxtases mais refinados. Mas no Tor viviam mais perto da terra, e parecia mais adequado que a Mãe que jamais abandonava Seus filhos fizesse Sua morada ali no centro da comunidade.

Tiriki olhou de novo para o salão de jantar apinhado e sorriu, recordando-se das palavras do professor Rajasta: *"Mas é o homem, não Manoah, que precisa de testemunhos em pedra. Ele jamais pode ser esquecido. O Sol é o próprio monumento Dele..."*. *E além disso*, ela percebeu, *esse é um lugar de Luz*.

E era. No verão, como se para compensar a falta de força com a duração da luz, o sol permanecia ao longo da noite, os raios longos inclinavam-se através das portas viradas para o oeste, enchendo o espaço com um brilho dourado. A luz de mel velava as deficiências das vestes deles, transformando as incontáveis manchas e remendos em decorações sutis. Tiriki sentiu uma onda inesperada de orgulho. Embora ainda conseguisse reconhecer o sacerdócio orgulhoso que governara na Terra Antiga, os rostos que agora se viravam para recebê-la estavam marcados por rugas de resistência e iluminados por um brilho que jamais vira no Templo de Ahtarrath, e ela teve a impressão de que uma nova sabedoria brilhava até mesmo nos olhos sábios do velho Chedan.

Ao tomar seu lugar na cabeceira de uma das mesas longas, Domara bem atrás, Tiriki começou uma lista de chamada mensal. Reidel e os marinheiros solteiros sentavam-se juntos a uma mesa, mantendo até agora a disciplina de bordo. Chedan chefiava outro grupo, com Forolin e a família de um lado e os sacerdotes Rendano e Dannetrasa do outro. As mulheres sajis não estavam presentes – geralmente faziam as refeições privativas com Liala e Alyssa –, mas a mesa de Tiriki estava longe de ser silenciosa, pois os acólitos estavam sentados ali.

Damisa e Selast sentaram-se juntas como costumavam fazer naqueles dias, e Elis discutia com Kalaran, também uma ocorrência costumeira. Mesmo agora, Kalaran não parecia se dar bem com qualquer outro, como se o luto pelos companheiros que perdera ainda o impedisse de sentir alegria pelos que tinham permanecido. Tiriki franziu o cenho, notando que o lugar ao lado dele estava vazio.

— Onde — ela perguntou em voz alta — está Iriel?

— Não a vejo desde a aula hoje à tarde — disse Elis. — Você não nos contou por que as duas chegaram tão atrasadas, Damisa. Ela estava trabalhando em algum projeto ao qual pudesse ter voltado e perdido hora de novo?

Damisa chacoalhou os cabelos castanho-avermelhados para trás, franzindo o cenho em pensamento.

— Não um projeto — ela por fim disse. — Mas, eu tinha intenção de contar, nós nos atrasamos porque vimos uma ursa — a voz dela havia se elevado, e pessoas de outras mesas se viraram para olhar.

— Uma o *quê*? — exclamou Reidel. — *Existem* ursos aqui?

— Entendo que não existiram por muito tempo — respondeu Damisa. — Iriel ficou encantada. Aparentemente a Mãe Ursa é um grande poder aqui, e o povo do pântano costumava fazer rituais para ela em cavernas sagradas.

Ela virou os olhos, ainda não convencida sobre a última parte.

— Ela não teria saído procurando a ursa? — Elis vocalizou o pensamento que estava na mente de todos.

Os olhos de Tiriki encontraram os de Chedan em alarme.

— Precisamos encontrá-la! — Reidel empurrou o banco para trás e ficou de pé, retomando a autoridade de comando. — Os pântanos podem ser traiçoeiros, e não queremos perder mais ninguém. Vou formar grupos para as buscas; Tiriki e Chedan podem coordenar daqui, e Elis deve ficar também, para o caso de precisarem de um mensageiro. Cadis, quero que olhe em torno do assentamento; assegure-se de que ela não está aqui. Teiron, procure na área em torno do lago e depois corra até a vila e peça a Garça para mandar caçadores na trilha da ursa. Lontra vai querer ajudar. Ele parece sentir afeto por Iriel. Damisa, você, Selast e Kalaran: venham comigo. Precisamos procurar no Tor, e os aldeões não vão lá...

***

Quando o pé escorregou de novo, Damisa apertou outro galho e segurou, buscando fôlego em arquejos roucos. Acima da encosta, o Tor assomava-se como a Montanha Estrela contra a noite. Ela soltou um gritinho quando dedos duros se fecharam em torno de seu braço.

— Sou eu — Reidel murmurou em seu ouvido.

Ela relaxou contra o braço forte dele com um suspiro, um pouco surpresa com a sensação de segurança que o apoio dele lhe dera. As tochas tinham se apagado fazia um tempo, e o mundo havia recaído em uma bagunça de sombras. O braço de Reidel era um ponto de certeza em todo o mundo selvagem.

— O Tor ficou maior ou estamos cobrindo a mesma área sem parar? — ela perguntou, quando conseguiu falar de novo.

— Parece mesmo — Reidel disse, em tom de lamento. — Todas essas árvores... elas me deixam nervoso. Isso quase me faz querer estar de volta ao mar!

— Ao menos podemos ver as estrelas. — Ela não sentia nenhuma hesitação no braço dele. — Não vão guiá-lo tão bem na terra quanto faziam no mar?

— É verdade... — Ele inclinou a cabeça para o céu, quando uma mistura de galhos entrelaçados parecia uma rede sobre a Roda brilhante. — E na verdade... — Ele parou por um momento, e quando falou de novo, havia um constrangimento em sua voz que não estava lá antes. — Na verdade, não gostaria de estar em nenhum outro lugar além de aqui. — Ele a soltou com muita gentileza. — Espero que Selast e Kalaran tenham se saído melhor que nós — completou, olhando para cima de novo, sem dar chance de resposta à Damisa.

O que eu deveria ter dito?, ela se perguntou. *Como posso perguntar o que ele quer dizer se já sei?* Em outro mundo, mesmo se não fosse destinada ao Templo da Luz, uma garota da posição dela jamais poderia conversar com alguém como Reidel, muito menos se perguntar como seria deitar-se aninhada naqueles braços fortes. Ela sentiu o calor dele novamente quando ele parou para ajudá-la a passar por uma árvore caída. Ela tinha pavor da necessidade de acasalar, mas, pela primeira vez, lhe ocorria que talvez não fosse assim tão terrível. Sorrindo na escuridão, ela seguiu Reidel colina acima.

***

— Pobre velha Alyssa... Sim, sei o que estão pensando! — A vidente partiu o cabelo crespo despenteado que velava seu rosto e olhou para Tiriki com um sorriso de lado. — Se sou louca, porém, por que perguntar para *mim* se perderam outra acólita? E, se sou sã, por que esperar até a meia-noite para me perguntar?

Tiriki não achou resposta. O olhar assustado dela buscou Liala, que apenas deu de ombros e balançou a cabeça. A vidente normalmente estava lavada e de cabelo penteado quando Liala a levava a qualquer evento, mas aparentemente o controle de Liala não se estendia à morada de Alyssa, que era uma bagunça de comida consumida pela metade, com um sortimento de lembranças estranhas da Terra Antiga ao lado de pedras de formato estranho e construções esquisitas de gravetos e pinhas...

— Sanidade não é a questão aqui; preciso de sua visão! — Tiriki parou de repente, percebendo como a ansiedade a traía.

Normalmente, pesava as palavras com mais cuidado. Ela relaxou um pouco quando Alyssa começou a rir.

— Ah, sim. A loucura vê com mais clareza quando o destino custa muito. E já que a Pedra Ônfalo nunca para de falar comigo... — Ela fez um gesto para a parede além da qual a Pedra estava, envolta em sedas em sua arca na cabana construída para abrigá-la.

Aquela era outra coisa, Tiriki percebeu com um calafrio, na qual não pensava por tempo demais. Ela sustentou o olhar de Alyssa, esperando.

Alyssa fechou os olhos e virou o rosto.

— A menina não está ferida. Não sei se está em segurança.

— Quê? Onde?

— Procure no coração da colina. Vai descobrir o que lhe cabe.

O cabelo dela caiu para a frente do rosto de novo quando ela recomeçou a balançar lentamente no banquinho.

— O que quer dizer? O que vê? — exigiu Tiriki, mas a única resposta de Alyssa foi um canto sem palavras.

— Espero que tenha ajudado — disse Liala, com um suspiro —, porque não vai conseguir mais que isso dela hoje.

— Isso me deu uma ideia — falou Tiriki, depois de um momento. — Outros procuraram nas cavernas, mas talvez eu veja sinais que eles não tenham visto...

Ela arquejou enquanto os olhos foram atraídos novamente para a reunião estranha de pedras, gravetos e sobras no chão de Alyssa. Eram, subitamente ela entendeu, um modelo do Tor como ele deveria parecer de cima...

— Se é que alguém já não os viu — ela completou, confiante.

— Vou com você. — Liala se levantou e pegou o xale. — Felizmente Teviri, a saji, está aqui e pode ficar de olho. Normalmente, Alyssa passa deste estado para um sono profundo e só vai acordar à tarde.

Conforme Tiriki e Liala se aproximavam, chamas de tochas ondulavam distintas na corrente fria de ar na boca da caverna. Taret lhe contara muitas coisas sobre aquele lugar, mas Tiriki sempre estivera ocupada demais para ter tempo de explorar. Ou talvez tivesse sentido medo. Ela olhou para o escuro com um misto de animação e apreensão.

— Talvez devêssemos deixar essa para os mais jovens. — Liala olhou para o caminho acidentado de modo duvidoso.

— Você ficou mole! Além disso — Tiriki completou, de modo mais sóbrio —, se Iriel precisa de nós, não pode esperar que as encontremos.

Sem esperar para ver se Liala vinha atrás, começou a seguir pela beira do riacho.

As pedras, branqueadas pelas águas ricas em cal, brilhavam sob a luz da tocha. Em alguns lugares, os minerais haviam se cristalizado no meio do fluxo e pendiam do teto do túnel em uma série irregular de pirâmides de cabeça para baixo. Nas pontas, gotas de água se formavam e caíam. Quando ela estendeu o braço para se apoiar na parede, a pedra era fria e úmida sob a mão.

Aquela passagem era natural ou fora desenhada pelo homem? Na maioria das partes, a pedra fora desgastada pela água, mas havia lugares acima que pareciam terem sido lascados. Curiosa, Tiriki andou mais rápido, de algum modo mantendo o passo sobre as pedras escorregadias. Só quando uma virada brusca a fez parar, percebeu que Liala não estava mais atrás dela. Em voz baixa, chamou o nome dela, mas o som logo foi engolfado pelo sussurro de água sobre pedra.

Ela parou por um momento, pensando. Não houvera divergência nos caminhos, então Liala não poderia ter se perdido – e Tiriki teria ouvido o barulho de água se ela tivesse caído das pedras escorregadias. Era mais provável que a sacerdotisa mais velha simplesmente tivesse desistido e voltado atrás. Apertando mais o xale em torno de si, Tiriki começou a seguir adiante mais uma vez. Não estava mais sozinha do que estivera antes, é claro, mas, depois de alguns passos, percebeu que saber que Liala não estava atrás dela a tornara mais cautelosa. Notou que havia uma passagem secundária no lado mais distante do córrego, seguindo para a esquerda. Ao levantar a tocha, pôde ver as curvas sensuais de uma espiral esculpida na pedra em volta da abertura. Damisa dissera que Iriel talvez estivesse procurando um templo escondido em uma velha caverna. Com os lábios se apertando em decisão, Tiriki curvou-se e traçou uma flecha apontando para a esquerda na lama, para marcar seu caminho, e então atravessou o riachinho brilhante em um salto.

Para os olhos, havia pouca diferença entre essa passagem e aquela que ela seguira antes, mas Tiriki conseguia sentir uma mudança definitiva.

Franzindo um pouco a testa, colocou a ponta de um dedo e começou a traçar a espiral para dentro, até o centro, e depois de novo para fora.

Ficou de pé, fascinada pelo padrão, até perceber subitamente que o braço havia caído para o lado do corpo e a tocha queimava perigosamente perto da saia. Assustada, jogou-a para longe, olhando ao redor.

Quanto tempo o padrão a mantivera em transe? O quanto havia seguido? Tiriki balançou a cabeça; deveria saber o suficiente para não tocar a espiral. Taret lhe avisara do que aquilo se tratava, em algum lugar na ilha, num labirinto que levaria para o Além-Mundo se fosse seguido até o fim.

A passagem curva diante dela parecia menos sombreada, mas Tiriki não conseguia vê-la muito adiante nem para o lado do qual viera. *Não estou perdida*, disse a si mesma com firmeza. Só precisava seguir a espiral de volta para chegar ao riacho. E, com aquela confiança, colocou a mão na pedra e seguiu para a frente de novo...

Na volta seguinte, ela se viu sob céu aberto.

A luz da tocha parecia pálida de repente, e ela piscou com a luz em torno de si. Será que já era manhã? O céu tinha toda a palidez prata do amanhecer, mas as brumas envolviam a base do Tor, e seu declive escondia o horizonte.

Tiriki continuou a subir, mas, quando chegou ao que parecia ser o topo, viu apenas um círculo de pedras, mais altas do que se recordava e brilhando como se por luz própria. O sol não era a fonte daquela iluminação, pois o lado leste do céu não estava mais claro que o oeste. O ar não era frio, mas ela sentiu um calafrio passar por seu corpo ao observar o horizonte. *Não estou mais no mundo que conheço...*

Véus ondulantes de brumas pairavam pela terra, mas não a fumaça dos fogos matinais do assentamento; na verdade, não havia sinal de qualquer moradia... E, no entanto, a névoa em si era luminosa, como se o que escondia brilhasse por dentro. Segurando o fôlego, Tiriki lutou para focar os olhos.

— Está se esforçando demais — disse uma voz suave, divertida, de trás dela. — Você se esqueceu do treinamento? *Eilantha...* solte a respiração... respire... abra a visão interior e veja...

Ninguém tivera o poder de comandar suas percepções desde a infância, mas, antes que Tiriki pudesse resistir, ela reagiu e, em vez de árvores e gramados, viu um entrelaçamento de brilhos. Encantada, ela se virou e percebeu o próprio Tor como uma só estrutura cristalina pela qual correntes de energia, espiralando em torno do pico do Tor, formavam um círculo brilhante ascendendo ao céu. Tiriki levantou a mão e viu, em vez de um braço humano, uma dança do dragão de luminosidade que refletia e interagia com todo o resto ao redor, como se interconectada intrinsecamente às serpentes de seu anel.

— *Por que está surpresa?* — Ela não sabia mais se o pensamento vinha de dentro ou de fora. — *Não sabe que também é parte deste mundo?*

A verdade era evidente. Tiriki estava simultaneamente consciente de seu próprio ser e de uma miríade de treliças de luz que se entrelaçavam, em camadas de uma dimensão para a outra, e contendo cada entidade, de espírito puro até pedra e pó. Estava consciente do espírito desordeiro de Alyssa como um punhado de brilhos, o brilho firme de fé e poder de Chedan, e a chama viva que era Iriel, sua chama de alma tão perto da de Lontra que eram quase uma só. O poder do Tor ondulava através da paisagem em rios de luz. A animação dela aumentou ao estender suas percepções, pois era ali, onde todos os planos de existência eram um só, que poderia encontrar Micail com certeza...

E por um momento, então, ela tocou o espírito dele. Mas a onda de emoção era grande demais, e Tiriki voltou ao próprio corpo sentindo tontura – ou melhor, a qualquer forma que seu corpo tivesse tomado ali, pois sua própria carne brilhava como a da mulher que via de pé diante dela, envolta em luz, coroada de estrelas.

— Micail está vivo! — Tiriki exclamou.

— *Todas as coisas vivem* — veio a resposta —, *passado, presente e futuro, cada um em seu plano.*

Debaixo das folhas com aspecto de couro de plantas desconhecidas, formas monstruosas se moviam; mas também o gelo cobria o mundo e nada brotava. Ela viu o Tor ao mesmo tempo coberto de árvores e nu, um declive de grama curta coroado com pedras de pé e também uma construção estranha de pedra, que caiu no mesmo momento, deixando apenas uma torre. Viu pessoas vestidas em peles, em túnicas azuis, em vestimentas de muitas cores, e construções, campos e pastos cobrindo os pântanos que conhecia... Suas percepções a tomaram, e ela teve a impressão de que não sabia nada.

— *Todas elas são reais* — explicou a voz em sua mente. — *Cada vez que faz uma escolha, o mundo muda, e outro nível é revelado.*

— Como posso encontrar Micail? — gritou o espírito de Tiriki. — Como posso encontrar *você?*

— *Apenas siga a Espiral, para cima ou para baixo.*

***

— Minha senhora, está bem? — perguntou uma voz de homem.

— Tiriki? O que está fazendo aqui?

As vozes convergiram, distintas, mas com uma harmonia subjacente. Tiriki abriu os olhos e percebeu que estava deitada na grama logo dentro do círculo de pedras no topo do Tor. Ela se esforçou para se sentar, apertando os olhos na luz do sol que subia.

— Você ficou vagando a noite toda também? — Uma figura forte que ela reconheceu como Reidel estendeu o braço para ajudá-la a se levantar.

— Vagando, sim — disse Tiriki, sentindo vertigens —, mas por onde?

— Minha senhora?

— Deixe para lá... — Ela sentia cada junta enrijecida, mas, embora a grama grossa estivesse úmida de orvalho, suas roupas estavam quase totalmente secas.

Piscando, ela olhou de novo em torno de si, comparando o que via com suas lembranças.

— Ela parece zonza — disse Damisa, com um tom de exasperação. — Melhor tirá-la do morro o mais rápido que pudermos.

— Vamos então, minha senhora — disse Reidel, em voz baixa —, pode se apoiar em mim. Podemos não ter encontrado Iriel, mas ao menos encontramos a *senhora*!

— Iriel está em segurança — a voz de Tiriki era um coaxo, e ela tentou de novo. — Leve-me para Chedan. O que eu vi... ela precisa saber.

CATORZE

Uma pilastra de poeira se movia pela planície, marcando o progresso de mais um pedaço de pedra poderoso. Micail subiu na borda do aterro que ladeava o círculo e olhou para o norte, através da vala, fazendo sombra nos olhos com a mão para ver a fila de homens suados que o levava. Outros corriam na frente, prontos para correr e substituir qualquer um cuja força falhasse, limpando o caminho adiante para a estrutura arredondada de madeira que levava a carga.

Um grupo de cantores podia levantar uma pedra daquelas por pouco tempo; sete vezes aquele número poderia até transportá-la sobre a terra se a distância não fosse muito grande, mas não restavam mais cantores em todo o mundo para levitar um dos grandes arenitos por todo o caminho através da planície. E levantar as pedras depois que já tinham sido trazidas para o círculo exigiria os talentos de todos os cantores treinados que tinham sobrado.

Tinham tentado mover as pedras com bois, mas os homens trabalhavam com mais afinco e por mais tempo, e eram mais fáceis de treinar.

O rei Khattar parecia incapaz de entender por que Micail achava aquilo um problema. Por gerações, assim que o trigo farro e a cevada estavam bem altos e o gado tinha sido levado para as pastagens da colina sob o cuidado de garotas e meninos jovens, o rei fazia o recrutamento. Esperava-se que um homem fisicamente capaz de cada fazenda ou vilarejo se apresentasse para fazer trabalho comunitário. Era como os grandes recintos cercados por valas tinham sido construídos, e os morros tumulares, os círculos de madeira, e provavelmente os círculos de pedras antigos também.

Há ainda tanta coisa que não sabemos, pensou Micail. *Só espero que não venhamos a lamentar as falhas em nosso conhecimento.* Virando-se, observou os cinco pares de pedras de arenito que já estavam dentro do círculo. Apesar de suas apreensões, sentiu um entusiasmo de satisfação ao ver aquelas pedras bem talhadas contra o céu. A magia atlante não podia fazer todo o trabalho, mas certamente ajudara a apressá-lo. Começava a parecer que uma tarefa que toda a força de trabalho de todas as tribos dominadas pelo rei Khattar teria levado dez anos para completar seria terminada em menos de três. Em um único ano, tinham preparado cinco pares de monólitos para o semicírculo interior. Os grandes lintéis também estavam prontos e jaziam à espera.

Quando o restante dos cantores chegasse de Belsairath, e os lintéis fossem erguidos para suas posições nas asas do som, então os xamãs entenderiam a necessidade de trabalhar com esse novo poder, em vez de contra ele. *E, depois disso, vamos poder completar o novo Templo sem mais interferências.* Micail percebeu que tinha estado tão concentrado nos últimos dois anos e meio que achava difícil imaginar o trabalho que seguiria.

— Meu senhor? — Um toque no cotovelo dele o tirou de seu devaneio, e ele viu Lanath esperando ali.

— O que foi?

— Gostaria de inspecionar a terceira pedra agora?

A pele bronzeada do acólito tinha um viço saudável sob o sol, e o trabalho rigoroso havia transformado o menino em homem. Fazia um bom tempo, Micail refletiu, ao seguir Lanath de volta ao semicírculo de pedras, que tivera de despertar o rapaz de um pesadelo.

A terceira pedra estava cercada por uma estrutura de madeira, de cujo topo um trabalhador nativo sorria.

— É do outro lado, certo? Olhem e vejam...

Micail deu a volta nas pedras uma vez, então de novo, comparando os lados uns com os outros e com a segunda pedra também. Todos os monólitos tinham sido alinhados grosseiramente antes de serem erguidos, e cada um tinha um lado deixado particularmente mais liso e levemente côncavo. Mas só quando a pedra era levantada é que o topo e a parte de baixo afinadas que faziam os lados parecerem retos podiam ser ajustados à perfeição.

— Sim, está bom. Pode descer agora. Diga a eles que mandei dar uma porção de cerveja extra para vocês. — Ele sorriu gentilmente.

Micail pousara uma mão na superfície grosseira. Sempre que tocava arenito alinhado, podia sentir o batucar sutil da energia dentro dele. Quando a construção estivesse completa, suspeitava, seria capaz de sentir seu poder sem tocá-la.

Pessoas comuns talvez considerassem pedras coisas sem vida, mas, dentro daquelas pedras, ele sentia um potencial para um poder cumulativo muito maior. Já podia ser percebido ligeiramente no amanhecer e no anoitecer. Muitos dos trabalhadores nativos se recusavam a ir ao local naqueles horários. Diziam que as pedras começavam a falar umas com as outras, e Micail de certa forma acreditava.

— Logo nós todos vamos ouvi-la — ele murmurou para o monólito. — Quando estiver unida à irmã, e as outras estiverem ao seu lado, vamos invocar seu espírito, e todos entenderão...

E, por um momento, a vibração subliminar se tornou um murmúrio audível. Ele se assustou e notou que Lanath também ouvira.

— É fácil, neste lugar selvagem, esquecer-se de todas as glórias que se foram — ele disse ao rapaz —, mas nosso verdadeiro tesouro sempre foi a sabedoria das estrelas. Tornaremos este lugar um monumento que irá, quando o próprio nome de Atlântida for esquecido, ainda proclamar que estivemos aqui.

***

— Ali está. — Elara apontou para além da fila de árvores que marcava o curso sinuoso do rio Aman. — Dá para ver a madeira da paliçada.

Timul protegeu os olhos do sol com a mão.

— Ah, sim. No começo achei que aquelas estacas fossem mais árvores... O que é aquilo em cima deles? Chifres de touro? Ah. Bárbaro, mas eficiente.

Os outros também conversavam com alívio e curiosidade conforme o restante da vila de Ai-Zir surgia à vista. Micail havia mandado avisar que o trabalho no círculo de pedras estava chegando a um estágio em que todos seriam necessários, e mesmo os que haviam permanecido em Belsairath até então haviam atendido ao chamado dele.

Elara olhou de volta para a fila de árvores. Ocathrel tinha retornado, dessa vez com todas as três filhas, e a prima de Micail, Galara, também. Estavam os grandes cantores Sahurusartha e o marido Reualen, junto com

Aderanthis, Kyrrdis, Valadur e Valorin, com seus vários chelas, a maioria dos quais já estivera ali ao menos uma vez antes. Mas agora os Guardiões superiores estavam com eles – o grave Haladris e a severa Mahadalku, e até mesmo, viajando em liteiras, a frágil Stathalkha e o velho Metanor – e *lá vinha* Vialmar, quase no fim da fila, olhando nervosamente em volta, como se esperasse ser atacado a qualquer momento, apesar da presença dos soldados de Tjalan.

Quase todos os sacerdotes e sacerdotisas que tinham navegado para Belsairath estavam presentes – ao menos os que haviam sobrevivido à doença da tosse do último inverno. A mulher do príncipe Tjalan e dois de seus filhos estavam entre os que morreram. Elara estava em Belsairath quando a epidemia começou, e Timul imediatamente a pressionara para trabalhar como curandeira. Por tanto tempo, parecia, a acólita vinha enfrentando infelicidade e morte; ela se vira surpreendentemente ávida por rever a vila de Azan. *Pobre Lanath, deve ter ficado entediado de chorar. Imagino se convenceu Micail a aprender a jogar Plumas.*

— Sei que parece pequeno comparado a Belsairath — disse Elara —, mas os outros centros tribais não são mais que algumas casas perto dos montes tumulares, embora tendas e cabanas de junco brotem por toda a encosta durante os festivais. Azan é o único lugar que poderia se qualificar como uma vila.

— Pare de tagarelar, menina, eu entendo.

Os olhos escuros de Timul continuavam a passear alertas pela cena.

A carta de Micail havia convocado todos os cantores para ajudá-lo a terminar, consagrar e ativar a Roda do Sol. Aparentemente se tornara um acontecimento de alguma importância para a tribo também. Ela se perguntou se a rainha estaria ali. Quando Elara partiu, Micail tinha colocado de lado toda a conversa sobre casamento, protestando que precisava permanecer em celibato para trabalhar com as pedras. Ela se perguntou se alguém algum dia conseguiria subir na cama de Micail.

***

Micail observou os sacerdotes e sacerdotisas sentados esperando debaixo dos salgueiros ao lado do rio. *Como é que nos tornamos tão desconhecidos uns dos outros?*, ele suspirou. *Ou só eu mudei?*

Um dia, presidir tais encontros fora parte de sua rotina diária. Ele se viu ensaiando mentalmente as saudações tradicionais, os pequenos elogios e formalidades discretas que tinham sido suas melhores ferramentas para administrar o Templo e a cidade de Ahtarrath, então se encolheu, como se as memórias fossem músculos endurecidos por falta de uso.

Ultimamente ele estava mais acostumado às cortesias brutas dos ai-zir ou à camaradagem fácil de Jiri e Ansha.

Ele tomou fôlego novamente e começou:

— Agradeço a todos vocês por terem respondido ao meu chamado. Na verdade, não sabia quantos de vocês seriam capazes de fazer essa viagem, mas é mais importante que demonstremos com sucesso nosso poder de mover as pedras.

Ele se virou para Ardral:

— Meu senhor, há alguma coisa que queira acrescentar?

O velho adepto arqueou uma sobrancelha, então balançou a cabeça.

— Não, de verdade, caro rapaz. Agora que estamos no estágio de manipulação física, fico feliz de me submeter a você.

Micail reprimiu outro suspiro. A outra coisa que não havia considerado quando enviara sua mensagem era que, de modo geral, os Guardiões não atingiam sua posição até a metade da vida. A maioria dos homens e mulheres que estavam sentados ali com ele eram *velhos*. Felizmente, as disciplinas do Templo os tinham mantido relativamente saudáveis, e uma boa noite de descanso havia melhorado parte de sua fadiga. Ardral, é claro, era evidentemente imutável, mas o velho Metanor parecia mais grisalho que o normal – teriam de ficar de olho no coração dele se o trabalho ficasse pesado. Stathalkha também parecia estar a meio caminho do Além-Mundo, mas ela sempre fora alguém que enxergava longe.

Haladris de Alkonath e Mahadalku de Tarisseda, por outro lado, apresentavam uma fachada curiosamente sólida que o recordava das pedras de arenito, embora não soubesse por que aquela similaridade lhe ocorria, já que não tinham demonstrado serem particularmente teimosos, obstinados ou inflexíveis... *Há tanta coisa que não sei*, repetiu para si mesmo com um sorrisinho irônico. Mas mesmo os grandes guardiões nem sempre cuidavam da língua em torno dos sacerdotes mais jovens. Ele fez uma anotação mental de perguntar a Elara o que ela tinha ouvido; ou a Vialmar, que havia ficado em Belsairath desde a chegada deles à nova terra...

— É claro que precisávamos vir — Mahadalku dizia agora, seu comportamento tão majestoso quanto se falasse a eles debaixo do pórtico do Templo da Luz de Tarisseda, não uma cobertura de colmo em Azan. — A cidade de comércio oferece apenas... sobrevivência. Aqui é onde estão construindo nosso futuro. Não gostaríamos de estar em outro lugar.

A maioria do grupo murmurou concordando educadamente.

— Sim, bem... — Micail fez um esforçou para se recordar da fórmula do templo para o que queria dizer, mas não conseguiu. Ele mordeu o lábio e escolheu um gesto que significava falta de tempo para uma apresentação mais minuciosa. Isso abriria o assunto para discussão real, mas já esperava isso de qualquer modo.

— Se nos juntarmos todos, incluindo acólitos e chelas, poderemos conseguir três grupos de cantores, que seriam mais que suficientes para subir os lintéis e os dólmens. Meu senhor Haladris servirá de diretor.

— Ah, Haladris provavelmente conseguiria levantar a pedra sozinho — exclamou Ardral.

Haladris balançou a cabeça, os olhos ficando semicerrados ao franzir o cenho.

— Não... consigo fazer levitar totalmente uma pedra com o peso de uma mulher pequena, não mais que isso, e preciso confessar que depois fico exausto. Ficarei muito feliz pela ajuda, posso lhes assegurar!

Micail apertou os lábios, pensativo. Havia se lembrado do talento do Primeiro Guardião alkonense para a telecinesia. Tinha se esquecido é de que o homem não tinha nenhum senso de humor.

— Vamos completar primeiro o dólmen mais alto, que representa a tribo do rei Khattar — continuou Micail.

— Que o rei *pensa* que representa sua tribo — corrigiu Mahadalku, a voz sedosa.

— O que não afeta o resultado — interrompeu Micail. — Rogo que perdoe minha impertinência, Honrada Senhora, mas seria bom se lembrar de como *eles* vão pensar. Não estamos mais nos Reinos do Mar...

— Como se alguém pudesse esquecer — Mahadalku comentou, e se virou para olhar para o outro lado do rio, onde a pradaria se estendia até desaparecer em uma névoa dourada... — *Mas a Roda gira*.

Houve um pequeno silêncio então, quebrado apenas por uma tosse pesarosa de Ardral.

— Concordo que aquilo em que Khattar acredita deve ser levado em conta — disse Naranshada por fim. — Somos poucos, e eles são muitos. É a terra deles, e construímos usando o trabalho deles, as pedras deles...

— Tecnicamente, sim, é claro — Haladris respondeu calmamente. — Não estou sugerindo que o deixemos de lado. Ele parece um aliado útil – não há necessidade de insultá-los. Mas certamente esses guerreiros bárbaros não seriam páreo para os lanceiros de Tjalan. No entanto, está correto, meu senhor Micail. Seja lá o que o povo nativo *acha* que essas pedras significam, o círculo ainda será um dispositivo para amplificar e dirigir as vibrações do som. Assim que a Roda do Sol estiver completa, poderemos usar seu poder do modo que desejarmos.

Haladris falara como se não pudesse existir objeção possível a sua avaliação da situação. Micail viu o olhar de Ardral suplicando por mais intervenções, mas o adepto balançou a cabeça.

De qualquer modo, suspirou Micail, *vamos precisar de Haladris para mover as pedras.* Ninguém é páreo para a concentração dele. A questão de quem estava usando quem e para qual propósito poderia esperar até que o trabalho estivesse feito.

— Quanto tempo temos — Mahadalku perguntou em voz baixa — até esse... festival do rei... quando você pretende erguer as pedras?

— Confio nos cálculos de meu senhor Ardravanant, que sempre foram precisos. O festival começa em meia lua, quando os rebanhos serão trazidos de volta das colinas. É costume das tribos se reunirem nos círculos nessa época. Há uma feira de gado e corrida, e são feitas oferendas aos ancestrais deles. Todos os xamãs deles estarão lá...

E as Irmãs Sagradas de Carn Ava também, pensou Micail, com inquietação. Havia encontrado a mãe de Anet em mais de uma ocasião, mas até então evitara qualquer coisa além de conversa superficial. Desde o jantar em que Micail vira Anet pela primeira vez, ela o deixara intranquilo.

— Então, não vamos apenas levantar as pedras, seremos vistos fazendo isso. — Não havia nenhum afeto no sorriso de Mahadalku. — Gosto disso — ela completou. — Vai nos servir muito bem.

***

Timul olhou com interesse para as pessoas que se reuniam na grande feira que acontecia ali todos os anos no fim do verão.

— Acho que, de certo modo, entendo o povo que visita o Templo em Belsairath um pouco melhor — ela disse — agora que os vejo em seu ambiente natural.

Elara sorriu respeitosamente, pensando que sempre tinha gostado das várias celebrações tribais, embora o barulho e o agito a deixassem com saudades de Ahtarra em dia de mercado. Para todos eles, imaginava, as memórias inevitáveis dos Reinos dos Mares tornavam-se menos comoventes. Um aroma súbito ou uma visão repentina ainda tinham o poder de partir seu coração com sua familiaridade enganadora, mas tais momentos aconteciam com menos frequência. E hoje havia muitas visões, sons e cheiros do tipo que tinha certeza de que jamais encontrara antes.

A planície solitária atrás do círculo de pedras fora transformada pelo fluxo de pessoas. As cinco tribos haviam levantado seus círculos de tendas de couro e erguido cabanas de galhos entrelaçados, cada uma marcada por um poste com um crânio chifrudo de um touro no topo, e as tinham pintado com as cores da tribo: vermelho, azul, preto, ocre ou branco, o que parecera excessivo até que ela visse. O povo do rei Khattar seguia o touro vermelho, e seu estandarte, como os pilares de seu dólmen escolhido, era o mais alto.

— Para onde estamos indo? — perguntou Timul, conforme Elara a levava através das hordas falantes que eram reuniões em que artesãos expunham sua mercadoria: copos, tigelas e jarros de cerâmica, belos trabalhos em couro e madeira esculpida, velos e fardos de lã cardada, machados de pedra e pontas de lança e lâminas para arado. Mas não havia bronze. As armas do metal, altamente valorizadas, eram possuídas e distribuídas apenas por reis.

— Ao Touro Azul. — Elara apontou na direção da caveira pintada de ísatis, apenas visível sobre as cabeças da multidão. Meadas de lã tingidas de azul pendiam da base, levantando-se suavemente com a brisa. Os chifres estavam entremeados de flores de verão.

— Eles são a tribo ai-zir mais ao norte. O centro sagrado deles é Carn Ava.

— Ah. Onde as sacerdotisas moram. — Timul assentiu, mal escondendo a animação. — Eu esperava que ela estivesse lá. Siga.

A tenda de Ayo era fácil de encontrar – era tão grande quanto a de um chefe. As pilastras eram belamente esculpidas, e o couro que a cobria era pintado com sinais sagrados com ísatis azul. Os olhos da Deusa sobre a entrada observavam conforme ela se aproximava. Uma jovem mulher que estava moendo grãos num pequeno moinho manual perto da porta se levantou.

— Entrem, honradas. Minha senhora as espera.

O dia estava quente e os lados da cabana tinham sido suspensos para que entrassem o ar e a luz. A moça que as recebera agora fazia um gesto para que se sentassem em almofadas de couro estofadas com grama, enquanto oferecia água fresca em copos de cerâmica com marcas de corda que os tornavam fáceis de segurar. Conforme ela se afastou de novo, a cortina que separava a parte da frente da cabana da área privada foi puxada e Ayo em pessoa apareceu.

Como sua atendente, a sacerdotisa usava uma veste azul simples sem mangas, presa nos ombros com alfinetes de osso. O cabelo estava enrolado em uma rede presa na testa por uma faixa. Diferentemente de qualquer outra mulher de posição que Elara já vira, Ayo não usava nenhum colar. Mal precisava deles – usava um manto de poder que recordava Elara de Mahadalku ou mesmo de Timul. A esposa de Micail, Tiriki, tinha aquela aparência quando estava liderando um ritual, Elara recordou-se com tristeza.

Timul ofereceu à outra mulher a saudação dada a uma grã-sacerdotisa de Caratra, e, sorrindo, Ayo fez a resposta apropriada.

— É verdade o que dizem. Você é da sororidade das terras distantes.

Ayo era mais velha do que parecera a princípio, mas tomou seu lugar com uma graça flexível que lembrou Elara da filha dela, Anet.

— Mas nossa terra não existe mais — Timul respondeu, sem graça. — Precisamos aprender que rosto a Deusa usa nesta terra, ou Ela pode não prestar atenção em nós.

— Isso é bom. — Ayo sorriu. — Você fala bem nossa língua, mas com o sotaque da tribo do Touro Negro. Ouvi que alguém oferecia serviço às nossas irmãs quando visitaram as casas estranhas de pedra perto da costa. É um prazer conhecê-las. Mas me pergunto: por que vieram aqui?

— Os sacerdotes do meu povo farão uma grande magia amanhã. Fui chamada para participar.

— E você, criança? Tem habilidades de cura, entendo. — O olhar cinzento de Ayo se virou e Elara achou difícil desviar os olhos.

— Eu também sou cantora — ela respondeu. — E vou ajudar a construir o círculo de pedra.

— Ah. E essa magia serve qual propósito?

Elara mordeu o lábio, sem ter certeza de como responder. Os acólitos e chelas não sabiam de tudo, mas ela ouvira o suficiente para saber que os Guardiões não acreditavam que o rei Khattar entendia o propósito do círculo e preferiam que as coisas ficassem daquele jeito. E aquela era a esposa de Khattar, por mais independente dele que ela fosse. Elara não gostava de mentir, então precisaria escolher as palavras com cuidado.

— Sou uma serva da Luz — ela disse, lentamente — e creio que, quando o círculo for terminado, trará luz para a terra.

— A luz já está na nossa terra. Corre como um rio. As almas de nossos ancestrais tomam suas correntes para o Além-Mundo e então voltam para os úteros de nossas mulheres novamente.

Ayo franziu o cenho, pensativa.

— Eu soube que os xamãs não estão felizes com o que fazemos — Timul falou subitamente — e que iam parar o trabalho se nossos sacerdotes não tivessem o apoio do rei. Acha que estamos... errados?

— Talvez. Talvez não. Mas vocês são poucos — disse Ayo —, e há muitas coisas que não entendem.

— Como assim? — Elara demonstrou a incerteza nos olhos.

— Se eu *pudesse* lhe contar, não precisaria. — Ayo sorriu. — Mas todos nos tornaremos um só povo com o tempo.

— Está falando de um casamento entre sua filha e lorde Micail?

Ayo riu.

— Khattar e a rainha Khayan é que desejam *essa* união. Mas minha filha não é destinada ao coração de nenhum homem. Vai se entregar de acordo com a vontade da Deusa, não do rei. Não é assim entre vocês?

Timul fez que sim.

— Em minha ordem, sim, somos livres.

— Khattar apenas deseja prender seu povo a ele — disse Ayo. — Se não pelo leito marital, vai buscar seu objetivo por outros meios. As esperanças dele podem ser altas demais, mas vocês cuidam dos seus — ela completou, sorrindo.

Isso é uma ameaça ou um aviso?, pensou Elara, chocada.

Naquele momento, a criada entrou com um cesto de bolos chatos cobertos de mel e a conversa tornou-se constrangidamente social. Mas depois, enquanto Elara acompanhava Timul de volta para o acampamento atlante, ambas estavam ainda intrigadas a respeito do significado do sorriso enigmático de Ayo.

***

No dia escolhido para levantar as pedras, as pessoas se reuniram no entorno da vala que circulava a vila, murmurando como uma grande colmeia. De frente para a entrada, fora colocado um banco para o rei Khattar.

Para Micail, era desolador ver e cumprimentar os cantores que esperavam dentro do círculo como tantos fantasmas de sua vida passada, as vestes brancas e finas ainda cheirando aos temperos atlantes distintos com os quais tinham sido empacotadas. Suas próprias vestes, uma túnica belamente feita, mas um tanto grande, emprestada de Ocathrel, arrancavam exclamações de admiração dos outros e até um número de lágrimas reminiscentes. Mas rapidamente a maioria dos cantores se ajeitou no lugar, posicionados de acordo com o alcance de voz.

Quando o silêncio era total, Micail assentiu e jogou um punhado de olíbano em cada um dos três potes de incenso em tripés no lugar de Nar-Inabi, no quadrante leste. As brasas quentes piscaram como estrelas vermelhas conforme a resina começou a derreter, jogando a fumaça perfumada no ar. A doçura pesada familiar apertou a garganta dele, e por um momento Micail estava de novo no Templo da Luz em Ahtarrath; mas no mesmo momento Jiritaren, de pé no ponto sul, sussurrou a outra Palavra de Fogo e sua tocha negra acendeu em chamas.

Sahurusartha ajoelhou-se diante de uma pequena vasilha de mármore colocada em um altar baixo no oeste e entoou a forma alkonense do Hino de Conciliação para Banur de Quatro Rostos, Destruidor e Conservador, Deus do Inverno e da Água; enquanto o sacerdote de Tarisseda Delengirol levantou e baixou duas vezes um prato filigranado de sal para o norte, pois Ni-Terat era honrada sem palavras.

Micail foi da ponta sul do aterro, segurando alto o cajado. O castão de oricalco na cabeça brilhava como uma estrela no sol do meio-dia.

— Pelo poder da Santa Luz, que este lugar seja purificado! — ele gritou. — Pela sabedoria da Santa Luz, que seja protegido! Pela força da Santa Luz, que seja seguro!

Ele se virou para a direita e lentamente começou a andar em torno do círculo, enquanto os outros três seguiam, purificando cada quarto com os quatro elementos sagrados. Conforme o faziam, os outros sacerdotes e sacerdotisas cantavam baixo:

— A subida de Manoah liberta o mundo
Da noite mais escura;
De era em era renascemos
E saudamos a Luz!

Micail sentia o deslizar e a mudança de gravidade familiares que lhe diziam que a proteção se erguia em torno deles. Não era apenas a fumaça copiosa de incenso que fazia tudo além do círculo ondear como se fosse visto através da água. Os cantores estavam separando as pedras do mundo comum...

— Dentro deste fano santo vemos
Com visão espiritual...
Senhores da Fé e da Sabedoria venham
Abençoem nosso ritual!

Ele completou o circuito conforme o canto terminava e ficou de pé por um momento, ouvindo. Tinham formatado bem as pedras para conter tanto som quanto energia. Fosse qual fosse o barulho que os ai-zir pudessem estar fazendo fora do círculo, era menor que o sussurro do vento nas árvores. Ele soltou o fôlego, aliviado. Falando com os trabalhadores nativos, havia se acostumado a pensar nas pedras como a Roda do Sol, mas o que haviam projetado tinha o intento de funcionar como um ressoador, amplificando ondas de som em uma força que podia ser dirigida pelas linhas de energia que fluíam pela terra. Com aquele poder sob o comando deles, poderiam construir um novo Templo para rivalizar com o antigo. Estritamente falando, uma proteção tão poderosa não teria sido necessária para aquele tipo de Trabalho, mas ele tinha respeito suficiente pelo poder dos xamãs de Droshrad para tomar precauções contra qualquer chance de interferência mágica.

Assim que os elementos sagrados tinham retornado a seus altares, Micail e os outros hierarcas removeram suas máscaras e se juntaram às fileiras de cantores. Ele tomou um momento para examinar cada um ao passar – os sacerdotes mais experientes já estavam sem expressão em concentração, os mais novos de olhos arregalados com nervosismo de última hora.

Haladris tinha assumido sua posição e se dirigiu a todos eles:

— Vocês sabem o que fazer. — Ele fixou cada líder de grupo com o olhar de pálpebras caídas por sua vez. — Eu lhe darei as notas-chave, e então os baixos vão projetar o som na direção da pedra. Conforme o acorde se constrói, vai subir, e eu vou dirigi-lo. Lembrem-se! É de concentração, e não de volume, que precisamos aqui. Vamos começar.

Baixo, ele murmurou a sequência curta e aparentemente inócua de notas que vinham ensaiando pelos últimos dias.

Haladris levantou a mão, e os três baixos, Delengirol, Immamiri e Ocathrel, emitiram um murmúrio sem palavras tão profundo que parecia vibrar saindo da própria terra. A pedra ainda não se moveu, é claro, mas o primeiro movimento em resposta das partículas internas era aparente para o olhar interno de Micail.

Os barítonos entraram, Ardral e Haladris dominando até modularem a voz, mesclando-se com Metanor, Reualen e outros naquele alcance até que todas as gargantas produziam a mesma nota rica. A energia fervilhante em torno da pedra-alvo se tornou quase perceptível para a visão comum conforme Micail e os outros tenores entraram na ressonância crescente, equilibrando o alcance médio.

Os arenitos balançavam, a face côncava brilhando estranhamente com luz interna. Agora o momento exigia cuidado para que não estilhaçassem a pedra em vez de levantá-la.

As contraltos se juntaram à harmonia em desenvolvimento, e então entraram as sopranos, dobrando o volume, e a música se tornou um arco-íris de som sobrepujante. As pedras se moveram – era possível ver o espaço vazio debaixo delas.

Suavemente, os cantores modularam o grande acorde para cima. Os arenitos subiram acima de seus joelhos, e então para a altura da cintura, movendo-se com a música até que estivessem na altura dos ombros... e os passaram. Micail sentia o poder maciço fluindo através de Haladris e em torno dele, enquanto ele usava o próprio dom para aumentá-lo e refiná-lo.

Os dólmens verticais tinham três vezes a altura de um homem. Conforme o lintel de arenito flutuou na direção de seu destino, as cabeças dos cantores foram para trás para mantê-lo em vista.

Mais uma vez, a vontade severa de Micail controlou suas emoções enquanto a subida lenta dos braços do arquissacerdote elevava as vozes e, com elas, a grande pedra de arenito. Observando-a subir na maré de som, Micail sentiu seu espírito se expandir com uma alegria que era totalmente pura. *Isso* – o pensamento voejou em sua consciência –, *isso é o que buscamos. Não é poder, e sim harmonia...*

A pedra hesitou, pairando sobre os topos das rochas verticais. Haladris a levou uma fração mais alto, assim ficaria acima das saliências das respigas no centro de cada, então a soltou para a frente até que os ocos do lado de baixo do lintel estivessem bem acima delas; e, baixando um pouco as mãos, modulou o volume do canto e permitiu que a pedra se assentasse no lugar.

Micail se endireitou e soltou o fôlego em um longo suspiro. Tinham conseguido! Ele assentiu para os cantores, cujo rosto vicejava com um orgulho silencioso. Mas os ombros deles baixaram, e ele sabia que compartilhavam de sua exaustão também. Mais uma vez, conseguia ouvir o murmúrio da multidão do lado de fora, agora agudo de assombro. O rei Khattar sorria como se tivesse vencido uma batalha. Os tambores já soavam. Micail encolheu-se a cada batida, como se sentisse os golpes em sua própria carne, mas sabia que não iriam cessar. *É como pedir aos gansos selvagens para não voar.*

***

O rei Khattar, extasiado com o sucesso do Trabalho, estava determinado a celebrar como se ele próprio tivesse levantado a pedra. Os outros sacerdotes e sacerdotisas tinham recebido permissão para se retirarem a seus aposentos, mas o rei insistira para que Micail ficasse para representá-los no banquete. Ele bocejava e tentava focar os olhos turvos. A noite estava bonita e quase sem vento, e as fogueiras nas quais cada clã e chefe tribal banqueteava brilhavam como estrelas espalhadas. As tendas do rei Khattar ficavam mais próximas do círculo. Ele estava agora entronado de forma curiosa em um banco sobre o qual seus homens haviam jogado um couro de boi vermelho. Seu sobrinho e herdeiro, Khensu, sentava-se em um banco aos seus pés. Havia outros bancos para convidados importantes, mas os guerreiros do rei relaxavam à vontade nas peles estendidas sobre o chão. Tjalan, Antar e seus oficiais estavam agachados um pouco mais adiante, ao lado dos filhos dos chefes de outras tribos.

Tochas haviam sido levantadas diante do dólmen completo para que o rei continuasse a olhar para ele, enlevado. Luz vermelha brincava nas duas pedras verticais imensas e no lintel pesado que as coroava, nítida contra as estrelas frias, e Micail subitamente teve a fantasia estranha de que tinha se tornado um grande portal para o Além-Mundo. *E o que eu encontraria se passasse entre elas? Tiriki me espera do outro lado?*

Segurando a caneca para a encherem novamente, ele percebeu tarde demais que a donzela graciosa levando a jarra era Anet.

— Sua magia de fato é grandiosa — ela disse, ao se curvar mais que o necessário para apenas servir a bebida.

Ao menos ela estava totalmente vestida desta vez, mas Micail ainda se retraiu um pouco, atordoado pelo perfume do cabelo dela. Com isso, ela riu baixo e, passando a jarra para uma das outras moças, deslizou para o lado dele no banco.

— Agora que a pedra está de pé, não precisa mais dormir sozinho, é?
— Sabe que meu príncipe não permitirá que eu me case...

Ela balançou a cabeça, os olhos brilhantes.

— Eu dou risada! São palavras para dizer para meu pai, não para mim. Eu sei, em posição, vocês são iguais. Mas não precisa ter medo. Casamento foi ideia de meu pai, não minha.

Ela se recostou nele com um sorriso sedutor, a carne quente mesmo através da túnica grossa dele.

Micail levantou a mão para afastá-la, mas, de algum jeito, ela pousou sobre o cabelo sedoso dela. Ele apertou as sobrancelhas em confusão.

— Então por quê? Por que você...

"*O que está fazendo?*" era o que ele queria dizer, mas sua língua não obedecia.

— Você serve à Verdade — ela então disse. — Pode de verdade dizer que não me deseja?

Ele sentiu o sangue correr para o rosto, e outro lugar também, e, sem uma decisão consciente, puxou-a para perto e seus lábios encontraram os dela. A boca era muito doce, e ele estava dolorosamente consciente de quanto tempo fazia desde que tivera uma mulher nos braços.

— Você me respondeu — ela disse quando ele por fim a soltou. — Agora eu lhe respondo. Não quero ser sua esposa, ó príncipe de terras distantes. Mas quero ter seu filho.

A mão dela foi para baixo. Ele certamente não podia negar que a desejava agora.

— Não aqui, não ainda — ele disse, com uma voz rouca. — Seu pai está observando...

E de fato, em um momento, ele ouviu o rei Khattar chamar seu nome. Micail virou-se de um salto. O rei sorria. Teria visto?

— Agora as pedras *estão* de pé, não? Agora todo o mundo vê meu poder! — O riso real ecoou pelas paredes. — Chegou a hora de usá-lo!

Micail retesou-se, alarmado.

Khattar inclinou-se para a frente, o hálito cheirando a vinho e carne.

— Mostramos a eles, é! Todos os povos que não seguem o Touro! O povo da lebre, os ai-akhsi que moram na terra que chamam de Beleri'in, eles nos desafiam. E os ai-ilf, a tribo do javali para o norte, eles roubam nosso gado! Vamos atacá-los agora, não para saquear, mas para conquistar, pois levaremos espadas que não curvam nem quebram em batalha! Espadas que cortam madeira, couro e osso!

Micail balançou a cabeça, tentando clarear o efeito duplo da excitação e do álcool, enquanto Anet saía de seu lado e se misturava à multidão. O príncipe Tjalan estava alerta também, olhos apertados, esforçando-se para ouvir o que acontecia do outro lado da fogueira.

— Vocês têm boas lâminas de bronze forte — começou Micail, mas o rei bateu no joelho.

— Não! Eu vi suas lâminas de beiradas brancas cortando madeira com a mesma facilidade com que nossas facas cortam grama!

Khattar bateu a mão na adaga embainhada que pendia em seu pescoço em uma tira trançada, fazendo os pequenos pregos dourados crivados no cabo brilharem na luz do fogo. Khensu tinha se levantado e agora assomava atrás do tio, a mão no punhal da própria lâmina.

Micail sufocou um gemido. Havia aconselhado Tjalan contra deixar que seus homens demonstrassem o fio de suas lâminas de modo tão casual.

— Não temos o bastante delas para armar seus guerreiros — ele começou, mas Khattar não parava de urrar.

— Mas *vocês* são os grandes xamãs previstos em nossas lendas! Nós vimos! Vão fazer mais.

Micail balançou a cabeça, imaginando se ousaria admitir que *não poderiam* fazer isso, ainda que quisessem. Em tempo, até o oricalco que beirava as espadas que tinham começaria a descascar até por fim se dissolver em seus componentes minerais; e, entre todos os sacerdotes e magos que tinham escapado do Afundamento, não havia um sequer – até onde ele sabia – com o talento necessário para forjar o metal sagrado.

— Vai jurar que fará isso — o sussurro rouco de Khensu ressoava em seu ouvido, conforme um braço forte apertou os seus dois para o lado e ele sentiu o beijo frio do metal na garganta. — Ou você experimenta *isso*.

Micail lançou um olhar frenético para Tjalan, mas o príncipe alkonense não podia ser visto. Se Tjalan pudesse chegar a seus homens, ao menos eles poderiam proteger os outros. Ele respirou fundo uma vez, então outra, e, conforme o pulso disparado começou a ficar mais calmo, achou ter ouvido gritos de trás da fogueira. *Grande Criador,* ele rezou com fervor, *não deixe que peguem Tjalan!*

Uma multidão de homens veio empurrando para a frente e Micail reconheceu dois chefes de outras tribos, com guerreiros atrás deles.

— Por que o rei Khattar quer matar o xamã estranho antes que ele termine de levantar as pedras? — veio uma voz de moça, provocativamente familiar.

Seria Anet? Ele se esforçou para ver, tentando entender.

— Você é o grande rei, Touro Vermelho, mas não está sozinho! — gritou o homem que mandava nas terras onde ficava Carn Ava. — Solte o sacerdote estrangeiro.

O braço de Khensu se retesou, músculos duros como corda debaixo da pele, e Micail sentiu um gotejar morno de sangue correr por seu pescoço. O rapaz cheirava a fumaça de madeira e medo.

— Se quiser ser rei depois de seu pai, deve obedecê-los agora — disse Micail, mas Khensu não ouvia.

Mesmo durante o tumulto e o alvoroço, dava para ouvir a batida regular de passos. Tjalan voltara com seus soldados.

Micail não sabia se ficava feliz ou triste, mas não teve tempo de pensar. Em um fluxo disciplinado, os lanceiros forçaram uma abertura entre amigos e inimigos – e uma só azagaia fez uma curva pelo ar.

Mais tarde, Micail pensou que o arremesso do guarda tinha sido apenas para amedrontar o rei. Mas Khattar, levantando-se do assento como um urso enfurecido, foi atingido diretamente no ombro. Com um grito abafado, ele girou e caiu. O aperto de Khensu se soltou, a faca caindo para longe da garganta de Micail. Aproveitando a chance, Micail pegou a mão que seu captor usava para segurar a arma e a torceu, saltando livre – subitamente os soldados estavam todos em torno dele.

Uma engolida cuidadosa assegurou a Micail que sua garganta não fora cortada. Ele viu Khensu lutando com um dos soldados enquanto Khattar jazia enrodilhado no chão, xingando e apertando o ombro atravessado. Micail atravessou o círculo protetor de soldados e se ajoelhou ao lado do rei, abrindo os dedos ensanguentados do homem para examinar o dano. Khattar olhou para ele com uma fúria incompreensiva quando Micail apertou a mão forte contra a ferida para controlar o sangramento. Virando-se, ele respirou fundo.

— Não se mexa — era a voz que havia ajudado a levantar a pedra, e ela fez a multidão ficar em silêncio de choque. — O rei Khattar está vivo!

— Voltem para suas fogueiras. Faremos um conselho pela manhã — a voz de Tjalan ecoava a sua e, se não trazia compulsão, todos ainda reconheciam a nota de comando.

Lentamente a multidão começou a se dispersar. Tjalan se curvou e colocou a mão no ombro de Micail.

— Você está bem?

— Vou sobreviver — disse Micail, tenso —, e ele também. Peguem uma tira e um pano!

Micail só levantou os olhos para o primo quando terminou de atar as feridas de Khattar.

— Isso foi uma má ação.

Tjalan se limitou a sorrir.

— O que foi, está triste porque o resgatei?

— O menino já estava em pânico. Em mais um momento, eu o teria convencido a me soltar.

— Talvez. — O olhar de gavião do príncipe pousou por um momento em seus guardas, que haviam tomado posição em torno deles. — Mas esse momento estava para acontecer. Melhor agora que depois, não acha?

Não, pensou Micail, com uma careta, *melhor nunca. A profecia de Rajasta não previu este dia...* Mas algum aviso interior o fez ficar calado.

ᗘ QUINZE ᗘ

Durante o alto verão nos pântanos, os céus às vezes ficavam limpos por até uma semana. Diretamente sob o sol de olhos fechados, Damisa quase podia imaginar que se refestelava no calor brilhante de Ahtarrath. Até mesmo na sombra do recinto que haviam construído para Selast morar durante o mês de reclusão que precedia o casamento estava quente.

Quente demais, pensou, abanando o rosto com a mão. *Eu me acostumei a morar nas brumas, e então estou nesta ilha por tempo demais.* E no entanto, mesmo que estivessem nos Reinos do Mar, ainda não teria Selast para si para sempre.

Conforme Iriel e Elis tiravam o roupão que Selast havia usado em seu banho ritual na Fonte Vermelha, o sol atravessando os galhos que fechavam o teto do recinto salpicavam a pele dela como a pelagem de um cervo jovem. Cinco anos nas neblinas da nova terra tinham desbotado a pele bronze dela para um dourado, e o trabalho físico constante lhe dera membros angulares, uma força dura e uma graça de movimento que recordavam Damisa mais uma vez de alguma criatura mais graciosa que a humana. Mas Selast não era um cervo jovem, ela pensou, com uma pontada súbita; era uma jovem égua com uma crina grossa de cabelo preto ondulado e fogo nos olhos.

— E agora a túnica — disse Iriel, levantando as dobras de linho azul nos braços —, e então vamos coroá-la com flores! — Ela olhou ao redor, franzindo a testa ao perceber que a cesta estava vazia. — Kestil e as outras crianças deveriam tê-las colhido pela manhã! Se eles se esqueceram...

— Vou correr para a vila — falou Elis, indo para a porta.

— Se vocês duas forem, vão cobrir o campo mais rapidamente — disse Damisa. — Vou ficar para velar sua noiva.

Quando tinham saído, Selast começou a andar pelo recinto. Tinha pegado a camisola de linho branca, e então o vestido azul – feito de linho que tinham plantado eles mesmos e tingido com isíatis nativa. Não era exatamente o azul usado pelas sacerdotisas de Caratra em casa, mas era próximo o suficiente para deixar Damisa desconfortável. Usar aquele azul era se oferecer ao serviço da Mãe. Damisa sentiu-se um pouco enjoada ao pensar no corpo esguio de Selast inchado com uma gravidez.

— Está nervosa?

— Nervosa? — respondeu Selast, com a virada rápida de cabeça que Damisa aprendera a amar. — Um pouco, acho. E se esquecer minhas falas?

Damisa não achava que fosse provável. Tinham treinado memorização desde que haviam sido escolhidas para o Templo quando crianças.

— Nervosa por se casar, quero dizer.

— Com Kalaran? — Selast riu — Eu o conheço desde que tinha nove anos, mesmo antes de sermos escolhidos como acólitos, embora precise admitir que não achava muita coisa dele até naquela noite em que fomos procurar Iriel. Ele sempre parecia tão irritado com todo mundo. Foi só então que percebi como ele ainda se sente culpado por sobreviver, sendo que Kalhan e Lanath e os outros se perderam. É por isso que ele é tão... sarcástico às vezes. Está tentando esconder a dor.

— Ah, é esse o motivo? — Damisa ouviu sarcasmo na própria voz e tentou sorrir. — Vai se casar com ele por pena, então, em vez de obrigação.

Selast por fim ficou imóvel, olhando para ela com uma careta.

— Talvez um pouco de ambos. E pelo menos somos amigos. Isso importa? Esse dia tinha que chegar.

— Em Ahtarrath sim, mas aqui? — Damisa se levantou subitamente e apertou os ombros magros de Selast. — Não temos Templo, e pouco resta de nosso sacerdócio. Por que deveríamos arruinar nossa vida para procriar mais?

Os olhos de Selast se arregalaram, e ela levantou a mão para tocar o cabelo de Damisa.

— Está com ciúme de Kalaran? Não vai mudar nada entre mim e você...

Mas já tinha mudado, pensou Damisa, olhando para a amiga de olhos arregalados.

— Você vai dormir ao lado dele, cuidar da casa dele e parir os filhos dele, e acha que não vai mudar?

Ela percebeu que estava gritando quando Selast recuou.

— Não precisa fazer isso! — ela suplicou. — Lembra das histórias de Taret sobre a ilha do norte, onde as mulheres guerreiras treinam? Podemos ir para lá e ficar juntas...

Selast balançou a cabeça com força, e, com um movimento abrupto, escapou do aperto de Damisa.

— E pensar que eu sempre fui a rebelde, e você, a sacerdotisa correta de nariz em pé! Você não está falando a sério, Damisa; é acólita de Tiriki! Kalaran precisa de mim — Selast continuou. — Naquela noite na montanha, ele me disse que, depois do Afundamento, perdeu toda a fé, não conseguia mais sentir os poderes invisíveis. Mas, quando nos apertamos juntos, perdidos e tremendo, ele percebeu que não estava sozinho.

— *Eu* preciso de você! — exclamou Damisa, mas Selast balançou a cabeça.

— Você me *quer*, mas é forte o suficiente para viver sem mim. Acha que foi para buscarmos nossos próprios prazeres que fomos poupadas, quando tantos outros morreram?

— Danem-se os que morreram, e dane-se Tiriki, também — murmurou Damisa. — Selast... eu te amo. — Ela se estirou para tomar a outra garota nos braços de novo, o coração cheio de tudo o que não conseguia dizer.

Ela a soltou rapidamente quando o portão se abriu e Iriel e Elis entraram, os braços cheios de flores. Com o rosto ardendo, a língua presa, Damisa saiu da casa da noiva e só foi seguida pelo som de risos.

***

A procissão de casamento estava vindo, fazendo a curva pela floresta e começando a tomar o caminho que levava para a encosta leste do Tor. Tiriki vislumbrou as vestes brilhantes deles através das árvores conforme o repique dos sinos era levado pelo vento. Com cuidado, Chedan acendeu um pedaço de madeira envolto em cera na lamparina e o jogou na lenha colocada na pedra do altar.

O vento fez a faísca se transformar em chama e levantou as pregas dos sacerdotes e das sacerdotisas que esperavam dentro do círculo de pedras. O peso da gargantilha e do diadema pareciam estranhos para Tiriki, que por tanto tempo não usara nenhum ornamento, e as pregas de seda eram estranhamente macias para alguém que tinha se acostumado com couro e lã grosseira.

*Vou me lembra*r, pensou Tiriki conforme a procissão de casamento subia a beira da colina, *mas não vou chorar. Não vou deitar nenhuma sombra no dia de Selast e Kalaran.*

Tiriki e Micail tinham se casado no templo que coroava a Montanha Estrela – o precinto mais sagrado de Ahtarrath. A união deles fora testemunhada por Deoris, Reio-ta e os clérigos superiores do Templo, e abençoada pelo velho Guardião Rajasta em um dos últimos rituais que ele celebrou antes de morrer.

Agora era Chedan quem recebia o par de noivos com os símbolos sagrados que adornavam seu tabardo brilhando no sol. Em vez da Montanha Estrela, o templo deles era aquele círculo grosseiro de pedras no topo do Tor. Embora aquele santuário no pântano não tivesse a majestade do de Ahtarrath, Tiriki aprendera o suficiente nos últimos cinco anos para suspeitar de que poderia estar à altura em poder.

Micail estivera resplandecente de branco, a tira dourada cruzando a testa não era mais brilhante que seu cabelo, e ela pela primeira vez havia colocado a túnica azul e o laço de Caratra, embora não fosse mais que uma criança. *Eu tentei começar a parir muito cedo?*, ela então se perguntou. *Era por isso que nunca conseguia parir uma criança viva? Até que viemos para cá,* completou ela enquanto Kestil e Domara vinham dançando na frente da procissão, espalhando flores pelo caminho. Mas Selast tinha chegado ao vigésimo ano, e a vida naquele lugar selvagem a deixara saudável e forte. Os bebês dela iriam prosperar.

Domara esvaziou a cesta de flores e veio correndo para o lado da mãe. Tiriki a pegou com gratidão, deleitando-se no peso morno da criança e no aroma de flores silvestres em seu cabelo ruivo. *Micail está perdido para mim, mas, em sua filha, uma parte dele ainda vive...*

Suas preocupações a impediram de ouvir as palavras de boas-vindas de Chedan. Tinha ficado tão empolgada em seu próprio casamento, tão completamente concentrada em Micail que mal as ouvira naquela primeira vez, também. O mago já prendia o pulso direito de Kalaran com o esquerdo de Selast e os passava, ainda unidos, sobre a chama que bruxuleava. Então, ainda presos, o casal seguiu do leste para o oeste em torno da pedra do altar.

Chedan os levava pelos juramentos formais nos quais prometiam criar seus filhos no serviço da Luz e agir como sacerdote e sacerdotisa um para o outro. Não havia palavras de amor, Tiriki notava agora, mas, para ela e Micail, o amor já estava lá.

As próprias estrelas previram nossa união!, o coração dela gritou, solto pelo estresse do momento do controle que lhe permitia sobreviver. *Então por que fomos separados tão cedo?*

A voz de Kalaran vacilou, mas as respostas de Selast eram altas e firmes. Eles tinham respeito um pelo outro, e talvez o amor crescesse com o tempo. Quando os juramentos longos terminaram, Chedan levantou as mãos em bênção e os mirou através do fogo.

— A esta mulher e a este homem, conceda sabedoria e coragem, ó Grande Desconhecido! Conceda-lhes paz e entendimento! Grande pureza de propósito e conhecimento verdadeiro para as duas almas que estão diante de ti. Conceda-lhes crescimento de acordo com sua necessidade e fortaleza para cumprirem seus deveres em total medida. Ó Tu Que És, homem e mulher e mais que ambos, permita que estes dois vivam em Ti, e para Ti.

Dessa parte, Tiriki se recordava. Presos punho com punho, ela sentiu o calor de Micail como o seu próprio e, na invocação, algo além, uma terceira essência que envolvia os dois em um poder que os unia enquanto transcendia. Sentia aquela esfera de energia agora, ainda que estivesse em sua margem, por um momento consciente não apenas da ligação entre Selast e Kalaran, mas da rede de energia que conectava todos no círculo, e além disso, a terra em torno deles, ressoando nas dimensões que ela sabia agora que existiam dentro e além dela, mas não podia ver.

— *Ó Tu Que És* — o coração de Tiriki gritou, ainda pensando em Micail. — *Permita-nos todos viver em Ti!*

***

Era estranho, pensou Chedan, ao sentar-se com a costela de veado que estivera mastigando, como a escassez mudava a atitude de alguém em relação à comida. Observando Tiriki e os outros atirando-se sobre o banquete que o povo da Vila do Lago tinha feito para honrar os recém-casados, ele se recordou de como, na Terra Antiga, o sacerdócio via a comida como uma distração do cultivo da alma. Mas, nos Reinos do Mar, o que pudesse faltar em terra e mar os navios mercantes eram capazes de suprir. Em Alkonath, não tantos anos antes, Chedan estava a ponto de se tornar corpulento. Agora, conseguia contar as próprias costelas.

Houve momentos, particularmente durante os meses de inverno, em que a única coisa que restara para comer era mingau de milhete, quando Chedan se perguntara por que lutava tanto para manter o corpo vivo. Mas mesmo o Templo reconhecera que os prazeres da mesa e da cama de casal ajudavam a reconciliar o homem com a encarnação em corpos físicos, cujas lições eram necessárias para a evolução da alma. E então ele mastigava lentamente, saboreando a interação do sal e da gordura com os sabores das ervas que eram esfregadas nos assados e a carne vermelha sumarenta do cervo.

— Foi uma bela cerimônia — Liala comentou. — E o poder do Tor é... até maior do que tínhamos pensado. Não é?

Ela tinha passado boa parte da primavera doente, mas se recusado a perder aquela celebração.

— Imagino que alguém tenha percebido isso, mesmo aqui, porque construíram o círculo de pedras para concentrar o poder — observou Rendano, que estava sentado do outro lado da mesa.

Ele franziu o cenho, como se duvidasse que aqueles primitivos fossem conseguir tal feito.

— Não somos os primeiros de nosso tipo a chegar aqui — disse Alyssa, em uma voz monótona. — O Templo do Sol que estava ao lado do rio Naradek, na costa desta terra, está em ruínas agora, mas a sábia deste povo é uma espécie de iniciada.

— Uma espécie de iniciada! — Rendano repetiu, com desdém. — Isso é tudo que vamos deixar para trás? O que os filhos *dela* saberão da grandiosidade de Atlântida?

Ele fez um gesto em direção a Selast, que tentava dar um pedaço de pão na boca de Kalaran, que ria.

— Atlântida se perdeu — disse Chedan, em voz baixa —, mas os Mistérios permanecem. Temos muito o que fazer aqui.

— Sim... vocês se lembram do labirinto de sebe abaixo do templo na Montanha Estrela? — Tiriki perguntou a eles. — Não foi feito para ensinar o modo de passar entre os mundos?

— Somente em lendas — Rendano desdenhou — esses artefatos são um treinamento para a alma.

— Naquela noite em que Iriel se perdeu... — ela se esforçou para encontrar as palavras certas. — Andei pelo labirinto no coração do monte e cheguei a um lugar que não era deste mundo.

— Você vagou em espírito enquanto dormia na encosta — Rendano disse, com um sorrisinho.

— Não, acredito nela — Liala discordou. — Eu a segui pela passagem feita pelas águas da Fonte Branca e voltei para a entrada para esperar por ela quando senti dores no quadril. Ela não saiu por aquele caminho, e nós a encontramos no topo do Tor.

— Então havia outra saída...

— Os acólitos esquadrinharam aquele monte à luz do dia e não encontraram nenhuma — observou Chedan. — Eu mesmo explorei a passagem para a fonte sem encontrar o túnel. Creio que esteja lá, embora não tenha argumento para isso.

— Você vem falando bastante com Taret ultimamente... — Chedan se virou para Alyssa. — O que ela diz?

Lavada, penteada e portando suas vestes cerimoniais, a vidente parecia ter recuperado algum grau de estabilidade emocional e mental. Bem poderia aproveitar seus momentos passageiros de claridade.

— Muita coisa que posso não dizer — respondeu Alyssa, com um sorriso que os recordou da mulher que tinham conhecido em Ahtarrath. — Mas eu *vi* — a voz dela vacilou, e Liala estendeu a mão como apoio. — Vi um monte de cristal com o padrão de um labirinto brilhando de luz.

Ela estremeceu e olhou em volta, como se imaginando o que estava fazendo ali.

Liana lançou um olhar acusatório para Chedan e então passou uma caneca de cerâmica com água para Alyssa.

— Obrigada, Alyssa — Tiriki disse em voz baixa, dando batidinhas no ombro dela. — Era o que eu estava tentando dizer. — Ela se virou para os outros. — Talvez fosse alguma conjunção rara de estrelas que abriu o caminho ou talvez fosse só para mim. Mas eu imagino que, se fôssemos cortar o padrão de labirinto do lado de fora do monte, por algum motivo sinto que poderíamos aprender a chegar no Além-Mundo caminhando por ele. E quem sabe o que poderemos aprender então?

— Imaginação e ideias — murmurou Rendano, não muito baixo.

Mas Chedan franziu o cenho, pensativo.

— Por tanto tempo nosso trabalho aqui tem sido dirigido apenas para a simples sobrevivência. Será que agora é hora de construir sobre essas fundações, de reunir nossos cantores juntos e criar alguma coisa noiva?

— Quer dizer levantar pedras e construir uma grande cidade em volta do Tor? Não acho que o povo do pântano ficaria muito confortável ali... — disse Liala, duvidando.

— Não — murmurou Chedan. — As cidades são erguidas por uma razão. Acho que este local nunca será capaz de aguentar tal população, nem deveria. Começo a vislumbrar alguma coisa diferente. Talvez... Vamos começar por apenas traçar o labirinto em torno da superfície do caminho e aprender a seguir por esse caminho espiral... Acho que nos foi dada uma oportunidade de criar neste lugar o tipo de harmonia espiritual que um dia existiu na Montanha Estrela.

— Um Templo novo? — perguntou Rendano, em dúvida.

— Sim, mas não será como nada que foi antes.

***

— *Lontra é uma serpente com pelos...*
Ai iá, ai iá iá!
Que bom caçador ele será,

Ai, iá iá...
Uma dúzia de vozes se juntou conforme Lontra se levantava do banco e girava em torno do círculo, fingindo atacar um ou outro comensal ao passar.

Em honra ao casamento, o povo do pântano fizera uma grande quantidade do que chamavam de cerveja de urze. Era apenas moderadamente alcoólica, mas, como os atlantes normalmente se abstinham de álcool e os nativos bebiam apenas nos festivais, mesmo pouco dava para muita coisa. Embora no começo tivesse feito careta para a mistura de sabores de ervas apenas levemente adoçada com mel, Damisa tinha seguido para uma apreciação expansiva que a fez voltar ao odre que pendia do carvalho para mais. Depois do quarto copo, tinha parado de contar.

— Elis se arrasta na lama...
Ai iá, ai, iá, iá!
Avise se achar comida lá!
Ai, iá, iá...
Ela notou, sem surpresa, que os cantores tinham ficado sem aldeões para provocar, então começavam com os atlantes. Aquela tolice jamais teria sido tolerada em casa. Nem haveria uma celebração pública depois de um mero casamento. Era uma medida do quanto os novos e velhos habitantes do Tor tinham se tornado uma comunidade que os aldeões tivessem oferecido um banquete para os recém-casados na campina larga pela margem. Tiriki e Chedan aceitaram somente após um debate sério com os outros. Em Atlântida, uma união entre os da classe sacerdotal era ocasião de alta cerimônia, não de piadas ruins e bebidas fortes.

Mas por que eu deveria me preocupar?, Damisa perguntou a si mesma conforme o alarido em seus ouvidos aumentava. *Nem pelo velho costume, nem pelo novo haverá um companheiro para mim...*

— Liala em seu vestido azul...
Ai iá, ai iá, iá!
Vai nos dizer o que fazer?
Ai, iá, iá...
O jogo exigia que a pessoa sendo "homenageada" se levantasse e dançasse em torno do círculo. Liala, de bochechas coradas e olhos ardentes, fez um círculo lento e então, acompanhada por uma torcida entusiasmada, plantou um beijo cordial no líder dos cantores, um velho de barba branca que era a coisa mais próxima que os aldeões tinham de um bardo.

— Selast, que corre como o vento...
Ai, iá, ai iá, iá!
Não vai parar e se divertir um tanto?
Ai, iá iá...

Não vai mais..., pensou Damisa, sombriamente. *Vai ficar presa agora, à disposição de Kalaran...*

O brilho do dia comprido de verão agora se suavizava em um pôr do sol luminoso. Copas de árvores ladeavam a clareira com um entrelaçar de galhos negros contra o rosa pálido do céu oeste, mas, a leste, a longa encosta do Tor ainda era iluminada. Por um momento, Damisa teve a impressão de que o brilho vinha de dentro. Ou talvez fosse apenas a bebida, ela disse para si mesma então, pois, quando piscou e olhou de novo, só conseguia ver uma massa escura acima das árvores.

— Kalaran nos ensinou a remar...
Ai iá, ai iá, iá!
Ensinem ele a acasalar com a fêmea!
Ai, iá iá...

Alguém chamou na língua do povo do pântano e foi respondido com vaias e riso. Damisa levou alguns instantes para perceber que chamavam voluntários para acompanhar o casal de noivos para a cama. Ela se permitiu um olhar para sua amada. A coroa de flores de Selast estava de lado, os olhos ardendo com uma mistura de animação e apreensão.

— Vá com seu *marido*... — ela murmurou, levantando o copo em uma saudação irônica. — E, quando estiver nos braços dele, que deseje que ainda estivesse nos meus.

Os acompanhantes voltaram e a dança recomeçou. Reidel havia assumido um dos tambores. Os dentes dele brilhavam brancos no rosto escuro quando sorria, os dedos batendo na pele esticada. Ela observou com algum ressentimento que ele parecia estar se divertindo. Alguns dos marinheiros giravam de mãos dadas com garotas da vila. Iriel estava sentada com Elis em um tronco na beira da clareira. Lontra estava perto delas, e, enquanto Damisa observava, Iriel riu de algo que ele dissera e permitiu que ele a levasse para a dança.

Quando Damisa se levantou para encher o copo, encontrou Tiriki, que se preparava para ir embora da celebração, segurando uma Domara sonolenta pela mão. Chedan e os outros sacerdotes superiores já tinham ido embora.

— Passou bastante da hora de dormir — disse Tiriki, com um sorriso —, mas ela queria ver a dança.

— Com certeza é diferente do jeito como celebrávamos as coisas do Templo — respondeu Damisa, azeda, relembrando as refeições requintadas e as danças majestosas.

— Mas dá para entender o motivo. A sobrevivência é tão incerta aqui. Não é de se espantar que, quando as pessoas têm fogo e comida em abundância, se deleitem com isso. É uma afirmação de vida para eles, e para nós também. Mas agora é hora de dormir, não é, minha querida? — Tiriki adicionou, quando Domara bocejou. — Vai andar conosco de volta para o Tor?

Damisa balançou a cabeça.

— Não estou pronta para dormir.

Tiriki olhou para o copo na mão de Damisa e franziu o cenho, como se considerando se deveria exercer sua autoridade.

— Não fique aqui matutando. Sei que você e Selast eram próximas, mas...

— Mas é possível viver sem um companheiro, diria? Como a senhora? — enquanto falava, Damisa já sabia que a cerveja a traíra.

Tiriki se endireitou, os olhos faiscando, e Damisa deu um passo involuntário para trás.

— Como eu? — Tiriki falou com uma intensidade baixa. — Reze aos deuses que jamais conheça a alegria que conheci, para que não sinta um dia a minha dor.

Ela se virou abruptamente e foi embora, deixando Damisa olhando de modo estúpido.

Os acontecimentos se tornaram um pouco nebulosos. Em um momento, ela levantou os olhos e viu Lontra e Iriel indo para os arbustos, de braços entrelaçados. Ela ficou de pé, piscando. Restavam poucas pessoas ao lado do fogo. Reidel era uma delas.

— Minha senhora, está bem? — ele foi rapidamente para perto dela. — Posso ajudá-la a voltar para a Casa das Donzelas?

— Bem? Muito bem. — Damisa soltou uma risadinha e se apoiou no ombro dele.

Ele cheirava a cerveja de urze e suor.

— Mas estou... um pouco bêbada. — Ela soluçou e riu outra vez. — Talvez seja melhor esperarmos... um pouco.

— Andar vai ajudar — ele disse com firmeza, enfiando o braço dela no dele. — Vamos pelo caminho que circula o Tor.

Damisa não tinha certeza total de que gostaria de perder o zumbido quente da cerveja. Mas já havia notado antes que o braço de Reidel era forte e reconfortante. Apoiar-se nele não a fez sentir-se melhor, e, quando se sentaram para descansar em um barranco coberto de grama, pareceu natural pousar a cabeça no ombro dele. Gradualmente, sua tontura começou a melhorar.

Ela levou um pouco de tempo para notar que leves tremores balançavam o músculo duro sob o rosto dele. Endireitou-se, balançando a cabeça.

— Agora está tremendo... está com frio ou sou pesada demais para você?

— Não... — a voz dele também pareceu tensa. — Nunca. Fui tolo em pensar que poderia... que você não saberia.

— Saberia o quê?

Ele a soltou de modo abrupto e se virou, o corpo uma forma escura contra as estrelas.

— Como é difícil para mim segurá-la e não fazer mais nada...

Aquela cerveja de urze soltou seu controle também, ela então pensou, *ou não ousaria dizer tanto!* Mas por que deveria recusá-lo, considerou, já que Selast estava perdida para ela?

— Então faça! — ela disse, pegando o braço dele e o puxando para ficar de frente para ela.

Reidel veio para mais perto em um só movimento suave que a tomou de surpresa, um braço apertando sua cintura enquanto o outro se levantava para se embaraçar em seus cabelos. Em mais um momento, ele a apertara de encontro a ele e seus lábios buscavam os dela, primeiro hesitantes, então com força, conforme a necessidade dela respondia à dele. As estrelas giraram acima quando ele a deitou sobre a grama, as mãos primeiro questionando, depois exigindo, enquanto rendas e alfinetes cediam.

O fôlego dela se tornou mais rápido conforme o fogo lento que não devia nada à cerveja de urze começou a queimar sob a pele. Nos momentos em que seus lábios não estavam ocupados de outro modo, a voz de Reidel era um acompanhamento sussurrado de assombro e adoração.

Isso não está certo, pensou Damisa em um momento de lucidez, conforme ele a soltou para tirar a túnica. *Sou apenas movida pelo desejo, e ele, por amor...*

Mas então Reidel rolou de volta e sua mão errante encontrou o santuário entre as coxas dela. O desejo desceu sobre Damisa como a chegada de uma deusa, derretendo todos os seus pensamentos de controle, e ela recebeu a força dura dele conforme o corpo de Reidel cobriu o seu.

***

Tiriki jazia acordada na cama estreita, mas o sono não vinha. Podia ouvir o bater dos tambores da fogueira do círculo como o pulso disparado de um homem e uma mulher nos espasmos do amor. Os lábios dela se torceram com uma diversão irônica. Vinham arquejos e risos dos arbustos conforme ela carregava Domara de volta para a cama, e ela ficara feliz porque a criança não estava acordada para lhe perguntar o que fazia aquele barulho. Casamentos eram celebrados em épocas consideradas propícias para uniões, então não era surpresa que outros se vissem movidos pelas mesmas energias.

Infelizmente, ela sentia aquele anseio tanto quanto qualquer outra pessoa e estava sozinha. Podia se imaginar nos braços de Micail, mas o estímulo da memória não era substituto para a troca de magnetismo que ocorria com um parceiro físico.

Ah, meu amado... não é apenas meu corpo que anseia pelo seu... quando nossos espíritos se tocavam, nós refazíamos o mundo.

De trás da cortina, Tiriki ouvia a respiração regular de Domara e um ronco ocasional de Metia, que ainda era babá da criança. Movendo-se suavemente para não as acordar, Tiriki ficou de pé e colocou um xale sobre a camisola com que dormia.

Ela iria ver se Taret, que normalmente ficava acordada até tarde, também estava desperta. A sabedoria da mulher mais velha tinha lhe dado apoio em muitas crises – talvez Taret pudesse ensiná-la a sobreviver à solidão sem fim dos anos vindouros.

***

— Será permitido... acha que vão permitir nosso casamento?

Damisa voltou à consciência total com um susto ao perceber que Reidel falava com ela. Ele estava falando havia um tempo, na verdade, palavras de amor que havia ignorado enquanto tentava entender o que acontecera entre eles e por quê.

— Casamento? — ela olhou para ele surpresa.

Reidel sempre parecera tão contido. Quem suspeitaria que ele tinha tanta paixão represada dentro de si?

— Não acha que teria ousado tocá-la se minha intenção fosse desonrosa, não é? — ele sentou-se, chocado.

Acha que, se a minha fosse honrosa, teria deixado que me tocasse? Damisa engoliu as palavras amargas, recordando-se de que tinha desejado aquilo tanto quanto ele, ainda que por razões diferentes. Ela sentou-se por sua vez, procurando o vestido.

— As uniões dos acólitos são ordenadas pelas estrelas...

— Mas sou do sacerdócio agora, então certamente...

— Nada é certo! — explodiu Damisa, subitamente levada além da paciência. — Muito menos eu! Considera o que fizemos um compromisso? Eu sou descendente dos príncipes de Alkonath e não devo misturar meu sangue com nenhuma linhagem menor!

— Mas você se deitou comigo... — ele repetiu, sem compreender.

— Sim. Deitei. Tenho necessidades, assim como você.

— Não como eu... — Reidel aspirou longa e tremulamente.

Ela sentiu uma pontada de remorso ao perceber que por fim ele a entendia.

— *Eu* te amo.

— Bem... — ela disse, quando o silêncio ficou longo demais. — Sinto muito.

Reidel pegou sua túnica e seu cinto e ficou de pé, colocando-os sobre os ombros como se desdenhasse de cobrir a nudez.

— Sinto muito! Eu poderia encontrar uma palavra mais grosseira.

Mas ele não a disse, e com isso ela entendeu que o que sentia por ela era de fato amor. Por um momento, ele viu a linha graciosa do ombro musculoso e os quadris afunilados nus contra as estrelas, então se virou e desceu pelo caminho, deixando-a sozinha.

Eu falei a verdade, ela disse a si mesma. *Não o amo!* Então por que, ela se perguntou, sua última visão daquela figura que partia fora subitamente borrada por lágrimas?

dezesseis

A noite é fria e o vento puxa os cabelos e as vestes como uma criança levada, mas o manto de viagem de Chedan o mantém aquecido. Seu corpo é jovem novamente, respondendo a cada comando de sua vontade. Sorrindo, ele espreita por sebes altas de folhas largas, seguindo um caminho de veado colina abaixo.

O grito subido de uma ave de rapina rasga o silêncio – "Scriiii!" – o falcão está ao mesmo tempo atrás e acima dele. Instintivamente, Chedan se encolhe, mas não há ataque.

Depois de um momento, ele se move para a frente na direção do círculo brilhante de pedras erguidas. Cinco grandes dólmens assomam através da neblina, e, no formato deles, ele reconhece o toque de Atlântida. Mas a estátua de um dragão está entre ele e as pedras. Ele faz uma pausa, ouvindo, enquanto uma voz afinada pela dor, mas estranhamente familiar, lamenta-se:

— Tiriki, Tiriki.

— Você está aí? — canta Chedan. — Micail? É você?

Mas o dragão se transformou em um falcão com o rosto de Micail, batendo asas escuras e brilhantes contra a bruma cinzenta.

— Osinarmen? Você se disfarça? Aqui?

— Scriiiiii! — o mesmo grito selvagem é a única resposta.

— Espere! — Chedan grita, mas o espírito de Micail voara para uma terra do sonho mais escura, e, embora Chedan seja um mago, e poderoso, não ousa segui-lo.

— Foi por isso que fracassou em encontrá-lo.

Chedan se vira, mas vê apenas o círculo brilhante de pedras.

— *Ele não vai reconhecê-lo. Embora precise de seu aconselhamento como jamais precisou, você não pode mais guiá-lo. Muito menos ali! Ele acredita que você está morto. Ele teme que tenha uma mensagem que não deseja receber. Mas não importa: o teste é para Micail. Por seus próprios atos, ele precisa aguentar ou cair. Você não pode impedi-lo de cumprir seu destino.*

— Quem é você? — Chedan canta, ordenando. — Revele sua verdade!

— *Ai de mim, não posso ser revelado para alguém que não vai enxergar. Quando puder ver* — a voz murmurou —, *vai ver. Mas os homens nunca estão tão emaranhados no passado quanto quando vislumbram o futuro... — A voz se transforma em um furacão, jogando-o de ponta-cabeça para longe do círculo de pedras.*

— *Volte, Chedan* — a voz ordena. — *Quando chegar a hora de passar seu legado, o caminho vai se abrir. Não vai se perguntar quem, quando ou por quê: você saberá. Mas até então... volte. Complete o trabalho que precisa fazer.*

Chedan acordou suando em seus cobertores grosseiros, a mente ainda chocada com as imagens de pedras eretas dançando loucamente, girando na neblina.

Micail!, gritou seu espírito. *Onde está você?*

Desde que viera ao Tor, sonhava com Micail com frequência. Às vezes estavam de volta a Ahtarrath ou mesmo na Terra Antiga. Estavam andando juntos ou sentados em torno de uma garrafa de vinho helênico, deixando-se levar pelo tipo de conversa ampla que ambos amavam. Chedan estava meio consciente de que as conversas eram um tipo de ensinamento, como se em seu sonho tentasse passar toda a sabedoria que não tivera tempo de transmitir no mundo desperto.

Para onde, ele se perguntou, ia toda a informação? Ele sabia que Tiriki, no fundo do coração, acreditava que o amado ainda estava vivo em algum lugar naquele mundo. Mas Chedan sabia que era igualmente possível que estivesse se encontrando com Micail nos sonhos para preparar o espírito dele para o renascimento naquela nova terra... No entanto, esta última visão, se é que fora isso, era diferente. Teve a mesma sensação de libertação que sempre se seguia ao transe. E, embora Micail tivesse fugido dele, Chedan tinha sido capaz de contatá-lo.

Mas eu era jovem novamente. A memória daquele vigor ainda tomava sua consciência – e no entanto, a cada momento, seu corpo o lembrava cada vez mais de que servia sua alma fazia mais de setenta anos. E os cinco anos que tinham se passado desde que chegaram ao Tor tinham sido difíceis. Ele não ficaria triste em deixar de lado aquela carne que doía e ir para os Salões do Carma, ainda que isso significasse que deveria enfrentar julgamento.

Ele balançou a cabeça com pesar. *"Complete o trabalho que precisa fazer"*, dissera a voz. Naquele momento, Chedan faria bem em sair da cama. *Talvez tenha sido uma promessa*, ele pensou, esperançoso.

***

Um vento fresco passou pela planície, achatando a grama nova debaixo das hastes branqueadas pelo inverno, então deixando as folhas pularem de volta uma a uma – verde, prata e verde novamente.

O sol da tarde havia aquecido o ar, mas o dia estava acabando, e a esperança que havia animado o coração de Micail se contraiu como uma flor no frio de inverno. A memória do sonho que o trabalho tirara de sua cabeça havia voltado – ele era um dragão ou gavião, alguma criatura feroz e selvagem, lutando bravamente para escapar das pedras. E novamente Chedan estava lá.

Micail observou os trabalhadores diante dele pesarosamente. O sonho de Tjalan era, agora percebia, simplesmente criar algo que iria durar mais que todos eles; mas havia momentos em que os cinco grandes dólmens pareciam projetar uma arrogância além até mesmo das imaginações de um príncipe...

O círculo inacabado de arenito era menos assustador, ao menos para Micail, talvez por estar incompleto. Vinte e quatro vigas tinham sido erguidas em torno dos dólmens, incluindo uma pedra menor que permitiria que mesmo usuários casuais vissem a Avenida no ponto do amanhecer do solstício de verão... As seis pedras que faltavam seriam levantadas no verão seguinte por tropas que provavelmente seriam recrutadas na tribo Touro Azul.

Mais seis lintéis já tinham sido trazidos, e dois deles foram levantados para dar uma sugestão melhor do efeito final – uma Roda do Sol de trinta metros de diâmetro. Encontrar e transportar as vinte e quatro pedras restantes para completar o desenho poderia levar mais um ano de trabalho.

Muito graças aos esforços de Timul e Elara, o rei tinha sobrevivido à febre dos ferimentos, mas o golpe de lança havia destruído permanentemente seu ombro. Khattar nunca mais brandiria qualquer machado de batalha, de bronze ou oricalco. Havia uma conversa, em grande parte dos guerreiros mais jovens, de que ele deveria abdicar do posto de grande-rei e permitir que Khensu tomasse seu lugar. Mas apenas as matriarcas podiam tomar essa decisão, e o Lado das Mulheres havia visivelmente se recusado a decidir.

Elas também temiam os lanceiros do príncipe Tjalan? Havia momentos em que o próprio Micail sentia-se incomodado com a demonstração contínua de potência alkonense, no entanto precisara admitir que a demonstração de força de Tjalan poderia ser necessária. Até que a habilidade de governo de Khattar fosse provada, a tribo do Touro Vermelho havia declarado que não daria mais assistência. Até o momento, outras tribos não tinham se juntado à rebelião, mas Micail sabia que não podiam contar com todo o apoio delas.

Eles pensam que temos apenas cem espadas para nos defender, e é verdade – no momento. Felizmente para nós, as tribos querem ver o círculo completo também. Quando a última pedra for colocada no lugar, farão seu movimento – mas será o pior momento para isso! Não podem imaginar quais poderes seremos capazes de acessar assim que o circuito de força estiver completo.

— Senhor príncipe, a escuridão vem — disse o velho que servia de capataz para o grupo de trabalho Touro Branco. — Voltamos para nossas fogueiras?

— Sim, está na hora — assentiu Micail.

Ele sentou-se recostado em uma das pedras meio polidas e observou os homens indo embora um a um na direção do acampamento deles perto do rio. Não precisaria ir tão longe, também, para encontrar comida, abrigo e a companhia de seu povo, mas viu-se relutante em se mover. Conversa demais – aquele era o problema –, as disputas mesquinhas, a constante manobra por posição o deixavam louco.

Ele continuou sentado, meio que observando a brincadeira críptica entre o pôr do sol e as nuvens, pensando que, se chegasse tarde o suficiente, poderia persuadir Cleta ou Elara a trazer comida para sua cabana, longe dos outros. Percebeu que raramente sentia necessidade de se guardar contra os acólitos – nem mesmo depois que Elara lhe dissera que, se o rei insistisse muito para que ele copulasse, ela mesma estava disposta a parir uma criança dele. Mas ela não o havia pressionado, e agora, sentado sozinho no anoitecer, ele se viu começando a considerar de fato a oferta, mesmo que apenas porque o distraía da memória perturbadora do sentimento de Anet em seus braços.

O simples fato de pensar no corpo esguio de dançarina dela acendia um fogo em sua carne. Ele franziu o cenho, as visões meio ilícitas levadas pela memória súbita de uma lenda nativa que ouvira recentemente, segundo a qual as pedras, em alguns círculos mais antigos, despertavam com a escuridão e chegavam a dançar na época dos grandes festivais. As pedras quase se moviam até ganhar consciência, os sussurros corriam.

O círculo de pedras original obviamente fora parte de um simples cemitério de cremação, como os aterros que tanto tinham assustado os acólitos na jornada até ali. A maioria dos outros círculos fora construída com aquele propósito também. No entanto, não se podia negar que o anoitecer sempre tornava aquele lugar um pouco mais distante e ao mesmo tempo um pouco maior, transformando-o em uma presença à espreita que deixava mais difícil pensar em outras coisas. Suspirando, Micail ficou de pé e, tentando não pensar em nada, começou o longo caminho de volta através da planície.

Naquela noite, o sono demorou a chegar. Mas, na hora silenciosa antes do amanhecer, seus sonhos perturbados cederam à visão de colinas verdejantes ao longe e um caminho dourado sobre o qual viu Tiriki se aproximar, vestida de luz azul.

***

A primavera era sempre uma época de esperança nas terras alagadas, quando a terra ficava verde e o céu bradava com os gritos das aves migratórias. Sempre que as aves aquáticas assentavam nas lagoas, o chamado abafado delas se tornava ainda mais musical, como se os próprios deuses do vento cantassem hinos para a terra. Era tempo de coletar ovos e cuidar das novas folhas, e o suprimento de comida aumentado renovava a confiança e a energia daqueles que viviam em torno do lago. Era uma época de clima bom e circunstâncias melhoradas, mas também tempo de voltar a trabalhar no labirinto espiral que haviam começado a cortar no Tor depois do casamento de Kalaran e Selast.

Tiriki endireitou-se, afundando os nós dos dedos da mão esquerda na base das costas para aliviar a dor enquanto descansava as pontas de chifre que enfiavam sua enxada no chão. *A casta dos sacerdotes nunca foi criada para esse tipo de trabalho*, ela pensou sombriamente, observando o segmento do novo caminho em espiral que faziam em torno da colina. Sua sombra estava, observou, um tanto esguia, e a carne que tinha, ela sabia, era na maioria músculo. Ocorreu-lhe que provavelmente estava mais saudável do que jamais estivera.

A mesma coisa era verdade para o resto deles. Além e atrás dela, via outros escavadores, curvando-se e subindo enquanto as enxadas cavavam o chão macio. Ela, Chedan e alguns outros haviam cantado para a terra ao longo do caminho e a soltado um pouco, mas ela duvidava de que mesmo um grupo experiente de cantores conseguisse mover tantas partículas de uma só vez... embora certamente pudessem ter movido aquela pedra grande ao pé do caminho com muito mais facilidade.

Um pouco além dela, Domara enfiava a vareta de cavar no chão e ria. Ela tinha feito cinco anos no inverno anterior, e um surto recente de crescimento havia levado embora a doçura rechonchuda da primeira infância para sempre. Agora Tiriki podia vislumbrar a criança que ela se tornava. Não a mulher – graças aos deuses, aquilo ainda estava muito além no futuro –, mas a jovem esguia de pernas compridas com uma cabeleira de cachos vermelhos. *Ela vai ser como Micail*, pensou Tiriki, *alta e forte*.

Os adultos poderiam reclamar sobre o aparentemente interminável regime de trabalho árduo, mas as crianças estavam confortáveis, felizes por cavar até estarem cobertas de lama da cabeça aos pés. Se fosse possível depender apenas dos jovens para cumprir o trabalho, os mais velhos poderiam deixar o trabalho para eles, pensou Tiriki, enquanto os torrões voavam. Mas mesmo Domara, tão insistente em ajudar em toda tarefa de adulto que a chamavam de "pequena sacerdotisa", podia se distrair com uma borboleta.

Conforme Tiriki cortou a terra novamente, sentiu algo ceder. As amarras que prendiam a ponta de chifre no tronco haviam soltado novamente. Ela suspirou.

— Domara, meu amor, pode levar isso para Garça e perguntar se ele consegue consertar?

Quando a criança começara a descer a colina, Tiriki pegou um osso de omoplata e se ajoelhou no caminho para alisar a terra e colocar a parte deslocada do lado da encosta. Logo seria hora de parar. Tinha limpado uma boa parte naquela manhã e quase chegara ao ponto em que começava a seção de Kalaran. A não ser por Liala e Alyssa, que estavam doentes, e por Selast, que estava grávida, todos na comunidade trabalhavam no labirinto, até o povo do Lago, embora achassem aquele tipo de exercício tão estranho para o estilo de vida normal deles quanto qualquer sacerdote ou sacerdotisa atlante.

Chedan tinha sido proibido de trabalhar. É claro que havia protestado, dizendo que inação apenas faria com que se sentisse pior, mas ela sabia como os ossos lhe doíam. Ele tinha feito a parte dele e mais, dissera a ele, quando tirara a imagem do caminho através da colina da memória de Tiriki e a transformara no padrão de um labirinto oval que seguia para a frente e para trás pelas encostas do Tor. Começando como se fosse diretamente para a espinha do monte, o caminho seguia em sentido horário em torno da encosta do meio, e então descia e voltava. Circulava no sentido contrário quase até o começo, antes de cair de novo e ladear a base da colina, apenas para virar e começar a subir de novo, um pouco acima do caminho inicial. Dali iria para a frente e para trás até quase tocar o topo, mas em vez disso se dobrava para trás em outra curva que por fim o levava ao círculo de pedras no cume.

Foram necessários os esforços de um ano somente para cavar totalmente o caminho de noventa centímetros de largura do circuito inicial. Agora estavam trabalhando no curso do primeiro retorno. O resto do caminho estava marcado cuidadosamente com gravetos enfiados no chão, mas ele já tinha sido usado o suficiente para marcar um caminho estreito, um pouco mais largo que uma trilha de veado, no chão.

Tiriki balançou com uma leve sensação de enjoo ao visualizar o labirinto – até mesmo os primeiros esboços de Chedan a deixaram zonza, relembrando-a de um símbolo ou inscrição que tinha certeza de ter visto antes, embora não conseguisse se lembrar de onde ou quando. O mago a assegurara de que o formato não era igual a nenhum caractere ou hieróglifo que conhecesse, e Dannetrasa, que tinha lido ainda mais, ecoou sua conclusão, mas ainda assim a ideia continuava a assombrá-la.

Antigo ou novo, o caminho havia funcionado. Chedan e ela caminharam por ele mais de uma vez, e a cada vez sentiram a proximidade de outro mundo e tocaram o espírito interior da terra. Não era o Templo que as profecias haviam descrito, mas seu poder era profundo e manifesto. Quando o caminho estivesse completo, qualquer um, ela tinha certeza, poderia segui-lo, e encontrariam uma bênção.

Tiriki raspou a lâmina de osso pelo solo de novo, respirando fundo conforme o aroma rico enchia o ar. Ali, debaixo das árvores que se juntavam na base do Tor, a terra era rica com húmus de muitos séculos de folhas caídas. Cavar seria mais difícil nas encostas superiores cobertas de grama, onde o substrato rochoso mal era coberto pela camada superficial do solo. Ela enraizou os dedos no chão e sentiu a força fluir para si, como se fosse parte da vida completa no Tor, crescendo do vento e da chuva, sol e solo...

— *Beba bastante... alcance longe... vamos sobreviver à tempestade...*

Assustada, ela levantou as mãos e a voz misteriosa silenciou.

Tempestade?, perguntou-se Tiriki, olhando para o céu sem nuvens. Mas o velho gongo do navio soava para anunciar a refeição do meio-dia, e seu estômago lhe dizia que seria bem-vinda.

***

Longos raios vermelhos do sol seguindo para o oeste inclinavam-se através das árvores, sobre as sebes. A leste, uma lasca de lua subia sobre o Tor. Damisa estava na lagoa da Fonte Vermelha, pegando água com as mãos em concha e deixando-a cair sobre o corpo. A água rica em ferro havia primeiro passado por uma lagoa rasa, onde absorvia um leve calor do sol, mas o frio ainda arrepiava a pele dela.

Taret lhes ensinara a buscar a fonte, quando o tempo permitisse, no dia depois que os cursos mensais tivessem acabado.

— Mulheres são como a lua — dizia a sábia —, a cada mês começamos de novo.

Damisa esperava que fosse verdade. Às vezes, sentia que gostaria de começar de novo a vida inteira. Fora toda desperdiçada, de qualquer modo. Nascera em todos os luxos da nobreza alkonense e treinara para servir no Templo da Luz, não trabalhar até virar um farrapo no mundo duro de enxadas e panelas.

Por um tempo, ao menos, tinha encontrado esperança de felicidade – ou ao menos um pouco de alegria –, mas aquilo claramente havia acabado agora. Não apenas Selast estava perdida para ela, concentrada na criança que chegava, mas a própria Damisa sentia que havia afastado Reidel. Gostava de pensar que era a honra que a impedia de procurá-lo novamente, quando tudo o que desejara era o conforto dos braços de alguém. Mas, em todo aquele tempo, não descobrira ninguém a quem estivesse disposta a se voltar. Jogou mais água sobre a cabeça e observou as gotas descerem como joias, brilhando vermelhas e douradas em seu longo cabelo castanho-avermelhado.

No impulso, virou-se e beijou a mão para a casca fina de pérola que pairava no céu do anoitecer.

— *Lua verdadeira, lua nova...*
Traga-me logo uma nova sorte!

Uma rima tola de criança, pensou Damisa com um sorriso, imaginando o que a lua queria ensinar-lhe naquela noite.

Uma rajada súbita de vento agitou as copas das árvores e ela estremeceu. Ao se voltar para a margem em que suas roupas esperavam, recordou-se de que havia prometido levar à Alyssa um pouco de água da fonte. Ela se esticou para segurar uma jarra de cerâmica debaixo da pequena queda-d'água que alimentava a lagoa, então saiu e começou a esfregar a pele vigorosamente com uma toalha de lã.

Quando Damisa chegou à cabana em que a vidente morava, o anoitecer colocava véus azuis suaves pela terra. Ela bateu gentilmente no batente da porta, mas não teve resposta. Naqueles dias, a Adepta Cinza dormia bastante tempo, mas uma ou outra das sajis que cuidavam dela deveriam estar por perto. Ficou tentada a simplesmente deixar a jarra ao lado da água e ir embora, mas, quando se curvou, ouviu um som estranho vindo de dentro.

Hesitante, puxou para o lado o couro que fechava a porta e viu o que primeiro achou que fosse uma pilha de panos cinzentos ao lado da lareira. Então percebeu que se mexia e emitia um barulho estranho. Um passo rápido a levou ao lado de Alyssa.

— Onde estão suas ajudantes? — disse Damisa, enquanto cuidadosamente tirava o pano do rosto da velha e tentava endireitar os membros contorcidos dela. Ocorreu-lhe que quem estava ali antes provavelmente já fora buscar ajuda. — Está tudo bem agora; fique calma, estou aqui — continuou Damisa, sabendo mesmo enquanto murmurava que aquelas palavras não eram verdade.

Alyssa definitivamente *não* estava bem.

— O círculo está desequilibrado! — a vidente murmurou. — Se eles o usarem, vão morrer...

— Quê? Quem vai morrer? — Damisa perguntou, desesperada. — Diga!

— O Falcão Sol corre como uma serpente no céu... — Alyssa abriu os olhos, olhando com ar enlouquecido. — O círculo é quadrado, mas o sol gira em torno, enquanto a pedra solta fica redonda com o som...

Por um instante então, Damisa viu uma planície onde três grandes arcos quadrados estavam dentro de um círculo de pilares poderosos, como se Alyssa de algum modo tivesse transmitido a imagem de mente a mente. Então a cabeça da mulher começou a tremer, e Damisa precisou se esforçar para impedir que ela a batesse nas pedras da lareira.

Ela ouviu vozes abafadas e levantou os olhos, aliviada, vendo Virja puxar a cortina. Então Chedan entrou mancando, com Tiriki em seguida.

— Ela não acordou? — o mago perguntou, incisivamente.

— Ela *falou* — respondeu Damisa —, ela até me fez *ver* o que... estava vendo! Mas não consegui entender.

A luz avermelhada jogada pelo fogo no rosto da Adepta Cinza criava uma ilusão de saúde. Mas seus olhos fechados eram duas lagoas fundas de sombra. Ela já parecia uma mulher morta, a não ser por respirar.

Chedan se abaixou cuidadosamente em um banquinho e, apoiando o peso no cajado entalhado, curvou-se para tomar a mão cérea de Alyssa na dele.

— Alyssa de Caris! — ele disse, severamente. — Neniath! Você ouve minha voz, você me conhece. Fora do espaço e do tempo, eu te convoco, *retorne*!

Virja estava sussurrando para Tiriki:

— Ela passou o dia sonolenta, primeiro não consegui fazer com que comesse e depois não consegui acordá-la...

— Eu o escuto, filho de Naduil — as palavras eram fortes e claras, mas os olhos de Alyssa permaneceram bem fechados.

— Diga-me, vidente, o que vê?

— Alegria onde houve tristeza, medo onde deveria haver alegria. Aquele que abrirá a porta está entre vocês, mas olhem além dele. Pequena cantora...

Todos olharam para Tiriki, já que era aquele o significado do nome dela. Rapidamente ela se ajoelhou entre Chedan e Alyssa.

— Estou aqui, Neniath. O que quer me dizer?

— Digo cuidado. O amor é seu inimigo; apenas pela perda aquele amor pode ser cumprido. Você preservou a Pedra, mas agora ela se torna a semente da Luz. Ela deve ser plantada ainda mais fundo.

— A Pedra Ônfalo — sussurrou Chedan, como se inconsciente de que havia pronunciado as palavras de modo audível.

Ele um dia dissera que ainda tinha pesadelos nos quais estava sozinho para levá-la até o navio...

Com todo o resto perdido, pensou Damisa, *por que a Pedra não poderia ter caído no fundo do mar?*

— Você falou de... um inimigo... disfarçado de amor? — Tiriki dizia em confusão. — Não entendo! O que devo *fazer*?

— Você saberá... — A voz de Alyssa enfraqueceu. — Mas pode arriscar tudo... para ganhar tudo...?

Eles ouviram atentos, mas só havia um som áspero enquanto a vidente lutava para respirar.

— Alyssa, como você está? — perguntou Chedan, depois de um pouco de tempo.

— Estou exausta, e Ni-Terat espera. Os véus negros dela me envolvem. Por favor... me deem permissão para ir...

O mago passou as mãos sobre o corpo de Alyssa, mas seu sorriso era triste. Por um momento, a luz que entrava girou sobre o corpo da vidente, então se apagou.

— Fique mais um pouco, minha irmã, e vamos cantar para seguir sua viagem — o mago disse gentilmente.

Tiriki tocou o braço de Damisa.

— Vá e chame os outros.

Conforme Damisa se abaixou e saiu pela porta, ouviu a voz de Chedan começar o Hino da Noite.

— *Ó Criador de tudo o que é mortal,*
Nós Te chamamos no fim do Dia.
Ó Luz além de todas as sombras,
Este mundo de Formas transcende...

Por muitas horas, os sacerdotes e as sacerdotisas cantaram em roupas de dormir para aliviar a passagem de Alyssa, mas Chedan e Tiriki ficaram com a Adepta Cinza até o fim, esperando outro momento de lucidez. Mesmo quando não eram videntes, as visões dos que estavam à beira da morte muitas vezes iam longe; mas, ao falar novamente, Alyssa pareceu pensar que estava na ilha de Caris, onde tinha nascido. Teria sido crueldade chamá-la de volta novamente.

Concordaram que o corpo de Alyssa seria queimado no dia seguinte, no topo do Tor. Até então, o trabalho no caminho tinha sido suspenso. Domara foi enviada com as crianças da vila para colher flores para adornar o ataúde. Aliviava as crianças da tristeza pelos mais velhos, mas Tiriki achou que a casa parecia muito silenciosa sem ela. Sem outras tarefas para mantê-la ocupada, Tiriki decidiu se juntar à Liala na visita da tarde à cabana de Taret, atrasando os passos rápidos para emparelhar com o progresso cuidadoso da outra sacerdotisa, que já não conseguia andar sem bengala nesses dias.

— Sofremos outras mortes, é claro — disse Liala, pesadamente, enquanto seguiam pelo caminho —, mas ela é a primeira de *seu tipo* a partir.

Tiriki assentiu. Sabia o que a mulher mais velha queria dizer. Mesmo a pobre Malaera fora apenas uma simples sacerdotisa, sem nenhum talento ou poder especial. Alyssa era a primeira vidente a morrer na terra nova. A alma perturbada dela encontraria descanso ou continuaria a vagar, presa entre o passado e o futuro?

— Foi aquele último ritual do Templo, com a Pedra Ônfalo.

Sem querer, Tiriki se viu olhando para trás na direção da cabana onde aquele ovo de maus presságios agora jazia.

— Algo na mente dela se quebrou, mesmo antes de Ahtarrath. Depois daquilo... ela nunca mais foi a mesma.

— Que Caratra permita que ela descanse! — Liala fez o sinal da Deusa no peito e na sobrancelha.

— Sim, ela agora caminha com a Provedora — disse Tiriki, mas seus pensamentos estavam longe.

Tinha pensado em vir para ajudar Liala, mas agora percebia que precisava muito do conforto da sabedoria de Taret. A velha sábia servia à Grande Deusa por mais tempo que conseguia imaginar. Ela os ajudaria a entender.

A porta da casa de Taret estava aberta, e, enquanto se aproximavam, podiam ouvi-la dizer, na língua da tribo do Lago:

— Veja, ela está aqui agora, como eu te disse... Entrem, minhas filhas — Taret completou. — Minha visitante tem uma mensagem para vocês.

Sentada no lado mais afastado da lareira estava uma mulher jovem, usando uma bata curta e sem mangas de lã tingida de azul. Esguia e flexível, seu cabelo pardo estava preso em um rabo atrás da cabeça. Ela havia tirado os sapatos de viagem, e os pés eram de dançarina, com arcos altos e fortes.

Vendo a túnica azul, Liala ofereceu a saudação de uma sacerdotisa de Caratra para outra – como fizera Tiriki. Os olhos da estranha se arregalaram.

— Elas duas servem à Mãe também, sim — disse Taret, o olhar de pássaro correndo por elas. — Esta é Anet, filha de Ayo, Irmã Sagrada do povo de Azan. Eles a enviam com uma notícia que não podem confiar a outros mensageiros.

Levantando-se do banco, Anet se inclinou com graça fluida na saudação que uma neófita faz para uma grã-sacerdotisa. Tiriki levantou uma sobrancelha. A moça achava que fossem duvidar das credenciais dela ou tinha alguma outra razão para querer impressioná-las?

— Estrelas Mensageiras, criança, não precisa ser tão formal — disse Liala, com um sorriso.

— Não quis ser presunçosa — respondeu Anet, enquanto se acomodava graciosamente em sua pose de pernas cruzadas novamente.

Tiriki teve a sensação de que, independentemente de qual fora o motivo daquela saudação, não tinha sido humildade.

— Os outros Povos do Mar são muito cerimoniosos, especialmente conosco. Muito orgulhosos.

Tiriki sentiu o sangue pulsando de repente nos ouvidos.

— Povos do Mar? Como assim...?

— Os estranhos — disse Anet, simplesmente. — Os sacerdotes e sacerdotisas que chegaram em barcos alados do mar. Povo do seu tipo.

Tiriki mal se conteve para não apertar o braço da moça.

— Quem eram eles? Pode nos dizer algum nome?

— Quando chegaram, achamos que o velho xamã fosse o líder deles. O que chamam de Ardral.

Tiriki arquejou.

— Ardral? — ela ecoou. — Não Ardral de Atalan! Sétimo Guardião do Templo em Ahtarrath? Ardravanant?

— Já ouvi o chamarem assim. Mas não o vemos mais tanto, desde que o príncipe deles — Anet fez uma careta —, Tjalan, com seus soldados, trouxe os outros sacerdotes para cantar e subir as pedras. Mas vejo agora que vocês se vestem de um jeito muito parecido com a forma como as sacerdotisas *deles*. Talvez as conheça também. Há Timul, e Elara...

— Elara! — era a vez de Liala de ficar animada. — Quer dizer a acólita Elara?

— Sim, isso é familiar... — Anet disse lentamente, olhos arregalados.

— E ela é curandeira? Eu sabia! — Liala exclamou com um sorriso.

— Isso — a voz de Tiriki vacilou. — Você disse que há outros sacerdotes. *Quais os nomes deles?*

— Ah, tantos. — A moça pausou, piscando belamente. — Haladris, e Ocathrel, e Immamiri... muitos. Sinto por não saber o nome de todos eles, pois meu pai queria tanto que eu me casasse com o outro príncipe deles para trazer o sangue dele para nossa linhagem. — Anet lançou a Tiriki um sorrido de lado. — Um homem belo e alto com o cabelo como fogo novo. Lorde Micail.

***

Era uma pena, pensou Chedan, que aquela notícia chegasse bem agora A pobre Alyssa não tinha recebido a atenção total deles em seu funeral.

Não demorou muito para reunir a comunidade, nem muito mais para ouvir o que a garota ai-zir tinha dito sobre o atlantes e seus planos de construir um grande círculo de pedras em Azan. Tiriki queria partir para a viagem de uma semana imediatamente, mas, quando tentaram contê-la, ela desmaiou. Era irônico, considerando como tinha lidado bem com os incontáveis perigos deles, que ela fosse derrotada por júbilo. Mas era frequentemente assim, ele se lembrou, depois de um longo período de luto.

Assim que Tiriki foi colocada na cama, e os convidados foram acomodados para a noite, Chedan sentou-se por muitas horas diante da fogueira do conselho. Os céus corriam sobre ele, revelando tanto estrelas familiares quanto ainda desconhecidas no céu incomumente limpo da noite. Tiriki tinha tomado ervas para dormir, mas um a um os outros vieram se juntar a ele, as mentes fervilhando demais de especulação para falar. Quando a fogueira tinha afundado em um arder lento de brasas e algumas curvas brancas de fumaça, cada rosto podia ser visto claramente, pois amanhecia.

— Precisamos nos juntar a eles — Rendano dizia —, e, quanto mais rápido, melhor. Essas tribos ai-zir claramente comandam mais recursos que os nativos daqui. Podemos ter alguma esperança de restabelecer nosso modo de vida.

O olhar que ele lançou para as estruturas grosseiras cujos telhados de colmo podiam ser vistos pelas árvores era eloquente com desdém.

— Não tenho tanta certeza — Liala interrompeu. — Antes que Alyssa morresse... ela falou de perigo de círculos e pedras. Agora sabemos que nossos compatriotas estão bem do outro lado daquelas colinas, construindo... um círculo de pedras. Não é possível que os perigos dos quais Alyssa nos avisou venham *deles*?

— De nosso próprio povo? — exclamou Damisa, em assombro.

— Não quero falar mal dos mortos, mas todos sabemos que Alyssa era louca — Reidel a ecoou.

Com isso, Chedan levantou os olhos, mas segurou as palavras. Reidel tinha feito muito progresso, mas não entendia nada das grandes forças com que uma vidente deveria lutar – ninguém que jamais estivera naquele caminho poderia entender de verdade.

— Desde quando loucura já impediu alguém de ver a verdade? — perguntou a pequena Iriel, que, Chedan notou subitamente, já não era mais tão pequena. Nos últimos seis anos, ela se tornara mulher. Em casa, ele imaginou, todos os acólitos teriam se tornado sacerdotes ou sacerdotisas àquela altura.

— Alyssa vivia no próprio mundo — continuou Iriel. — Mas, quando conseguíamos entender os desvarios dela, normalmente havia verdade neles. Então... então acho que Liala está certa. E se esse povo das planícies estiver obrigando nossos sacerdotes a construir para eles? Taret diz que são uma tribo poderosa.

— Acho que aquela moça nem começou a nos dizer tudo o que sabe — Forolin interrompeu, inesperadamente. — O pai dela é o rei. Se o príncipe Tjalan realmente já tomou o poder, como isso fica com as outras tribos? Se uma delas quiser se revoltar, seríamos reféns valiosos. Uma coisa assim aconteceu em uma rota mercantil pela qual eu costumava navegar quando era mais novo. Tenho tanta vontade quanto qualquer um aqui de ir a um lugar mais civilizado — Forolin continuou, sério —, mas não devemos nos apressar. As coisas não são tão ruins aqui.

— Sim, a vida é dura, mas estamos seguros. — Selast pousou uma mão protetora sobre a barriga. — E mal posso sair andando agora.

Chedan cofiou a barba, pensativo. Estava disposto a deixar que os outros especulassem sobre o perigo dos nativos, mas as palavras de Alyssa ainda ecoavam em sua memória. Ela não tinha falado de perigo das pessoas, mas das próprias pedras.

Os outros haviam ficado em silêncio. Levantando os olhos, Chedan percebeu que o observavam. Ele olhou de um rosto para outro.

— Sinto que podemos estar seguindo na direção de algum tipo de decisão — ele observou —, mas, se a experiência me ensinou alguma coisa, é que alguém sempre tem uma palavra final...

A careta de Damisa estava aumentando.

— Bem, ninguém pediu a *minha* opinião! — ela disse, com rispidez. — Como podemos não ir? Não apenas são nosso povo, mas Micail e vários outros Guardiões estão lá. Certamente o que estão construindo é parte do novo Templo, como diz a profecia sobre a qual todos faziam tanto alarde! Vocês acreditam mesmo que um bando de selvagens poderia controlar tantos adeptos e sacerdotes, em especial se Tjalan está lá para protegê-los? Ou é com *Tjalan* que estão preocupados? Ele vai nos proteger também, ou não confiam em ninguém que não seja de Ahtarrath?

— Não, não, não — disse Chedan, de modo tranquilizador. — Cara Damisa, de onde *isso* vem? Selast e Kalaran mal são de Ahtarrath. Na verdade, eu mesmo sou alkonense, deve se recordar... Não, para o bem ou para o mal, meus amigos, somos todos atlantes juntos nesta terra nova.

— Não é do príncipe Tjalan que duvidamos — disse Kalaran —, mas das pessoas entre nós e ele.

Liala assentiu.

— Forolin levantou um ponto importante. Se Tjalan tem homens suficientes para ameaçar as tribos, os nativos de fato podem estar pensando em nos usar como escudo contra eles. E se Tjalan não é forte o bastante para detê-los... preciso dizer mais?

— Por que não mandamos alguns para fazer contato? — Liala sugeriu. — Os mais jovens, que podem ir mais rápido. Se tudo estiver bem, o príncipe pode enviar uma escolta para o resto de nós. E, depois de uma separação tão longa, certamente podemos esperar um pouquinho mais para reencontrar nossos amigos e compatriotas.

— Estive pensando a mesma coisa. — Dannetrasa assentiu.

— Então parece que a maioria de nós concorda — observou Chedan. — Talvez Damisa devesse ser parte do grupo, pois não só conhece a vida selvagem local como também é prima de Tjalan. O que diz?

— Vou com alguns de meus homens para protegê-la — Reidel ofereceu quando viu Damisa assentir prontamente.

— Mas por que não mandamos alguém... mais experiente? — perguntou Rendano.

— Espero que não esteja se referindo a mim. — Chedan balançou a cabeça. — Você quer ir? Além disso, Damisa é a mais velha dos Doze Escolhidos, e assim, por lei, tem posição em qualquer corte ou templo atlante.

— Mas e Tiriki? — perguntou Damisa. — Ela vai querer ir...

— Mas ela não deveria ir agora, acho. Precisa de tempo para se recuperar — Chedan respondeu.

As palavras de Alyssa ainda o perturbavam, e seria difícil ter tato para indicar que a grã-sacerdotisa não era dispensável.

— Mas de algum jeito duvido que ela vá concordar comigo. Sugiro que você e Reidel reúnam alguns homens e suprimentos e partam logo... o mais rápido possível — ele completou, de modo amargo —, antes que ela acorde. Não quero precisar amarrá-la para impedir que vá atrás de vocês.

dezessete

— Soube da notícia? Anet voltou das terras do lago...

A voz era a de uma mulher nativa que os alkonenses tinham trazido recentemente para ajudar com o trabalho na nova comunidade.

Micail, passando atrás da cabana da cozinha a caminho do portão, não pôde deixar de ouvi-las.

— Ela voltou? — disse outra escrava. — Trouxe o arco e as flechas dela? É o único jeito de ela capturar o Cabelo-de-Fogo!

Micail sentiu um rubor lento queimar o rosto enquanto as mulheres riam. Ele sabia do apelido, mas não tinha percebido que o interesse de Anet nele era de conhecimento geral.

A primeira voz falou de novo:

— A notícia é que ela viaja com estranhos. Mais Povo do Mar, uns diferentes.

— De onde eles vêm? — perguntou alguém.

— De algum lugar nos pântanos. Estão lá há muitos anos, dizem. Soube que não se parecem muito com os novos mestres; eles se vestem como o povo do pântano. Mas mais altos, então talvez.

— Ouvi dizer que um deles é...

— Quietas — uma nova voz interrompeu, provavelmente uma supervisora —, qualquer um pode ouvir seus gritos. Vamos saber tudo sobre isso logo. Sem dúvida os senhores Falcões vão querer vê-los.

O raspar, raspar, raspar das pedras de moer jamais cessava, mas, fora isso, fez-se um silêncio ensurdecedor dentro da cabana da cozinha.

Rapidamente, Micail se virou e começou a andar de volta para a corte central. Com uma curiosidade nova, percebeu que o coração ainda batia pesadamente, embora estivesse quieto de pé. *Talvez*, ele pensou, *seja melhor entrar e ver Tjalan...*

***

Quando Anet e seus companheiros de viagem chegaram, todos na comunidade sabiam que estavam chegando. Os rumores voavam, alguns menos absurdos que outros. Mahadalku e a maior parte dos sacerdotes superiores não se juntaram à multidão esperando nas áreas públicas, mas Haladris estava lá.

Uma segunda gota de água acertou a cabeça de Elara, que franziu o cenho para o céu. Mais nuvens corriam para tapar o azul frágil da manhã.

Os nativos contavam o começo do verão com um ponto na metade do caminho entre o equinócio e o solstício, mas não se podia dizer a estação pelo clima, pensou Elara, sombriamente. Ela puxou o xale sobre a cabeça quando os primeiros gotejos se transformaram em uma garoa.

Alguém na frente apontava, e Elara percebeu que tinha chegado bem a tempo. Um grupo de pessoas se aproximava atravessando a planície. Mesmo a distância, ela reconheceu o cabelo pardo de Anet e seu jeito fácil de se mover, e os dois guerreiros Touro Azul que sempre a escoltavam. Atrás dela, via um grupo de homens altos, de pele bronzeada vestindo couro ou lã e brilhando, entre eles, uma cabeça de cabelos castanho-avermelhados longos que jamais tinha nascido nas tribos.

— Quem é aquela? — perguntou Cleta, ficando na ponta dos pés e tirando a chuva dos olhos. — Consegue ver?

— São atlantes, com certeza... Coração de Manoah! Acho que é Damisa! — Elara piscou, tentando reconciliar as memórias da adolescente desajeitada com a jovem deusa que deslizava na direção deles.

Quando o grupo de Anet alcançou a multidão, Micail foi para a frente de seu lugar ao lado do príncipe Tjalan, como se não fosse capaz de aguentar mais. Parte da rigidez de seus ombros desapareceu, mas ainda havia tensão em sua postura. Elara sentiu o coração apertar de pena, então notou que Anet também observava Micail, a expressão como a de uma raposa que olha para um faisão, imaginando se ele vai ser capaz de fugir voando. *Ainda não percebe que ele não é para você*, pensou Elara, sombriamente. *Nem para mim...*, refletiu, com tristeza. A rejeição à oferta dela fora educada, mas clara. *Se Tiriki estiver viva, ele irá para ela. E se não estiver... acho que ele vai permanecer como está.*

Agora Tjalan também avançara, todo sorrisos. Ao vê-lo, Damisa se curvou na saudação devida a um príncipe reinante, o rosto radiante. Ela, então, fez as mesuras apropriadas para Ardral e Micail, como senhores do Templo, mas o olhar dela, aparentemente, não conseguia se desprender do príncipe de Alkonath.

— Ora, é minha priminha! — exclamou Tjalan. — Graças ao Deus das Estradas por sua chegada! Agora venha em boa hora e não permita que o medo a perturbe enquanto estiver em meu domínio. Bem-vinda! Bem-vinda de verdade, prima. É uma alegria além da imaginação.

Conforme Damisa se endireitou, mal contendo o rubor, Elara a viu puxar disfarçadamente as saias do vestido para baixo e reprimiu um sorriso. *Ela também ficou mais alta!*

— Meu príncipe — Damisa dizia —, sou de fato grata por encontrar o senhor aqui. Trago cumprimentos do País do Verão e dos líderes de nossa comunidade: o Guardião Chedan Arados e a Guardiã Tiriki-Eilantha.

Enquanto Damisa falava, seu olhar se voltou para Micail. *Alguém o ajude!*, pensou Elara, ao ver a cor sair totalmente do rosto dele. E Ardral deu um passo à frente, a mão apertando o cotovelo de Micail.

— Nós a rejubilamos, ó acólita. Sua mensagem de esperança cura nossos corações.

As palavras de Ardral fluíam suavemente, mas será que havia uma rouquidão inabitual em sua voz? Sobrancelhas erguidas, o olhar penetrante dele saltou para o jovem ao lado de Damisa.

Ela não esperou que ele perguntasse.

— Eu apresento Reidel, filho de Sarhedran, anteriormente capitão do *Serpente Escarlate*, agora consagrado à Sexta Ordem do Templo da Luz.

Sob os olhares chocados dos sacerdotes, o rosto marcado de Reidel ficou ainda mais impassível, mas ele conseguiu se curvar graciosamente.

Cleta se aproximou de Elara, murmurando:

— Se aceitaram um *plebeu*, o grupo deles deve ser ainda menor que o nosso.

— Vamos agora — disse Tjalan afetuosamente, retomando o controle da situação com um gesto —, precisam sair da chuva e receber a recompensa pela viagem. E, quando estiverem revigorados e fortificados, talvez nos contem algumas de suas aventuras nas terras do Lago.

***

A tradição atlante exigia que os recém-chegados fossem recebidos com comida e bebida. Micail se recordou do banquete depois que Tjalan trouxe seus navios para Ahtarrath, outra ocasião em que as cortesias superficiais foram como a tampa de um caldeirão fervilhante de intenções não ditas. Damisa fora rápida ao listar os que haviam encontrado segurança no Tor e ao assegurar a Micail que Tiriki estava bem. Mas uma ou duas vezes, enquanto relatava como haviam descoberto o Tor e fundado o assentamento, mostrara certa hesitação ou dera uma resposta muito ríspida, o que fez Micail suspeitar de que poderia haver algumas coisas sobre as quais eles haviam sido instruídos a não falar.

Tiriki estava viva! A mente de Micail fervilhava de perguntas que não podia fazer ali. Tiriki tinha se sentido tão vazia quanto ele por todos aqueles anos? Com que dores e tristeza ela sofrera quando não estava lá para confortá-la? Damisa disse que ela estava com boa saúde – por que não viera com eles? Quase não conseguia se segurar para não correr atrás daqueles guerreiros Touro Azul e exigir que o levassem imediatamente para o País do Verão. Mas estavam com Anet. Ao pensar em pedir a ela para levá-lo até a mulher que deveria ver como uma rival, ele tremeu. Talvez fosse melhor ver o que Tjalan tinha intenção de fazer.

O resumo alegre de acontecimentos de Tjalan era ainda menos espontâneo. As boas maneiras impediam Micail de interromper para perguntar de Tiriki; ele esperou impacientemente por um momento em que pudesse falar com Damisa a sós. Mas, antes que conseguisse fazer isso, o príncipe efetivamente terminou a sessão sugerindo que os recém-chegados fossem para as acomodações preparadas para eles a fim de descansar. Reidel parecia infeliz por ser separado de Damisa, mas, assim que a moça percebeu que os alojamentos incluíam um banho atlante de verdade, permitiu-se ser levada por criadas de Tjalan sem olhar para trás.

Enquanto isso, o príncipe insistia que Ardral e Micail o acompanhassem para o cômodo mais interno de seu forte, onde os outros Guardiões já esperavam em bancos com encostos ricamente entalhados em torno de uma lareira acesa. Micail nunca estivera nesse aposento antes, mas não achou nada surpreendente que, mesmo ali na selvagem Azan, onde havia chão de terra batida debaixo dos tapetes, Tjalan de algum modo tivesse conseguido se cercar de luxos. Havia até mesmo um tipo de trono, uma cadeira de bom tamanho, cujas pernas eram falcões entalhados.

Conforme os servos do príncipe se moviam pelo cômodo, certificando-se de que todos tinham bebida ou comida, Micail permitiu que Ardral o levasse para um assento mais perto de Naranshada do que de Haladris.

— Fico feliz por podermos ter este encontro — Mahadalku ia dizendo, o sorriso frio como a chuva que batia no telhado. — Chedan Arados tem reputação de ser um cantor muito forte, e ouvi a mesma coisa sobre sua princesa. — Ela assentiu para Micail. — Serão adições muito bem-vindas, e não duvido que encontraremos utilidade para muitos dos outros, embora não esteja tão certa sobre esse... marinheiro... Reidel.

— Ele pareceu um jovem agradável — disse Stathalkha.

— Sim, agradável o bastante — respondeu Mahadalku, com frieza —, mas ele não é treinado no Templo desde a infância. Como pode esperar canalizar qualquer poder real?

Naranshada deu de ombros.

— Sempre houve aqueles entre os Doze Escolhidos que não tinham recebido treinamento por toda a vida, e eles se saíram bem o suficiente. Esta nova terra não é exatamente superpopulada com atlantes de qualquer casta. Vamos enfrentar o mesmo problema um dia, mesmo se encontrarmos uma dúzia de cargas perdidas. E eu, para começar, não consigo imaginar que mestre Chedan Arados, entre todas as pessoas, permitiria que qualquer um sem potencial fosse iniciado.

— Posso assegurar que ele não faria isso — Ardral interrompeu, e houve mais um ou dois murmúrios de concordância, pois a fama de Chedan não fora coisa pouca.

— Eles estavam ali todo esse tempo — disse Micail, subitamente —, logo do outro lado das colinas. Por que não os *viu*, Stathalkha? Fui assegurado de que suas sensitividades haviam procurado em todos os lugares. Por que não os encontrou?

— Talvez tenhamos visto. — Os olhos desbotados de Stathalkha piscaram para ele, conforme ela se torcia um pouco para confrontá-lo mais diretamente. — Encontramos vários pontos de poder em uso nos quais a energia pareceu... familiar. Acredito que um monte como o que a moça descreveu aparece de modo proeminente em um deles. Mas estávamos procurando um lugar para construir nossa Roda do Sol. Mahadalku e eu sentimos que, se outros de nosso povo estivessem aqui, nós os localizaríamos com o tempo. E agora, veja, o fizemos! — ela terminou, triunfante.

Micail percebeu que Ardral apertava seu ombro, e seus dedos lentamente se soltaram. Estrangular a frágil sacerdotisa de Tarisseda não faria nenhum bem.

— Sim, de fato — Tjalan murmurou, pensativamente, os traços fortes brilhando como bronze na luz do fogo. — E, agora que sabemos onde estão, precisamos trazê-los para cá.

— Se me permite dizer — observou Ardral —, nunca é bom ir rápido *demais*. Pode haver alguma virtude em desenvolver outro porto na costa oposta. Eles estão claramente um tanto mais perto que Belsairath.

— Duvido que seja adequado — retrucou Haladris. — Por tudo que ouvi, as condições lá são... primitivas, no máximo. Que utilidade um lugar assim poderia ter?

Ardral sorriu sombriamente.

— Um refúgio, se as coisas derem errado aqui?

Tjalan franziu o cenho.

— Como assim? É verdade que as tribos estão inquietas, mas não serão capazes de organizar qualquer movimento contra nós por algum tempo. Até então a Roda do Sol estará pronta, e seremos capazes de dirigir um ataque letal para qualquer ponto da planície e além. E então os ai-zir vão entrar na linha bem rápido.

Micail sentiu-se subitamente zonzo.

— Do que está falando? O poder deve ser usado para construir o Templo.

— É claro, é claro — disse Delengirol, asperamente —, mas não poderemos construir qualquer outra coisa sem uma força de trabalho maior.

Haladris acrescentou friamente:

— E o poder do círculo pode precisar ser demonstrado... para impressionar as tribos de modo adequado.

— *Impressionar?* — A pele de Micail se arrepiou como se um relâmpago estivesse a ponto de explodir nas nuvens.

Ardral se endireitou, encarando-o com preocupação.

Mahadalku assentiu com vigor.

— Sim, certamente reconhece que precisamos ser capazes de manter os nativos sob controle. Ao menos até que tenham... alcançado seu potencial.

O sorriso ensaiado dela estava pesado de condescendência.

Micail lutou com a raiva, a consciência estremecendo. Assombrado, reconheceu o ardor familiar – em todos os seus anos vazios desde que fugira da Atlântida que morria, seus poderes herdados jamais tinham despertado dentro dele –, mas havia uma *torção* em tudo que não era a mesma.

Como poderia tocar poderes que eram dele – não como Guardião da Luz, mas como príncipe de Ahtarrath – quando a ilha tinha desaparecido? Enquanto ele lutava por controle, a tensão no cômodo tornou-se palpável. De fora, os céus ecoavam o trovão dentro e uma rajada de vento jogava a chuva contra as paredes.

De todos os que estavam reunidos naquele cômodo, apenas Tjalan, pouco familiar com a tradição de Ahtarrath, não entendeu o significado daquele som distante de trovão. Nos olhos dos outros sacerdotes, o assombro se misturava à especulação ao perceberem que os poderes de Ahtarrath tinham sido restaurados.

Enquanto os Guardiões miravam Micail, Tjalan deu um gole no vinho, e seu sorriso era indulgente.

— Eu sei, eu sei, parece tão contraditório. Em nome da Luz, impomos um fardo de suor e sofrimento. Mas é um fardo temporário. Quando perceberem do que somos realmente capazes, vão nos aclamar. Pois de fato, como acha que os templos de Atlântida foram construídos, primo? Como você testemunhou, até mesmo os grandes magos precisam da ajuda de homens comuns.

É Tiriki, pensou Micail, mal ouvindo Tjalan. *O simples fato de saber que ela está viva me torna um homem inteiro novamente. Achei que meus poderes viessem de minha terra, no entanto, trouxe-os comigo. Mas precisarei ter cuidado.*

Confundindo o silêncio de Micail com concordância, Tjalan continuou:

— Micail, meu velho amigo, depois de todo esse tempo, não sente as possibilidades infinitas nesta terra? Com seus recursos, sua população... este local poderia se tornar maior que todos os Reinos do Mar combinados!

Micail ficou sentado imóvel, o pulso ainda disparado enquanto restaurava o controle. No momento, não era o potencial da terra que o preocupava, mas o seu. Mas talvez ir para lá tivesse mudado aquilo de algum jeito. Sua alegria esfriou.

Tjalan acrescentou, persuasivamente:

— Todos os templos de Manoah, até mesmo aquele em que você serviu em Ahtarrath, foram modelados no primeiro Templo na cidade da Serpente em Círculo na Terra Ancestral. Você nasceu lá, Micail, com certeza se recorda dos pilares de mármore, das escadarias douradas, não? É seu destino reconstruir aquele Templo em toda a sua glória. Neste lugar, você e eu podemos reviver a grandeza do Império Luminoso!

Mas deveríamos?, Micail se perguntou. Seu turbilhão interno o impediu de responder. Ele questionava os motivos de Tjalan ou os próprios? Apenas Naranshada parecia partilhar o mesmo desconforto de Micail. O rosto de Mahadalku e o de Haladris estavam compostos e serenos. Quando ele se virou para Ardral, viu nos olhos cinza do Guardião sênior um brilho que não conseguiu interpretar.

— Desde que não repitamos os erros deles — Naranshada murmurava. — Houve motivos pelos quais o Império Brilhante caiu...

— E os Reinos do Mar — Micail murmurou, por fim encontrando a voz.

— Certamente — Tjalan disse, amistoso.

— Certamente, porém, podemos concordar que não deveríamos tomar uma decisão final agora — Ardral contemporizou. — Talvez Tiriki e Chedan estejam criando algo que vai contribuir com o que esperamos alcançar. Os deuses se movem de maneiras misteriosas.

— Sim — concordou Naranshada. — Não estamos falando de alguns chelas teimosos a serem incorporados de volta. Chedan é mago e Tiriki, Guardiã. Eles comandaram o próprio Templo por cinco anos. Precisamos ouvir o que têm a dizer.

— E esse é o motivo pelo qual deveriam estar aqui! — exclamou Tjalan, virando-se para Micail. — Deuses, você é o marido de Tiriki! Onde mais ela deveria estar a não ser com você?

O príncipe balançou a cabeça.

— É claro que quero estar com ela! — Micail explodiu.

E ele não duvidou – não podia duvidar – de que ela iria querer estar com ele. Mas pensar em *ordenar* Tiriki a fazer o que ele queria o horrorizava. Eles sempre haviam se reconhecido como iguais.

— Se ela deseja ou não se juntar a nós, para o bem de todos, deve ser compelida a fazer isso — disse Mahadalku, sombriamente. — Com todo o respeito, lorde Micail, sua esposa não é uma Guardiã *superior*.

— O que quer dizer com isso? — Micail disse entredentes.

— Que a decisão não pode ser só dela — respondeu Haladris. — A mesma igualdade de que fala exige que ela tome seu lugar adequado em nossa hierarquia. Apenas as disciplinas tradicionais podem preservar nosso modo de vida. De outro modo, nossos números são muito pequenos para assegurar a sobrevivência de nossa casta. Se o grande Chedan Arados estivesse *aqui* em vez de lá, não duvido que lhe diria a mesma coisa.

— Talvez — sugeriu Ardral, tranquilizador — estejamos antecipando mais problemas do que existem. A comunidade no Tor pode estar ansiosa por se juntar a nós... por que aborrecê-los com ameaças e demandas? Por que não esperar até termos a chance de falar com eles? Chedan *é* meu sobrinho, mas, mais que isso, acho que é um homem de grande sabedoria. Acho que podemos ter certeza de que ele escolherá um caminho benéfico a todos.

Agora foi a vez de Micail levantar uma sobrancelha. A resposta costumeira de Ardral para conflitos era simplesmente estar em outro lugar. Mas, fosse qual fosse o motivo do adepto para acalmar repetidamente a reunião naquele dia, Micail estava grato. Em todos os seus sonhos, encontrar Tiriki de novo apenas trouxera alegria, mas aquela discussão o deixara muito desconfortável. Com a exceção de Tjalan, aquelas pessoas eram todas Guardiãs, dedicadas aos mesmos ideais, com juras para os mesmos deuses que ele próprio. Quando foi que começara a ter essa sensação de que estava entre inimigos?

Conforme Ardral começou a se mover na direção da porta, Micail se levantou para segui-lo, mas Tjalan pegou o braço dele gentilmente.

— Eu sinto que os acontecimentos desta noite o perturbaram.

Micail olhou para ele, sem ousar permitir que fosse levado a mais discussões. O fluxo de poder que experimentara mais cedo havia afetado seu espírito ao mesmo tempo que revigorara seu corpo, e ele não confiava mais no próprio autocontrole.

— Essas pessoas podem ser difíceis; sei por dor própria — Tjalan continuou.

Submetido à força total do charme de Tjalan, Micail se viu relaxar, apenas um pouco. O príncipe continuou seriamente:

— Lembre-se, eles são velhos... queria que tivessem um coração jovem como o seu! — ele adicionou afetuosamente para Ardral.

— Em particular Haladris e Mahadalku. — O príncipe sorriu e voltou sua atenção total para Micail. — Em casa, aqueles dois estavam acostumados a estar no comando de seus próprios templos! Não faz mal deixar que tenham a palavra agora. Quando todo o nosso povo estiver reunido mais uma vez, você será o dirigente do novo Templo. Esse cargo sempre esteve destinado a você.

Mas eu conseguiria suportar tamanha responsabilidade?, perguntou-se Micail, conforme ele e Ardral resolutamente deixavam Tjalan sozinho com seu trono, seus guardas, seus sonhos de um império por fim. *Foi esse o destino que a profecia de Rajasta previu para mim? É como se eu estivesse entre dois animais famintos, tentando escolher qual vai me devorar.*

Ele fez sons educados e permitiu que Ardral o acompanhasse até o portão, mas, quase assim que o Guardião experiente voltou para as sombras do forte de Tjalan, Micail se virou e fez a mesma coisa, mas por um caminho diferente.

Depois de procurar um pouco, encontrou Reidel e um de seus homens conversando no salão. Quando perguntou o que faziam ali, Reidel apontou para o outro lado da porta, onde Damisa estava sentada ao lado da lareira, cercada pelo que parecia ser a maioria dos acólitos e chelas. Por um momento, Micail hesitou. Todos pareciam tão jovens, vigorosos e cheios de esperança. Teria ele o direito de perturbá-los com suas ansiedades? Mas precisava saber.

O rosto de cada um deles se voltou quando ele entrou na luz. Ele viu boas-vindas e especulação, e até uma compaixão inesperada nos olhos afetuosos de Elara – mas ela sempre parecia saber quando ele estava transtornado. Ainda assim, era Damisa quem tinha sua atenção.

— Você... — Ele pigarreou. — Damisa, não quero tirá-la de seus amigos rápido demais, mas ficaria muito grato se pudesse caminhar comigo um pouquinho.

— É claro. — Em um só movimento suave, ela estava de pé. — Vai querer saber todas as notícias, e eu terei muito tempo para conversar com esses — ela fez uma pausa, sorrindo — servos menos que sagrados da Luz!

Conforme ela se virou para ir, ele sentiu novamente o olhar atento do estranho Reidel e quase parou para assegurar ao antigo capitão de navio que traria a garota de volta em segurança. Mas Reidel agora era sacerdote, em posição menor até que um acólito. Certamente não tinha o direito de questionar nada que um Guardião Investido pudesse querer fazer.

— Aquele jovem — Micail refletiu, conforme ele e Damisa se afastavam —, Reidel? Ele parece... estranhamente protetor. Ele acha que posso lhe fazer algum mal?

— Ah, não! — exclamou Damisa, meio que se virando para olhar para trás. — Peço desculpas por ele, Senhor Guardião. Ele acha que está apaixonado por mim.

— Mas você não sente a mesma coisa? — Micail fez um aceno de cabeça para o guarda quando eles passaram pelo portão e tomaram o caminho na direção do rio.

A chuva tinha parado e o sol se punha entre faixas de nuvens que ardiam como estandartes de chamas sobre os morros distantes. *Tiriki vê o mesmo pôr do sol,* ele pensou, com uma grande onda de emoção.

— Para ser sincera — Damisa disse em tom monótono —, imagino que tenha dado a ele alguma razão para achar que eu pudesse. Mas foi um engano. Tentei explicar. Ele não fala mais sobre isso, mas ele... me olha.

— Se ele a perturba... — começou Micail, mas ela balançou a cabeça.

— Não! — Ela corou. — Sinto muito. Estou tão acostumada com a vida informal no Tor e nos pântanos. Eu já me envergonhei na frente do príncipe Tjalan. Por favor, Senhor Guardião! Reidel é problema meu... meu engano. Minha responsabilidade. Por favor.

Micail assentiu, avaliando-a. Ela certamente não era mais a menininha séria que conhecera em Ahtarrath; no entanto, a jovem diante dele ainda tinha aquela intensidade mal equilibrada.

— Foi bem ensinada, vejo — ele disse, com um sorriso. — Mas não precisa me chamar de Senhor Guardião. Pode me chamar de Micail. E, por favor, me fale de Tiriki — acrescentou, ávido.

— É claro — Damisa lhe respondeu. — Ela está em boa saúde, graças a Caratra. Foi ela quem nos fez seguir nesses últimos anos, ela e Chedan.

— Então por que não quis vir com você?

— Tenho certeza de que queria — disse Damisa rapidamente. — Mas ela já tinha passado a noite em claro no leito de morte de Alyssa. E saber que o senhor estava aqui, e de um jeito tão estranho, foi um choque para ela. Não que ela tenha jamais desistido de acreditar que o encontraria um dia, mas tinha... deixado a esperança de lado. Então, Chedan achou que era melhor enviar alguém mais forte; acho que isso quer dizer mais dispensável. — Ela riu. — Imagino que, quando ela acordou e descobriu que havíamos partido, tenha ficado furiosa com Chedan e deixado isso bem claro para ele. — Damisa corou de novo.

Micail piscou, tentando imaginar sua gentil Tiriki repreendendo alguém.

— Então é Chedan o líder de vocês?

— Não de verdade... ah, de certo modo, talvez. Ele sempre diz que somos pequenos demais para precisar de um líder oficial. De quase todos os jeitos, ele e Tiriki dividem a responsabilidade.

Como ela e eu costumávamos fazer em casa. De que outros modos ela me substitui?, pensou Micail, com um lampejo de inveja. Mas, ainda enquanto a ideia queimava, ele sabia que não tinha o direito de se ressentir de nada que a esposa pudesse ter feito para sobreviver em um ambiente que parecia consideravelmente mais hostil que Belsairath e até mesmo que Azan.

Um vento suave farfalhava nos salgueiros, e de algum lugar acima da planície veio o grito de uma coruja que caçava. Estranhamente, aqueles pequenos sons pareciam intensificar o silêncio. As fileiras escuras de árvores ao longo do rio bloqueavam qualquer vista real da planície, mas, mesmo com os olhos fechados, ele teria conseguido apontar na direção do círculo.

— Chedan também pode ter achado que ela não deveria deixar a criança — disse Damisa no silêncio.

A cabeça de Micail saltou para trás, a Roda do Sol esquecida. Ele espremeu as palavras entre a garganta que se apertava.

— Que criança?

— Ora, a dela... sua, quero dizer. Tenho certeza disso agora. O cabelo de Domara é exatamente igual ao seu. Você realmente se parece com ela... quero dizer, ela se parece...

— Mas Tiriki não estava... ela nunca me contou! — ele imaginou se o coração disparado iria explodir para fora do peito.

— Ela não sabia — explicou Damisa, com uma empatia súbita. — Durante a viagem, achou que estivesse enjoada do mar. Sofreu terrivelmente. Foi Taret, a sábia do Tor, quem disse a ela. Ela tem a Visão...

— Uma filha — sussurrou Micail.

— Chamada Domara. Teria dito antes, quando falei pela primeira vez, mas estou tão acostumada com ela por perto que não pensei... de qualquer modo, pode ficar feliz por não ter escutado uma notícia dessas no meio de uma reunião! Domara nasceu no solstício de inverno, naquele primeiro ano. Ela fez cinco anos este ano. Tão querida...

Micail, fazendo cálculos mentais, mal ouvia. As datas batiam, se Tiriki tivesse concebido naqueles últimos dias antes do Afundamento. Mas como – quando sua semente jamais tinha germinado em todos os anos de paz deles –, como ela poderia ter levado a gravidez até o fim no meio do desastre?

Sem notar a confusão dele, Damisa continuou a falar.

— O bebê de Selast vai nascer neste verão, então veja que temos um bom número de crianças no Tor. Mas imagino que devam ter acontecido muitos nascimentos entre seu povo também...

— Não sei — ele murmurou.

Ter notado tais coisas, ele percebeu de repente, apenas teria lhe causado mais dor. Do que ele sentia agora, não tinha certeza. Orgulho? Júbilo? Terror? Não importa. Seu coração cantava. *Eu tenho uma filha!*

***

Obviamente, pensou Damisa, ao sentar-se na cadeira que o príncipe Tjalan lhe oferecia, aquela era sua noite de entrevistas. Assim que Micail a trouxera de volta para o alojamento dos acólitos, um servo veio chamá-la para a corte do príncipe, no centro do aglomerado de construções. Como não havia uma colina contra a qual os pedreiros pudessem construir um forte mais estiloso, tinham construído os lados com pedra e cobriram as paredes com gesso.

Ela se acomodou nas almofadas, suspirando enquanto o corpo se recordava da sensação de afundar em tal maciez. No Tor, tinham algumas redes, mas muito mais bancos duros e vários banquinhos rústicos feitos com tábuas encaixadas. Fazia muito tempo que não se sentava em uma cadeira de verdade. Os olhos dela embaçaram quando reconheceu as estampas alkonenses nos panos das paredes.

Um servo silencioso colocou um garrafão elegante e dois cálices filigranados em uma tábua verde e dourada e se retirou. *Estou sonhando!*, pensou ela. *Os últimos cinco anos foram um sonho ruim, e estou acordando em casa, em segurança de novo...* Mas ela não podia ignorar as rugas amargas no rosto do príncipe Tjalan nem a prata que agora se entrelaçava no cabelo preto dele.

Um líquido dourado claro gorgolejou saindo do garrafão para os cálices.

— A que devemos brindar? — disse o príncipe, oferecendo um deles para ela. — Ao Império Brilhante? Aos Sete Guardiões?

— À esperança da terra nova? — ela respondeu, um pouco tímida, levantando a taça para encontrar a dele.

— Ha! *Isso*! — Tjalan sorriu ferozmente. — Você é de fato parente minha!

O licor era enganadoramente doce, mas ela conseguia senti-lo descer queimando.

— É raf ni'iri — Tjalan a avisou —, então tenha cuidado. Sempre acho um pouco mais forte do que estava esperando.

Ele se recostou na própria cadeira, aninhando o cálice entre os dedos longos para inalar o aroma delicado. Mas, mesmo ao fazer isso, ela notou, ele a observava com um sorriso bastante ambíguo... Damisa sentiu o rosto esquentar e não sabia dizer se era resultado de vergonha ou da potência da bebida.

— Minha querida, você mais que cumpriu sua promessa — o príncipe por fim disse. — Você amadureceu de uma flor delicada a uma mulher encantadora. Sabemos a que propor um brinde, a isso!

Ela sentiu o rubor crescer. Era estranho que, quando Reidel dizia esse tipo de coisa, ela acreditava nele. Com Tjalan... Ela balançou a cabeça.

É claro, ele estava apenas sendo educado. A mulher dele era – fora – uma beldade famosa, afinal.

— Acha que sou um galanteador, não é? — Tjalan soltou uma risadinha com o embaraço dela. — Bem, quando a levar para Belsairath, minha querida, vamos vesti-la como é adequado a uma princesa da casa real, e então verá o que é galanteio!

Mas sou uma sacerdotisa, não uma princesa... Ela piscou para ele. *Ele estava certo; essa coisa é muito forte.* Ela então levou o cálice para as narinas e fingiu cheirá-lo, como ele o tinha feito, e o colocou com firmeza sobre a mesa.

— Quando tivermos resgatado o resto de seu grupo daqueles pântanos e terminado de construir a Roda do Sol, vamos criar um novo império nesta ilha...

Os olhos de Tjalan se iluminaram enquanto ele começou a descrever as cidades que iria erguer ali, as estradas e portos – as palavras dele pintavam uma visão de tudo o que tinham perdido restaurado, mais esplêndido que antes. Parte da mente de Damisa se perguntava se aquele novo império era mesmo possível. Pelo que Micail tinha dito, Tjalan não tinha tantos sacerdotes ou soldados.

Será que as dúvidas do velho Chedan me infectaram?, ela censurou-se. *Eu também comecei a pensar que o que foi perdido jamais poderá ser restaurado?* Ela nunca falara com ninguém, nem mesmo Selast, sobre os muitos pesadelos em que tentava enfrentar as forças misteriosas que irradiavam da Pedra Ônfalo. *Chedan falou*, ela pensou confusamente, *que é melhor não dizer a ninguém que a Pedra está no Tor.*

— E então — ele dizia agora —, quando formos trazê-los de volta para cá, confio em você para me ajudar a explicar.

Ela se levantou, franzindo o cenho.

— Não tenho certeza de que Tiriki vai querer partir. Ela trabalhou muito no... no lugar. Seria melhor se simplesmente voltássemos e falássemos com eles assim que conseguirmos outro guia.

— Não sabe o caminho? — ele disse rispidamente, e um tremor de inquietude a deixou ainda mais sóbria.

— Ah, fora da visão do Tor, um morro ainda se parece com outro para mim — ela mentiu alegremente —, e tenho certeza de que não é muito diferente para Reidel. Ele sempre diz que é mais simples no mar.

Chedan a avisara para que mantivesse a localização deles vaga até ter certeza de que era seguro revelá-la, e ela percebeu que não confiava totalmente em Tjalan, apesar da bajulação dele, ou talvez por causa disso. *Além disso*, ela se assegurou, *não se deve gastar todos os recursos de uma vez. Informação é a única moeda que tenho.*

— Isso é... lamentável — disse Tjalan. — Bem, você teve um dia exaustivo. Melhor ir descansar um pouco agora. Meu criado a levará aonde você vai ficar.

Um pouco surpresa pela brusquidão dele, Damisa se deixou ser conduzida para uma cama que quase parecia macia demais. Seus membros tinham se acostumado a colchões de couro de veado estufados com palha, e era difícil conciliar o sono. Ela acordou bem depois do fim das preces matinais, com uma dor de cabeça que latejava atrás dos olhos. Quando por fim se mexeu, descobriu que nenhum dos acólitos parecia saber onde Reidel e seus três marinheiros tinham passado a noite.

Quando foi até o portão, pensando que um passeio pelo rio poderia clarear sua mente, um guarda sorridente barrou o caminho com uma lança. Foi então que Damisa percebeu que era prisioneira.

***

— Viu Damisa esta manhã? — Lanath pegou o braço de Elara e a puxou para os bancos de tronco debaixo de um trio de castanheiras onde os outros acólitos e chelas esperavam.

Quando o tempo permitia, eles sempre se reuniam ali para as aulas, mas naquele dia os sacerdotes mais experientes tinham sido isolados em um conclave próprio. Ainda assim, Elara suspeitava de que o assunto da discussão dos mais velhos poderia ser o mesmo que o deles.

Desde a chegada de Damisa e Reidel, rumores tinham começado a ser sussurrados pelo complexo como vento nas árvores – as tribos planejavam uma revolta... Os marinheiros de Reidel estavam vindo resgatar o capitão... O príncipe estava montando uma expedição para sufocar uma rebelião... Relâmpagos que não vinham do céu tinham aterrorizado alguns trabalhadores no círculo de pedras... Tudo o que podia ser dito com certeza era que os soldados de Tjalan estavam afiando as armas e consertando as armaduras de couro.

— Se vi Damisa? — Elara ecoou ao sentar-se. — Eu a *ouvi*... amaldiçoando um guarda que não a deixava passar pelo portão. Eu os vi a levando de volta para a casa de Tjalan, e, conforme passavam, ela sussurrou: "Encontre Reidel!". Mas não consegui encontrá-lo.

— Uma acólita feita prisioneira? — murmurou Galara. — Isso só pode estar errado.

— Precisamos tentar descobrir onde ele está — Elara repetiu.

— Não gosto disso — murmurou Lanath. — É como se estivéssemos agindo pelas costas dos nossos mais velhos.

Cleta fez uma careta para ele.

— Acha que vão pedir nossa opinião? Que escolha nós temos?

— Não entendo por que é um problema tão grande — interrompeu Vialmar, tirando o cabelo grosso e preto dos olhos. — Por que não iriam querer se juntar a nós? Eu realmente quero ver Kalaran de novo, e os outros também. Eles não querem nos ver? Quer dizer, *este* lugar é ruim o suficiente. — Ele olhou através das paliçadas, como se uma horda de guerreiros ai-zir enlouquecidos pudesse atacar a qualquer momento. — Mas, pelo que Damisa disse na noite passada, eles não têm *nada*. Eu pensaria que ficariam felizes de vir para cá.

— Não importa o que eles têm ou não — observou Elara —, aprenderam a sobreviver. Não sei quantos barris de vinho Tjalan e os outros trouxeram com eles, mas, quando estiverem vazios, não haverá mais. Talvez Chedan e Tiriki sejam mais sábios que nós, começando por aprender a viver, como nós todos teremos de fazer um dia.

— Não quando o círculo de pedras estiver terminado — interrompeu Karagon. — Aí, teremos poder suficiente para lidar com qualquer coisa.

— Ele *deveria* ser terminado? — perguntou Lanath. — Há alguma coisa naquele lugar todo que *me* dá arrepios.

— A questão é que as pessoas deveriam ser livres para decidir por si, e prendê-las ou forçá-las a se mudar não está de acordo com as tradições do Templo que eu aprendi — disse Elara.

Cleta assentiu.

— Concordo. Em Ahtarrath, lorde Micail era tanto príncipe quanto arquissacerdote, então não havia conflito... mas ultimamente... não sei. Eu me sentiria mais feliz se soubéssemos o que aconteceu com Reidel.

— Ele é só um marinheiro comum — desdenhou Karagon.

— Não, Damisa disse que era um iniciado — corrigiu Li'ija. — Mas isso não importa. Tjalan *não* deveria simplesmente sumir com nenhum deles.

Galara suspirou.

— Certo. O que acha que devemos fazer?

— Eu lhe disse que fomos procurar — Elara falou. — Olhei cada construção. Ele não está no complexo.

— Talvez já tenha fugido para casa — disse Karagon, com esperança.

— Não vamos contar com isso — recomendou Cleta. — Se ele não está aqui, pode estar na vila.

Uma a uma, todas as cabeças se voltaram para Elara. Ela era quem desenvolvera laços mais significativos entre os ai-zir.

— Muito bem. Eu vou.

***

Ela encontrou a rainha Khayan-e-Durr em sua ocupação comum, fiando lá com suas mulheres no sol quente de primavera. Depois dos cumprimentos cerimoniosos obrigatórios, Elara começou a contar sua história, mas não ficou de fato surpresa ao perceber que a rainha já sabia. O problema, evidentemente, era como fazê-la se importar.

— Se o príncipe Tjalan conseguir o que quer, não haverá posição de rei para seu filho herdar. Se o príncipe quer encurralar o próprio povo, acha que vai deixar o seu andar livre? — Elara não conseguia saber se estava causando alguma impressão. — Qualquer coisa que ajude os que têm outras ideias vai tolher o poder dele.

— Isso é verdade — disse a rainha —, mas, há muitos anos, dois de nossos xamãs tiveram uma briga. Quando terminou, uma praga havia atingido as duas tribos. Quem vai estar morto, eu me pergunto, quando seus magos tiverem acabado?

— Preferiria viver em segurança como escravos? — exclamou Elara. — Você vai precisar escolher um lado!

Quando, ela se perguntou, *eu escolhi?*

Khayan lançou um olhar estranho para ela.

— Então você trai seu próprio povo?

— Não acho que traio — ela respondeu, séria. — Acho que alguns deles traem a si mesmos. Quanto a mim, sou fiel aos meus deuses.

A rainha desenhou o sinal de Caratra no seio.

— Essa Tiriki, mulher de lorde Micail. Ela fez promessa para servir à Deusa?

— Assim ouvi dizer, embora ela tenha servido no Templo da Luz.

— Vamos tentar ajudá-la. — Khayan sorriu. — Mas, se o resultado será reuni-la com Micail ou separá-los, está na mão dos deuses... Não basta libertar esses prisioneiros, se é o que verdadeiramente são. Logo Tjalan vai encontrar alguém das tribos que sabe o caminho até a terra do Lago. Não vamos para lá com frequência, mas o caminho não é segredo. Esse Reidel também vai precisar de um guia, ou os inimigos dele vão chegar antes. Um guia e uma oferta de aliança — ela acrescentou, pensativa —, ou poderemos ser engolidos por uma guerra sem necessidade. Direi isso a Tjalan quando eles tiverem partido em segurança.

— Tenha cuidado! — exclamou Elara. — Não quero a raiva dele caindo sobre a senhora!

— Ele ficará muito arrependido se fizer isso — a rainha respondeu. — Cada alma em Azan se levantaria para vingar qualquer dano causado a mim! Se Tjalan não entende isso, então é melhor que você e a senhora Timul digam a ele.

***

Conforme a estação seguia na direção do solstício, o clima em torno do Tor se tornou ainda mais caprichoso, como se incapaz de decidir entre inverno e verão. Enquanto Tiriki esperava pelo retorno de Damisa e Reidel, tentava aliviar a frustração trabalhando no caminho em torno do Tor.

O dia está como meu espírito, pensou Tiriki, olhando da terra revirada para o céu, *no meio do caminho.*

Saber que Micail estava vivo era o êxtase, mas pensar nele com aquela princesa nativa era uma traição pior que a perda. Porém, ao mesmo tempo, ela entendia que as obrigações de um sacerdote ou sacerdotisa poderiam exigir uma união ritual para energizar a fertilidade da terra. *Eu não fiz isso*, pensou, em uma onda de ardor.

Micail podia ter dormido com aquela princesa nativa por esse motivo, ela disse a si mesma. Anet não havia dado a entender que queria Micail como amante, mas como um touro trazido às vacas – para melhorar o rebanho. Mas o que assombrava as noites de Tiriki era o fato de que Anet não dissera se Micail tinha concordado ou não em se deitar com ela... e Tiriki não havia perguntado.

E, se ele a levou para a cama por pura necessidade, posso culpá-lo?, perguntou a si mesma, pela centésima vez. *Ele achava que eu estava morta. Certamente desejei que ele estivesse vivo e fosse capaz de encontrar conforto – onde pudesse. Permaneci fiel por virtude ou porque ninguém me apresentou qualquer tentação para me desviar?* Não havia falha no raciocínio dela, mas, no fundo do coração, Tiriki não conseguia aceitar. Se tinha sido condenada a dormir em uma cama vazia naqueles cinco anos, Micail deveria ter dormido sozinho também!

Enfiou a ferramenta de chifre com força no solo, como se, ao remover a terra, pudesse se livrar de sua incerteza. Não podia nem xingar Chedan por mandar Anet embora com Damisa e Reidel tão rápido, enquanto ela dormia. Por toda a primavera, o mago estivera com o fôlego curto. Ele havia dito que a idade avançada o alcançava, mas ela temeu que pudesse ser algo mais que uma tosse que o tempo quente não tinha curado.

Levantou os olhos quando Elis, que estava trabalhando em uma seção da espiral acima da dela, gritou.

— Alguém está vindo! Ele tem... cabelo preto. Pelas estrelas, é Reidel!

— Quietos, todos vocês! — o tom de Chedan, e não o volume, cortou o burburinho dos variados sacerdotes e sacerdotisas. — Obviamente tudo isso é uma... surpresa. Para todos nós.

Guiado por um dos caçadores ai-zir, Reidel tinha diminuído quase um terço do tempo da viagem na volta, mas as covas em seu rosto e as sombras em torno dos olhos não eram de fadiga, pensou o mago, e sim de ansiedade.

— Mal podia acreditar que o príncipe usaria a força para nos juntar a ele; deve saber como sonhamos encontrar outros sobreviventes. — Reidel olhou para Tiriki, cujo rosto, depois daquela primeira notícia, havia deixado de demonstrar qualquer emoção. — Mas é difícil de interpretar mal um guarda na porta! E, embora Damisa tenha melhores alojamentos dos que os que recebi, ainda é uma prisioneira!

— O que o príncipe Tjalan pode estar pensando? — exclamou Liala. — Ele não pode trancar uma acólita escolhida do Templo!

— Um ultraje — Dannetrasa concordou.

— Sim, sim — interrompeu Chedan. — Mas, se tiverem um pouquinho de paciência, eu gostaria de receber um pouco mais de informação do próprio Reidel e, para isso, seria um auxílio se pudesse me ouvir pensar...

Ele se virou de volta para o homem que estava de pé diante dele.

— Creio que podemos ter certeza de que nenhum mal acontecerá a Damisa — ele disse de modo tranquilizador. — Ela é prima do príncipe Tjalan. Posso lhe assegurar que ele a manterá em segurança.

— Tema mais pelo príncipe — murmurou Iriel. — Já *viu* Damisa quando ela está brava?

Uma onda de riso em torno do círculo tirou um pouco da tensão.

— A raiva dela foi o que *me* soltou — disse Reidel. — Ou ao menos fez Elara pedir aos ai-zir que me ajudassem. Fiquei pasmo quando a rainha em pessoa entrou na casa em que me prendiam. Os guardas de Tjalan estavam largados no chão do lado de fora, dormindo como bebês: a rainha tinha colocado uma poção na cerveja deles. Tjalan não vai suspeitar dela; abriram um buraco na parede pelo lado de dentro, assim vai parecer que escapei por ali.

— Fico feliz em ouvir que Elara o ajudou — disse Chedan. — Mais tarde quero saber mais de você sobre os acólitos, mas, no presente, são os mais velhos que me preocupam. Nós o tornamos sacerdote, Reidel, mas você ainda é um dos nossos melhores militares. Em sua estimativa, que forças, no domínio físico, Tjalan tem?

O jovem se recompôs e começou a descrever o que tinha visto. Como Chedan esperava, Reidel fez uma avaliação completa dos soldados de Tjalan sem nem perceber que o fazia.

— Mais de cem? — exclamou Kalaran, quando o relatório de Reidel terminara. — Bem, não podemos nos defender por força de armas!

— Com magia, então? — disse Dannetrasa, de modo dúbio. — Eles também estão em maior número. Têm *oito* Guardiões Investidos, você diz? E quatro acólitos, e *outros* sacerdotes e sacerdotisas?

— Incluindo Micail... — Tiriki falou, sem inflexão.

A questão que não era vocalizada pairava na mente de todos – Micail tinha sido incapaz de impedir o aprisionamento de Damisa ou apoiava o príncipe Tjalan?

Chedan suspirou.

— E Ardral. Mas temos uma vantagem. Em todo esse tempo, nos perguntamos que utilidade a Pedra Ônfalo teria nesta terra nova. Se eles quiserem nos atacar por meios espirituais, podemos invocar a Pedra, e causarão tanto mal a si mesmos quanto a nós. Mas, se chegar a uma verdadeira batalha mágica... — Ele balançou a cabeça. — Nós *todos* perdemos. Não, precisamos conquistá-los em vez disso. De algum jeito...

— Precisamos encontrá-los — Tiriki disse, naquele tom uniforme pouco natural. — Ou alguns deles... não lá, não aqui, mas em um lugar neutro.

Ela olhou para cima, a voz por fim cedendo.

— *Não* vou acreditar que Micail poderia me trair! Mas não posso arriscar o resto de vocês.

— Não podemos arriscar *você*! — protestou Liala.

— Mas Chedan não poderia viajar — Tiriki levantou a mão, começando a protestar. — E não podemos ir os dois. Se a lealdade... de Micail... está em questão... Você precisa concordar que é mais provável que ele me escute.

Chedan suspirou novamente. Sem dúvida, aquela era a retribuição por ele ter impedido que ela fosse antes. Ele estava certo na ocasião e suspeitava de que ela soubesse disso, mas com certeza sabia que não seriam capazes de impedi-la agora.

— Há os restos de um velho castro mais ou menos na metade do caminho daqui até Azan — disse Reidel, inesperadamente. — Acampamos lá no caminho. Podemos arranjar de encontrá-los lá. Estou disposto a voltar e dizer isso a eles.

Você está disposto a voltar por Damisa, pensou Chedan, mas manteve o silêncio. A devoção de Reidel era um mérito dele, afinal de contas.

— Muito bem. Vamos levar dois de seus melhores marinheiros como escolta, mas não mais que isso. Deve ser uma conversa, não uma luta — Tiriki o relembrou. — Talvez Tjalan ataque com força enquanto eu estiver fora, então precisamos manter tantos homens aqui quanto pudermos.

Ela observou o cômodo cheio de rostos.

— Elis, Rendano, gostariam de me acompanhar?

Chedan não esperou que nenhum deles declinasse, e não o fizeram, embora fosse difícil dizer qual deles parecia mais incomodado. Mesmo agora, o pensamento de contestar a vontade de um adepto famoso como Ardral teria lhe feito pausar... Chedan se viu novamente imaginando que posição tinha o tio na nova comunidade de Tjalan. Reidel tinha apenas encontrado Ardral brevemente lá, e não tinham conversado um com o outro, mas a descrição do velho adepto permanecia na mente de Chedan. Àquela altura, o velho astuto provavelmente sabia o que estava acontecendo melhor que Tjalan ou Micail...

Conheço todos eles tão bem, o mago pensou. *Eu deveria estar lá. Mas Tiriki está certa*, ele percebeu, quando uma pontada no joelho o recordou de sua própria fragilidade. *Realmente não posso fazer a viagem agora.*

— Tiriki — disse Chedan, enquanto saíam do salão de reuniões —, espero que seja totalmente desnecessário que eu diga a você para tomar cuidado. Mas lembre-se: o enigma do destino é que escolhemos continuamente a própria nêmesis. E normalmente não é a que achamos que estamos escolhendo no momento.

༄ dezoito ༄

Tiriki vestia azul.
Nos sonhos que tinham assombrado o sono dele desde que o mensageiro dela chegara, Micail a imaginara usando, se não as vestes pristinas de uma Guardiã da Luz, ao menos a túnica simples branca do Templo. Ainda assim, mesmo a distância, não havia dúvida de que se tratava dela. Ninguém mais naquelas terras tinha um cabelo tão dourado.

Mas ela não estava sozinha. Quatro outros avançavam colina acima ao lado dela, um sacerdote de meia-idade calvo com uma túnica branca de barrado vermelho desbotado, um tanto esfarrapada, e dois plebeus usando botas e túnicas de couro, armados com lanças com pontas de oricalco. Havia também outra mulher de azul. *Elis?*, Micail perguntou-se. *Damisa disse que Selast estava grávida...* Ele balançou a cabeça com a ideia de qualquer uma delas grávida. Ele se recordava dos acólitos perdidos como crianças, mas é claro que cinco anos teriam mudado aquilo.

Tiriki teria mudado? *Ele* tinha?

O coração de Micail batia depressa no peito. As cinco figuras estavam de fato sozinhas? De que lugar escondido na selva de colinas brumosas à frente elas tinham vindo? Uma neblina cinza densa velava as planícies atrás dele, mesmo no declive em que ele e Tjalan esperavam, como se aquele ponto com seus muros de barro cobertos de vegetação não fosse mais do que uma estação no caminho para as brumas do Além-Mundo.

O vento aumentou, e subitamente estavam próximos o suficiente para que se vissem os rostos com clareza. Tiriki não pareceu tão mais velha quanto mais forte, como se as adversidades tivessem enfatizado a bela estrutura óssea de seu rosto e tonificado sua musculatura. Na verdade, ela parecia, se possível, mais com *ela mesma* do que nunca. O que tivesse atravessado parecia não ter lhe causado nenhum dano. Ela se movia com a graça de alguém à vontade em sua carne, e sua pele tinha o brilho saudável que vem de passar muito tempo ao ar livre.

E agora Tiriki estava perto o suficiente para que seus olhos se encontrassem – e o que viu nos dela fez com que ele começasse a avançar pelos poucos metros que restavam entre os dois.

Tjalan colocou uma mão no ombro dele.

— Espere! Achei que tivéssemos concordado...

Micail se virou, quase rosnando.

— Ela é minha mulher!

Os guarda-costas do príncipe não podiam ouvir, mas retesaram-se e se curvaram para mais perto como falcões avistando a presa.

— De fato — o príncipe murmurou, ainda prendendo de leve o braço de Micail. — Mas Damisa tinha muito a dizer sobre a proximidade com que Tiriki andou trabalhando com Chedan. Ele a impediu de vir antes. Seria tão surpreendente que uma mulher deixada sozinha transferisse suas lealdades?

— Desde que partimos de Azan, você vem derramando veneno em meus ouvidos — Micail grunhiu.

— Apenas olhe para as vestes dela — Tjalan tentou de novo. — Se ela virou as costas para Manoah, por que não para você? Estou avisando: não deveríamos confiar nela mais do que confiamos em Khayan-e-Durr ou naquela agitadora da Timul.

— A não ser que esteja disposto a me impedir com essa espada cara no seu cinto, vou falar com ela, sozinho se puder, ou junto com você, se não puder!

Tiriki não podia deixar de notar a tensão entre os dois homens, o movimento ansioso dos espadachins de Tjalan. Micail viu o olhar dela ficar ainda mais sem expressão ao franzir o cenho.

— Meu senhor Tjalan! — ela disse, com um meneio formal. — Permita-me apresentar meus acompanhantes, a acólita Elis e Rendano, que foi sacerdote no Templo de Ankil.

Não estou fazendo cara feia para você, minha querida!, Micail pensou desesperadamente. *O que está sentindo? Olhe para mim!* Por cinco anos, ele tinha vivido atrás de um muro invisível. Quando soube que Tiriki ainda estava viva, o muro começara a desabar. Agora sentia a pressão da necessidade que tinha por ela a ponto de explodir dentro dele como uma enchente corrente.

— Não cabe a mim lhe dar boas-vindas a esta terra, em que somos todos apenas viajantes... — Tiriki continuou. — Percebo que a Grande Mãe governa aqui, como em casa. Desse modo, eu o cumprimento em nome Dela, em nome de Caratra, a quem chamávamos Ni-Terat na terra antiga.

Certamente essa formalidade é uma defesa... talvez eu pareça igualmente frio para ela, Micail disse para si mesmo, conforme Tjalan começou a responder algo sobre honra, fortuna e encontros. *Sonhei com este dia, mas nunca houve nenhum sonho assim. Como ela pode estar tão controlada? É minha amada! E, no entanto, aqui é como uma estranha...*

— Tiriki.

Era menos um cumprimento do que um gemido, mas ele não se importava mais. Ela olhou para ele então, e ele sentiu o choque do contato entre eles. *Está tudo bem*, ele pensou, aliviado. *As palavras podem esperar... o laço entre nós ainda está aqui!* Ele deu um passo à frente para tomá-la nos braços, buscando os lábios dela como um homem morrendo de sede busca um poço.

Depois de um momento infinito, ele percebeu que Tjalan falava novamente e soltou Tiriki com relutância, embora ainda deixasse o braço passado aos dela.

— Minha senhora, primeiro, deixe-me dizer que lamento muito qualquer mal-entendido que possa ter turvado o que deveria ser uma reunião mais alegre. Tenho certeza de que seu mensageiro, Reidel, era um bom capitão de navio, e sem dúvida também possui outros talentos, mas suspeito de que não esteja apto a perceber as nuances de comunicação em níveis mais altos da sociedade.

O toque do espírito de Tiriki aqueceu Micail como se ele estivesse ao lado de uma chama, mas a expressão dela novamente estava contida. Tjalan a tomou como um sinal de concordância de Tiriki e fez um gesto para o grupo de banquinhos de dobrar e mesas que fora colocado debaixo de um toldo. Em um mastro ao lado, um círculo de falcões flutuava em um estandarte verde alkonense.

— Por favor, vamos nos sentar por um momento e falar com calma, como os amigos devem fazer, pois certamente é o que somos. Trouxemos uns bons queijos locais e pães finos para que recuperem as forças, com uma garrafa de vinho de Tarisseda.

— Sua hospitalidade é muito bem-vinda, meu senhor — Rendano disse, sentando-se quase ansioso demais. Elis tomou de modo constrangido o assento ao lado dele e brincou nervosamente com a comida.

— Que... agradável — disse Tiriki. — É quase possível pensar que estamos em um passeio no campo em Ahtarrath. Os montes tinham quase este verde na primavera, e com a mesma probabilidade de estar cobertos de ruinas.

— De fato, há muitas similaridades — Tjalan começou, mas a voz suave dela o atropelou.

— Mas o que vai beber quando este vinho tiver acabado? — Ela virou a taça de prata o suficiente para que a luz do sol tocasse o líquido rubi lá dentro, e então a levou aos lábios e bebeu.

— Uma questão interessante — disse Tjalan. — É verdade que essa safra em particular agora seja difícil de encontrar... Mas teremos algo não muito diferente assim que as rotas de comércio forem reestabelecidas. Ah, sim, as aves aladas voarão novamente, minha senhora! Já construímos três belos navios novos, e há mais sendo construídos.

— Deseja reconstruir seu principado, então?

O príncipe Tjalan sorriu.

— Um principado? Não, um império, e mais brilhante que antes. A população para apoiá-lo está aqui, e, graças a homens de sabedoria como seu marido, temos o poder para governá-lo.

Micail suspeitou de que não conseguiria falar mesmo se tivesse desejado. O rosto belo de Tiriki – os olhos frios, cinza-esverdeados como o mar – aquela visão foi suficiente para ele, embora o olhar estivesse voltado para Tjalan.

— É verdade — disse Tiriki, em voz baixa —, há poder nesta terra. E vocês vêm construindo mais que navios, eu soube.

— Sim — o príncipe confirmou, e sorriu. — Um Círculo do Sol; um círculo de pedras. As pedras ainda não foram todas cantadas para seus lugares, mas, quando estiver terminado, não haverá fim para o que podemos fazer. Certamente percebe, Tiriki, que não deve ter medo de confiar seu povo a mim. Temos os recursos para abrigá-los e alimentá-los, além de trabalho útil a fazer.

Tjalan olhou brevemente para Micail ao completar:

— Este *é* o trabalho das profecias, por fim. Seu marido está colocando as fundações para o novo Templo.

— Sim! Vocês precisam vir — exclamou Micail, refugiando-se de suas emoções na conversa superficial. — O que ouvi sobre aqueles pântanos me encheu de horror. Imaginá-la, meu amor, raspando cada resto de comida, dormindo em palha e peles, sendo comida viva por insetos!
— Ele balançou a cabeça.

— Foi isso que Damisa lhes disse?

— Ela mal precisou dizer. — Tjalan riu. — Ficou óbvio pela reação dela diante de comida e alojamento decentes! Sim, com o perdão da minha falta de modéstia, já conseguimos reproduzir a maior parte do nosso antigo modo de vida aqui. Embora sempre vá existir espaço para aperfeiçoamento, tenho certeza.

Tiriki sorriu educadamente.

— Isso é uma das coisas das quais podemos ter certeza, meu senhor — ela disse.

Tiriki mergulhou um pedaço de pão no prato de azeite, pegou uma fatia de queijo para acompanhar e provou a combinação com todas as evidências de apreciação, embora não oferecesse nenhum elogio verbal. Rendano e Elis, no entanto, tinham àquela altura devorado suas porções e olhavam abertamente para o que restava.

— E você? — Tjalan se virou para Elis. — Não ficará feliz em se juntar a seus colegas acólitos? E você, meu senhor, aos outros sacerdotes de seu Templo?

Rendano apenas sorriu educadamente, mas Elis assentiu com vigor, dizendo:

— Adoraria ver Elara... *e* Cleta! E Lanath, também. Estão bem?

— Muito bem. — Tjalan sorriu. — Entendo que estão fazendo um grande progresso em suas... vocalizações? É esse o termo? Eles estão ajudando a levantar as pedras.

— Parece muito empolgante — disse Elis, com um olhar de lado para Tiriki. — Há um pequeno círculo de pedras em...

— O mestre Chedan diz que há pedras erguidas e monumentos esquecidos por todo esse campo — Tiriki a interrompeu —, mas são um pouco pequenos. Nada do tamanho ou da forma... do que foi descrito.

— Sempre tive paixão por construções colossais — Tjalan admitiu —, mas é claro que o círculo é apenas uma parte do complexo de construções que planejamos. Quando estiver terminado, será tão grande quanto os maiores templos da Terra Antiga! Mas logo verá por si mesma. Enviarei homens para ajudá-los a mover seus pertences, e carregadores para trazer qualquer um que não possa fazer a viagem de outra maneira. Estou ansioso para ver Chedan de novo. Estive um tanto preocupado com a saúde dele.

— Que gentil — disse Tiriki. — Ele de fato esteve doente. É por isso que não me acompanhou. Na verdade... não gostaria de vê-lo submetido aos rigores de qualquer viagem por enquanto.

Micail franziu o rosto. Ele conhecia aquele olhar, como se ela olhasse através de você para algum lugar a uma grande distância. *Minha querida*, ele pensou, *o que está tentando esconder?*

— Agora que encontramos uns aos outros — ela prosseguiu —, não há pressa, afinal. Viemos trabalhando com os pobres nativos dos pântanos e seria cruel abandoná-los.

— Eu não... — O rosto de Tjalan escureceu enquanto ele controlava o temperamento. — Eu entendo — murmurou. — Sabe, você deveria ter conhecido minha esposa. Ela também era um tanto sentimental. — Ele respirou fundo. — Micail, que descuidado eu fui. Você e Tiriki devem ter tanto a dizer um ao outro. Por que não vão caminhar juntos um pouco?

As palavras não ditas *e você põe a cabeça dela no lugar* eram claras como o grito de um falcão.

***

As mãos de Tiriki estavam quentes, exatamente como ele lembrava, mas não macias, e os dedos estavam levemente calejados. Micail as virou para cima nas próprias mãos, acariciando-as ternamente, e franziu o cenho a cada pequeno corte, cicatriz e arranhão.

— Pobres de suas belas mãos! O que andam fazendo?

Ela sorriu um pouco.

— Construindo algo, assim como você. Mas sem tanta ajuda.

Ele pousou um braço no ombro dela, resistindo à tentação de puxá-la para mais perto. Estavam bem longe do alcance dos ouvidos dos outros, mas à vista, e ele estava consciente de modo inconfortável de estar sendo observado por uma audiência interessada. Não seria digno de um sacerdote superior do templo derrubar a esposa na colina na frente dos deuses e de todo mundo.

Ele lutou para encontrar palavras para descrever o que sentia. Como era estranho que fosse tão difícil depois de todo aquele tempo.

— Eu fico pensando que devo estar sonhando — ele disse, depois de um momento. — Já aconteceu antes... Na maior parte da viagem para Belsairath e mesmo depois, na verdade. Mal poderia dizer que estava são. Não sei por quanto tempo assombrei o porto, mas estava lá dia e noite, certo de que seu navio chegaria... Tentando afastar a visão do porto em Ahtarrath em que você deveria estar... Mas não havia nada! Nada...

Ela se moveu um pouco para a frente, e seus olhos estavam tão molhados quanto os dele quando ela passou os dois braços por trás dele e o puxou para perto. Por fim, ele começou a relaxar.

— Como — ele sussurrou — você sobreviveu, em nome dos deuses?

— Com a ajuda dos deuses — ela disse em voz baixa — e de Chedan. Ele foi um pilar de força, o arquiteto de tantas das coisas que fizemos. Sem a sabedoria dele, teria me desesperado com frequência.

— Fico tão grato por ele ter ficado com você — Micail murmurou, e falava com sinceridade.

Ainda assim, pensou, com uma pontada de inveja, *eu deveria ter sido aquele que a guiou e protegeu.*

— E o povo do pântano nos mostrou como viver na nova terra... — ela falou.

— De raízes, frutas silvestres e rãs? — ele perguntou, com desdém. — Ouvi falar do que os nativos comem nas terras do Lago. Até os ai-zir os consideram selvagens.

— Bem, não foram selvagens conosco! — disse Tiriki, com um pouco de sarcasmo. — Chedan diz que a cultura não depende do ambiente de alguém, e sim de sua alma. Por essa medida, é um povo muito civilizado.

Chedan diz... Micail percebeu que poderia começar a desgostar muito daquela frase bem rápido.

— Bem — ele disse, calmo o suficiente —, talvez possamos enviar um ou dois de nossos sacerdotes menores para ajudar vocês a sair do pântano, mas você e a menina precisam se juntar a mim em Azan.

Por que estavam falando de política quando tudo o que ele queria saber era mais sobre ela e a criança em cuja existência ele achava difícil de acreditar, mesmo agora?

— *Precisam*, Micail? — Ela olhou para ele de modo sério. — Não é uma palavra que você já tenha usado comigo...

— Ficamos separados por tanto tempo... precisei tanto de você! Não é uma ordem, minha amada, é um grito do coração.

— Sabe quantas vezes acordei com o travesseiro molhado porque tinha chorado dormindo, desejando você? — ela respondeu. — Mas, antes de fazer nosso voto de casamento, fizemos juramentos aos deuses. Chedan diz que quebrar um juramento coloca todos eles em questão. Em casa, nós trabalhávamos para os deuses juntos e certamente faremos de novo. Mas, por enquanto, temos outras obrigações. Ao menos *eu* tenho. O povo do pântano abriu mão dos velhos costumes deles para se tornar parte de nossa comunidade, e não podemos simplesmente abandoná-los. Se não é assim para você, por que não deixa Azan e vem viver conosco?

A ponto de responder, ele percebeu que não sabia o que dizer. Se ele dissesse a ela que não era assim e que seu trabalho na Roda do Sol era mais importante, ela se sentiria insultada, e com razão. Ele não podia deixar o círculo incompleto! E se contasse a ela sobre a intensidade do poder que havia contatado ali, será que ela ficaria com medo?

— Viu? — Ela sorriu um pouco, lendo os pensamentos dele como costumava fazer. Os olhos dela se apertaram. — Ou tem outra razão para querer ficar? Aquela moça, Anet... Ela pareceu um tanto... possessiva ao falar de você.

— Não há nada entre mim e ela além de pensamento positivo! Da parte dela! — Será que ele tinha protestado muito depressa?

— Eu mal poderia culpá-lo se tivesse cedido. Ela é muito bela, e você não sabia que eu ainda estava viva.

— Bem, certamente poderia ter cedido, mas não cedi! — ele disse, em tom provocativo. — Mas você imagina que fui infiel, não imagina? Está tentando se desculpar por dormir com Chedan?

Tiriki afastou o braço dele e o encarou, os olhos em chama.

— Como ousa?

Ele a encarou também, tomando refúgio de sua confusão na raiva.

— O que eu deveria pensar, quando cada frase sua é para o elogiar?

— Ele é um grande mago, um homem santo e sábio...

— Diferente de mim?

— Você era grande e sábio em Ahtarrath. — Os olhos dela estavam cinzentos e frios como o mar do inverno. — Não sei o que é agora.

— Venha para Azan e vai descobrir! — Ele olhou para ela.

— Vai levar um pouco de tempo — ela explodiu de volta —, pois, quanto mais ouço, menos motivos encontro para ir embora do Tor!

— Mas Tjalan não vai permitir que fique lá. Ele... nosso povo *precisa* ser reunido para que nossos talentos possam ser combinados. Mesmo juntos somos poucos, e ele pode nos proteger!

— *Nós* não precisamos de tal proteção. — Tiriki se endireitou. — Posso usar a túnica azul de Caratra, mas sou uma Guardiã Investida do Templo da Luz! Nem você, nem Chedan, nem mesmo Tjalan de Alkonath podem dar ordens para *mim*!

— Os templos jazem sob as ondas — ele disse, subitamente cansado. — Até construirmos o novo, você e eu e todo o resto somos Guardiões do nada. Ajude-me, Tiriki, a tornar isso uma realidade novamente...

— Nada? — ela repetiu. — Acha que os deuses são impotentes sem seus templos de pedra, então?

— Não, é claro que não, mas as *profecias*...

— Há *muitas* profecias! — Ela acenou uma mão impacientemente e deu mais um passo para trás. — Não é importante. O culto de Caratra é forte aqui... mais forte do que em casa. Minha mãe e sua mãe me tornaram sacerdotisa *Dela* muito antes que Rajasta e Reio-ta me tornassem Sacerdotisa da Luz. Estou ligada às Irmãs Sagradas desta terra, e elas acreditam que o Tor é onde eu deveria estar.

Ele a fitou, reconhecendo subitamente uma semelhança entre ela e Anet, e sufocou uma estranha pontada de desconforto. A marca da

Deusa? O templo de Ni-Terat sempre tivera pouca importância em Ahtarrath. Ele jamais precisara considerar de verdade a outra fidelidade de Tiriki antes.

— Se quer manter a esperança de que possamos estar juntos de novo — disse Tiriki, severamente —, não tente ordenar que eu fique ao seu lado. Junte-se a mim se desejar. Se não...

— Não posso — Micail parou.

Não ouso deixá-los por medo de que usem de maneira errada essa coisa que estamos procurando! Por fim ele entendia o que temia, mas a vergonha o impedia de admitir isso para ela. Iria se certificar de que a Roda do Sol não pudesse servir às fantasias de poder de Tjalan, e então poderia deixar aquilo de lado.

— Certamente deve ter seus motivos, Micail. — Ela parecia acreditar na sinceridade dele, embora não o entendesse. — Não vou questionar se realmente acredita que deve permanecer onde está... no momento. Nossas vidas não são nossas — ela completou, e ele ficou aliviado em ouvir um traço de afeto nas palavras dela novamente. — Você me disse isso há muito, muito tempo, e ultimamente levei para o coração, pois vejo que é verdade. Precisamos cumprir nosso destino... juntos ou separados.

— Apenas por pouco tempo! — ele disse, desesperado. — Ainda não posso explicar — Micail lançou um olhar rápido para a colina e viu Tjalan observando-os. — Creia em mim um pouco mais, como creio em você!

Ela olhou nos olhos dele por um longo instante, então por fim suspirou. O príncipe começava a se aproximar deles.

— Tiriki — ele disse rapidamente —, não discorde de mim quando eu disser a ele que vai se juntar a nós logo.

Ele esperou até ver o resto da raiva sair do olhar dela.

— Eilantha! — ele então disse. — Como eu te amo.

— Osinarmen, eu *te* amo.

Nos ecos de seus nomes do Templo, ele ouviu uma promessa. Então olharam um para o outro por um longo momento, memorizando cada traço, cada linha e curva, como se pudessem não se reencontrar novamente.

***

Damisa estava sentada debaixo do carvalho antigo no jardim fechado do forte de Tjalan quando viu dois de seus guardas anunciarem um visitante. Fez uma careta de irritação, meio inclinada a dizer que não receberia ninguém e ver se a obedeciam – apesar da cortesia deles, tinha se tornado óbvio que, por mais protetores que pudessem ser, ela certamente estava sob custódia. Mas Tjalan tinha saído para algum lugar e ela esgotara o potencial de entretenimento do pequeno jardim. Além disso, poderia ser alguém que ela gostaria de ver.

Começou a se levantar, a boca aberta de espanto, quando Reidel foi trazido.

— Eu... não esperava ver *você* de novo — ela disse, enquanto o guarda fez uma reverência e fechou o portão.

Ela tinha arriscado despertar a raiva de Tjalan para ajudar Reidel. *Permanecer* salvo era o mínimo que ele poderia ter feito em gratidão.

— Eu deveria saber que não.

Ele sentou-se em um dos bancos, olhando ao redor com a segurança que sempre o caracterizava, mesmo no deque de um navio chacoalhando no meio de uma tempestade.

— Ao menos você *escapou*... Eu estava quase certa de que o tinham matado simplesmente. Eles me mostraram o muro que quebrou. Como conseguiu? Ah, deixe para lá. Por que, em nome de *todas* as estrelas, botou a cabeça de volta na forca?

— Fui enviado de volta com uma mensagem. O príncipe e Micail foram se encontrar com Tiriki. Em território neutro — ele acrescentou, quando ela começou a protestar novamente.

— Outra pessoa poderia levá-la — ela murmurou.

— Nossa comunidade não é grande a ponto de considerar alguém dispensável — ele disse secamente. — E eu conhecia o caminho. Além disso, como poderia pensar que eu a deixaria aqui prisioneira? Embora — o olhar dele se moveu das almofadas da cadeira entalhada para a mesa belamente forjada, onde uma garrafa e uma taça combinando brilhavam como oricalco no sol — eles pareçam estar tratando você bem.

— Ah, sim, a gaiola é bem luxuosa.

Ela colocou vinho na taça e estendeu para ele. Quando ele se inclinou sob o sol, ela viu a marca do punho de alguém no rosto dele.

— Está pronta para ir embora? — Reidel deu um gole e baixou a taça.

— Sim — ela disse imediatamente, mas então se virou, sem querer que ele visse que estava ruborizada. — Não — ela começou de novo, mas parou outra vez. — Como posso escolher se vejo perigos em todos os caminhos? Se ao menos Tjalan confiasse em mim!

— Você *acredita* no que ele diz? — Reidel ficou de pé, olhando para ela.

— Ele quer restaurar a glória de Atlântida. Você não quer?

— Ah. Deixe-me falar de outro modo. — Reidel se afastou alguns passos e se virou subitamente. — Você acredita *nele*? Acredita que a visão dele de futuro é o que deveria promover nesta terra?

— Eu? Mas... — Ela percebeu que não conseguia olhar nos olhos dele. — Não sei o que quer dizer.

Reidel se aproximou, respondendo em voz baixa.

— Não sabe? Então por que não contou a Tjalan como encontrar o Tor?

— Não cabe a mim tomar decisões pelo mestre Chedan! — Damisa se afastou por sua vez, indo até a parede e voltando antes de tentar falar de novo. — Nem por Tiriki — ela começou. — Quer dizer... nós todos precisamos escolher... eu não *sei*!

— Ah, isso está *claro*.

Reidel se encostou no carvalho, braços cruzados. Ela não tinha certeza, mas achou que a expressão no rosto dele era um sorriso.

Que homem exasperante, ela pensou. Desde a crueldade dela com ele depois do encontro que tinham tido no ano anterior, ele nunca havia falado de amor com ela de novo, e no entanto hoje não exalava mais aquela dor horrenda, ressentida. Era como se, sem que uma palavra fosse dita, tivessem chegado a um novo tipo de relacionamento – ou *ele* tivesse –, e a nova certeza dele fazia Damisa se sentir mais confusa do que nunca.

— Faço uma pergunta a *você* — ela disse. — Diz que voltou por minha causa... Se eu decidir que Tjalan está certo, vai me apoiar?

— Você ataca astutamente — ele disse, depois que alguns momentos haviam se passado. — Aposto que Tjalan não tem ideia do quanto você é forte, tem? E, aliás, você sabe? Realmente suspeito que, se fosse necessário, poderia subir nesta árvore e passar pelo muro do jardim sozinha. Já *vi* você fazer coisas bem mais difíceis!

Damisa corou de irritação enquanto Reidel balançou a cabeça e suspirou.

— Eu lhe dou a mesma resposta que me deu: sim e não. O que eu vi aqui me convence de que Tjalan não é um líder adequado. Não acho que desejo ajudá-lo. De um jeito ou de outro, tive muito tempo para pensar recentemente. Percebi finalmente que, goste você ou não de mim algum dia, é meu destino amar *você*. E, para protegê-la, derramo com gosto até a última gota do meu sangue.

***

— Nós nos despedimos em termos de alta cortesia — disse Tiriki, amargamente —, mas precisamos nos preparar para nos defender da mesma maneira. Só conseguimos um pouco mais de tempo.

Ela olhou para os outros membros da comunidade, *sua família*, sentados nos bancos grosseiros em torno da fogueira do conselho.

Era o meio da tarde, mas ela tinha colocado um pouco de lenha no fogo, não por causa do calor, mas como iluminação simbólica. No Templo da Luz, o altar tinha uma chama eterna, alimentada por alguma fonte desconhecida, queimando em uma lamparina de ouro puro. Era muito diferente daquela fogueira de madeira simples, mas a luz era a mesma, uma lasca do sol. *E eu não sou menos sacerdotisa,* ela disse a si mesma. *Isso é algo que esperava que Micail fosse entender...*

— Como? — perguntou Kalaran. — A senhora diz que Reidel ainda é, de novo, prisioneiro deles.

Elis assentiu.

— Precisamos supor que sim.

— Você acha, então, que Tjalan vai encontrar alguém para trazer seus soldados para cá... para nos atacar? — perguntou Liala, em uma voz instável.

Tiriki assentiu.

— E essa é a menor de nossas preocupações. Micail me contou um pouco do que ele e os outros passaram construindo, nos últimos quatro anos, uma estrutura de pedras que chamam de Roda do Sol. De acordo com Tjalan, de algum modo ela controla o som.

— O Olho de Adsar! — Chedan praguejou.

Ele olhou para o círculo de rostos sem compreender.

— Mas é claro que vocês não entenderiam. A teoria de tais dispositivos sempre foi ensinada apenas para o sacerdócio mais elevado. Não acho que ninguém tenha de fato *construído* um por séculos. — Ele suspirou. — Vocês todos sabem que as vibrações do som podem mover a matéria... Em um espaço desenhado de modo apropriado, as vibrações são amplificadas. Um grupo treinado de cantores pode concentrar a vibração em um pulso capaz de viajar bem longe.

— Para mover alguma coisa? — perguntou Kalaran.

— Para destruir? — sussurrou Elis, o rosto empalidecendo.

— Ele me contou que tem a intenção de ser uma fonte de poder para o novo Templo — disse Tiriki em voz baixa. — Mas, como vocês sabem, pode ser dirigido para qualquer lugar na rede de energias que já flui pela terra... Não está terminado. Mas creio que foram colocadas pedras o suficiente para que seja usado.

— Mas eles não sabem onde estamos — notou Selast.

Rendano suspirou.

— Ainda não. Mas o príncipe Tjalan está bastante orgulhoso de seu novo reino, e, enquanto esperávamos por Tiriki e Micail, ele se gabou muito. Para começar, Stathalkha está com eles e vem treinando outros sensitivos. Eles fizeram uma pesquisa de todos os pontos de poder nesta terra...

Elis completou:

— Inclusive este. O príncipe disse... que sabiam que estávamos aqui há meses. Só não achavam que isso tinha importância até agora.

— Então, vocês percebem, eles não precisam mandar soldados — disse Rendano. — Só precisam concentrar poder pela linha de ley que conecta a Roda do Sol ao Tor.

— O príncipe Tjalan sabe que podem fazer isso?

Rendano deu de ombros.

— Ainda não, acho. Mas suspeito de que logo vai saber.

Chedan balançava a cabeça.

— Não acredito. Achei que ao menos Ardral seria sábio demais para permitir...

— Ele é um grande adepto — Rendano interrompeu —, mas é só um entre muitos: Mahadalku e Haladris e Ocathrel de Alkonath, até mesmo Valadur, o Cinza! São os apoiadores mais fervorosos de Tjalan.

A expressão de Chedan ficou mais sombria a cada nome, pois conhecia todos.

— Eles *apoiam* essa loucura? — ele perguntou, sem expressão.

— Eu também mal podia acreditar no que ouvia — respondeu Tiriki, enquanto se inclinou rapidamente para tomar a mão dele nas suas. — Mas Micail não está sem apoiadores. Jiritaren e Naranshada estão lá, entre outros, e os acólitos parecem tê-lo em alta estima. Ainda assim, estão efetivamente em menor número. E Tjalan de algum modo domina todos eles. Mas como qualquer um deles pode entender o que estão arriscando?! A não ser por Micail, *eles* não viram o rosto do poder que quebrou Atlântida — a voz de Tiriki falhou. — Eles jamais viram Dyaus.

— Silêncio — disse Chedan.

Endireitando-se, ele foi, por sua vez, tentar confortá-la... com um pequeno choque, ela percebeu que agora a barba dele estava toda branca. Por um momento, Tiriki se permitiu descansar a cabeça no peito dele, com raiva novamente ao se recordar do ciúme de Micail. Era como acusá-la de dormir com o próprio avô.

Gentilmente, o mago acariciou o cabelo dela.

— Nem Ardral, nem Micail vão permitir que usem seus poderes de modo errado dessa maneira.

— Você realmente acha isso? — Ela se endireitou, enxugando os olhos. — Gostaria de ter tanta certeza. Achei que conhecesse Micail... mas há algo de novo nele. Por quatro anos, toda a vida dele foi dedicada a construir aquele círculo de pedras. Não sei se ele *pode* abandoná-lo.

— Se o usarem para enviar poder contra nós, o que *nós* podemos fazer? — perguntou Liala.

A voz dela vacilou, e o coração de Tiriki apertou-se de pena. *Ela é velha demais para precisar enfrentar uma provação dessas! E Chedan...*

— Alyssa! — Tiriki surpreendeu até a si mesma com a resposta. — Ela disse alguma coisa em seus últimos devaneios... ao menos achei que estivesse em devaneio na hora — disse Tiriki, lentamente. — Ela murmurava sobre uma guerra no céu e um círculo de poder e então gritou muito alto: "A Semente da Luz precisa ser plantada no coração da colina!".

Houve um silêncio, durante o qual todos olharam para Tiriki, claramente esperando por algo mais explícito.

Tiriki engoliu em seco, e tentou:

— Acho que ela quis dizer... que *precisamos* usar a Pedra Ônfalo. Você mesmo disse isso, Chedan, antes que eu partisse.

— Sim — disse o mago, assustado —, mas tudo o que ela pode fazer é equilibrar as energias...

— Não — Tiriki contrariou —, me perdoe, mas não. *Há* mais! Mas como isso pode ser conseguido... Preciso descansar — ela decidiu. — Talvez quando minha cabeça parar de girar a resposta venha.

***

— Isso não é um mapa da paisagem física — Stathalkha disse, arrogante, o braço envolto na túnica branca fazendo um gesto para o rolo de pergaminho com as cores do arco-íris que se espalhara sobre uma das mesas do príncipe Tjalan. — Ele mostra os caminhos pelos quais a energia flui.

Com um dedo fino, ela identificou os vários pontos locais de poder.

— Já conhecem esse fluxo maior, passando do sul para o norte, tanto pela Roda do Sol quanto por Carn Ava.

Tjalan assentiu com animação. A expressão de Micail era mais ambivalente. Era sempre desejável ter conhecimento apurado, mas o pensamento de um Guardião usando seus dons mágicos contra outro Guardião – ainda que para visão remota – o enchia de repulsa. Haladris era poderoso, e, com o apoio de Mahadalku e Ocathrel, havia pouca coisa que pudesse fazer – mas Micail tinha um entendimento mais profundo das pedras.

— Então aqui há esse outro fluxo muito poderoso. — A velha sacerdotisa traçou outra linha no pergaminho. — Ele continua do sudoeste, mais ou menos na ponta de Beleri'in, e então corre para noroeste, por toda a ilha.

— Anda não vejo como isso nos ajudará a fazer pressão sobre Chedan e Tiriki — disse Tjalan, com um controle notável.

Stathalkha inclinou a cabeça e olhou para o príncipe, com jeito de pássaro, e então mexeu na pilha para tirar outro pergaminho, no qual um mapa surpreendentemente detalhado de Azan e das terras do Lago fora desenhado.

— Nossa percepção os coloca... bem aqui. — Ela indicou um ponto na linha de Beleri'in.

Tjalan olhou para o pergaminho, então tocou dois pontos no mapa, perguntando:

— Isso é Azan? E esse outro, o País do Verão?

Tjalan olhou de novo para o mapa, inclinou a cabeça, depois examinou mais de perto. Por fim ele levantou os olhos de novo com um sorriso largo.

— Isso — ele levantou o mapa — nos dá uma vantagem tática significativa!

Então ele se virou para Micail, colocou uma mão no joelho dele e disse, com seriedade:

— Agora tenho *certeza* de que podemos concluir essa questão sem fazer mal a ninguém.

Micail se indignou, mas de algum modo deu um jeito de sorrir, suprimindo a raiva e o descrédito com o pensamento de que, se permitisse que eles pressionassem só um pouco – o suficiente para que Tiriki compreendesse o poder deles –, então ela teria de admitir que Chedan não poderia protegê-la, por fim.

***

O cajado de Chedan resvalou no caminho enlameado e Iriel se esticou para equilibrá-lo. Na frente deles, Kalaran, Cadis, Arcor e Lontra cambaleavam sob o peso da arca. Surrada e danificada pela longa viagem desde as criptas de Ahtarrath, a caixa de madeira ainda continha, ainda que mal, a Pedra Ônfalo – embora o peso dela parecesse mudar constantemente, como se a própria arca resistisse a cada esforço de movê-la pelo caminho.

— Estou bem — o mago murmurou —, ajude os outros. Iriel, ilumine o caminho.

Ele não estava bem, Tiriki sabia, mas nenhuma mão humana poderia estabilizar o espírito dele. Assim como a Pedra, lutando para não ser movida, tremia e girava em sua caixa, a mesma energia turbulenta balançava e queimava a alma deles.

Um pouco adiante, a boca da caverna se abria da escuridão, a base levemente esbranquiçada pelo riacho que gorgolejava na direção de sua confluência com a Fonte Vermelha. Tiriki estava prestes a entrar na caverna, mas bem ali fez uma pausa, curvando-se um pouco para permitir que a luz de sua tocha iluminasse o interior. *Ao menos*, ela pensou sombriamente, *não precisamos nos preocupar com terremotos derrubando esta colina em torno de nossas orelhas.*

Ao longo dos últimos cinco anos, todos eles – menos, é claro, a pobre Alyssa, cujas sensitividades lhe tinham deixado pouca escolha – tinham tentado não pensar na Pedra Ônfalo.

Chedan havia dito que muito do que estavam fazendo fora profetizado, mas fazia tanto tempo que as profecias tinham quase sido esquecidas. Tudo era previsto e esquecido? Ela era apenas mais um fantoche em um drama, dançando para o prazer de deuses calejados? Certamente Rajasta jamais tinha previsto que os sobreviventes de Atlântida fossem guerrear uns contra os outros... ou tinha?

Atingida pelo retorno súbito de todas as suas dúvidas, ela se virou para olhar de modo suplicante para Chedan, mas ele apenas balançou a cabeça. Fechando os olhos, ela se firmou para o que viria. Se Micail não dissuadisse os outros sacerdotes de usar a Roda do Sol contra eles, ou, ainda pior, se fosse persuadido, ou iludido, ou restrito, a ajudá-los, ela se veria no lado oposto ao dele. Conforme avançava para dentro da caverna, viu-se quase desejando que, como Alyssa, tivesse morrido antes de ver aquele dia.

Conforme Iriel seguia Tiriki cuidadosamente para dentro com outra tocha, o mago, reunindo uma reserva interna de força, ajudou a guiar o movimento dos carregadores enquanto eles se esforçavam e lutavam para colocar a caixa dentro da gruta. Mas os pensamentos de Chedan eram perturbados por visões não do futuro, mas dos acontecimentos que o tinham levado até aquele momento temido. No entanto, a vida que vivera e as muitas encarnações em que servira aos deuses antes disso lhe tinham ensinado muito bem que a morte só pode atrasar o destino de alguém, não o mudar. Postergar o destino apenas tornava mais difícil a próxima vida.

Mas desejava não se sentir sempre tão cansado. *É a Pedra,* ele se recordou. *Ela sabe que desejamos usar seu poder e vai cobrar seu preço...*

Com grunhidos profundos, os carregadores labutavam, exaustos, pela passagem, seguindo as tochas bruxuleantes. Com frequência, nem sabiam se estavam subindo ou descendo.

O ar era fresco, ao menos, mas era úmido, e a densidade de pedra e terra acima deles pesava sobre seus espíritos.

— Somos filhos da Luz, não tememos a Noite — Kalaran começou a cantar, de modo um tanto sombrio, e com alívio os outros se juntaram à canção:

> — Que a tristeza dê espaço para a alegria,
> Que a dor se misture ao júbilo,
> Passo a passo seguimos o caminho,
> Até a Escuridão se unir ao Dia...

— Aqui — a voz de Tiriki ecoou no túnel. — Esta é a flecha que desenhei para marcar o lugar. Vejam: há um desenho de espiral esculpido na rocha. Não toque! — ela avisou, quando Iriel esticou a mão. — Tem o poder de nos hipnotizar e nos distrair de nossa tarefa necessária.

O chão ali era mais liso e os carregadores conseguiam ir mais rápido – a Pedra ficou menos inquieta também, como se agora entendesse para onde era levada e aprovasse. A passagem virava e se curvava muitas vezes, mas não levou muito tempo para que Chedan reconhecesse, com um pequeno tranco de satisfação, que na verdade era o mesmo padrão que tinham esculpido na superfície do Tor.

Ao caminhar por um labirinto, as viradas finais podem puxar alguém para dentro brevemente. Chedan se apressou atrás dos carregadores como se atingido pela corrente de um rio – mas aquela era uma corrente de poder que os carregava todos a outro recinto recoberto de tufo calcário, que mal tinha espaço para todos eles.

Fizemos a coisa certa ao trazer a Pedra para cá, pensou Chedan, enquanto ele e Tiriki se curvavam para abrir as trancas. Embora o efeito de escudo de muitos metros de terra e pedra em torno dela deixasse suas energias menos disruptivas que antes, ela sentia o poder da Pedra Ônfalo se avolumar mesmo antes que a tampa pesada começasse a se abrir.

— Cuidado, *cuidado* — ele pediu, enquanto Tiriki tirava os painéis laterais das molduras e os colocava de lado.

A Pedra já brilhava em seus embrulhos de seda como o sol entre nuvens.

— Os deuses realmente nos guiaram — sussurrou Tiriki. — Veja, ali. — Ela apontou para o centro do recinto. — Um oco que poderia ter sido feito para conter a Pedra!

Permitindo que Kalaran ajudasse, arrastaram a caixa quebrada para mais perto, então Chedan colocou as mãos em torno da Pedra envolta em forma de ovo e começou a balançá-la para um lado e para o outro dentro da caixa. Com o toque dele, os fogos internos dela despertaram e a estrutura quebrou em três partes, os pedaços caindo no chão. Chedan arquejou enquanto uma onda de poder subiu por seus braços, e, ouvindo-o, Iriel derrubou a tocha e guinchou. Todos os outros congelaram no lugar.

— Deixe-me ajudar! — gritou Tiriki.

A tocha dela também havia apagado, mas o recinto se tornava mais iluminado e as superfícies de tufo calcário brilharam.

— Não! — ele insistiu, fazendo um gesto para que ficassem de lado enquanto ele tirava o resto dos panos de seda. Sozinho, poderia usar o próprio poder da Pedra para movê-la, mas era como tentar segurar uma brasa em chamas. De uma vez, o poder da Pedra cresceu outra vez, vacilando perigosamente diante dele por um longo momento antes de se assentar na abertura que esperava. Tiriki o segurou conforme ele cambaleou para trás, as palmas latejando furiosamente. Ele as levantou, assombrado por não ver queimaduras.

— Bem, então — ele disse em voz baixa para a Pedra, —, bem, então... por fim encontrou um lar?

Como se em resposta, a superfície misteriosa escureceu, absorvendo o próprio brilho. Mas então, como se o sol tivesse se levantando lá dentro, a câmara se encheu de luz branca e quente. Todos gritaram em assombro.

— *O centro sagrado é nossa moldura...* — Chedan entoou —, *onde tudo muda e tudo é o mesmo...*

Todos juntos, eles cantaram os versos, palmas estendidas para a Pedra, até que seu brilho sobrepujante se amainou em algo mais suportável para olhos humanos. Com um longo suspiro, Chedan tateou atrás do cajado que havia encostado na parede.

Conforme os outros, também, ficavam em silêncio, Tiriki riu um pouco sem fôlego.

— Meu prometido morreu para salvar essa coisa — disse Iriel, em voz baixa. — Espero que vá nos salvar agora...

— Em vez disso, reze para que seus poderes jamais sejam necessários! — falou Chedan, ríspido. — Pense apenas que fizemos bem em lhe dar uma boa posição. Onde jaz a Ônfalo é o umbigo do mundo! Um dia esteve escondida e desconhecida na Terra Antiga, até que Ardral, Rajasta e eu fomos chamados para levá-la até Ahtarrath. Agora veio para este lugar. Que ela permaneça aqui e traga apenas equilíbrio e luz para o mundo. *Que assim seja!*

— Que seja assim — os outros responderam em coro, as vozes refreadas.

— Agora vamos — disse o mago, severamente —, e rezem com fervor para que jamais tenhamos de voltar a pensar na Pedra!

Mas, mesmo enquanto dizia aquelas palavras, ele sabia que não seriam tão afortunados.

~ DEZENOVE ~

Depois que a pedra ônfalo foi colocada para descansar, o Tor parecia brilhar com raios de luz que giravam como dragões vermelho e branco combinados em uma dança incessante. Desperta, Tiriki podia senti-los; adormecida, às vezes eles assombravam seus sonhos. Mas aqueles sonhos eram melhores que os pesadelos – as figuras sombreadas que a seguiam, apenas para acuá-la e por fim revelar o rosto mal-intencionado de... Micail.

Depois da terceira noite em que tais sonhos roubaram seu descanso, ela se refugiou com Taret. Diante de Chedan e dos outros, ainda achava melhor fingir confiança na boa-fé de Micail, mas era claro que manter suas dúvidas para si mesma não estava ajudando. Taret era próxima o bastante para se preocupar com o resultado, mas não tinha envolvimento imediato. E a velha mulher era sábia. *Outra noite dessas,* pensou sombriamente, *e estarei delirando como Alyssa – Caratra a tenha.*

Deixando Domara sob o cuidado das babás, ela tomou o caminho, pausando mais uma vez para notar a condição de seu trecho favorito de alho silvestre e, um pouco adiante, para colher um maço de serpilho. Também ofereceu seus respeitos ao velho carvalho, pensando, enquanto o fazia, como Micail ficaria surpreso por ela conseguir identificar coisas assim. *Aqui sou como Deoris em seu jardim,* pensou, com um sorriso triste. *Se ao menos ela estivesse aqui. Maldito destino! Eu deveria tê-la arrastado para os navios. Ela poderia ter feito tanto bem... E ela tinha tanta experiência a mais com as políticas do Templo e, por sinal, em lidar com a nobreza.*

O príncipe Tjalan havia deixado bem claro que seu objetivo era nada menos que a continuação da civilização de Atlântida, e Micail não parecia questionar aquilo. Não havia ocorrido a nenhum dos homens perguntar a Tiriki se ela apoiava aquele objetivo. Até dois anos antes, ela poderia ter concordado, pensou, ao passar pelos teixos que ladeavam o caminho até a Fonte de Sangue. Mas, no momento em que o *Serpente Escarlate* chegara ali, a falta de recursos os tinha forçado a esquecer o antigo modo de vida. Somente aprendendo com o povo do pântano tinham sido capazes de sobreviver.

Será que ela estava apenas transformando necessidade em virtude? Feliz como estava ali, precisava admitir que havia muita coisa do velho mundo de que ainda sentia falta e sabia que havia outros na comunidade no Tor que ansiavam pelos velhos costumes muito mais que ela. Mas Tiriki não podia deixar de sentir que aqueles que insistiam em se apegar aos objetivos e ambições de um império desaparecido apenas gastavam seus esforços e recursos. Ainda assim, não teria se oposto categoricamente se algum de seus seguidores escolhesse deixar o Tor e viver como Tjalan achava melhor. Mas o príncipe não oferecera aquela opção.

O pensamento de que aquele lugar pacífico pudesse ser invadido a fez estremecer. *Esse é o único argumento para ceder às demandas de Tjalan. Então ao menos deixariam o Tor em paz...* mas isso, percebeu de súbito, era apenas pensamento positivo. Fossem quais fossem as virtudes das intenções deles, os sacerdotes de Tjalan tinham fome de poder, e, mesmo sem a Pedra Ônfalo, o Tor era um lugar de poder considerável. As novas correntes que se contorciam ao redor dele agora chamariam a sensitividade de Stathalkha como faróis gêmeos. Se o tinham ignorado antes, não o fariam de novo. De um jeito ou de outro, haveria conflito entre o que *eles* queriam e o que ela passara a acreditar que estava destinada a fazer ali.

Mas mesmo aquela certeza lhe trazia pouco conforto. Algo que Chedan dissera na noite anterior a recordara de que o destino verdadeiro não era algo a ser trabalhado em uma só vida, mas um propósito maior que se erguia repetidamente através de muitas vidas. O que tinha começado ali era certo e necessário, e um dia sua promessa seria cumprida; disso não tinha mais dúvidas. Mas aquele cumprimento poderia levar três dias ou três mil anos.

Encontrou a sábia sentada em um banquinho na frente de casa, usando uma faca de sílex para tirar as cascas de raízes de nenúfares. Ela virou a cabeça conforme Tiriki subia pelo caminho.

— Que a bênção da noite esteja sobre você.

— Que a Senhora lhe dê descanso — respondeu Taret, com um leve sorriso. — Achei que estivesse fazendo conversa na fogueira com seu povo.

— A fogueira do conselho está acesa — disse Tiriki, com um suspiro —, mas não há nada sendo dito que não tenha sido discutido sete vezes desde o café da manhã.

Ela sentou-se ao lado de Taret e pegou outra lasca de sílex.

— Então vou ajudá-la a descascar essas raízes. Minha mãe costumava dizer que há conforto nessas tarefas ordinárias, uma afirmação de que a vida vai continuar. Eu não a escutei. Talvez não seja tarde demais.

— Nunca é tarde demais — disse Taret, gentilmente —, e ficarei feliz com sua ajuda.

Depois que alguns momentos tinham se passado e ela tinha cortado várias raízes, ela disse:

— Acho que na verdade vim para pedir desculpas — ela admitiu —, pois temo que tenhamos trazido o desastre sobre você e seu povo, e isso é um péssimo agradecimento por toda a sua bondade. Avisei os aldeões, mas eles não querem ir embora. Poderia ir até eles e tirá-los do perigo?

— Este é o lugar onde a Mãe me plantou. — Taret sorriu. — Minhas raízes são profundas demais para puxá-las agora.

Tiriki suspirou.

— Você não entende! A visão de Alyssa nos fez mover a Pedra para a caverna dentro do Tor, mas, se ela viu como isso nos ajudaria depois, não disse ou eu não entendi. Não podemos todos nos refugiar lá; mesmo se nossa mente conseguisse aguentar ficar tão perto dela, não há espaço para todos!

— Você olha para a Pedra. Isso é bom. Agora, olhe para o Tor.

Taret cortou uma raiz e se esticou para a próxima.

Tiriki a olhou em frustração:

— Mas... como?

— Não pode mais ir para um e não estar no vento de outro.

Tiriki fechou os olhos, pensando em como a própria linguagem podia ser tão difícil de interpretar.

A velha mulher não levantou o olhar, e seus olhos brilhavam como se ela estivesse suprimindo uma risada.

— Menina do Sol, Filha do Mar, você pede muito de uma velha serva das águas sagradas. Mas há alguém que sabe todos os segredos. Ela já abençoou você antes. Talvez possa fazer isso de novo... se pedir a ela com jeito. — Taret deu uma risadinha. — Talvez *Ela* tenha algum serviço doméstico para você fazer.

Tiriki permaneceu sentada pensativa, recordando. Ela de fato tinha motivos para saber que o Tor era um lugar em que os vários mundos se aproximavam muito.

— Sim — ela sussurrou, e fez o gesto de uma chela para uma adepta na direção da velha. — Como sempre, Taret, você dirigiu meus olhos para a sabedoria que está em plena vista. Este é o engano que nós atlantes cometemos, talvez: fixar os olhos nos céus e nos esquecermos de que os pés, como a terra em que estamos, são de barro.

Ela pousou o sílex e se levantou.

— Se alguém vier me procurar, diga que espero retornar logo, com notícias melhores.

***

Uma vez Tiriki havia passado por ali por acaso, e uma vez por seguir os caminhos sinuosos dentro do Tor. Agora, ela caminhava pelo labirinto na superfície, com o sol poente atrás de si, passando entre o dia e a noite enquanto buscava pela primeira vez com intenção o caminho entre os mundos.

O topo do Tor ondulou e recuou conforme outra paisagem se assomava em torno, bloqueando o vale que viera a conhecer tão bem. Porém ela ainda percebia o grupo de energias vitais no pé da colina, os dos aldeões dourados e quentes, os atlantes mais pálidos, porém mais brilhantes. O coração buscou a pequena centelha que era sua filha, então viu outro brilho familiar, tão incandescente em sua pureza que no começo não o reconheceu como Chedan. Os olhos dela se turvaram com uma onda de afeto por eles todos.

Mas essa visão não lhe mostrou nada que já não soubesse. Ela se virou impaciente, indo para o leste a buscar o foco de poder que era o círculo de pedras de Micail.

Por que eu nunca pensei em fazer isso antes?, ela então se perguntou. *Estive tão inserida na labuta diária, nunca tive tempo de explorar a paisagem espiritual aqui.* Ela dirigiu a atenção para o leste.

Certamente a Roda do Sol estava ali – uma pulsação circular de energia na qual as centelhas brancas dos iniciados ofuscavam entre brilhos avermelhados que só poderiam ser Tjalan e seus homens.

Conforme observava, o círculo de luz ficou mais brilhante, pulsando com um ritmo que, mesmo dali, ela sabia que era baseado em uma música. Estavam carregando o círculo com a energia que poderiam retirar quando chegasse a hora. E, se ela podia vê-los, certamente eles podiam sentir o Tor. Ela estremeceu conforme a luz distante ondulou e estremeceu como o sol visto debaixo da água.

Tinha esperado que Tjalan fosse se contentar em atacá-los fisicamente. Quando ele tivesse enviado seus soldados para o Tor, ela poderia ter sido capaz de negociar alguma acomodação, ou com Micail, ou com as tribos de Azan. Mas o príncipe tinha encontrado uma nova arma, e sua visão sugeria que ele não tinha intenção de esperar até que estivesse terminada para tentar.

Desiludida, ela caiu de joelhos.

— Senhora da Luz, Iluminada, em minha grande necessidade, já vieste a mim antes, sem chamado. Agora eu a chamo, eu imploro, me escute. Os que deveriam ser nossos protetores se tornaram nossos inimigos. Não sei se vão enviar as forças do corpo ou do espírito primeiro, mas temo, pois meus inimigos são fortes. Diga-me que estaremos seguros aqui e acreditarei. Mas se não pode, eu imploro, mostre como posso proteger aqueles que amo...

A resposta veio como uma galhofa gentil:

— Seguros! Vocês mortais usam a língua de um modo tão estranho. Você teve corpos antes deste e terá outros depois. Você morre, o inimigo morre, mas vocês dois viverão novamente. Por que temer?

— Porque... somos ensinados que cada vida é preciosa!

Tiriki olhou ao redor, esperando para ver quem tinha falado, mas havia apenas um fervilhar, uma plenitude no ar. Porém isso, também, era uma resposta. Como ela poderia explicar seus medos para um ser cuja forma jamais fora destruída, mas estava constantemente em transformação, de modos que ela mal podia imaginar?

— Certamente — disse Tiriki, hesitante —, cada vida tem suas próprias lições, seu próprio significado. Não gostaria que esta fosse interrompida cedo antes de descobrir o que ela tinha a me ensinar!

— É uma boa resposta — a voz soou séria.

— E não busco a destruição de nossos inimigos, apenas impedi-los de nos fazer mal — Tiriki continuou. — Por favor... a senhora *vai* nos ajudar?

Como se em resposta, o fervilhar se intensificou, parecendo cercá-la, mas o brilho vinha de uma nova fonte, ardendo fundo dentro da colina.

— A Pedra Ônfalo! — ela sussurrou, em assombro, e a viu pulsar em resposta a suas palavras.

— A Semente da Luz — a voz ecoou. — Você a plantou, pequena cantora. Suas canções podem fazê-la crescer.

***

— Ainda digo que não há necessidade de fazer nada ainda — insistiu Micail. — O povo do Lago é pobre, sem recursos para se levantar contra nós.

Mas ele sabia muito bem que estivera dizendo a mesma coisa desde que voltara do encontro com Tiriki, e com o mesmo pouco resultado. E agora era quase tarde demais para falar. Com a bênção de Tjalan, de fato, e seu encorajamento manifesto, Haladris havia de novo chamado todo o sacerdócio para o círculo de pedras. Eles queriam terminar o despertar das pedras o mais rápido possível. Em um dia ou dois no máximo, Micail sabia que não restaria nada para impedir que a Roda do Sol fosse usada do jeito que queriam.

— O que você diz seria verdade se eles *fossem* o povo do pântano — observou Mahadalku, com razoabilidade enlouquecedora —, mas de fato são sacerdotes e Guardiões como nós. Podem ter se tornado nativos em algum grau, mas eles têm *algo mais*.

A grã-sacerdotisa de Tarisseda apertou os véus com força contra o vento da planície.

— Stathalkha diz que, nos últimos dias, a intensidade do poder no Tor triplicou. Por que isso aconteceria, senão por saberem que estamos aqui? Melhor lidar com eles antes que nos ataquem!

— Mas a Roda do Sol não está completa — Micail se opôs. — Não tivemos nem tempo de determinar se...

— Pode não estar terminada — Mahadalku interrompeu —, mas todos os testes preliminares mostram que é totalmente capaz de conter e projetar as vibrações necessárias. Tanto Ardravanant quanto Naranshada afirmaram essa conclusão.

Ela falava em um tom calmo e monótono que desencorajava objeções. Com o coração apertado, Micail olhou em volta para os outros sacerdotes e sacerdotisas, que por sua vez evitaram discretamente seu olhar.

Com certeza Jiritaren o seguiria se ele saísse agora, e Naranshada havia expressado mais que algumas dúvidas sobre a sabedoria do que estavam fazendo. Bennurajos e Reualen, talvez... se Micail pressionasse. Ele tinha certeza de que Galara e os acólitos poderiam segui-lo também. Mas era a melhor opção?

Tjalan provavelmente nos colocaria em prisão domiciliar e usaria a ameaça aos outros prisioneiros para se assegurar de que eu não faria nada para afetar o resultado... mas se eu ficar... Ele suspirou. *Então poderia terminar matando Tiriki eu mesmo! E neste caso eu deveria cortar a própria garganta e me desculpar com ela no além-vida... e malditas sejam as profecias!*

Nos dias desde seu encontro com Tiriki, com frequência lhe ocorrera que ele precisava ter ido com ela, não voltado humildemente para lá. Tinha dito a si mesmo que se tivesse feito isso, Tjalan não teria permitido que nenhum deles partisse; ele havia pensado em seus deveres com os acólitos e o cumprimento de seus outros juramentos. Agora, porém, enquanto olhava para as silhuetas nítidas das pedras altas contra o céu azul de verão, ele percebeu que fora o amor de um artesão por sua criação que o mantivera ali.

Sou como um homem cujo filho passa a andar com más companhias. A razão diz que ele deve ser renegado, mas o bom pai continua a esperar que o menino volte para o caminho certo mais uma vez. O círculo de pedra tem tanto potencial para fazer bem...

— Como isso preserva nossas tradições? — ele tentou de novo. — Tiriki e Chedan não foram acusados de serem heréticos, não declaramos guerra. Isso simplesmente não nos legitima a agir contra nossos colegas sacerdotes dessa maneira! E está errado em um nível ainda mais profundo dar esse tipo de poder para um propósito tão orgulhoso!

Ele fez um gesto para a fileira de soltados do lado de fora da vala e do aterro que cercavam o círculo. Não estava claro se estavam ali para proteger os sacerdotes contra interferências de fora ou para mantê-los para dentro.

— Por que deveríamos ajudar o príncipe Tjalan a construir seu império? — Micail continuou.

— Porque o império vai apoiar o novo Templo — respondeu Ocathrel, e o resto parecia compartilhar da exasperação dele.

Ocorreu a Micail que talvez fosse melhor parar de falar antes que todos decidissem que ele não era apenas dado a apreensões morais, mas na verdade de fato pouco confiável – possivelmente ele mesmo um herético. Então tirariam de suas mãos a escolha de ficar ou partir.

Ao menos Ardral não estava presente para emprestar o poder *dele* para aquele desastre. Quando o gongo os chamou naquela manhã, o velho adepto havia dito que estava enjoado pelo vinho e se mantido em seus aposentos. Mas, apesar dos assentimentos astutos dos chelas, Micail sabia que Ardral raramente ficava doente. Estava apenas ficando longe ou *indo* para longe?

Virando-se exausto de Ocathrel, Haladris e o resto, Micail sentou-se na sombra de um dos pilares de arenito e deixou seus pensamentos retornarem para os acontecimentos da noite anterior.

Ele tinha ido aos aposentos de Ardral para implorar pelo apoio dele e o encontrara fuçando em pergaminhos. Alguns tinham sido alegremente queimados em um braseiro debaixo da abertura para permitir a saída da fumaça. Aquela visão em si fora suficiente para deixar Micail sem palavras por vários momentos – Ardral fora curador da biblioteca do Templo de Ahtarrath, afinal.

— Não, não — o velho Guardião o tranquilizou —, estou apenas arrumando algumas notas avulsas, poemas e pensamentos pessoais. Nenhum segredo ancestral, ou ao menos nenhum que eu sinta a obrigação de repassar. Alguém pode dizer que todos os *meus* segredos são ancestrais! Mas, depois de uma vida de estudo, meditação e prática, tudo o que realmente sei é como qualquer um de nós sabe pouca coisa. — E ele riu.

Micail se recordou do brilho do fogo nos traços aquilinos enquanto Ardral tirava o cabelo levemente prateado dos olhos de novo.

— Gostaria de me acompanhar no último resto de teli'ir? — ele então perguntou, como se estivessem sentados em uma varanda dourada, observando o pôr do sol no porto de Ahtarra ou possivelmente na própria Atalan. Micail estava desconcertado demais para fazer qualquer coisa, mas tinha concordado.

Foi um momento agradável. Conversaram sobre tantas coisas, a maioria delas interessante. Mas, quando Micail conseguiu trazer a conversa para o que o perturbava, estava vendo tanto Ardral quando o cômodo iluminado pelo fogo em uma névoa perfumada. No entanto, a dicção do adepto permaneceu afiada o tempo todo, mesmo que seu significado às vezes fosse obscuro.

— Acha mesmo que meus argumentos podem tocar Tjalan quando os seus não tocaram? Sou um belo orador, se me permite dizer, mas você é primo dele, e mais, ele o considera um amigo próximo. — Ardral balançou a cabeça. — Eu admito, achava a princesa Chaithala e as crianças encantadoras e gostava muito da companhia *deles*, mas o príncipe de Alkonath e eu nunca tivemos muito a dizer um ao outro além das cordialidades costumeiras. E nenhum deles terá muito a perder quando eu tiver ido embora.

— Ido embora? — Micail tinha olhado, imaginando se os rumores de doença poderiam ser verdadeiros.

Ardral certamente não *parecia* doente, mas, até aí, jamais havia aparentado a idade que tinha também, e ele já era velho quando os pais de Micail eram bebês de colo.

— Você está saudável! — ele havia exclamado, sem saber se era uma declaração ou uma prece. Ardral levantara uma sobrancelha e Micail ficou vermelho em confusão.

— Claro que estou. É por isso que preciso ir. Toda noite, todo dia, Tjalan, ou alguém, pensa em outra questão que não tenho interesse em responder. Imagino que já tenha ficado aqui por tempo demais... e sei coisas demais que o homem não *deveria* mais saber.

Mesmo para Ardral, Micail pensava agora, aquilo fora enigmático.

— Isso quer dizer que não vai se juntar ao Trabalho na Roda do Sol?

Os sentidos embriagados de Micail pareceram subitamente bêbados, fazendo com que ele desejasse não ter tomado aquele segundo copo de teli'ir.

— Ah, estarei trabalhando. — Os dentes de Ardral tinham se mostrado em um sorriso irônico enquanto ele dava batidinhas breves no ombro de Micail. — Não se preocupe comigo.

Micail estava sóbrio o suficiente para não dizer que não era com Ardral que ele se preocupava, mas com Tiriki e talvez o resto do mundo. E então o velho adepto o levara para fora da porta.

— Suspeito que essa será nossa despedida, Micail, mas quem pode saber a intenção do destino? O tempo é uma trilha longa e retorcida, meu menino, e tem muitas estradas de lado. Nosso caminhos podem se cruzar novamente!

***

Nar-Inabi em Teu esplendor
  Contra a escuridão que sobe
  Nos dê um sono restaurador
  A toda Tua – toda Tua...
  O primeiro verso do hino da noite ruiu, pois a noite havia caído, finalmente caído. Acima dela, seu matador se erguia, com chifres de touro.

A escuridão vitoriosa encharcava as estrelas, e tudo se tornara uma névoa escura e pedra dura, substâncias cinzentas desabando, desprendendo-se.

Chedan abriu os olhos com um susto, surpreso ao ver uma luz pálida atravessar a porta aberta de sua cabana.

— O senhor está bem? — Kalaran se curvou sobre ele, franzindo o cenho.

— Vou ficar — disse o mago.

Ele esfregou as têmporas, tentando dissipar as brumas do sonho o suficiente para enfrentar o dia.

Kalaran ainda parecia preocupado, mas estendeu o cajado entalhado que havia se tornado a companhia constante de Chedan. Quando saíram da cabana, ele viu que o céu acima do declive do Tor era de um azul translúcido. Seria um belo dia.

— Tive um sonho estranho.

Kalaran pareceu esperar, e Chedan segurou um sorriso. Desde que se tornara tão fraco, as pessoas mais jovens tinham começado a tratá-lo como algum tesouro raro que logo cairia em pedaços. Talvez até fosse verdade, pensou ele então. Além disso, falar sobre os sonhos às vezes trazia entendimento, e aquele sonho poderia ser um aviso que não deveria ignorar.

— Eu estava de volta a Ahtarra, visitando meu tio Ardral em seus aposentos ao lado da biblioteca. Estávamos bebendo algum licor exótico da Terra Antiga. Aquele homem tinha as adegas mais maravilhosas, dá um aperto no coração pensar naquelas safras delicadas se misturando ao mar salgado. De qualquer forma, ele levantou a taça para mim em um brinde e disse que eu precisava ir, e ele precisava ficar, mas que entre nós havíamos treinado meu herdeiro.

— Seu herdeiro — ecoou Kalaran, parecendo um tanto alarmado. — O que ele quis dizer?

— O que Ardral sempre quis dizer? Eu teria dito que era Micail, mas agora… não sei. —Ele balançou a cabeça, o coração doendo novamente com o pensamento que Micail pudesse ter se tornado um inimigo deles. — De qualquer modo, Ardral mal o conhecia. Ao menos não na época. Podem ter se aproximado.

— Ah… mas, mestre, quando disse "estranho"… o senhor riu. Bem, quase.

— Sim, ri, porque estava me recordando de como Ardral terminou sua bebida, baixou-a e então… ele estava sentado de pernas cruzadas em uma cadeira baixa e simplesmente saiu flutuando para cima e pela janela.

— Ele *levitou*? — a voz de Kalaran esganiçou.

— Bem, na verdade, *ouvi* rumores de que ele conseguia. Mas imagino que era simbólico em meu sonho. Porque, veja, embora Anet nos dissesse que ele estava lá, não enviei nenhuma mensagem a ele. Não consegui pensar no que dizer. E ele não me enviou resposta. Então imagino que tenhamos nos afastado um do outro.

Quando as sobrancelhas de Kalaran se juntaram em perplexidade, Chedan deu um sorriso afetuoso para ele.

— Obrigado, meu rapaz. Tive medo de ter sonhado algo importante, e você me ajudou a ver que não. Se meu sonho significa alguma coisa, é que ele foi embora. Achei que ele pudesse ter morrido, mas agora duvido muito. Acho que eu saberia. Ainda assim, vim pensando nele. Imagino que tenha acabado de fazer uma música com palavras que ele costumava dizer. Nos sonhos, muitas vezes acontece assim.

—Tenho muitos sonhos estranhos — disse Kalaran, depois de um momento embaraçoso —, mas tudo parece melhor depois de um bom café da manhã!

— Com isso eu *não* discuto — respondeu Chedan, permitindo que seu acólito o ajudasse a descer a colina.

Conforme andavam, um fio fino de fumaça trouxe o aroma rico de carne quente por entre as árvores. Certamente uma boa refeição o ajudaria a atravessar aquele dia terrível.

***

— Você soube? — Vialmar murmurou para Elara. — O senhor Ardral se foi!

— Como assim? O príncipe Tjalan tem guardas em cada portão do complexo para nos "proteger". Não o deixariam simplesmente sair.

— Essa é a melhor parte — disse Vialmar, com um sorriso —, e ouvi isto de várias pessoas diferentes: ele simplesmente saiu por sua porta, flutuou saindo do chão e passando por cima do muro... foi embora! Desse jeito!

— Tjalan sabe? — veio o sussurro espantado de Cleta.

— Se ele sabe — respondeu Elara—, não está deixando isso interferir em seus planos. Veja: ele trouxe Damisa!

— E Reidel — completou Cleta. — O príncipe está achando que pode persuadi-los a se juntar a nós ou simplesmente quer demonstrar nosso poder?

Ela trocou olhares com Elara.

Como, de fato, chegamos a isso?, Elara se perguntou. *Certamente há muito poucos de nós nesta terra para estarmos em conflito...* Mas, desde que os mais velhos estivessem em concordância, seus juramentos exigiam que ela os obedecesse.

Ela tinha até corrido o risco de se atrasar, saindo do caminho para falar com Khayan-e-Durr, mas os ai-zir não eram páreo para as espadas ou a mágica de Atlântida. Tivera a intenção de pedir ajuda a eles e terminara por avisá-los para ficar longe. Ela não tinha certeza, nem mesmo agora, de que tinha conseguido convencer a rainha do perigo. Os xamás poderiam estar planejando algo. Ouvira barulho de tambores vindo da grande casa redonda de Droshrad, mas, agora que pensava naquilo, não era nada incomum.

Se Tiriki morrer por causa disso... o que Micail vai fazer então? Ele conseguiria viver com isso? Ela se lembrou da dor aguda no rosto dele quando ele voltara do encontro com Tjalan e Tiriki, e soube que não conseguiria suportar uma separação mais definitiva. As próprias emoções dela se retorciam, e ela sentia uma empatia sobrepujante, mesclada com o pensamento insuportável de um mundo sem Micail nele...

Ali estava Micail, ela notou de súbito, sentado sozinho apoiado em uma das pedras. Ela não via aquela aparência no rosto dele desde que haviam saído de Belsairath. Por que simplesmente não se recusava a participar? Denunciava todos eles?

O brilho do sol em uma lança com ponta de oricalco atraiu o olhar dela. Tjalan havia posicionado os soldados em intervalos regulares, um pouco além do círculo externo de pedras... *essa é uma razão, imagino.* Elara corou novamente.

Não que, ela percebeu sombriamente, seus votos do Templo lhe tivessem permitido ter esperança pela morte de Tiriki mesmo se achasse que tinha qualquer chance de substituí-la na cama de Micail. Mas como sairiam daquilo sem danos sérios a um lado ou ao outro era mais do que conseguia imaginar.

Cleta a cutucou no ombro. Haladris convocava todos a tomar seus lugares. O suplício estava a ponto de começar.

***

— Eu não entendo — disse Damisa. — O que está fazendo para persuadir o povo no Tor a se juntar a você? O que *pode* fazer daqui?

Na verdade, mesmo em sua gaiola dourada, alguns rumores chegaram até ela. Era só que tinha achado difícil acreditar neles.

Tjalan se virou para ela, os olhos brilhando mais que os braceletes de dragão dourados que ele usava. Por mil gerações, aqueles braceletes eram a prerrogativa de um príncipe da linhagem real.

— Algo que eu preferia não fazer. Mas criar um novo império sempre exige alguns ajustes... iniciais — ele disse. — Quando o Império Brilhante deu lugar aos Reinos do Mar, foi a mesma coisa. Acredite em mim, minha querida, não lamento a necessidade de ação decisiva. Mas está claro que Tiriki será teimosa. Melhor um ataque disciplinador certeiro do que um conflito que se arrasta, não concorda? Então podemos colocar todas as nossas energias no estabelecimento da nova ordem. Vamos, você *precisa* concordar, Damisa, pois não posso fazer isso tudo sozinho. — Os dedos longos dele acariciaram o braço dela. — Agora que perdi Chaithala, vou precisar de uma mulher ao meu lado para me dar filhos... para que usar uma coroa sem herdeiros?

O pulso de Damisa disparou. Ele estava de fato sugerindo que ela pudesse ser a... imperatriz... dele um dia? Fazia sentido – o sangue real de Alkonath corria nas veias dela também –, mas, depois de tudo o que havia acontecido, parecia irreal lhe oferecerem o que um dia fora sua fantasia. Subitamente ela entendeu por que Tiriki havia voltado para o Tor em vez de ficar ali com Micail. *Ela se tornou uma motriz de acontecimentos, não apenas um apoio para seu homem*, ela pensou. *O que eu poderia me tornar sozinha?*

Mas não podia deixar que o príncipe Tjalan suspeitasse de suas emoções conflitantes. Seu olhar se afastou do dele e ela viu que os soldados traziam Reidel, os punhos ainda atados. O lábio dele estava inchado onde alguém o acertara – o acertara de volta, ela corrigiu, notando os nós dos dedos dele em carne viva na mão direita.

— Meu príncipe, o senhor me honra — ela disse, um pouco sem fôlego. — Mas não devo distraí-lo com tais considerações agora.

Ele sorriu de modo irônico, mas a resposta dela claramente o deixara satisfeito. Sua atenção já se movia para Haladris, que havia começado a organizar os cantores dentro do círculo de pedra.

Reidel olhava para ela com – raiva? Apelo? Ele não tinha direito a nenhuma das emoções. Mas, mesmo quando se virou, ainda podia sentir o olhar escuro dele.

***

Tiriki se forçou a desviar os olhos da neblina escura a leste, onde sabia que Micail e os outros se preparavam para atacar o Tor, e em vez disso a olhar para os rostos dos homens e mulheres que esperavam no topo do Tor para defendê-lo.

Ela pigarreou e conseguiu dar um sorriso.

— O espírito deste lugar, a Iluminada que chamo de Rainha, me mostrou o que vamos fazer...

— Mas como vamos saber se eles vão agir hoje? — perguntou Elis.

— Ou algum dia? — murmurou outra pessoa.

— Vi o poder aumentando — respondeu Tiriki. — Mas, mesmo se não tivesse visto, certamente não nos fará mal praticar nossas próprias habilidades.

— Ah — disse Iriel, maliciosamente —, mais *treinamento*! — E a tensão melhorou um pouco enquanto os outros acólitos riam.

— Sim, se quiser — disse Tiriki suavemente, e esperou que o silêncio retornasse. — Nós caminhamos pelo labirinto espiral que cortamos na colina para chegar aqui, e isso já nos coloca no meio do caminho para o Além-Mundo. Gostaria que todos se sentassem em círculo e dessem as mãos. — Tiriki olhou para Chedan, que assentiu.

Apesar do esforço de subir até lá, o rosto de Chedan estava pálido. Ele deveria estar na cama, ela então pensou, mas precisavam muito dele, e, na verdade, todos estavam arriscando a própria vida naquele dia. Ao menos Domara estava segura com Taret. O que quer que acontecesse, ela sobreviveria.

Tiriki ficou no centro do círculo e levantou as mãos para a luz pura que vinha de cima. Era o segundo verso do Hino da Noite que lhe vinha agora:

— *Ah, mais Santo e mais Elevado,*
A única sabedoria que vale conquistar,
Em Ti encontramos propósito,
Nosso fim e nosso começo.

Ela fez o sinal de bênção sobre o peito e a testa, então tomou seu lugar no círculo do outro lado de Chedan.

— Ó grande Manoah, rei dos Deuses, e Tu, Altíssimo, que é o poder por trás de todos os deuses, a Ti fazemos nossa prece — ela completou então. — Não por glória ou ganho, mas para a preservação da vida, e do conhecimento que Tu nos deste. Proteja esta colina santa e os que aqui se abrigam, e permita-nos colocar aqueles que trabalham contra nós no caminho da verdadeira sabedoria…

O olhar dela foi atraído para o leste mais uma vez. O que os oponentes – pois mesmo agora ela não conseguia pensar neles como inimigos – faziam neste momento?

***

— Somos os herdeiros de uma tradição ancestral — disse Haladris —, e hoje vamos demonstrar sua força. Nosso círculo de pedras vai proteger nosso espírito, e os soldados do príncipe Tjalan vão proteger nosso corpo. Não temam, portanto, propor todo o seu poder. Projete um martelo de força deste círculo e ele causará terror em nossos inimigos.

E se tivermos sucesso?, pensou Micail, sombriamente. Ele lançou um olhar rápido para Naranshada e Jiritaren, que estavam com ele entre os tenores no ponto do meio do crescente. O rosto de ambos estava vincado de tensão, os olhos apertados e assombrados por arrependimentos, e, naquele momento, ele soube que o desconforto deles não era nada de novo.

Eles também não gostam disso. Eu deveria ter feito meus protestos há muito tempo... antes que isso chegasse tão longe... e, no entanto, se o tivesse feito, Tjalan teria tirado a decisão de agir além de seu poder, e ali, mesmo agora, ele *poderia* ser capaz de alterar o resultado.

Haladris tomou seu lugar no centro do crescente de sacerdotes e sacerdotisas paramentados, seus corpos completando o círculo esboçado pelos cinco dólmens, cercados pelo círculo exterior. Ele murmurou uma série de notas, e, seção por seção, os cantores soltaram seus tons. Não era de pensar que um som tão suave pudesse ser poderoso, mas, em alguns momentos, Micail conseguiu ouvir a primeira resposta das pedras.

Era apenas um sussurro, como o som de muitas outras vozes cantando em algum lugar muito distante, mas Micail sentia os pelos se arrepiando em seus antebraços. E então, por um momento, o orgulho de sua realização foi maior que o medo.

***

Quando Tiriki deu as mãos a Kalaran e Iriel, Chedan sentiu um formigamento de poder e soube que o círculo de energia tinha se fechado. Como um, respiraram lentamente, procurando o ritmo mais profundo do transe. Ele sentiu a queda e a guinada familiares da mudança de consciência e se estendeu para tocar a mente de Tiriki. Eles reuniram a atenção dos outros em uma só consciência e abriram os lábios em uma só nota suave.

Nossa tarefa é mais fácil, ele pensou, tentando firmar os nervos enquanto uma dúzia de vozes inchava em som. *Nossos oponentes devem moldar e guiar uma energia desajeitada para nos atacar, mas temos apenas que afirmar o poder que já está aqui, no que agora é o centro sagrado.*

O tom ficou mais alto, pulsando conforme os cantores circulavam a respiração em torno do som. A pura radiância da luz do sol já se alterava para a iluminação fervilhante do Além-Mundo. E então, das profundezas abaixo deles, Chedan ouviu a reverberação da Pedra Ônfalo captar e amplificar a voz deles. Seus olhos encontraram os de Tiriki, e por um momento o assombro deles equilibrou o medo.

Elara soltou o fôlego em uma exalação pura de som, tremendo de leve conforme a nota mais alta de soprano a alcançava em harmonia. O júbilo formigava em cada veia na energia que aquelas vibrações geravam, ressoando das superfícies lisas das pedras. Não importava o que acontecesse depois, Elara achou que jamais se esqueceria da beleza pura daquele som.

Mas, mesmo enquanto o pensamento se completava, ela percebeu que a música estava mudando. Haladris conduzia os tons mais graves em uma nota estranhamente discordante que chacoalhava o coração dela.

Tinha ouvido dois ou três cantores vacilarem, mas os olhares de Mahadalku os colocaram rapidamente de volta no tom. Ela quase *podia* ver as vibrações do som mudando conforme saltavam de pedra em pedra e espiralavam para o oeste na direção do Tor.

***

Tiriki sentiu o ataque como uma mudança de pressão, uma tensão no ar como a chegada de uma tempestade. Ela apertou a mão de Selast e sentiu uma onda de alerta somado passar em torno do círculo.

— Mantenham a nota — veio o comando mental de Chedan. — *Não tenham medo. Lembrem-se, só precisamos aguentar...*

Como fizemos quando a grande onda atingiu nosso barco depois do Afundamento?, imaginou Tiriki, quando o primeiro choque os atingiu. De algum jeito, ela forçou a atenção de volta para as treliças de pedra compartimentadas debaixo dela e a Semente da Luz dentro delas, os poderes gêmeos que brotavam das fontes Vermelha e Branca nas profundezas, o som vibrante de sua alma...

A pressão aumentou, como se, tendo sido repelidos, os sacerdotes de Tjalan tivessem aumentado a intensidade do próprio canto. O brilho piscou e se refratou como se ela estivesse sentada no âmago de um cristal, enquanto relâmpagos estranhos soavam sobre o Tor.

Ela foi mais fundo, puxando o poder da Pedra Ônfalo. Lutou para manter a visão de uma bolha, uma esfera de proteção contra a qual todas as ondas de poder que sentia vindo contra eles se quebrariam em vão. Ela conseguia sentir os outros se preparando para resistir também. As mãos se apertaram até que ossos rangeram e os nós das mãos esbranquiçaram, mas aquilo era o mínimo da agonia deles.

Por Domara..., ela pensou apertando os dentes, *e Selast e seu bebê que ainda não nasceu.*

Por Lontra... veio a súplica de Iriel. *Por Forolin e Adeyna e Kestil... Por Garça e Taret...*

Por todos aqueles que haviam aprendido a amar naquela terra, a litania de nomes seguiu, e eles *aguentaram*, suportando ferozmente em nome de tudo o que já tinham perdido.

***

— Damisa, não consigo ver dentro do círculo! — exclamou Tjalan. — Há algo de errado?

Damisa se retorceu e se libertou da mão possessiva dele. Ela já tinha escutado o que soara como um estrondo distante do círculo de pedras e percebeu que o Trabalho havia começado. Mas havia supreendentemente pouco barulho. Deveria ser verdade, então, que o círculo de pedras capturava o som. Agora as figuras das pessoas dentro dele pareciam oscilar, como uma cena distante pode ser distorcida em um dia muito quente. Mas ela não achava que aquele país *pudesse* produzir o tipo de calor necessário para que aquilo acontecesse.

— Meus olhos não veem mais que os seus — ela murmurou. — É consequência da vibração. Pode estar subindo areia do chão ou talvez a luz esteja apenas... distorcida. Você pode senti-la através do chão.

Ao menos eu posso, ela pensou, embora as sandálias fortes de soldado de Tjalan talvez o isolassem do tremor que atravessava as solas finas das sandálias dela, relembrando de modo nauseante o modo como a terra de Ahtarrath tinha tremido antes do Afundamento. Ela considerou aconselhá-lo a se curvar e colocar o ouvido no chão, mas provavelmente não seria condizente com a dignidade dele. Como seria estar *dentro* do círculo, trabalhando com todo aquele poder?, ela se perguntou, reprimindo uma pontada de inveja.

***

As pedras em Azan dançavam.

Micail piscou, mas o problema não era sua visão. O chão sob seus pés tremia, e, conforme Mahadalku guiava o canto das sopranos ainda mais para o alto, os blocos de arenito vibravam de acordo com o som. Aquilo não era o canto preciso e ordenado que tinha levantado as pedras, mas uma desarmonia calculada que raspava e queimava cada nervo e osso.

Micail percebeu que não era o único que ficara em silêncio, mas, com três alas no coro, havia ainda cantores o suficiente para manter a vibração. Ele se perguntou como algo poderia aguentar aquele ataque, mas claramente o Tor aguentava. Ele sentia a distorção conforme as ondas atingiam algo que as repelia e rolavam de volta novamente.

Não conseguimos romper!, ele exultou. Mas Haladris sabia disso? O sacerdote alkonense cantava ainda mais alto, distorcendo as harmonias. Da superfície de calcário raspado dentro do círculo, subia um pó branco fino. O sacerdote estava pálido e transpirava, com o olhar fixo de alguém cuja visão está concentrada para dentro. Micail percebeu que Haladris não conseguia ver o que acontecia em torno dele. As pedras em pé tinham sido colocadas profundamente e presas nas valas que as seguravam, mas jamais haviam sido projetadas para aguentar um tremor tão prolongado. A pedra gemia e raspava enquanto um dos pilares de arenito no dólmen mais ao norte virava, tremia, girava, seguro no lugar apenas pela saliência que o prendia ao lintel...

Embora Micail se recusasse a contribuir com toda a força ao Trabalho, mesmo em seu isolamento ele sentiu a hesitação expansiva que estremeceu pelo fluxo de poder. Suspeitava de que a resistência do Tor estivesse a ponto de ceder. Mas não faria diferença para o desviar de energias ali; na verdade, sem direção, aquelas forças causariam dano muito maior, tanto no círculo como no Tor, do que o simples tapa de aviso que Haladris tinha em mente.

Preciso parar isso antes que todo o círculo venha ao chão! Ele se expandiu para as amadas pedras e, subitamente, uma voz que ele sabia ser a de seu pai reverberou em seu coração:

— *Fale com os poderes da tempestade e do vento, do sol e da chuva, água e ar e fogo!*

Ele percebeu que aquele momento era o motivo do despertar de seus poderes herdados.

— Sou o Herdeiro da Palavra do Trovão! — gritou Micail. — E reivindico esta terra!

***

A fileira de soldados cambaleou, lançando olhares frenéticos para Tjalan, conforme um tremor percorria o solo fora do círculo.

— Estamos vencendo! — gritou o príncipe, apertando o braço de Damisa. — Ninguém consegue ficar consciente se aquilo os atingir! Sente o poder?

— *Nunca!* — gritou Reidel. — Não enquanto eu estiver vivo!

Enquanto a terra balançou novamente, ele se soltou de seus captores e cambaleou na direção do círculo de pedras.

— Reidel, não! — gritou Damisa.

O idiota ia terminar morto!

— Parem-no! — rugiu Tjalan, mas tudo o que seus soldados podiam fazer era ficar de pé. Com uma maldição, ele soltou Damisa e saiu atrás de Reidel, tirando a espada.

Damisa estava bem atrás deles. Os *dois* eram idiotas. Toda aquela situação era maluca. Entre o medo e a fúria, seus pensamentos eram pouco coerentes, mas, com uma explosão de energia inesperada, ela alcançou Tjalan, pegou o braço da espada dele e o puxou para o lado. O príncipe gritou de frustração, mas ela continuou e, em um momento, havia derrubado Reidel. O corpo dele era sólido e quente, e ela se apertou nele, arquejando, como um dia o apertara enquanto fizeram amor.

— Você vai *viver*, maldito seja! — ela sussurrou, enquanto os olhos dele se arregalavam em surpresa.

***

Micail cavalgava o caos e brandia o trovão. Na Palavra de seu Poder, ele encontrou um novo som para conter as vibrações que aumentavam e ameaçavam desfazer a terra. Mas a energia precisava ir para algum lugar. Por um instante branco e quente que pareceu uma era, a ruína o cercou como uma explosão congelada. Ele teve tempo para calcular as forças, notar a posição de cada centelha de vida e medir as distâncias entre as pedras.

— Voltem! — ele gritou para os outros. — Fiquem longe se puderem!

E então cantou a nota que esperava que fosse desviar a energia dos outros cantores, segurando-a com toda a força que tinha enquanto forças penetrantes soavam para fora através dos dólmens.

***

Chedan sentiu a baixa do ataque e cambaleou quando o vento contra o qual ele estava parou subitamente. Apenas agora, com a pressão tendo desaparecido, ele percebeu como o esforço o drenara. Tiriki, apoiada em Kalaran, ficara tão branca quanto suas vestes de linho, mas sorria. No rosto de cada um dos outros havia o mesmo júbilo assombrado.

Nós sobrevivemos!, ele pensou, sentindo o coração cansado disparar no peito. E, naquele momento, as forças que pensaram ter derrotado voltaram encrespadas através da barreira que havia baixado como um disparo de touros enlouquecidos.

Respostas treinadas por uma vida de trabalho de transe disciplinado fizeram Chedan se levantar com a velocidade do instinto, o cajado balançando para a frente.

— Vá embora!

Seu grito reverberou através da terra. Em desespero, ele enviou o espírito atrás dele nos céus ventosos, levando aquelas energias horríveis diante de si. Nunca soube quando a carne que usava caiu sobre a terra, para não se mover mais.

***

Do lado noroeste para o sudoeste do círculo de pedras, o poder corria livre, irradiando em um semicírculo que havia derrubado os dólmens dos Touros Amarelos ao norte, enviando fragmentos de pedra para cair perto dos cantores mais próximos. Um pilar do grande dólmen central da tribo Touro Vermelho ficou firme, mas seu lintel foi jogado para o lado e seu parceiro se quebrou em dois pedaços ao cair sobre o altar de pedra. Dali a força em desenvolvimento fluiu para fora, derrubando a maioria dos pilares do lado oeste do círculo. Os soldados que ainda não tinham fugido foram atingidos por pedras voadoras. Um pedaço grande derrubou o príncipe Tjalan, enquanto lascas caíram sobre Damisa, cujo corpo ainda abrigava o de Reidel.

Mas, no centro do círculo, Micail ainda estava de pé, cercado por algumas poucas figuras agachadas. Ainda cantando, ele ficou de pé até que a última reverberação sumisse e restasse apenas a poeira que subia para testemunhar a violência que havia passado sobre a planície. Apenas então ele caiu, com a mesma deliberação lenta das pedras.

⚡ VINTE ⚡

— *O sol se levanta, a escuridão deserta,*
A chama se levanta, o espírito liberta.
Todos saudamos a alma ascendida,
Todo o mal mortal agora resolvido,
Salve e adeus!

A fumaça girava para o oeste como se levada para o horizonte sombreado pela música, conforme as chamas ardiam debaixo da pira funerária. Todos que podiam se amontoar no topo do Tor estavam presentes – sacerdotes e sacerdotisas de Atlântida misturando-se a marinheiros, mercadores e ao povo do pântano –, unidos por uma tristeza em comum. Tiriki vira funerais mais esplêndidos em Ahtarrath, mas nunca um pesar tão sentido; Chedan Arados fora amado por todos.

Parecera a traição mais amarga se recuperar daquele ataque final apenas para descobrir o corpo de Chedan abandonado. A maioria deles entendia o que devia ter acontecido; sabiam que, se Chedan não tivesse agido, poderiam todos ter morrido. Mas todo o conhecimento deles era pouco consolo para a perda.

No *Serpente Escarlate*, Tiriki se recordou, ela e Chedan tinham sido forçados a fazer uma amputação em um marinheiro cuja mão fora esmagada na queda de um mastro. O homem sobrevivera, mas ela se recordava de como era de apertar o coração vê-lo esticar o braço para algo e então perceber que a mão tinha desaparecido. *Agora estou como ele estava,* Tiriki lamentou, *mas você não está aqui para fazer um gancho para a mão que me falta... Chedan, Chedan, preferia que meu corpo tivesse sido aleijado a ser deixada sozinha sem sua sabedoria... seu conselho... seu sorriso paciente...*

— Falcão Sol nos deixou! — lamentou uma mulher do povo do pântano cuja criança fora salva da praga pelo mago.

Mas, mesmo quando a disposição dos que o pranteavam desapareceu, Lontra apontou para cima e todas as lágrimas se transformaram em assombro. Um falcão – Tiriki achava que era um esmerilhão – circulava acima do Tor, pairando alto no pilar de fumaça, como se o espírito de Chedan tivesse tomado a forma de seu homônimo para um adeus final. E, enquanto olhavam, o gavião virou abruptamente as asas e espiralou para o leste, atravessando o ar que clareava.

— Eu entendo — sussurrou Tiriki, curvando-se em saudação como se o próprio mago estivesse diante dela.

Ela então sentiu o calor dele como algo palpável. Talvez fosse porque se via pensando naquela última noite antes da batalha, quando Chedan falara com ela – na verdade, a forçara a ouvir, enquanto ele falava de sua fé contínua na profecia.

— Você não deveria saber, mas Micail foi eleito meu sucessor — ele dissera a ela —, e por essa razão, apesar de tudo o que aconteceu, acredito que ele esteja destinado a estabelecer o novo Templo.

Ela não quisera pensar naquilo, mas ele insistira, dizendo:

— De todas as coisas que nós mortais somos chamados a fazer, a mais difícil é o perdão; para realmente consegui-lo, provavelmente terá de se comportar como se já tivesse perdoado por um bom tempo até que realmente perdoe.

Ainda assim, quando Tiriki não ousara pensar além do conflito, Chedan acreditara que iriam sobreviver, e que, quando tivesse acabado, ela precisaria ir para a terra dos ai-zir e encontrar Micail.

Ela conseguiu dar um sorriso, e disse em voz baixa:

— Eu o ouço *agora*, velho amigo. Espero que desta vez eu entenda.

***

Quando os enlutados tinham descido da colina, o sol estava alto. Até o ânimo vivaz de Domara tinha sido reprimido pelo luto dominante, mas, conforme deixaram as cinzas da pira para trás, a menininha correu na frente, disputando com outras crianças pelo caminho.

Só um instante depois, pareceu, ela voltou saltitando.

— Ovos! — ela exclamou. — Mama, venha ver. Ovos gigantes mágicos!

Tiriki trocou um olhar apreensivo com Liala e correu atrás dela. A Pedra Ônfalo de algum modo havia saído de seu esconderijo debaixo da colina?

Então ela percebeu que via pedras esbranquiçadas, espalhadas pela grama que crescia pelas encostas do Tor – algumas quase do tamanho de rochedos, outras pequenas como ovos de fato, mas todas arredondadas e surpreendentemente lisas.

— Caratra, nos preserve — Liala exclamou, arfando, ao chegar ao lado de Tiriki. — A maldita Ônfalo deu cria! É uma ninhada! Ela botou ovos! Não toque neles! *Só* os deuses sabem o que podem fazer!

Dividida entre o riso e as lágrimas, Tiriki só pôde concordar. A força que havia saído da Pedra Ônfalo devia de algum modo ter produzido aquelas réplicas. Felizmente, não havia sinal de que tivessem herdado o poder da mãe. *Ah, Chedan*, ela pensou, com outro olhar de cara vermelha para Liala, que vociferava, *é esta sua última brincadeira comigo?*

Quando Tiriki chegou a sua moradia, descobriu que a saji Metia havia preparado comida para uma jornada e preparado sua bagagem. Dannetrasa, agora sacerdote superior, estava lá também, oferecendo seu protesto bem argumentado contra o plano dela, mas nenhum deles tinha a autoridade de uma Guardiã Investida.

Kalaran quase exigiu acompanhá-la, mas, com o nascimento da criança de Selast tão perto, ela não podia permitir que se separassem. A oferta de ajuda do mercador Forolin era mais difícil de recusar; todos os marinheiros queriam resgatar Reidel, então ela concordou que a escoltassem.

Além disso, ela decidiu, levaria as mulheres sajis que serviam Alyssa também. Quando Forolin protestou, ela falou para ele como Chedan um dia a repreendera quando ela admitira seu próprio preconceito contra elas.

— Acima de tudo, as sajis são curandeiras habilidosas — ela terminou, lutando contra as lágrimas com a memória —, e temo que curandeiras serão mais necessárias que sacerdotisas.

E, embora a princípio a ideia lhe parecesse presunçosa, ela decidiu levar o cajado intrincadamente esculpido de Chedan.

A única coisa que ela não quis foi um guia.

— Não — ela explicou pacientemente a Rendano —, não preciso mais de um. Meu espírito está conectado ao de Micail novamente. Só preciso segui-lo.

Aquilo certamente a impedira de se desesperar, mais que o conhecimento de que ele ainda estava vivo; ela ainda não tinha certeza do tipo de homem em que Micail se transformara.

Mas ela tinha sido cuidadosa e sábia por muito tempo. O povo dela estava a salvo. Independentemente do que tivesse acontecido com Micail – do que ele tivesse feito –, ela sabia que precisava procurar por ele agora.

***

Micail lutou sem vontade para recuperar a consciência. Tudo doía, até mesmo a maciez da cama em que se deitava.

— Ele está acordado?

Era a voz de Galara. Ele se retraiu um pouco enquanto um pano frio era colocado em sua testa, tentou falar, mas só conseguiu gemer.

— Ele caminha em um pesadelo — respondeu Elara. — Gostaria que Tiriki estivesse aqui!

Tiriki? Micail balançou a cabeça. Ele não seria enganado novamente. Tiriki estava morta, afogada com Ahtarrath, o navio dela atingido por pedras imensas no porto – ele ainda podia vê-las, largos blocos virando, arremessados pelo ar. As pessoas morreram onde eles caíram. Ele teve subitamente uma imagem vívida do sangue do amigo Ansha avermelhando o calcário no qual ele fora atingido e teve a impressão também de que ouvia vozes erguidas em um canto alkonense para a morte de um príncipe. Ele apenas sonhara que tinham escapado; agora o sonho tentava arrastá-lo de volta para suas garras. Ele não cederia desta vez. Não havia escapatória. Estavam todos mortos – todos menos ele.

Jurei que não sobreviveria à morte dela, ele disse a si mesmo severamente. Era hora de desistir e deixar que a escuridão o levasse para a Cidade dos Ossos.

Se eu ao menos pudesse escapar de meus sonhos...

***

Tiriki se recordava dos caminhos que tinha tomado para seu encontro com o príncipe Tjalan. Sabia que a planície ficava a mais um dia de viagem para o leste e só precisava continuar andando na direção do sol que se erguia. Àquela altura, conseguia não só sentir a força de vida vacilante de Micail, mas um encrespamento de energias deslocadas que só podia vir do círculo partido de pedras. Seus pés doíam, e um sol que brilhava com uma alegria zombeteira avermelhava a pele clara dela, que, no entanto, se apressava a descer a última colina, sem temer o que a esperava – quatro guerreiros com os chifres da tribo dos Touros Azuis tatuados na testa e a jovem Anet, que finalmente perdera o sorriso levemente zombeteiro.

— Os caçadores a viram vindo — Anet disse, encolhendo-se um pouco do olhar de Tiriki. — Meus homens podem carregar os fardos de vocês, assim vamos mais rápido.

Tiriki assentiu. Era estranho, considerando como temia aquela moça, até mesmo a odiava, mas não tinha emoções para desperdiçar com Anet agora.

— Sei que Micail não foi morto — ela disse rispidamente. — Mas ele está ferido. Qual a gravidade?

— Ele foi atingido por pedras que caíam. Sofreu alguns ferimentos, nada de que não possa se recuperar. Mas ele dorme sem acordar. Ele não *deseja* se recuperar.

Tiriki apenas assentiu, sem palavras. Ela estava *certa* de que Micail estava vivo – mas, a cada passo que dera na direção de Azan, ela se perguntara: e se estivesse errada?

— Quem mais está ferido? — ela perguntou, conforme começaram a andar novamente pelo caminho.

— Quando as pedras… se despedaçaram… algumas voaram longe — disse Anet — e outras caíram perto. O príncipe Tjalan está morto e muitos dos soldados dele também. As cerimônias de sua pira terminaram só ontem à noite. Muitos outros sacerdotes e sacerdotisas… todos estão mortos, também, ou… fugiram. Se conseguiram.

Enquanto atravessavam a planície na direção dela, a Roda do Sol lentamente se tornou grande o suficiente para ser vista. Alguns dos dólmens ainda estavam de pé, proclamando a habilidade dos que o tinham erguido; outros estavam tombados, como se alguma criança gigante tivesse se cansado dos bloquinhos de construção e os houvesse largado espalhados pela grama.

E ali parecia haver uma presença entre eles, uma sombra esguia como um laço de fumaça que flutuava.

Vou lidar com você depois, disse Tiriki em silêncio enquanto eles passavam. Adiante, ela via a fumaça real subindo das lareiras de Azan-Ylir, onde Micail aguardava.

Quando chegaram à grande vala nos limites da vila, uma jovem mulher de cabelos escuros que Tiriki reconhecera com dificuldade como Elara correu para encontrá-los.

— Ah, minha senhora. — Elara tropeçou como se indecisa entre fazer uma reverência formal do Templo ou se jogar aos pés de Tiriki. — Como rezei para que a Mãe a trouxesse…

— E pela graça Dela estou aqui — Tiriki respondeu. — Fico feliz que não esteja ferida.

— Sim, bem, quase — Elara disse, distraidamente. — Parece que o senhor Micail conseguiu dirigir a força para longe da nossa ponta no crescente; só uma das sopranos foi morta, mas Cleta ficou gravemente ferida.

***

Em seu sonho, Micail estava no topo da Montanha Estrela, olhando para a imagem perversa de Dyaus.

— Pelo poder de meu sangue, eu o prendo! — ele gritou, mas a figura gigantesca de escuridão apenas riu.

— *Estou solto... e vou libertar o resto...*

Vento e fogo giravam em torno dele. Micail gritou enquanto a realidade se dissolvia – mas sentiu um braço magro prendê-lo, segurando-o contra o golpe. *Tiriki...* ele reconheceu o toque do espírito dela, embora os olhos ainda estivessem vendados pelo caos. *Será que finalmente morri?* Ele havia esperado por paz após a vida – estaria condenado a seguir lutando as mesmas batalhas de novo e de novo?

No entanto, seu coração se incendiou com a força dela, e ele olhou novamente para seu inimigo eterno. O tumulto em torno dele havia sossegado, mas Tiriki o chacoalhava. Por que ela fazia isso? Se ele permitisse que ela o chamasse de novo para o mundo desperto, ela iria embora...

— Micail! *Osinarmen!* Acorde! Caminhei por três dias para chegar aqui. O mínimo que pode fazer é abrir os olhos e me dar as boas-vindas!

Aquilo não soava como algo saído de um sonho!

Micail percebeu que havia luz batendo contra suas pálpebras fechadas. Ele respirou fundo, retesando-se quando a costela dolorida reclamou, mas subitamente cada sentido clamava com a consciência da presença de Tiriki. Os lábios macios dela tocaram a testa dele, e ele a pegou e a apertou ferozmente quando a boca dela se moveu para a dele.

O coração dele batia furiosamente enquanto o beijo ardia por cada nervo seu. Rapidamente sua carne despertou para a certeza de que ele estava vivo e Tiriki estava em seus braços!

Ele abriu os olhos.

— Assim é melhor. — Tiriki levantou a cabeça apenas o suficiente para que ele visse seu sorriso.

— Você está aqui! — ele sussurrou. — Aqui de verdade! Não vai me deixar?

— Jamais o deixarei nem permitirei que se vá — ela respondeu, soluçando. — Temos muito trabalho a fazer!

Micail sentiu o próprio rosto mudar.

— Eu... não sou digno — ele chiou. — Muitos morreram por minha causa.

— Isso é verdade — ela disse, rispidamente. — E maior ainda o motivo para viver e fazer o que puder para reparar. E o primeiro passo para isso é ficar bem!

Ela se endireitou e fez um gesto para Elara, que estava perto da porta com uma vasilha de madeira nas mãos.

— Isso é um cozido, e bem bom — explicou Tiriki. — Comi um pouco mais cedo. Ao menos neste lugar há muita comida. Você vai comer, já que não há nada de errado com sua mandíbula, e então veremos.

Sem palavras, Micail a encarou, mas ela não parecia esperar uma resposta. Pareceu mais simples permitir que elas o ajudassem a se sentar do que discutir. E, quando ele provou o cozido, descobriu que estava com fome.

***

— Tiriki mudou — disse Galara, passando uma cesta de cascas de salgueiro recém-colhidas a Elara. — Não que eu a visse muito em casa. Ela se casou com Micail quando eu era só um bebê. Sempre me pareceu um pouco frágil, por algum motivo... sabe, pálida e de voz suave.

— Sei o que quer dizer. Ela certamente tomou a dianteira!

Ela enfiou uma colher de madeira em um pote colocado entre as brasas, testando a temperatura da água ali.

Na semana desde que chegara, Tiriki havia passado pelo complexo atlante como uma tempestade de verão, tomando providências para que os mortos recebessem os ritos apropriados e reorganizando o cuidado daqueles que tinham sobrevivido. Nas tarefas práticas que ela determinava, os sobreviventes encontraram certo alívio do choque e da tristeza.

— Estamos tão acostumados a deixar que os homens exerçam autoridade — Elara disse —, mas no Templo de Caratra ensinam que a força ativa é feminina e que cada deus deve ter sua deusa para despertá-lo para a ação. Sem mulheres, os homens podem não terminar nada nunca.

— Bem, certamente é verdade para Micail e Tiriki! — Galara concordou. — Ele fez coisas, algumas das quais gostaria que não tivesse feito, mas, sem ela, ele estava lá só pela metade. É engraçado. Sempre achei que ele fosse o mais forte, mas ela sobreviveu sem ele melhor do que ele sem ela! Acho que talvez Damisa tenha razão, não precisamos de fato dos homens para nada.

— Bem, não conte isso a eles! — disse Elara.

Então balançou a cabeça.

— Eu, por exemplo, não gostaria de viver sem eles, porém. E imagino que, se não os tivéssemos para servir de aviso, nós mulheres iríamos nos desviar do mesmo modo sozinhas.

Ela ficou séria subitamente, lembrando-se de Lanath. Ele jamais recobrara a consciência depois que a pedra o acertara, e ela ainda não tinha certeza de como se sentia sobre a perda. Ela não o amava, mas ele sempre estivera *ali*...

— Você vai com Tiriki para esse Tor do qual ela vem nos falando? — Galara perguntou. — Ela ainda é minha guardiã, imagino que eu vá para onde ela mandar, mas você tem idade para decidir.

Eu tenho uma escolha, Elara percebeu subitamente. *Pela primeira vez desde que o Templo me escolheu, posso decidir como quero que minha vida seja.* Ela fechou os olhos e ficou surpresa com a imagem vívida do cômodo do santuário no templo de Timul. Em sua memória, ela olhava de uma parede a outra, terminando com a imagem da Deusa com a espada. *Que estranho,* pensou então. Ela sempre acreditara que serviria à Senhora do Amor, mas subitamente conseguia sentir o peso daquela espada na própria mão.

— Acho que vou voltar a Belsairath com Timul — ela disse lentamente. — Lodreimi está ficando velha e vai precisar de alguém para ajudar a cuidar do Templo aqui.

— Talvez eu possa visitar você — disse Galara, melancolicamente.

— Bom, seria bem-vinda.

Elara provou um pouco de chá com a colher e fez uma careta com o sabor amargo, mas pegou a concha e começou a transferir a bebida para as jarras.

— Coloque um pouco de mel nisso — ela aconselhou. — Cleta e Jiritaren devem estar prontos para mais uma dose de analgésicos por agora.

***

— Você se lembra, meu amor, como cuidava de seu pequeno mogno-da-montanha? — perguntou Tiriki, mantendo a voz brevemente casual. — Ainda está vivo; na verdade, está prosperando.

— Neste clima? Impossível!

— Por que eu mentiria? E, depois de viver com ele por tantos anos — ela provocou —, acha que eu poderia confundi-lo com qualquer outra coisa? Quando vier para o Tor, vai ver. Eu lhe digo, Elis tem um dom raro no que diz respeito a plantas.

Ela pegou o braço de Micail e o puxou para mais perto enquanto seguiam pelo caminho do rio. Tiriki o tirara da cama no dia seguinte à sua chegada e, a cada dia, o fazia andar mais. Era a primeira vez que saíam do complexo, no entanto. Imperceptivelmente, ele sentiu que começava a relaxar. Suas costelas davam uma pontada de protesto a cada movimento, mas estavam apenas trincadas e iam sarar.

A dor maior era saber que as pessoas observavam – ele sentia os olhos dela sobre ele, julgando, culpando-o por viver quando tantos tinham morrido – Stathalkha, Mahadalku, Haladris, Naranshada e até o pobre Lanath... tantos. E poderiam ter outras vítimas ainda. Jiritaren, lhe disseram, não estava tão bem quanto parecia. A culpa de Micail era ainda mais lancinante, talvez, porque seus próprios ferimentos o tinham impedido de compartilhar o primeiro luto angustiado com os outros sobreviventes. Agora, tentavam seguir com a vida, enquanto ele ainda tentava encontrar uma razão para viver.

Enquanto se aproximavam do rio, ouviram vozes de crianças e encontraram um grupo de meninos e meninas nativos brincando na parte rasa, a pele bronzeada quase do mesmo tom dos cabelos.

— Ah, só de vê-los sinto mais saudades de Domara. Quando vier para o Tor, você vai ver — disse Tiriki novamente.

— Quando eu for para o Tor? — ele ecoou. — Você parece tão certa de que eu deveria fazer isso. Mas, se eu trouxe tanto azar para o povo aqui, talvez...

— Você *vai* voltar para casa comigo! Não vou criar sua filha sozinha! — ela exclamou. — Desde que soube que você está vivo, Domara vem perguntando sobre você. Ela é só uma menina, não um filho que possa herdar seus poderes, mas...

A mão dele se estendeu para pegá-la subitamente.

— Não... diga... isso! — ele gemeu. — Acha que magia importa para mim?

Por um momento, o chiado duro da respiração dele era o único som.

— Todos me dizem que, se você não tivesse sido capaz de exercer esses poderes — disse Tiriki, em voz firme —, o dano causado pela Roda do Sol teria sido muito mais terrível.

— Achei que conseguiria conter as forças que Haladris estava levantando com o uso das pedras; foi por isso que permiti que ele começasse — ele sussurrou. — Esse desastre não veio menos do meu orgulho do que do de Tjalan. Meus poderes *só* levaram a problemas! Porque os Vestes Negras tentaram roubá-lo de volta, na Terra Antiga, meu pai morreu e Reio-ta quase foi destruído. E eu... eu quase os entreguei! Melhor que morram comigo.

— Essa é uma discussão para outro dia. — Tiriki sorriu. — Deveria ter visto sua filha, porém, com os pés plantados no chão e os punhos nos ombros, *insistindo* que deveria vir junto e ajudar a achar o pai. Sim, ela herdou de você mais que magia. Só você pode ensiná-la a lidar com tal orgulho.

Micail se viu sorrindo enquanto, pela primeira vez, pensou na filha dele não como mera abstração nem mesmo uma inspiração, mas como uma pessoa real, alguém para ensinar, com quem aprender... a quem amar.

***

— Seu povo está se curando — disse a rainha de Azan.

Não era exatamente uma pergunta. Ela tinha convidado Tiriki e Micail para fazerem a refeição sagrada com ela debaixo das castanheiras na vila, onde a brisa fresca do rio equilibrava o calor do sol.

Micail assentiu.

— Sim, a maioria daqueles que vão se recuperar já se recuperou.

O olhar de Tiriki buscou a elevação tumular que os ai-zir tinham erguido sobre os que tinham morrido. Ela suprimiu o impulso de apertar o braço de Micail para ter certeza de que ele não estava entre eles. Tinha desejado que aquele encontro formal fosse adiado até que Micail estivesse mais forte, mas estava na hora de começar a planejar o futuro.

— E o que farão agora? — Khayan perguntou, com um olhar de lado para a sacerdotisa Ayo que Tiriki não conseguiu interpretar.

— Nossos feridos estão quase bons o suficiente para viajar. Muitos de nosso povo desejam voltar a Belsairath — respondeu Micail. — O vice-comandante de Tjalan foi encarregado dos soldados sobreviventes, e podemos confiar nele, acho, para mantê-los longe de problemas e lidar com os navios que possam passar por aqui. Mas quase todos do sacerdócio irão conosco para as terras do Lago.

— Há alguns — disse a rainha, com um olhar breve para o xamã Droshrad, que estava agachado na sombra de uma das árvores — que sugeriram que vocês deviam ser mortos e não ter permissão para ir a lugar algum. Mas nós tomamos suas armas mágicas, ou tantas quanto pudemos encontrar, ao menos. Com elas nas mãos dos *nossos* guerreiros, seus soldados restantes não são o suficiente para nos desafiar.

Aquela notícia teria perturbado mais Tiriki se ela não soubesse que não importava quem as possuísse, dentro de algumas décadas, no máximo, o oricalco que revestia as flechas, lanças e espadas atlantes começaria a decair, e qualquer vantagem que elas pudessem dar terminaria. *E também*, ela pensou, com um sorriso, *não vamos precisar delas*. O povo no Tor tinha outro tipo de proteção.

— O príncipe Tjalan e alguns dos outros não entenderam que precisamos aprender os costumes desta nova terra, não impor os nossos — disse Tiriki, com firmeza. — Mas nas terras do Lago, como Anet lhe dirá, viveremos em paz com o povo do pântano. De fato, estamos nos tornando uma só tribo.

— É assim — concordou Ayo. — Minha irmã Taret fala bem de tudo o que fizeram lá.

Tiriki levantou uma sobrancelha com aquela evidência de ligação entre todas as sábias das tribos. Em Ayo, como em Taret, ela sentia a marca de Caratra. Não tinha dificuldade para aceitar a Irmã Sagrada como uma sacerdotisa cuja posição, embora diferente, era igual à dela.

— Vocês prometeram glória para a tribo do rei Khattar — Droshrad rosnou inesperadamente —, mas mentiram. Buscaram nos tornar escravos do seu poder.

— É verdade — suspirou Micail —, mas certamente tivemos nossa própria punição. Que as vidas que perdemos sejam o pagamento pelo mal que causamos.

— Palavras fáceis — o xamã rosnou, mas abrandou com um olhar da rainha.

— Mas por que essas coisas foram feitas? É isso que não entendo — Ayo então disse. — Era apenas pela conquista? Não sinto esse desejo em vocês.

— Porque não existe — Tiriki disse, quando ficou claro que Micail ou não podia ou não queria responder. — Você precisa entender. Desde crianças, sabíamos que nossa terra natal enfrentava a destruição. Mas havia uma profecia dizendo que meu marido e eu fundaríamos um novo Templo em uma nova terra.

— Mas eu não entendi — Micail falou, pesadamente. — Achei que deveria ser uma construção grandiosa e esplêndida como a que tínhamos em Ahtarrath e na Terra Antiga. Mas estava enganado. Agora acredito que somos destinados a estabelecê-lo como uma tradição...

— Uma tradição — disse Tiriki, completando o pensamento dele — na qual a sabedoria do Templo da Luz, que é grande, embora tenhamos dado poucos motivos para vocês acreditarem nisso até agora, é combinada com o poder da terra daqueles que vivem neste lugar.

Ayo se endireitou na cadeira, encarando-os intensamente.

— Isso significa que vai nos ensinar sua magia?

— Se é o que desejam, sim. Nos enviem algumas de suas jovens inteligentes e a treinaremos, se as Irmãs Sagradas concordarem em ensinar algumas das nossas.

— E seus jovens rapazes também — completou Micail, olhando para a carranca de Droshrad. — Mas precisarão enviar comida com eles. — Ele deu tapinhas no ombro de Tiriki. — Minha esposa precisa de sua boa carne e do seu bom pão para engordar um pouquinho!

— É verdade que nossos recursos são escassos... — disse Tiriki. — Nos vales em torno do Tor, há pouca terra sólida para cultivo, e é uma provação difícil seguir continuamente reunindo comida silvestre.

— É verdade — interveio Khayan-e-Durr, sorrindo. — Os campos e pastos dos ai-zir são ricos. Se as Irmãs Sagradas concordarem, vamos nos assegurar de que as crianças que nos enviam não morram de fome.

— A perna da jovem Cleta ainda está cicatrizando — comentou Ayo, atenciosamente. — Deixe que ela fique conosco e envie outra de suas moças para se juntar a ela. Em retorno, permitiremos que algumas das novas sacerdotisas jovens se juntem a vocês.

— E quanto a Vialmar? — perguntou Micail. — Ele é noivo de Cleta, afinal.

— Aquele lá! — rosnou Droshrad. — Ele se mija de medo toda vez que olho para ele...

— Se ele achar que é necessário para cuidar de Cleta, vai encontrar coragem rapidinho — disse Micail.

— Talvez. — O xamã ainda não parecia convencido, mas por fim assentiu. — Tenho um sobrinho. Talvez possa ensinar alguma coisa a ele. Aqui ele só arranja problemas! Acha que o sol fala com ele.

***

O ar pulsava como se as planícies de Azan tivessem se tornado um vasto couro de tambor, vibrando com o ritmo batido pelos pés dos ai-zir. Até as estrelas pareciam piscar em cadência com o ritmo, seu cintilar refletido nas fogueiras que saltavam abaixo. Damisa jamais vira algo assim – certamente não nas celebrações modestas que eram tudo o que o povo do pântano conseguia fazer –, mas era mais que isso. Havia algo ali que não estivera evidente nem mesmo nos festivais de quatro dias que conhecera quando criança em Alkonath. Ela mexeu na tipoia que imobilizava seu ombro, tentando torná-la mais confortável. Ao menos a tontura que se seguira à sua concussão havia passado em sua maior parte.

— Se não fosse por nós, nem saberiam a data exata do solstício de verão — disse Cleta, amarga, enquanto observavam os dançarinos cercando a fogueira.

Damisa olhou para perna na tala da outra garota. Ela imaginava que devia estar doendo novamente. *Entre nós,* ela pensou, *talvez conseguíssemos juntar uma sacerdotisa inteira.*

Do outro lado da fogueira, haviam erguido um monte baixo onde o rei Khattar sentava-se em grande pompa em um banco coberto com o couro de um touro vermelho. Nem a luz do fogo o fazia parecer saudável. Damisa quase sentiu empatia, mas fora reassegurada de que, com o tempo, o ombro *dela* iria se curar. Khattar ainda era reconhecido como grande rei, mas era claro que o poder estava sendo passado para o sobrinho que se sentava ao lado dele.

Damisa já tinha aprendido mais do que jamais quisera saber sobre políticas tribais, que começavam a recordá-la desconfortavelmente das intrigas de palácio que escutava em Alkonath quando criança. Isso tudo deixava claro, ela pensou, o fato de que as diferenças entre os atlantes e os ai-zir não eram tão reais.

— Lá vêm nossos protetores valentes agora — disse Cleta, enquanto Vialmar e Reidel seguiam entre os dançarinos na direção delas, uma caneca estranhamente pintada em cada mão.

— Cleta! — disse Damisa, com as sobrancelhas erguidas. — Você está escorregando! Acredito que era uma brincadeira.

A outra moça devolveu fracamente o sorriso, mas não disse nada; ambas sabiam que a coxa de Vialmar fora rasgada fundo pelo primeiro dos fragmentos de pedra que tinham voado. Ele caminhava coxeando mesmo agora. E ela se recordava com muita clareza de que, quando o poder explodiu do círculo de pedras, fora *ela* quem protegera Reidel. Quando ele lhe estendeu uma caneca, ela ainda estava se perguntando que loucura a impelira a fazer aquilo.

— É chamado de hidromel — disse Vialmar, com entusiasmo. — Experimente... é muito bom.

Damisa tomou um gole cauteloso. O líquido era doce e tinha um gosto muito fraco de teli'ir, mas, afortunadamente para sua cabeça, não parecia ser nem de perto tão forte. Ainda assim, parecia estranho estar sentada ali bebendo enquanto Tjalan e tantos outros tinham partido.

Sentaram-se conversando por um tempo até que Cleta precisou admitir que sua perna estava lhe causando bastante dor. Vialmar, que era alto o bastante para fazer isso, simplesmente a pegou nos braços, mancando só um pouco, e a carregou de volta para o complexo, deixando Reidel e Damisa sozinhos. Subitamente inquieta, ela se levantou.

— Este negócio está subindo para a minha cabeça. Preciso andar um pouco.

— Vou andar com você — disse Reidel, levantando-se por sua vez.

Ela corou, recordando-se do que acontecera da última vez que aceitara a companhia dele depois de uma celebração, mas sabia que não era sábio vagar sozinha naquela multidão. Havia não poucos entre os nativos sem afeto pelos atlantes. Em silêncio, ela permitiu que ele a levasse para o caminho ao longo do rio. As mãos dele eram fortes e quentes, calejadas de trabalho, mas até aí as delas tampouco eram exatamente macias e de uma dama.

— Não lhe agradeci por minha vida — ele disse, conforme o tumulto do festival desaparecia atrás deles. — Fui louco em pensar que poderia ter feito qualquer coisa para parar o Trabalho. Nunca imaginei que você...

— Ao menos você *tentou!* — ela respondeu. — Eu só fiquei lá assistindo.

Eles caminharam um pouco em silêncio, ouvindo o barulho das águas e do vento nas árvores.

— Sinto muito pela morte do príncipe Tjalan — Reidel por fim falou. — Sei que o amava.

O ombro bom dela se levantou.

— Era amor ou ele só me deslumbrava?

Mesmo agora ela sentia um tremor com a memória daquela figura esguia, de ombros largos e sorriso faiscante. Ela tinha levado tempo demais para se perguntar o que estaria por trás daquilo.

— Mesmo ele sendo meu primo, no fim, descobri que não podia confiar nele.

Ela franziu um pouco o cenho, imaginando quando tinha abandonado aquele sonho... seus olhos ardiam, e ela piscou para conter as lágrimas.

— Você está chorando — disse Reidel. — Perdoe-me, eu não deveria ter dito...

— Fique quieto! — ela exclamou. — Não entende? Até agora, eu não havia conseguido deixá-lo de lado.

— Ele era um grande homem — falou Reidel, com dificuldade. — E era realeza, e seu parente. Queria que soubesse... — Ele engoliu em seco — que eu entendo agora. Era loucura minha achar que você e eu... — Ele parou de novo enquanto Damisa se virou e segurou a frente da túnica dele.

— Há algo que quero que *você* saiba — ela disse em voz baixa. — Tive muito tempo para pensar deitada naquela cama enquanto as curandeiras mexiam em mim. Muito do que aconteceu na Roda do Sol está borrado em minha memória. Mas de uma coisa eu me lembro. Quando as pedras começaram a cair, foi você que senti que precisava salvar. Não Tjalan: você!

— Sim. Você me ordenou que vivesse.

Pareceu que ele estava sorrindo. Com a respiração curta, ela ousou olhar de volta para ele, que muito gentilmente passou os braços em torno dela. Ela o amava? Mesmo agora, não sabia bem. Mas era bom estar ali no círculo dos braços dele.

— Vou levar você para uma vida triste, Reidel — ela disse, em uma voz tão baixa que mal acreditava que fosse a sua. — Mas eu *preciso* de você. Sei disso agora.

— Eu me consideraria sortudo em tê-la sob quaisquer circunstâncias. — Agora ele era quem soava sem fôlego. — Sempre amei o desafio de navegar em uma tempestade...

***

Na hora escura bem antes do amanhecer, Tiriki estava de pé com Micail diante do círculo quebrado de pedras. As fogueiras dos festivais ainda brilhavam aqui e ali como estrelas caídas sobre a planície. Mas os céus eram mais constantes. A lua estava escondida e não oferecia desafio ao brilho incrível das estrelas. Chedan poderia ter lido a mensagem delas com facilidade, mas ela percebeu que tinha absorvido mais do conhecimento astrológico dele do que tinha pensado.

Acima, as estrelas da Pureza, da Retidão e da Escolha brilhavam no cinturão de Manoah – o Caçador do Destino, como a constelação era chamada pelas pessoas ali. Um ano antes, Chedan lhe dissera que, quando a estrela chamada Feiticeiro e o sol entrassem no Signo da Tocha, uma nova luz cairia sobre o mundo. Mas, naquele tempo, o Soberano e a Estrela de Sangue se opunham a eles. Agora, a Estrela Vermelha residia com o Pacificador, e a estrela de Caratra se movera para acalmar o Touro Alado. Havia esperança nos céus, mas na terra havia conflitos que seguiam sem ser resolvidos.

Seu futuro com Micail era um deles, e isso, ela imaginava, dependia de ele ser capaz de tomar o sacerdócio novamente. Durante as últimas semanas ela cuidara dele, o desafiara, o amara – e o amor ao menos não mudaria. Mas ela não era mais apenas a companheira e sacerdotisa dele. Tinha crescido e ainda não sabia se Micail havia emergido de seus próprios testes com força para equilibrar a dela.

Micail colocara o diadema de Primeiro Guardião, mas ela vestia o azul de Caratra. Diante deles, as pedras sobreviventes do grande círculo eram uma massa mais negra que o espaço entre as estrelas. Apenas três dos dólmens da ferradura interior ainda estavam intactos, e havia aberturas na parte do círculo externo que fora completada antes. Mesmo dali, ela conseguia sentir o poder daquelas pedras, confuso e raivoso apesar da noite pacífica.

A mão esquerda de Tiriki estava dentro da de Micail. Na outra, ela levava o cajado de Chedan, marcado com o sigilo de um mago. Micail não perguntara a ela sobre aquilo, e ela ainda não decidira o que dizer. Nas últimas semanas, ela o tinha puxado para o mundo dos vivos e o vira ganhar força e certeza a cada dia. Mas Chedan deixara um legado poderoso não reclamado. Seria Micail forte o suficiente para levá-lo? Seria digno? Nisso, ela não podia se dar ao luxo de ser cegada pelo amor que sentia por ele.

Por que ele a trouxera, usando as vestes de uma sacerdotisa, ao Círculo do Sol àquela hora? Ela estremeceu no vento frio que soprava antes do amanhecer. *Talvez*, ela pensou, *ele tenha vindo dizer um adeus privado. Isso, afinal de contas, foi a vida e o trabalho dele por quatro anos – seu filho cruel, ele o chamou.*

Ela piscou quando uma luz vermelha subitamente brilhou nas pedras. Mas estavam olhando para oeste – ela apertou Micail, lembrando-se de novo do brilho sinistro nos céus enquanto Ahtarrath morria.

— O que é isso? — O braço dele a abraçou mais forte.

— As chamas! Não consegue vê-las? — Memórias a tomavam como a onda que afogara os Reinos do Mar. — Eu vejo tudo... Ahtarrath está queimando... as ilhas de Ruta e Tarisseda e toda Atlântida submergindo abaixo das ondas! — Ela lutou por controle.

— Não, é apenas algum vigia fazendo sua fogueira — Micail disse de modo tranquilizador, mas ela balançou a cabeça.

— Aquele fogo vai arder enquanto nos recordarmos. Por que os deuses permitiram que isso acontecesse? Por que ainda estamos vivos quando tantos outros se foram?

Micail suspirou, mas ela sentiu o braço que a segurava tremer.

— Minha amada, não sei. Foi uma recompensa sermos salvos para que pudéssemos cumprir a profecia ou seremos punidos porque levamos embora os segredos do Templo, ainda que fôssemos ordenados a fazer isso?

Sim, ele certamente tinha pensado bastante. Dentro do peito, Tiriki sentiu esperança;

— Acha que, na nossa vida que virá, vamos nos recordar? — ela então perguntou.

— Desde que a Roda nos leve de vida a vida sobre esta terra, como poderemos nos esquecer? Os juramentos de nossas mães ainda nos prendem, não é assim? O nosso como recordamos pode se alterar conforme a nova vida nos traz tristezas e desafios, mas talvez sonhemos com este momento. Há algumas coisas que sempre serão iguais...

— Meu amor por você e o seu por mim?

Ela se virou nos braços dele, que a abraçou mais forte até que o tremor dela começou a passar. Ele então a beijou, e ela sentiu o calor da vida correr pelos seus membros mais uma vez.

— Isso acima de tudo — ele respondeu, um pouco sem fôlego, quando os lábios deles se separaram. — Talvez seja o grande tesouro que trouxemos de Atlântida, pois, não importa o quanto tentemos preservar a sabedoria ancestral, ela deve mudar nesta nova terra.

— Os segredos serão perdidos, e o conhecimento vai se dissipar — ela disse sombriamente. — Atlântida se tornará uma lenda, um rumor de glória desbotado e um aviso aos que desejam manipular poderes que não foram feitos para serem entendidos pela humanidade.

Ele se virou para olhar o círculo de pedras. As estrelas esmaeciam conforme o mundo se voltava para a manhã.

— Coloquei todo o meu conhecimento na construção disso, mas não minha sabedoria, pois não era o que buscava. Apenas poder...

— Se você pudesse — ela então perguntou —, restauraria as pedras caídas e terminaria a Roda do Sol como foi projetada?

Micail balançou a cabeça.

— Os chefes me pediram para fazer isso, mas falei a eles que muitos dos nossos adeptos tinham morrido. Que as pedras fiquem no chão. Se Doshrad ou outra pessoa se importar o suficiente para tentar restaurá-las apenas pela força bruta, que seja. Mas os homens das tribos temem tocá-las e, quando esse medo tiver se dissipado, eles não vão mais se lembrar do que a Roda do Sol deveria fazer.

— Estão certos de ter medo — murmurou Tiriki. — Ainda há raiva nessas pedras.

Ela o sentira na sombra enfumaçada enrolando-se entre elas quando passara a caminho da vila. Agora seus sentidos internos a percebiam como um brilho raivoso.

— Há pilares de arenito o suficiente de pé para calcular os movimentos dos céus e para marcar o cruzamento do fluxo de poder. O verdadeiro Templo está dentro de nosso coração. Não precisamos erguer nenhuma construção de ouro e oricalco.

— Não é apenas nosso amor um pelo outro que nos unirá — Tiriki então disse —, mas nosso amor por esta terra. Eu lutei para salvar o Tor em si tanto quanto para salvar as pessoas sob meu cuidado. Nas vidas futuras, podemos ir para outro lugar, mas creio que estes lugares sempre vão nos atrair de volta.

— E ainda assim você mudou o Tor ao enterrar a Pedra Ônfalo lá.

— Acha que não tive pesadelos sobre o que poderia acontecer se o poder dela fosse liberado sobre esta terra? Mas eu tinha as bênçãos dos poderes que vivem lá, e o mundo está equilibrado de novo.

— Por um tempo — disse Micail, em voz baixa. — Quando Dyaus se liberta, ele traz destruição, mas também... as coisas mudam. Como precisam. Como devem. Não somos mais senhor e senhora de Ahtarrath. Os homens de Alkonath que sobreviveram me deram o estandarte do falcão; querem que eu seja o líder deles agora, mas o único reino que desejo governar é o da minha própria alma.

— O estandarte não foi tudo que herdou — Tiriki subitamente percebeu que tinha tomado sua decisão. — Chedan disse que você é o herdeiro dele. Este é o cajado dele...

Ela o estendeu, e, depois de um momento de espanto, ele o pegou na mão.

— É curioso — ela continuou. — Acho que contei que o povo do pântano me chama de Morgana, a mulher do mar. Mas eles chamavam Chedan de *Falcão Sol*. Ou às vezes Merlin. Ambos são nomes para o falcão nativo.[1]

---

[1] *Merlin* é o nome em inglês de um falconídeo, o esmerilhão (*Falco columbarius*) — de onde vem o nome do druida. [N.T.]

— Eu costumava sonhar que Chedan estava me instruindo — Micail disse, com a voz abalada.

Ele se virou para olhar mais uma vez para as pedras.

— Olhe e testemunhe, Tiriki! Agora sei por que tive de vir para cá e o que preciso fazer. Quando cantamos, deixamos um resíduo de pó no círculo. Preciso cantar as pedras de volta à imobilidade ou jamais haverá paz nesta terra.

Ela quis protestar, tirá-lo das energias raivosas que pulsavam naquelas pedras quebradas. Mas, como sacerdotisa, sabia que o que ele dissera era verdade, e, como sacerdote, era dever dele curar o que havia ferido. Se ele pudesse...

E assim ela observou, tremendo, enquanto ele passou pelos arenitos caídos e entrou no círculo. Com todos os sentidos concentrados nele, ela via e sentia o brilho vermelho túrgido que pulsava nervosamente de pedra para pedra. Ela balançou, imaginando como ele conseguia suportar aquele calor vermelho, ela mesma ereta apenas afundando os pés na terra abaixo...

A forma alta de Micail virou um borrão pálido conforme os arenitos respondiam à sua presença como brasas avivadas pelo vento. Ele conseguiria domar as pedras? Instintivamente Tiriki levantou os braços, retirando poder do chão no qual estava, canalizando-o na direção dele pelas palmas das mãos.

Tiriki podia sentir que ele cantava. *Fiquem imóveis!*, seu coração gritava para as pedras. *Fiquem em paz! Encontrem equilíbrio e descansem...*

Micail continuou andando entre elas, apoiando-se no cajado esculpido de Chedan. Mas, fosse por causa da música dele ou da prece dela, o brilho pulsante foi... não diminuindo, mas mudando – de vermelho raivoso para dourado esmaecido, que lentamente foi desaparecendo de vista.

Quando ele terminou, o céu empalidecia. Tiriki tremia de frio, mas, ao caminhar de volta para ela, Micail estava radiante com o calor do poder utilizado de modo correto.

— Está feito — ele disse em voz baixa, aquecendo as mãos dela entre as dele. — Agora o círculo vai ancorar as linhas de poder como deveria ser e vai marcar a roda das estações. Virá o dia em que as pessoas se esquecerão, e isto será apenas um círculo de pedras antigas. Mas eu me recordarei do que fizemos aqui e voltarei para você, minha amada. Pela vida e além da vida, isso eu juro.

— Em nome da Deusa, juro o mesmo para você.

Pois você já retornou para mim, meu amor!, seu coração adicionou em silêncio. *Nós dois conquistamos nossas vitórias!*

— Olhe — ele então disse, apontando através do círculo na direção da pedra mais curta, a sudoeste.

A planície estava escura, a terra ainda coberta pelo véu na noite, mas, no céu do leste, o novo dia chegava, rosado mudando de tom até um dourado resplandecente. Não era como fogo, Tiriki percebeu, mas mais como o desabrochar de uma flor, cujo reflexo rosado trouxera uma súbita vida aos grandes arenitos.

— Veja, Manoah chega, vestido de Luz...

— Ni-Terat é tornada fértil em Seu abraço — Tiriki respondeu a ele.

As palavras eram ancestrais, mas ela jamais entendera de fato o significado delas até agora.

— Salve, Senhor do Dia!

— Salve, Mãe Escura!

Uma linha de brilho ardeu pelo horizonte, luz derramada pelo mundo, e subitamente a terra escura estava vestida de verde brilhante.

— Salve, Senhora da Vida — eles gritaram juntos enquanto aquele brilho florescia, e a Filha de Ni-Terat e Manoah se ergueu e os abençoou com os primeiros raios de sol do equinócio de verão.

Posfácio

DE ATLÂNTIDA A AVALON

Em *As brumas de Avalon*, de Marion Zimmer Bradley, Igraine se recorda de uma vida passada em que ela e Uther eram sacerdote e sacerdotisa de Atlântida, e observavam a construção de Stonehenge na planície de Salisbury. Essa ideia não é, claro, original. O folclore inglês é cheio de referências a civilizações perdidas. Elas se tornaram a explicação esperada em traços da paisagem debatidos como o Zodíaco de Glastonbury ou o mais evidente caminho espiral em torno do Tor. De Atlântida a Camelot, fomos assombrados por lendas de uma era de ouro, o sonho brilhante de um reino de paz e harmonia, de poder e esplendor, que prospera por um tempo e tragicamente cai. Em *As brumas de Avalon*, Marion contou o fim do reino de Artur, mas, muito antes que o livro fosse escrito, ela abordou a história de um reino muito mais antigo.

Em geral, Marion não estava particularmente interessada em manter a consistência entre seus livros. A referência a Atlântida em *As brumas de Avalon* é o reconhecimento dela de algo muito mais pessoal, um lembrete de seu primeiro livro, um romance ocultista taciturno com o sugestivo título *A teia de trevas*. As marcas distintas daquela Atlântida particular podem ser claramente vistas na magia de outro mundo de Avalon, não menos que nos darkovans telepatas de seus numerosos romances de ficção científica e de fato em quase todos os indivíduos (e sociedades) de sua ficção.

A teia de trevas foi escrito originalmente nos anos 1950. Era uma história de mistérios ocultos, orgulho, poder, redenção e, acima de tudo, amor, ambientada nos templos da Terra Antiga, originária dos Reinos do Mar de Atlântida. Nos anos 1980, quando o mercado emergente de fantasia adulta tornou possível a publicação de tais histórias, Marion estava ocupada com outros projetos e pediu ao filho, David, que havia lido a versão original quando criança, para revisá-lo. Foi o conhecimento de David desse material que me possibilitou escrever *Ancestrais de Avalon*.

Em 1983, depois que *As brumas de Avalon* começou sua subida à fama, a obra, publicada em dois volumes brochura da Donning Press,

A teia de luz e *A teia de trevas*, por fim emergiu. Uma versão em larga escala foi publicada pela Pocket Books no ano seguinte. Mais à frente, foram reeditados pela Tor em um único volume sob o título *A queda de Atlântida*. As lutas das personagens daqueles livros resultaram no nascimento de duas crianças que, de acordo com as profecias, sobreviveriam ao cataclismo no qual Atlântida está destinada a ser destruída.

Quando eu estava trabalhando com Marion na revisão de *A casa da floresta*, ela me disse que sempre sentira que as duas personagens principais, Eilan e Caillean, eram reencarnações das irmãs Deoris e Domaris, que em *A teia de trevas* atam a si mesmas e aos filhos uma à outra e à Deusa para a eternidade. Concluímos que seus filhos, Tiriki e Micail, haviam reaparecido naquele livro como Sianna e Gawen. Depois disso, foi fácil traçar a linha de reencarnações através de *As brumas de Avalon*, *A casa da floresta*, *A senhora de Avalon* e *A sacerdotisa de Avalon*.

Claramente havia uma conexão entre Atlântida e Avalon. Como, eu me perguntava, os Reinos do Mar caíram? E como os sobreviventes daquele cataclismo chegaram às ilhas enevoadas ao norte e encontraram o Tor mágico que um dia seria conhecido como a ilha de Avalon? Claramente outra história esperava para ser contada.

Entrelaçar lenda e arqueologia vem sendo um desafio. Sou grata à Viking Books por me pedir para contar esta história e a David Bradley pelo conhecimento e pela ajuda em desenvolver a ambientação e os personagens em um espírito consistente com a visão original de Marion. Obrigada também a Charline Palmtag pela permissão para o uso do hino de solstício no Capítulo Nove.

Aos que gostariam de saber mais sobre a Grã-Bretanha pré-histórica, recomendo *The Age of Stonehenge* [A era de Stonehenge], de Colin Burgess; *Hengeworld* [Mundo de Henge], de Mike Pitts; *Stonehenge*, de Leon Stover e Bruce Kraig; e os volumes da *English Heritage* sobre a Grã-Bretanha da Idade do Bronze e Glastonbury. Para o Tor, recomendo *The Lake Villages of Somerset* [As aldeias do lago em Somerset], de Stephen Minnitt e John Coles; *New Light on the Ancient Mistery of Glastonbury* [Nova luz sobre o antigo mistério de Glastonbury], de John Michell, e os livros sobre Glastonbury de Nicholas Mann. O artigo "Sounds of the Spirit World" [Sons do mundo espiritual], de Aaron Watson (*Discovering Archeology*, vol. 2, n. 1, janeiro/fevereiro 2000), que encontrei no consultório do meu médico depois que já tinha decidido que a estrutura de Stonehenge precisava ter alguns efeitos interessantes no som feito dentro do círculo, é uma reportagem sobre experiências feitas com suas propriedades acústicas.

SOBRE AS AUTORAS

ANCESTRAIS DE AVALON

Marion Zimmer Bradley foi a criadora do universo popular Darkover, assim como autora aclamada do best-seller *As brumas de Avalon*, sua sequência, *A casa da floresta*, e *A sacerdotisa de Avalon*, com sua colaboradora de longa data Diana L. Paxson. Morreu em Berkeley, Califórnia, em 25 de setembro de 1999.

Diana L. Paxson nasceu em Detroit, Michigan, em 1943, mas se mudou para Los Angeles aos três anos e vem sendo californiana desde então. Depois de estudar no Mills College, em 1960, fez mestrado em Literatura Comparada (Medieval) na Universidade da Califórnia – Berkeley. Ela se casou e se tornou mãe de dois filhos. Em 1971, começou a escrever com seriedade. Seu primeiro conto foi publicado em 1978, e seu primeiro romance, em 1981. Depois da morte de Marion Zimmer Bradley, ela se encarregou do rascunho deste romance planejado há muito para completar o ciclo da história.

LEIA TAMBÉM OS QUATRO PRIMEIROS TÍTULOS DO CICLO DE AVALON

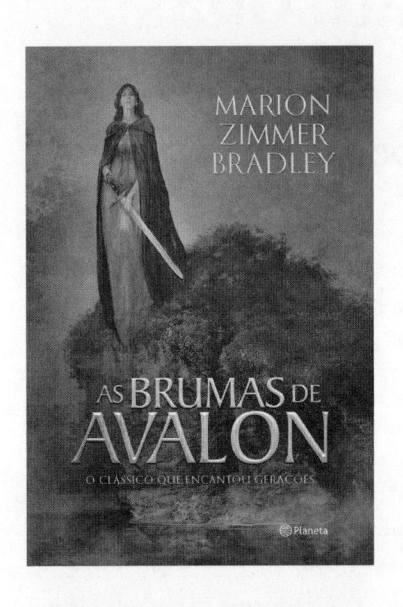

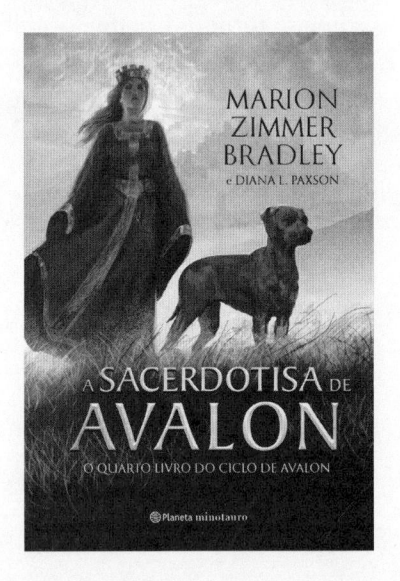

MARION ZIMMER BRADLEY
AS BRUMAS DE AVALON
O CLÁSSICO QUE ENCANTOU GERAÇÕES
Planeta

MARION ZIMMER BRADLEY
A CASA DA FLORESTA
O SEGUNDO LIVRO DO CICLO DE AVALON
Planeta — minotauro

MARION ZIMMER BRADLEY
A SENHORA DE AVALON
O TERCEIRO LIVRO DO CICLO DE AVALON
Planeta — minotauro

MARION ZIMMER BRADLEY
e DIANA L. PAXSON
A SACERDOTISA DE AVALON
O QUARTO LIVRO DO CICLO DE AVALON
Planeta minotauro

LEIA TAMBÉM

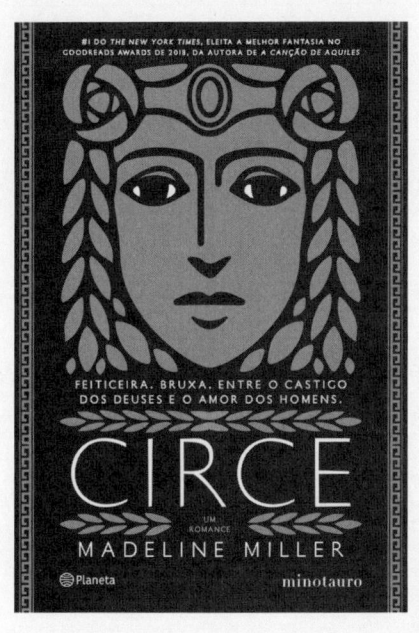

Editora Planeta Brasil | 20 ANOS

Acreditamos nos livros

Este livro foi composto em Adobe Garamond Pro e impresso pela Geográfica para a Editora Planeta do Brasil em outubro de 2023.